FOLIO SCIENCE-FICTION

Pierre Pevel

L'ÉLIXIR D'OUBLI

Le Paris des Merveilles, II

Gallimard

Le présent ouvrage a fait l'objet d'une première publication aux Éditions Le Pré aux Clercs en 2004.

Né en 1968, Pierre Pevel débute l'écriture, dans les années 1990, par la scénarisation et la création de jeux de rôles, avant d'adapter en romans, sous pseudonyme, un de ces univers ludiques. Dès 2001, il publie, sous son propre nom, le premier roman de *La trilogie de Wielstadt*, qui sera récompensé par le Grand Prix de l'Imaginaire. Suivront une douzaine de romans, dont *Les Lames du Cardinal*, couronné par le prix Imaginales des lycéens 2009 en France et le Morningstar Award 2010 du meilleur nouvel auteur en Grande-Bretagne. Déjà traduits en dix langues, ce roman et ses deux suites sont reconnus comme l'une des réussites majeures de la *fantasy* historique. Sa nouvelle série, *Haut-Royaume*, a commencé de paraître en 2013 aux Éditions Bragelonne.

Il était une fois le Paris des Merveilles…
Où l'on plante, pour la seconde fois, le décor d'un Paris qui n'exista jamais tout à fait.

Les contes d'autrefois, ainsi que les fabuleuses créatures qui les inspirèrent, ont une patrie. Cette patrie se nomme l'OutreMonde. Ne la cherchez pas sur une carte, même millénaire. L'OutreMonde n'est ni un pays, ni une île, ni un continent. L'OutreMonde est… un monde, ma foi. Là vivent les fées et les licornes, les ogres et les dragons. Là prospèrent des cités et des royaumes que nous croyons légendaires. Et tout cela, au fil d'un temps qui s'écoule autrement.

Cet univers voisine avec le nôtre. Jadis, ils étaient si proches qu'ils se frôlaient parfois. Alors naissaient des passages fugitifs, des chemins de traverse déguisés, des ponts incertains jetés sur l'abîme d'ordinaire infranchissable qui sépare les mondes. Tel promeneur pouvait ainsi rencontrer, au détour d'un sentier perdu, une reine attristée caressant un grand cerf blanc dont une flèche perçait le flanc ; tel berger explorait une ravine et découvrait au-delà une vallée que la vengeance d'un sorcier condamnait à un hiver éternel ; tel chevalier solitaire passait, en quête de gloire, le rideau étincelant d'une cascade vers des régions inconnues où attendait l'aventure. Combien firent semblables expériences ? Combien de poètes et ménestrels contèrent ces voyages ? Assez pour être entendus, sans doute. Trop peu pour être crus. À l'époque, déjà, les esprits sages niaient l'existence de l'OutreMonde et de ses prodiges. Et les mêmes, aujourd'hui, continuent doctement à vouloir peindre nos rêves en gris…

Mais oublions les fâcheux et revenons à l'OutreMonde. Il existe bel et bien, et manqua de peu changer l'Histoire. Car que serait-il advenu si, au lieu de s'éloigner à jamais, ce monde et sa magie s'étaient au contraire approchés ? Que se serait-il passé si l'OutreMonde, à la faveur d'une conjonction astrale propice, ou d'un caprice du destin, avait librement étendu son influence sur Terre pour l'imprégner de merveilles que le temps écoulé nous aurait bientôt rendues familières ?

Avec votre permission, admettons qu'il en fût ainsi et transportons-nous au début du XXe siècle, en France. Plus précisément, considérons notre capitale. Que voyons-nous ? Nous reconnaissons d'abord un Paris pittoresque et vieillot, celui de la Belle Époque. C'est donc le Paris des Grands Boulevards et des immeubles haussmanniens, des rues pavées et des réverbères à gaz, des quartiers populaires où rien ne semble avoir changé depuis Vidocq. Mais c'est aussi le Paris des premières automobiles, de l'Art nouveau triomphant, de la fée Électricité qui pointe le bout de son nez. Sur les murs s'étalent des réclames peintes : elles vantent en lettres immenses les biscuits Lefèvre-Utile, les pneumatiques Michelin et le Cachou Lajaunie. Les messieurs ont de fières moustaches, des chapeaux melons, des canotiers ; les dames ont des corsets, des jupes et des jupons, des bottines à boutons. Déjà, de rutilants tacots pétaradent parmi les fiacres, les omnibus à impériale, les tramways attelés, les charrettes à bras, les cyclistes et les piétons intrépides. Dans les gares crachent, toussent et ronflent d'énormes locomotives à vapeur dont les sifflets, avant le départ, résonnent sous les toitures immenses. Du haut de ses vingt ans, la tour de M. Eiffel regarde une basilique pâtissière pousser au sommet de Montmartre. Çà et là fleurissent des marquises en verre et fonte verte protégeant les accès d'un chemin de fer métropolitain qui continue de s'étendre sous terre depuis que l'Exposition universelle a inauguré à la fois le siècle et une nouvelle ère.

Voilà pour Paris, en deux mots, tel qu'il fut. À présent, imaginez…

Imaginez des nuées d'oiseaux multicolores nichées parmi les gargouilles de Notre-Dame ; imaginez que, sur les Champs-Élysées, le feuillage des arbres diffuse à la nuit une douce lumière mordorée ; imaginez des sirènes dans la Seine ; imaginez une ondine pour chaque fontaine, une dryade pour chaque square ; imaginez des saules rieurs qui s'esclaffent ; imaginez des chats-ailés, un rien pédants, discutant philosophie ; imaginez le bois de Vincennes peuplé de farfadets cachés sous les dolmens ; imaginez, au comptoir des bistrots, des gnomes en bras de chemise, la casquette de guingois et le mégot sur l'oreille ; imaginez la tour Eiffel bâtie dans un bois blanc qui chante à la lune ; imaginez de minuscules dragons bigarrés chassant les insectes au ras des pelouses du Luxembourg et happant au vol les cristaux de soufre que leur jettent les enfants ; imaginez des chênes centenaires, et sages et bavards ; imaginez une licorne dans le parc des Buttes-Chaumont ; imaginez la Reine des Fées allant à l'opéra dans une Rolls-Royce Silver Ghost ; imaginez encore de sombres complots, quelques savants fous, deux ou trois sorciers maléfiques et des clubs privés de *gentlemen* magiciens.

Imaginez tout cela, et vous commencerez à vous faire une petite idée du Paris des Merveilles…

Pierre Pevel

PROLOGUE

Devant Méliane, Reine des Fées, était un sarcophage en bois blanc. Les flancs gravés d'élégantes arabesques et les arêtes rehaussées d'argent damassé, il reposait sur une table de pierre, au centre d'une pièce hexagonale et haute que baignait, entrée par de longilignes fenêtres en ogive, la lueur caressante et paisible d'un petit astre rond, immobile dans le ciel nocturne. Une lune ? Non pas. Un soleil. Mais un soleil unique à l'OutreMonde, un pâle disque bleuté qui ne se lève ni ne se couche jamais, et que l'on peine à distinguer lorsque brille, de l'aube au crépuscule, son aîné triomphant. Le grand soleil jaune était couché depuis de longues heures déjà. Il se lèverait bientôt.

Vêtue de soie grise et de brocart vert, ses épais cheveux noirs réunis en une lourde natte dont la mèche lui frôlait les reins, Méliane avait la distinction hautaine et la beauté froide, à la fois envoûtante et intimidante, que les fées ont en partage. Elle ne portait cette nuit-là d'autres bijoux qu'un diadème finement ciselé et une chevalière. À qui pouvait encore l'ignorer, le diadème disait qu'elle avait hérité du trône d'Ambremer. La chevalière, elle, était de plus sinistre augure. Insigne d'un glorieux ordre nobiliaire et combattant, elle signifiait, au doigt d'une reine, que les fées étaient en guerre. Cela faisait trop longtemps que Méliane la portait, et elle craignait de ne l'ôter jamais.

Le sarcophage avait un couvercle en verre laissant voir, dans la pénombre bleue, celle qu'il abritait. Il s'agissait d'une autre reine, la légendaire Titania qui, de ses deux filles jumelles, avait jadis préféré Méliane à Lyssandre pour lui succéder. C'est sous son règne que les fées avaient peu à peu étendu leur empire dans l'OutreMonde, et que l'on avait bâti la splendide cité d'Ambremer. Et c'est encore Titania qui avait voulu que Méliane épouse un dragon de haut lignage afin d'empêcher un conflit dont les premiers feux couvaient. L'union fut célébrée mais la guerre éclata néanmoins entre les dragons et les fées, auxquelles la plupart des peuples de l'OutreMonde s'allièrent un à un.

C'était une guerre que les dragons ne pouvaient gagner et qui durait parce qu'ils continuaient de la livrer malgré tout. Par orgueil, et désormais avec un désespoir propice à faire commettre le pire à quelques irréductibles. Que se passerait-il si certains portaient la lutte sur Terre, au-delà de la frontière entre les mondes ? Méliane ne pouvait y songer sans appréhension. Là-bas, en Europe, le XVIIIe siècle commençait à peine et les populations humaines ignoraient encore tout de l'OutreMonde. Le temps n'était pas venu pour les deux univers de se découvrir l'un l'autre. Pas déjà. Pas si tôt. Et certainement pas en des circonstances aussi tragiques qu'une guerre séculaire…

Entre Méliane et Titania, la ressemblance était frappante. Derrière la vitre du sarcophage, la mère arborait le même air de noblesse que la fille, la même beauté sévère, la même chevelure d'encre. Titania, cependant, avait deux longues mèches grises nées aux tempes. Elle gisait dans une robe or et garance, les poignets croisés haut sur la poitrine, mains aux épaules. Les yeux clos et le visage serein, elle semblait se reposer, ou se recueillir. Si son corps n'avait pas souffert des siècles écoulés, c'est parce que Titania n'était pas – à proprement parler – morte. Car à moins d'être assassinées par le fer ou le poison, les reines des fées ne décèdent pas. Le moment venu, quand elles pensent avoir achevé leur œuvre, elles choisissent avec sagesse de se retirer, désignent l'héritière du trône, puis boivent l'Élixir d'Oubli. Cette potion, dont les ingrédients et la recette sont gardés jalousement secrets, provoque un exil de l'âme vers l'Onirie, le Troisième Monde, celui des Rêves et des Cauchemars. Ne reste que le corps, désormais incorruptible, tel qu'il était à l'instant du départ.

Troublant la quiétude nocturne qui avait envahi le palais et la ville alentour, la rumeur d'une cavalcade parvint du dehors. Dans le recoin où il était resté longtemps immobile et silencieux, Lépante se redressa pour étirer ses ailes. Il était le seul chat-ailé blanc connu, et il ajoutait à cette originalité d'être le messager particulier de la Reine des Fées. On murmurait qu'il était également magicien.

— Les voilà qui reviennent, dit-il d'un ton égal.

— Oui, fit Méliane. Va voir, veux-tu ?… Et prie

le Grand Chambellan de me rejoindre ici dès qu'il en aura fini.

— À vos ordres, Madame.

Lépante disparut dans un scintillement éphémère qu'accompagna le son d'une explosion étouffée.

*

Les cavaliers traversèrent Ambremer endormie dans le fracas des sabots ferrés heurtant le pavé. Ils étaient une dizaine, qui revenaient d'une mission secrète dans les environs de Paris. C'était l'hiver 1720 en France, et ils avaient revêtu le costume idoine à la saison comme à l'époque : bicorne, veste à basques doublée, long manteau de cuir dont les pans leur battaient les cuisses et les éperons, hautes bottes de monte. Tous les dix appartenaient à la Garde et ils chevauchaient derrière leur capitaine, le sieur Layron. Ils étaient affamés, fatigués et boueux, avaient des pistolets dans les fontes et l'épée au côté ; certains portaient des pansements tachés de sang.

De rue en rue, au galop, la troupe gagna le Palais Royal et ses fines tours blanches dont le ciel nocturne silhouettait les toits chargés de neige. Elle passa les portes sous le regard de sentinelles informées et ralentit à peine l'allure pour rejoindre une cour dont une herse condamna aussitôt l'accès en chutant lourdement dans un roulement de chaîne furieux. Là, drapé dans une cape à col de fourrure, le Grand Chambellan de Méliane attendait au pied de quelques marches. Lépante, ses ailes repliées contre les flancs, était assis à côté, sur le premier balustre de l'escalier.

Les cavaliers mirent pied à terre. Malgré les apparences, ils n'étaient pas des hommes mais des elfes. Des indices l'indiquaient telles leur haute taille, leur minceur souple, une indéfinissable cruauté dans le regard et cette assurance née d'une conviction orgueilleuse, celle d'appartenir à un peuple supérieur, habile à tous les arts, dont ceux de la guerre. Leurs joues n'étaient bleuies que de froid, car ils étaient imberbes et leurs oreilles, cachées sous les cheveux mais trahies à l'occasion par un mouvement de tête, pointaient légèrement.

Après avoir donné des ordres brefs qui furent aussitôt obéis, Layron approcha de Lépante et du Grand Chambellan.

— Nous avons réussi, dit-il en ôtant son bicorne.

Le chat-ailé tourna le regard de ses yeux turquoise vers un prisonnier que l'on aidait à descendre de selle. Pieds nus et ligoté, l'homme ne portait qu'une chemise tachée et des culottes élimées. Il grelottait autant de peur que de froid dans la nuit hivernale. Un vent soufflait et, par moments, arrachait une poudre cristalline à la couche de neige tombée tout le jour d'avant. Des tourbillons glacés naissaient çà et là.

— Est-ce notre homme ? demanda Lépante.

— C'est lui, confirma Layron.

— A-t-il parlé, capitaine ? s'enquit à son tour le Grand Chambellan.

Il était lui aussi un elfe. Il avait plusieurs siècles d'existence et cet âge avancé se manifestait chez lui par une pâleur extrême et des joues creuses.

— Il a parlé, Excellence. Assez pour confirmer nos soupçons.

— Pensez-vous qu'il en sache plus qu'il ne vous en a dit ?

— J'en doute.

Il y eut alors une bousculade dans le dos du capitaine et le prisonnier désespéré se mit à courir vers la herse. Comme s'il avait prévu et attendu ce moment, Layron tira un pistolet de sa ceinture, pivota à peine du torse en tendant le bras, et fit feu avec calme. Le fuyard hurla et s'écroula dans la neige, le genou fracassé.

Impassible, le capitaine rangea son arme tandis que le malheureux geignait et gesticulait par terre en agrippant sa blessure. Des gardes l'avaient déjà rejoint pour l'obliger, sans ménagement, à se relever.

— On ne meurt pas d'une balle dans le genou, dit Layron. Il pourra encore parler.

— Faites le nécessaire, lâcha le Grand Chambellan en tournant les talons. Mais il doit vivre afin d'être jugé et condamné.

— Soit.

*

— Si Votre Majesté le permet…

— Entrez, Grand Chambellan, fit Méliane sans se retourner. Entrez…

Elle n'avait pas bougé depuis le départ de Lépante et, dans la petite pièce hexagonale bleuie par les lueurs d'une nuit finissante, elle se recueillait encore devant le sarcophage où reposait sa mère.

Un long moment, le Grand Chambellan n'osa pas troubler les pensées de sa reine. Enfin, ce fut elle qui dit :

— Alors ? Qu'en est-il ?

— Il va être nécessaire de réunir le Conseil, Madame…

— Est-ce aussi grave que nous le pensions ?

— Sans doute.

Méliane se retourna. Le Grand Chambellan, le bas de son manteau ourlé de neige ramassée, se tenait à distance respectueuse.

— Croyez-vous les dragons impliqués ?

— Je le crois, oui.

Écrasée par les responsabilités et les exigences d'une étiquette millénaire, la reine ne riait jamais et faisait rarement l'aumône d'un sourire. Mais en ces heures, elle se montrait plus grave que jamais. On aurait pu la croire taillée dans le même marbre que ses effigies sculptées, et l'on devinait le feu glacé d'une colère contenue coulant dans ses veines.

Le Grand Chambellan baissa les yeux.

— Pour enquêter sur Terre, dit Méliane, Gélancourt a déjà proposé l'aide de son Cercle Incarnat.

— Puis-je vous demander si vous avez accepté ?

— J'ai accepté.

L'elfe acquiesça sans mot dire.

— Vous n'approuvez pas ma décision, Chambellan ?

Il n'osa répondre.

— Eh bien, parlez ! s'agaça la Reine des Fées.

— À vrai dire, Madame, c'est l'idée d'un cercle de magiciens que je n'approuve pas…

— Gélancourt nous est tout dévoué. Le cercle qu'il a fondé le sera tout autant.

— Certes. Mais que Votre Majesté songe que Gélancourt ne fait pas l'unanimité. En réaction, d'autres cercles naîtront sans doute et qui, eux, pourraient remettre votre autorité en question. Je crains que…

— Nous aviserons en temps voulu, l'interrompit Méliane d'un ton sans appel. Pour l'heure, nous avons d'autres soucis, ne croyez-vous pas ?

— Certainement, Madame.

— Réunissez le Conseil, Chambellan.

C'était une manière de le congédier. Il comprit et se retira, convaincu de laisser sa reine seule dans la pièce. Lépante, cependant, s'y était déjà discrètement transporté par magie.

— Je voudrais entendre ton avis, fit Méliane.

— Concernant les cercles ? s'enquit le chat-ailé blanc en approchant. Je pense que les craintes du Grand Chambellan sont fondées.

— Et pour ce qui est de l'aide que Gélancourt et ses Incarnat peuvent nous apporter ?

— Il est un fait que nous ne pouvons agir librement sur Terre. L'expédition du capitaine Layron représentait déjà d'énormes risques. Si ses hommes et lui avaient été découverts et capturés…

— Je le sais bien.

— Néanmoins…

— Oui ?

— Néanmoins l'affaire est trop grave. Nous ne pouvons nous reposer sur quelques mages, si fidèles et zélés qu'ils soient.

Le chat-ailé laissa sa phrase en suspens et, ce faisant, bénéficia de toute l'attention de sa reine.

— À quoi songes-tu, Lépante ?

— À un agent de l'ombre connaissant bien la Terre et les hommes. À quelqu'un qui n'œuvrerait que pour le compte d'Ambremer, et à l'insu de tout le monde. Les Incarnat y compris.

— Je suppose que tu as déjà un nom en tête.

— Plairait-il à Votre Majesté de l'entendre ?

— Inutile, fit Méliane comme à regret… J'ai deviné.

LIVRE I

LE VERRE DE PORTO

1

Ce 10 octobre 1909, Louis Denizart Hippolyte Griffont, mage du Cercle Cyan attaché à la loge parisienne, se trouvait être de fort méchante humeur. Ce n'était pas le temps, radieux en cette matinée d'automne, qui le contrariait. Ni sa santé, laquelle s'avérait excellente. Non, ce qui mettait Griffont hors de lui était une machine récalcitrante.

Quiconque a déjà été confronté à un appareil rétif comprendra les sentiments furieux qu'éprouvait notre mage. Il est en effet des mécanismes bloqués dont on désespère de faire le diagnostic, et qui devraient fonctionner, et qui ne fonctionnent pas. On cherche, on s'entête, on démonte, on remonte : rien n'y fait. Certains abandonnent alors en incriminant – souvent à raison – leur incompétence. D'autres, moins sages, veulent comprendre et comprennent d'autant moins qu'un énervement grandissant les aveugle. Ce comportement se manifeste plus volontiers chez les hommes, qui font vite une affaire d'orgueil de tout. Ainsi, il en va très tôt de l'honneur du bricoleur, et les enjeux de sa lutte le dépassent. C'est le combat de l'Homme contre la Machine, de l'Intelligence contre la Matière. Renoncer ? Jamais ! Faire appel à un artisan capable ? Ce serait pire que tout, puisque rien n'est plus odieux que le succès d'un autre là où l'on a longtemps échoué. Et les meilleurs conseils de tempérance – que les épouses avisées se gardent d'ailleurs bien de prodiguer – sonnent comme des insultes. À l'homme moderne que l'épuisement gagne et que la perspective d'une défaite annoncée révolte, deux échappatoires sont offertes. La première passe par une folie passagère et la mise en pièces de l'engin rebelle. La seconde consiste à blâmer un destin contraire, voire d'obscures forces inexplicablement hostiles, et, drapé dans la dignité frémissante de Vercingétorix rendant ses armes à César, à se résoudre à acheter un appareil neuf, car l'autre, félon frappé du sceau de l'infamie, ne mérite plus que le mépris des héros vaincus.

Bien qu'ayant épuisé ses réserves de patience, Griffont ne pouvait malheureusement opter pour aucune de ces solutions. Ainsi, son amour-propre lui interdisait de s'abandonner à une folie destructrice, jubilatoire certes, mais ridicule au final. Quant à remplacer l'objet de son ressentiment, c'était tout bonnement impossible. Il s'acharnait en effet à faire démarrer un moteur à explosion de son invention, exemplaire unique et donc irremplaçable. Ce moteur révolutionnaire carburait à la lumière étrange, une sève luminescente et magique que produisent certains arbres de l'OutreMonde. Quand il fonctionnait, ses performances étaient excellentes : grâce à lui, la motocyclette de Griffont – une Scott bicylindre à deux temps baptisée la *Pétulante* – atteignait sans mal la vitesse horaire de cent kilomètres, un exploit pour l'époque. Le moteur à lumière étrange, en outre, ne polluait ni n'empuantissait l'atmosphère. Il produisait au contraire de petits nuages dorés parfumés au miel cuit.

Mais pour l'heure, désespérément inerte, ce chef-d'œuvre d'ingénierie merveilleuse ne produisait rien d'autre que des sujets de mécontentement.

Lorsqu'il se sentit prêt à distribuer des coups de clef à molette rageurs, Griffont renonça, se redressa, essuya ses mains et son front à un torchon. Tout en adressant des œillades assassines à la *Pétulante*, il déroula ses manches de chemise, en boutonna les poignets, fit claquer ses bretelles sur ses épaules et, attrapant son gilet et son veston au passage, sortit de l'atelier sans fermer la porte.

Selon la formule consacrée, Griffont était dans la force de l'âge. Précisons cependant que cet âge n'était pas le sien, et qu'il paraissait avoir la quarantaine alors qu'il avait vu le jour au XVe siècle. Il était grand, bel homme, avait de la prestance. Ses cheveux épais, soyeux, courts et blancs avec des reflets acier, lui valaient d'être souvent remarqué. Toujours élégant, il devait à sa moustache grise bien taillée, à ses yeux d'un bleu très pâle et à son sourire charmeur de beaucoup plaire aux femmes. Il n'en abusait pas.

Traversant le jardin en direction de la maison qu'il habitait sur l'île Saint-Louis, Griffont s'arrêta sous la treille que grimpaient ses chers rosiers. Étienne – un tablier vert sur son uniforme de domestique – en arrosait les pieds au tuyau.

— C'est pour bientôt, non ? s'enquit le mage.

— En effet, Monsieur. D'ici quelques nuits tout au plus.

Quand il ne se faisait pas jardinier, Étienne servait en qualité de maître d'hôtel, de cuisinier et de valet de pied. Longiligne, il avait le teint crayeux, les yeux noirs, le front dégarni et les cheveux d'un roux très orangé. Mais le plus étonnant chez lui était encore sa voix de basse, à la fois mélodieuse et sépulcrale.

— Et ce problème de pucerons ?

— Réglé, Monsieur.

— Parfait.

Les roses dont il était question étaient d'une variété rare, nommée *Requiem*, dont on disait qu'elle ne pouvait pousser sur Terre. Elles avaient fleuri récemment et étalaient de magnifiques pétales rouges, veinés et ourlés de noir. Sans la cueillir, Griffont en approcha une de son nez. Il baissa les paupières et sourit en appréciant le parfum délicieux, à la fois capiteux et sucré, si puissant qu'il faisait saliver.

— Nous sommes jeudi, Monsieur. Monsieur déjeunera-t-il au *Premier* comme d'ordinaire ?

Le *Premier* était un club de magiciens où Griffont avait ses habitudes.

— Nous sommes jeudi ? Déjà ?

— Oui, Monsieur.

— Alors j'imagine que je déjeunerai dehors, en effet.

— Très bien, Monsieur. Je préparerai une collation à tout hasard.

Griffont remercia et abandonna son domestique à son ouvrage. Après la terrasse, il entra dans le salon. Un chat-ailé, beau chartreux gris-bleu aux ailes duveteuses, somnolait sur un coussin. Il se nommait Azincourt et se considérait chez lui chez Griffont. De son point de vue, le seul plaisir de sa compagnie était une contrepartie valable à sa présence. Il n'aurait d'ailleurs pas été nécessaire d'insister longtemps pour lui faire avouer qu'il considérait que Griffont lui était quelque peu redevable de cet honneur.

— Alors ? fit Azincourt avec un bel accent britannique.

Car si tous n'affectent pas de s'exprimer comme un ancien élève d'Oxford, les chats-ailés parlent. La plupart sont même savants. Cela vient de ce qu'ils absorbent la matière des écrits sur lesquels ils dorment. Azincourt appréciait particulièrement les siestes sur les romans historiques et les correspondances particulières.

— Alors quoi ? rétorqua Griffont en sentant venir la moquerie.

— Eh bien, la *Pétulante*.

— Marche pas.

— Oh.

— Si.

— Et pourquoi donc ?

— Si je le savais, j'y remédierais, ne croyez-vous pas ?

— *Certainly*... Peut-être qu'un mécanicien...

— Mon moteur fonctionne à la lumière étrange, Azincourt. Il faudrait un mécanicien magicien. Et le métier reste à inventer.

Il y eut un silence que le mage employa à passer et boutonner son gilet. Enfin, Azincourt lâcha :

— Irez-vous déjeuner au *Premier* ?

Griffont tiqua. Il ne voyait pas pour quelles raisons le chat-ailé s'intéressait à son agenda.

— Pourquoi cette question ?

— Je dois vous avertir en toute amitié que ces messieurs du *Premier* ont eu vent de vos avanies mécaniques. Il n'est pas impossible que vous soyez gentiment moqué…

— « Ont eu vent », hein ? Et par quel miracle la nouvelle s'est-elle répandue ?

Azincourt regarda le plafond et fronça le museau.

— Ma foi, je crois en avoir parlé ici ou là…

— Ben voyons.

La sonnette de la porte d'entrée résonna opportunément. Comme Étienne ne pouvait avoir entendu depuis le jardin, Griffont alla ouvrir en enfilant sa veste. Sur le seuil, il découvrit un vieil ami occupé à nettoyer, avec son mouchoir, la plaque professionnelle en laiton où était gravé :

Louis Denizart Hippolyte Griffont

Mage du Cercle Cyan
Sur rendez-vous uniquement

— Edmond ?

— Elle était sale, s'excusa l'autre. Votre plaque. Une tache… Une tache d'oiseau. Enfin, vous me comprenez…

Edmond Falissière approchait la soixantaine. Ambassadeur à la retraite, longtemps chargé de représenter la France à Ambremer, il arborait une bedaine confortable et des favoris aussi épais que démodés. Un visage jovial, des yeux malins et un air guilleret complétaient d'ordinaire son portrait. Mais il avait beaucoup vieilli ces six dernières semaines, à croire que l'âge l'avait subitement rattrapé, et avec lui l'épuisement d'une brusque maladie. Ses traits s'étaient marqués et creusés ; il avait le teint jaune et le regard éteint. Tiré malgré tout à quatre épingles comme à son habitude, il avait à la boutonnière un camélia écarlate qui faisait l'effet d'une tentative dérisoire et pathétique de paraître pimpant.

— Bonjour, Louis, fit Falissière en repliant son mouchoir. Je vous dérange ?

— Du tout, mon ami. Entrez.

— Non, non. Je ne fais que passer. Mon fiacre attend.

— Qu'est-ce qui vous amène ?

— Je venais vous dire au revoir.

— Vous partez ? s'inquiéta Griffont.

Et il faillit ajouter : « Malgré votre état ? »

— Mes médecins m'ont conseillé d'aller prendre les eaux en Auvergne. Il y a quelques jours encore, mon état ne le permettait pas. Mais comme je vais un peu mieux, je puis à présent entreprendre ce voyage.

Leur dernière rencontre remontait à une semaine et, à cette date, Falissière ne pouvait quitter le lit. Pour autant, l'indiscutable mais faible regain de santé dont il jouissait n'encourageait guère l'optimisme. Griffont, depuis tout le temps qu'il vivait, avait déjà enterré bien des proches. Sans jamais réussir à s'y faire, cependant. Survivre à ceux que l'on aime était, à n'en pas douter, la contrepartie la plus douloureuse de l'exceptionnelle longévité des mages. Celle-ci obligeait également à considérer l'humanité d'un œil philosophe qui en avait conduit plus d'un au cynisme, ou à la résignation.

— Rassurez-moi, Edmond. Et dites-moi que vous prenez le train.

— Mais bien sûr.

— À quelle heure, le départ ?

L'ancien diplomate tira une montre oignon de sa poche de gilet. Le couvercle ouvert, une mélodie cristalline tinta : les premières notes de la *Petite musique de nuit*.

— Dans moins d'une heure.

— Je vous accompagne à la gare.

— Inutile.

— J'insiste.

Falissière parut à la fois ravi et embarrassé.

— Non, vraiment… Mais si vous désirez m'être agréable, il y a un service que vous pourriez me rendre.

— Accordé.

— Attendez au moins de savoir de quoi il retourne.

— Vous me raconterez cela en chemin dans votre fiacre. Laissez-moi juste le temps de prendre ma canne et mon chapeau.

*

En bas de chez lui, François-Denis de Troisville cherchait un fiacre lorsqu'un taxi s'arrêta à sa hauteur en laissant tourner le moteur.

— Tréville ! lança Louis Griffont par la portière ouverte.

— Bonjour, Griffont.

— Avez-vous déjeuné ?

— J'y allais.

— Montez, je vous invite.

Troisville, qui se faisait volontiers appeler Tréville pour signaler sa parenté avec un certain capitaine des mousquetaires de Louis XIII, avait tout juste vingt-sept ans. Il était mince, élégant, joli garçon, un rien précieux peut-être. À l'instar de Griffont dont il avait été l'élève, il était magicien du Cercle Cyan. Tous ses aînés s'accordaient à le trouver prometteur, mais il lui restait à faire ses preuves.

Griffont s'en revenait tout juste d'avoir accompagné Falissière à son train. La requête que l'ancien diplomate lui avait soumise l'intriguait autant qu'elle l'amusait, et il avait décidé d'y mêler Troisville.

— Aux Halles, dit-il au chauffeur aussitôt que le jeune homme eut pris place à ses côtés dans le véhicule découvert et pétaradant.

— Où allons-nous, Griffont ?

— J'ai envie d'huîtres, pas vous ?

— Va pour des huîtres.

Ils déjeunèrent à *La Marée Bleue*, une gargote qui ne payait pas de mine et servait cependant d'excellents fruits de mer. Ses fenêtres donnaient, rue Vauvilliers, non loin de l'église Saint-Eustache, sur l'un des dix pavillons des Halles centrales. À ce moment de la journée, le quartier avait recouvré un calme relatif. Mais il débordait d'activité, de bruits, d'odeurs et de lumière quand, à la nuit, arrivaient des quatre coins de France les marchandises alimentaires que restaurateurs et détaillants achèteraient dès l'aube dans un vacarme laborieux. Les Halles étaient, selon le titre d'un roman de Zola, le « ventre de Paris ». Ses immenses pavillons tout en brique, fonte et verre, avec leurs allures de gare, alimentaient en fait la capitale et sa région.

Au dessert, Griffont commanda des cafés et s'accorda une cigarette tirée d'un étui en argent précieux.

— Falissière, commença-t-il…

— Comment va-t-il ?

— Un peu mieux, je vous remercie… Donc ce cher Edmond est parti aujourd'hui en cure.

— En cure ?

— En Auvergne. Ordre de la Faculté… Ce faisant, il n'est pas en mesure d'honorer une promesse, et il m'a prié de l'honorer pour lui. J'ai naturellement accepté.

— De quoi s'agit-il ?

— En deux mots, il s'agit de la veuve d'un général et ancien ami de Falissière, qui se plaint d'être harcelée chez elle par des esprits frappeurs.

— Des esprits frappeurs ?

— Oui.

— Mais cela n'existe pas, les esprits frappeurs !

Sur ce point, Troisville avait entièrement raison. L'OutreMonde, depuis un siècle qu'il avait rejoint la Terre et plus particulièrement Paris, y avait introduit bien des merveilles et quelques horreurs, mais les esprits frappeurs n'étaient pas du nombre.

Griffont le confirma d'ailleurs bientôt pour la forme :

— C'est vrai. Cela n'existe pas.

— Mais alors qu'est-ce que c'est que cette histoire ?

— C'est précisément ce qu'il faut découvrir… Tenté ?

— Comment cela ?

Griffont prit le temps d'écraser le mégot de sa cigarette dans le cendrier.

— Maintenant que vous êtes mage, dit-il, j'imagine que vous désirez ouvrir bientôt un cabinet…

— En effet.

François-Denis de Troisville, ses études achevées, avait été nommé mage et admis au sein du Cercle Cyan à la Saint-Jean, selon la tradition. Comme on était en octobre, cela datait d'à peine quelques mois.

— Comptez-vous racheter une clientèle ?

— Ma foi, je ne suis pas sûr d'en avoir les moyens.

— Alors vous devez vous faire la vôtre ! Et le plus tôt sera le mieux.

— Vous voulez dire que… ?

— Mais oui !… J'ai déjà prévenu Mme La Vaulx – c'est le nom de la veuve – de ma visite. Accompagnez-moi et prenez les choses en main, je vous assisterai.

Troisville eut un immense sourire.

— C'est entendu, Griffont. Merci… Y allons-nous maintenant ?

D'une moue amicale, Louis Denizart Hippolyte Griffont temporisa l'ardeur du jeune homme.

— Nous avons bien le temps de finir nos cafés.

2

Mme La Vaulx et sa fille Eugénie habitaient, rue d'Ulm, un charmant et discret hôtel particulier qu'une grille et deux arbres barbouillés aux couleurs de l'automne protégeaient des regards. Après avoir sonné et confié leurs cartes de visite à un domestique, Griffont et Troisville attendirent dans l'entrée, les gants et le chapeau à la main.

Mme La Vaulx arriva bientôt. Vêtue de noir, sèche, très brune et sans beauté, elle devait avoir la cinquantaine.

— Bonjour, messieurs.

— Louis Denizart Hippolyte Griffont pour vous servir, madame. J'ai eu l'honneur d'échanger quelques mots avec vous au téléphone ce matin. Et permettez-moi de vous présenter M. François-Denis de Tréville, que je seconderai dans l'affaire qui vous occupe.

Le jeune mage s'inclina et offrit un baisemain parfait selon l'étiquette. Autant que sa particule, l'excellence de ses manières parut faire forte impression à la maîtresse des lieux.

— Ravie, messieurs… Êtes-vous bien… magiciens ?

Griffont ne répondit pas afin d'obliger son protégé à prendre l'initiative.

— Certainement, madame, fit Troisville. De la loge parisienne du Cercle Cyan.

Les deux hommes avaient leurs cannes et leurs chevalières pour le prouver. À leur doigt, en effet, était une bague ornée d'un saphir reconnaissable entre toutes. Quant aux cannes, elles étaient plus que des accessoires d'élégance, attendu qu'un mage prudent ne sort jamais sans son bâton de pouvoir. Le pommeau de la canne de Griffont était un globe de cristal bleu à facettes, qu'une créature mi-aigle, mi-lion – un griffon, en fait – tenait dans ses serres. Un joyau identique ornait le pommeau de la canne, plus sobre, de Troisville.

Griffont acheva de rassurer la veuve avec un sourire irradiant l'honnêteté.

— Passons dans le salon, voulez-vous, messieurs ?

Ces messieurs voulurent bien.

Après avoir fait servir du café et des gâteaux secs, Mme La Vaulx demanda que l'on aille prévenir mademoiselle et tint à l'excuser.

— Ma fille Eugénie, avec tous les tracas qui nous accablent, souffre de terribles migraines qui peuvent la retenir des jours entiers dans sa chambre. Je ne sais si elle trouvera la force de venir vous saluer.

Les deux mages acquiescèrent avec compassion : ils comprenaient.

— Parlez-nous donc de ces tracas, madame, proposa Troisville d'une voix douce. D'après M. Falissière, vous auriez à subir les harcèlements d'esprits frappeurs ?...

La veuve prit une inspiration et, trouvant le soutien qu'elle espérait dans le regard de ses vis-à-vis, se lança.

Cela avait commencé peu après qu'elle et sa fille se furent installées dans cet hôtel particulier qu'une tante – qualifiée d'excentrique – avait longtemps occupé. Avant cela, c'est-à-dire avant la mort du général, les La Vaulx habitaient Saumur.

— Mais il nous était impossible, à ma fille comme à moi, de vivre plus longtemps dans la maison où mon défunt époux avait passé...

— C'est très compréhensible, madame. Et comment se manifestèrent les esprits frappeurs ?

— Oh ! bien sûr, au début, nous n'avons pas pensé à cela.

Il y eut d'abord des crissements, des bruits discrets dans les murs, des grattements de courses légères dans les plafonds. Des souris ? Mme La Vaulx acheta un chat qui n'empêcha rien. Au contraire, les « manifestations » s'accrurent. Bientôt, on trouva au matin de menus objets déplacés ; certains s'étaient même brisés en tombant. Et il fallait encore compter avec le sentiment diffus et grandissant d'être observée en permanence, y compris pendant le sommeil.

— Vous imaginez, messieurs, combien cela peut être inconvenant. Surtout avec une jeune fille à la maison...

Les mages affichèrent à nouveau une mine de circonstance, en s'efforçant néanmoins, parce qu'ils étaient bien élevés, de ne point trop imaginer.

Eugénie arriva dans le salon sur ces entrefaites,

et les deux hommes se levèrent pour l'accueillir. Mme La Vaulx fit les présentations et résuma à sa fille ce qu'elle avait déjà expliqué à ces messieurs.

— Avez-vous parlé des vols, maman ? demanda Eugénie tandis qu'elle s'asseyait dans un fauteuil que lui présentait Troisville. Merci, monsieur, ajouta-t-elle à l'intention de son chevalier servant.

Elle rougit un peu. Âgée de vingt-cinq à trente ans, elle était aussi laide et presque aussi maigre que sa mère. Elle était de surcroît gauche, effacée, presque craintive. Ses petits yeux noirs et son nez pointu lui donnaient un air de musaraigne effrayée.

— Je ne crois pas que nos problèmes domestiques concernent ces messieurs, Eugénie…

— Mais si, madame, insista Griffont. Tout peut avoir son importance.

— Croyez-vous ?

— C'est certain, renchérit Troisville.

— Eh bien, comme si cela ne suffisait pas, reprit la veuve, je devais bientôt m'apercevoir que notre cuisinière nous volait depuis quelque temps. Du sucre, de la farine, du pain, des biscuits, du chocolat… Dès les premiers vols, je fis mettre les placards et le garde-manger sous clef. En vain. La bonne nia, mais comme elle seule avait un double, nous avons dû nous en séparer… Après quinze ans d'un fidèle service, y songez-vous ?… Mais cette maison rend tout le monde fou…

Tandis que Troisville demandait et obtenait des précisions sur les tristes tours que jouaient les prétendus esprits frappeurs, Griffont remarqua un vieux chat qui entrait. Efflanqué, le poil terne et l'oreille basse, l'animal longeait les murs et lançait des regards apeurés partout, à croire que les foudres du ciel risquaient de le frapper à chaque instant.

Louis Griffont aimait les chats, même lorsqu'ils n'étaient pas ailés. Négligeant la conversation, il se pencha, tendit le bras, frotta du pouce contre son index et son majeur. Le matou reconnut un ami. Il hésita un peu mais approcha et reçut une caresse.

— Que fais-tu là, toi ? s'indigna soudain Mme La Vaulx. Ouste ! Ouste, inutile ! Hors du salon !

Le chat s'enfuit aussitôt dans le couloir.

La réaction de la veuve déplut fortement aux mages, et Troisville, prenant l'animal en pitié, se fit la réflexion que ce félin cacochyme ne risquait guère d'inquiéter les souris qu'on avait destinées à sa vindicte. Griffont, lui, eut une autre idée.

— Quel âge a ce vieux matou ? demanda-t-il.

— Un vieux matou ? fit Mme La Vaulx.

— Mais Lubéron a tout juste deux ans ! s'étonna Eugénie.

Alors Griffont comprit et sourit.

— Permettrez-vous, madame, que nous interrogions vos domestiques ?

— Est-ce bien nécessaire ?

— Oui, madame.

Une moue dubitative aux lèvres, la veuve alla réunir le personnel cependant qu'Eugénie priait ces messieurs de bien vouloir l'excuser, sa migraine l'obligeant à regagner sa chambre.

Dès qu'ils furent seuls, Griffont glissa à l'oreille du jeune mage :

— Alors ? Avez-vous deviné de quoi il retourne ici ?... Parlez bas.

— À vrai dire…

— Réfléchissez. Dès que nous aurons parlé aux domestiques, je suis convaincu que nous découvrirons que les malheurs de notre veuve ont débuté du jour où elle a verrouillé ses placards, et qu'ils ont augmenté quand elle a pris un chat.

— Cette pauvre bête ?

— Je gagerais que le matou était en pleine forme avant d'arriver.

Troisville réfléchit un instant, et dut s'avouer vaincu.

— Non, vraiment… Je ne vois pas.

D'autres, en revanche, voyaient très bien.

Mais ils entendaient fort mal.

*

— Que disent-ils ? fit Crépin depuis le haut de l'armoire.

— Chut ! rétorqua Guillaumet.

— Mais que disent-ils ? insista Crépin.

Il était très inquiet.

— J'essaie justement d'entendre, Crépin. Et tu n'y aides guère !

— N'empêche que j'aimerais bien savoir ce qu'ils di…

— Silence, bon sang !

Boudeur, Crépin se retourna sur le dos et fixa le plafond en marmonnant.

Depuis que l'OutreMonde avait, au lendemain de l'épopée napoléonienne, révélé son existence, tout un chacun savait que les extraordinaires aventures de Gulliver avaient un fond de vérité. Il n'est pas certain que Jonathan Swift ait jamais rencontré de chevaux philosophes, ou vu des îles aériennes mues par la force magnétique. En revanche, à quelques variantes près, les Lilliputiens sont inspirés d'un peuple bien réel dont Crépin et Guillaumet étaient deux dignes représentants. Mais il est sans doute nécessaire, à ce stade du récit, que je vous parle des minimets, puisque c'est le nom qu'ils portent en France.

Si je vous montrais un couple de minimets, vous penseriez sans doute observer les miniatures criantes de vérité d'un homme et d'une femme. Et encore seriez-vous chanceux, ou particulièrement attentifs. Les minimets jouissent en effet d'une prodigieuse capacité, celle de ne pas être vus par ceux qui ne s'y emploient pas. Comprenez-moi bien : ils ne sont pas invisibles, seulement aussi discrets que des objets ordinaires. Le regard glisse sur eux, et quand il les surprend par miracle, l'espace d'une fraction de seconde, il est déjà trop tard. Car les minimets savent d'instinct qu'on les a repérés et ils peuvent instantanément se transporter ailleurs. Pour un jeune minimet, cet ailleurs doit être dans son champ de vision immédiat. Mais pour un adulte, il suffit que le point d'arrivée désiré soit un lieu familier. Cet exercice, très pénible et parfois dangereux, en sauva plus d'un de la capture.

Revenons à présent à Crépin et Guillaumet.

Ils étaient à la fois d'excellents amis et de très jeunes hommes tout juste sortis de l'adolescence. Des deux, Guillaumet était le plus grand puisqu'il toisait presque quinze centimètres, soit six pouces selon sa mesure. Il était également le plus courageux et celui qui plaisait le plus aux filles. À toutes, semblait-il, sauf à une.

Parce qu'on les avait désignés sentinelles ce jour-là, ils avaient passé le costume adéquat. Ils ressemblaient à des gardes suisses du Vatican armés de mousquets, la couleur de leur livrée changeant seulement. Étouffant sous le plastron de cuirasse, ils avaient très tôt posé leurs armes et les morions à crête – pensez au casque en demi-lune des *conquistadores* – qui devaient les coiffer. Pour autant, ils ne prenaient pas leur rôle à la légère, convaincus d'être responsables de l'importante communauté de minimets qui vivait dans les murs, les planchers et le grenier. Mais tout cet attirail, en plus d'être pénible, leur semblait à la fois inutile et ridicule. Et que feraient-ils si les choses tournaient mal ? Tirer sur les Grands des balles de plomb grosses comme des grains de sable ? On leur avait d'ailleurs expressément ordonné de se transporter en sécurité à la moindre alerte.

Au début, ils avaient suivi la conversation des Grands avec amusement. Ils avaient même cru mourir de rire en apprenant que la Duègne pensait avoir affaire à des esprits frappeurs.

— Va demander au chat si nous venons d'outre-tombe, s'était moqué Crépin.

Mais les minimets déchantèrent brusquement quand ils comprirent que les visiteurs étaient des mages. Et maintenant que les mages en question parlaient à voix basse, c'était pire que tout.

— Rien à faire, pesta Guillaumet. Je n'entends goutte.

— Si tu le dis…, lâcha Crépin qui boudait

toujours en fixant le plafond, les doigts croisés sous la nuque.

— Eh ! ils bougent !

— Vrai ? Ils s'en vont ?

Enthousiaste à cette idée, Crépin se retourna comme une crêpe et se heurta le menton au col de son plastron.

— Non. Ils prennent seulement le couloir de service.

— Pour aller où ? Pour aller où ? Dis, pour aller où ?

— Nous devons les suivre.

— Non. Nous devons prévenir le Vénérable.

— Nous n'allons pas le déranger pour si peu.

— Pour si peu ? Deux mages ?

— Des mages ? fit soudain une voix derrière eux.

C'était une voix féminine, et Guillaumet la reconnut aussitôt. Du coup, il sentit son cœur battre à tout rompre et devint pataud en voulant paraître sûr de lui. Imité par Crépin, il se releva sans trop s'empêtrer les cuisses dans son fourreau de poignard.

— Bonjour, Apolline.

— Salut, Guillaumet.

Elle ne s'aperçut pas qu'il rougissait, ou fit comme si, et le bouscula pour observer la pièce depuis le rebord de l'armoire. Elle était aussi jolie qu'aventureuse et têtue, et s'habillait comme les garçons de son âge et de sa communauté : gilet court, chemise, culottes couvrant les genoux, bas blancs et souliers à boucle ; elle avait un catogan. Cette fantaisie vestimentaire – que l'on pouvait encore pardonner à une gamine turbulente mais certainement pas à une jeune fille – désespérait ses parents. Quant à Guillaumet, il la trouvait plus belle encore dans les robes qu'elle portait à l'occasion des fêtes, mais n'osait plus le lui dire. Il s'y était essayé une fois et avait été rayé de son carnet de bal pour trois mois.

— Où sont-ils, vos mages ?

— Ils viennent de sortir, indiqua Crépin tandis que Guillaumet s'efforçait d'avaler sa salive.

— Comment étaient-ils ?

— Euh… Grands ?

— J'aimerais bien les voir.

— Non, intervint brusquement Guillaumet. Il faut prévenir le Vénérable.

Crépin adressa à son ami un regard peu amène. Pouvait-on changer d'avis plus vite ?

— Papa a sans doute autre chose à faire, décréta Apolline.

En se concentrant, elle avisa le haut d'une horloge, disparut – « pouf ! » – et réapparut – « pouf ! » – presque aussitôt à destination. De « saut » en « saut », elle espérait rejoindre les mages où qu'ils soient. Pour l'heure, elle était encore incapable de se transporter en des lieux hors de vue. Mais cela viendrait bientôt. Malheureusement, cela ferait d'elle une adulte, et donc une candidate obligée au mariage. Bien sûr elle dirait « non », ce qui promettait de sévères engueulades avec son père. Comme si leurs relations n'étaient pas déjà assez compliquées…

Les deux autres – « pouf ! pouf ! » – la rejoignirent. Désorienté, Crépin se matérialisa en tournant le dos à ses amis et les chercha un moment.

— Reviens, dit Guillaumet à Apolline. C'est trop dangereux !

— Bah !

— Mais si.

— Mais non.

— Mais s…

Elle le fixa, sourit, pencha un peu la tête sur le côté, cligna des paupières et, enjôleuse, demanda :

— Vraiment, Guillaumet ? Tu ne veux pas venir avec moi ?

L'adorable peste, songea Guillaumet avec ce qui lui restait de raison.

3

Ce soir-là, comme tous les soirs après souper depuis trente ans, Septimus consignait les événements marquants du jour. Il avait la cinquantaine, ce qui était très âgé pour un minimet. Sa barbe avait blanchi ; des rides creusaient son visage ; des taches brunes lui étaient apparues sur les mains. Presque chauve, il avait ôté la longue et archaïque perruque poudrée qu'il se devait de porter en public. Il était en effet, rue d'Ulm, dans la bâtisse où un lointain aïeul et quelques autres s'étaient établis jadis, le maire d'une communauté de mille âmes. Il avait titre de Vénérable. Cela n'allait pas sans d'énormes responsabilités, beaucoup de soucis, et quelques obligations d'apparat.

Les exigences de l'étiquette ne le poursuivaient pas, cependant, jusque chez lui : coiffé d'un bonnet de coton blanc qu'il garderait pour dormir, il avait enfilé une confortable robe de chambre et chaussé des pantoufles. Il écrivait d'une plume agile, dont les crissements sur le papier troublaient seuls le silence. Son cabinet de lecture et de travail était un refuge préservé. Même sa fille et son épouse ne venaient que rarement l'y déranger. Sa fille, en fait, ne venait jamais.

Septimus avait ses appartements dans le plancher du grenier, où l'essentiel de la communauté avait également élu domicile. Comme les minimets sortent peu et qu'ils considèrent tout ce qui vient du Dehors (ce sont eux qui mettent la majuscule) avec un scepticisme hostile, la vie – sur le plan des mœurs, de la mode et des sciences – paraissait s'être arrêtée ici à l'époque des fondateurs, c'est-à-dire au XVIIIe siècle. Les anciens, et Septimus le premier, veillaient au respect des us et traditions. Un travail de tous les jours et de plus en plus difficile. Les jeunes d'aujourd'hui, moins dociles que leurs parents qui l'étaient déjà moins que leurs aînés, ne désiraient pas la vie qu'on leur destinait. Certains s'y pliaient malgré tout parce qu'il est toujours plus facile de suivre que de mener. Mais d'autres ruaient dans les brancards, prétendaient s'émanciper, voulaient connaître le monde, menaçaient de quitter un jour la communauté. Pourquoi se cacher encore, alors que l'Outre-Monde avait révélé son existence depuis un siècle ? Parce que le Dehors est plein de dangers, répondaient les anciens. Parce qu'il n'est pas à la mesure des minimets. Et parce que c'est ainsi, un point c'est tout. Il est dans la nature des minimets d'habiter secrètement les demeures des Grands. Ils l'ont toujours fait et le feront encore. Ceux qui partent ne reviennent jamais.

Septimus s'aperçut qu'il était resté un moment à songer, la plume en l'air. Il la trempa dans l'encre, hocha la tête d'un air désolé, et reprit son écriture.

La communauté avait traversé des jours sombres. Les ennuis commencèrent avec l'arrivée de la mère La Vaulx – très tôt baptisée la *Duègne* – et sa fille. Avant, l'hôtel était occupé par une charmante vieille femme qui laissait les minimets en paix et permettait qu'ils puisent dans ses provisions. Savait-elle qu'elle avait des colocataires ? Si oui, elle s'en moquait bien. Ou alors avait-elle compris les avantages que cela procurait. Car rien n'est plus profitable à une maison que d'être peuplée de minimets. Ils ne font pas qu'y vivre. Ils l'entretiennent, colmatent la moindre fissure, préviennent les dégâts naissants, réparent les usures, chassent les rongeurs, détruisent les parasites. C'est à ce titre qu'ils s'estiment légitimés à prélever un impôt en nature dans le garde-manger. Bien sûr, ils sont incapables de gros œuvre et ne peuvent rien contre les sinistres d'importance. Mais les bâtisses qu'ils hantent ne vieillissent pas. Et la prochaine fois que vous verrez un bâtiment ancien en parfait état, demandez-vous si ses planchers ne sont pas habités par de zélés bricoleurs.

Tout avait changé avec l'arrivée de la Duègne. D'abord, très tôt, les provisions devinrent inaccessibles, cachées dans les récipients scellés de placards verrouillés. Puis vint le chat. Une véritable déclaration de guerre à laquelle la communauté répondit comme il convient : harcelé jour et nuit, le pauvre animal ne tarda d'ailleurs pas à rendre les armes. Enfin, il y eut les mages. Par chance, ils comprirent de quoi il retournait et trouvèrent une solution satisfaisante. L'un d'eux, en particulier, sut se montrer diplomate.

Il se nommait Louis Griffont et Septimus avait déjà entendu parler de lui. Aussi le Vénérable accepta-t-il de se montrer quand l'homme monta seul dans le grenier, se présenta à haute et intelligible voix, et demanda respectueusement audience. Septimus savait que les mages, par des sortilèges, peuvent contraindre les minimets à se révéler. Que Griffont renonce à cet expédient était tout à son honneur. Cela fut apprécié.

On discuta, on négocia, on trouva bientôt un accord. Les minimets renonceraient aux harcèlements punitifs dès l'instant où la Duègne, volontairement ou non, cesserait de leur nuire. Son départ, toujours possible, ne fut cependant pas envisagé parce qu'il obligerait la petite communauté à l'exode en la privant de moyens de subsistance. Comme il n'était pas question non plus que les minimets désertent une maison qu'ils occupaient depuis des générations, toute la difficulté fut donc, pour Griffont, de convaincre la veuve de cohabiter. Il y parvint. Septimus ignorait comment mais ne s'en réjouissait pas moins.

Quelqu'un gratta à la porte du cabinet et l'épouse du Vénérable – une vieille femme qui avait été belle et restait coquette – passa la tête.

— Qu'y a-t-il, ma mie ? s'enquit Septimus en posant sa plume d'oie.

C'était une manière de l'autoriser à entrer, ce qu'elle fit.

— Tu n'as besoin de rien, Septimus ? Une tasse de chocolat, une tisane ?... Un verre de vin allongé ?

— Non, merci... Mais, toi, qu'as-tu ? Tu fais grise mine...

Elle acquiesça sans joie et serra le fichu qui lui couvrait les épaules.

— C'est notre fille, Apolline…

— Cette petite diablesse s'est encore sauvée, n'est-ce pas ?

— Ne parle pas ainsi d'elle !

— Allons… Tu sais bien que je l'aime.

— Oui, je le sais. Et je sais aussi qu'elle ne te ménage guère… Mais peut-être devrais-tu le lui dire, parfois.

— Crois-tu qu'elle l'ignore ?

La vieille femme ne répondit pas tandis que son mari se levait et marchait vers elle.

Apolline était leur seule enfant. Tous les autres, ses aînés, garçons pour la plupart, étaient morts en bas âge. Elle avait peut-être été trop gâtée et n'était pas d'un caractère facile. L'adolescence n'arrangeant rien, elle était devenue rebelle en plus de cabocharde, et semblait prendre un malin plaisir à faire tourner son père en bourrique. Il y avait encore eu une dispute quand Septimus avait appris que sa fille, contre toute prudence, avait longuement espionné les mages avant que ce grand benêt amoureux de Guillaumet ne donne l'alerte. La querelle s'était achevée par des cris et une porte claquée. Apolline n'avait pas soupé.

Septimus prit son épouse dans les bras.

— Es-tu bien certaine qu'elle n'est pas chez une amie ?

— Oui. Je l'ai fait chercher.

— En ce cas…

— Elle est allée retrouver ce Grand dont elle parle tant !… Elle s'y rend de plus en plus souvent, à présent. Quand elle se figure que nous dormons…

Crois-tu possible qu'elle soit l'amie d'un Grand ? Elle si jeune, si naïve…

— Qui sait ?… Tous ne sont pas… Ce Griffont, par exemple, s'est montré plus qu'amical à notre égard.

— Promets-moi que tu lui parleras quand elle rentrera. Je suis sûre qu'Apolline songerait moins à partir si vous pouviez vous réconcilier.

— Je te le promets.

— Elle n'est pas mauvaise fille, sais-tu ? Juste un peu trop têtue et aventureuse.

— Mais bien sûr.

— Parfois, j'ai peur qu'elle ne revienne pas.

— Ne songe pas à cela, ma mie. Je lui parlerai, te dis-je… Je lui parlerai…

*

Pour Apolline, Paris était une ville inouïe, conçue par des titans, sous le ciel sans limites que les siens ne voyaient presque jamais et qui les effrayait tant. Elle n'avait pas peur, elle. Ou si peu. Elle ressentait tout juste une délicieuse appréhension, un picotement des nerfs, une excitation qui aiguise la pensée et fait battre le cœur. Le moindre bâtiment avait à ses yeux des dimensions formidables ; les rues dessinaient des perspectives colossales. Et même la nuit, quand Apolline s'autorisait à s'aventurer au-Dehors, la rumeur de la cité faisait un grondement de houle lointaine.

— Nous y sommes presque, dit la minimette en sortant par une grille d'égout. Allez, encore un effort !

Guillaumet, qui la suivait, n'apprécia guère qu'elle l'encourage. Car s'il y avait bien une chose dont il ne voulait pas sembler manquer devant Apolline, c'était précisément de hardiesse. Il s'employa donc à paraître brave, mais ouvrit des yeux ronds et perdit la voix en découvrant la venelle déserte et l'immensité étoilée qui la coiffait. Jamais sa vue n'avait porté si loin. Le monde ne pouvait pas être aussi vaste et vide. Un sentiment de vertige envahit le jeune minimet.

Apolline savait ce qu'il ressentait. Elle apprécia ses réactions du coin de l'œil, un léger sourire aux lèvres.

— C'est quelque chose, non ? dit-elle.

Bouche bée, il acquiesça machinalement.

— Et encore, tu vois ça d'en bas. Si nous étions en hauteur, tu n'en croirais pas tes yeux. Le monde est infini, Guillaumet. Infini !

Le pauvre se remettait lentement de ses émotions, quand le monde trembla et fut englouti dans un vacarme rocailleux d'avalanche. Une masse gigantesque et furieuse passa tout près et s'éloigna aussi rapidement qu'elle avait approché. Livide et ahuri, le souffle court, Guillaumet resta un long moment plaqué dos au rebord du trottoir.

— Qu'est-ce… ? Qu'est-ce… ? Qu'est-ce que… c'était ? réussit-il enfin à articuler.

— Un fiacre, expliqua Apolline.

— Un fiacre ?

— Une voiture tirée par des chevaux.

Il lui adressa un regard fâché : il savait parfaitement ce qu'était un fiacre. Peut-être aussi s'en voulait-il d'avoir cédé à la panique.

— Il y en a plein les rues à Paris, poursuivit la jeune fille en en rajoutant dans le registre de la nonchalance. Même la nuit… Mieux vaut ne pas rester ici. Viens !

Mais Guillaumet était de nouveau maître de ses nerfs et la folie de cette expédition lui apparaissait soudain.

— Non, fit-il. Il suffit… Nous rentrons !

— Allons, Guillaumet. Ce n'est tout de même pas un fiacre qui…

— Ce ne sont pas les fiacres qui m'inquiètent. Ni les Grands. C'est ton père… Il m'écorchera tout vif quand il saura que…

— Mais il n'en saura rien… Et qu'est-ce qui te fait croire qu'il s'inquiète seulement de savoir où je suis ?

Guillaumet dévisagea Apolline. Elle ne croyait pas un mot de ce qu'elle venait de dire et baissa les yeux, un rien honteuse.

— Allons, Apolline. Sois raisonnable…

Il croyait avoir gagné…

… et fut aussitôt détrompé.

— Tu n'as qu'à rentrer, si tu veux. Je ne t'oblige pas.

Apolline fixa un point du regard et – « pouf ! » – s'y transporta instantanément.

*

Guillaumet suivit Apolline en se maudissant et, de corniche en balcon, ils remontèrent la rue au long des façades des bâtiments endormis. Ils étaient à présent sur le rebord d'une fenêtre entrouverte, au deuxième étage d'un bel immeuble.

— Voilà, dit gaiement Apolline. Nous y sommes…

Tu vois, il a laissé ouvert pour moi. Il sait que je ne manque jamais nos rendez-vous.

— Et il s'appelle comment, ce Grand ? chuchota le minimet.

— Antoine.

— Mais il peut nous voir ?

— Ben seulement si nous le voulons bien, comme tous les Grands.

— Et toi, tu veux ?

— Oui. Mais tu pourras rester caché si tu préfères.

Tandis qu'Apolline entrait, un bref scintillement l'entoura. Désormais, tout le monde pouvait la voir. Guillaumet, qui n'eut pas cette audace, en conçut une légère honte. Il découvrit une pièce petite, agréablement meublée et décorée, où le gaz brûlait en veilleuse. Un vieil homme, le gilet déboutonné, était allongé sur un divan, immobile et les yeux clos, les lunettes au bout du nez.

— Ne fais pas de bruit, conseilla Apolline. Il dort.

— C'est lui ?

— Naturellement.

— Et tu le connais depuis…

— Depuis assez longtemps. C'est un vieux monsieur très gentil, tu verras. Je le réveillerai plus tard.

— Ce n'est peut-être pas la peine de le déranger…

Posée sur le manteau de la cheminée, une horloge précieuse tinta. Il était dix heures et un quart.

En habituée des lieux, Apolline se transporta sur le bureau encombré de paperasse, puis sur les rayonnages de la bibliothèque, où elle se promena parmi les livres, les bibelots et les souvenirs de toute une vie. Elle souriait, ravie. Guillaumet, lui, guettait les alentours d'un œil méfiant. Mais il dut bientôt reconnaître que l'endroit était charmant, paisible, accueillant. Et puis l'on était toujours mieux à l'intérieur qu'au-Dehors.

Le minimet rejoignit Apolline sur un guéridon près du divan. Y étaient posés, à portée de main du Grand, un verre à liqueur et une carafe pleine aux deux tiers d'un liquide rubis.

— Du porto, expliqua la jeune fille. Antoine en boit toujours un verre ou deux, le soir. Et des fois un peu plus… Tu veux goûter ?

En se hissant sur la pointe des pieds, elle se pencha par-dessus le bord du verre et puisa, dans le creux de sa main, une gorgée de vin cuit. Elle trouva cela amer et le feu dans sa gorge la surprit. C'était la première fois qu'elle y goûtait mais elle ne laissa rien voir, histoire de paraître plus avertie qu'elle ne l'était.

Elle reprit bientôt son tour du propriétaire, Guillaumet sur les talons.

— Il habite tout seul ? demanda-t-il.

— Antoine ?… Tout l'immeuble lui appartient. Il est très riche… Au rez-de-chaussée et au premier, il y a son gendre et sa fille. Je crois qu'il ne l'aime pas beaucoup.

— Sa fille ?

— Non, son gendre.

— Pourquoi ?

— Je n'en sais rien. Allez, réveillons-le !

Avant que Guillaumet ait pu réagir, la minimette se transporta sur le gilet du vieil homme pour lui tirer un poil de moustache.

Sans effet.

— Je crois qu'on a abusé du porto, se moqua Apolline. Guillaumet, aide-moi.

Comme elle lui tendait la main, il n'y résista pas, la prit, et se retrouva bientôt à sauter à pieds joints avec sa dulcinée sur la poitrine d'un Grand afin de le réveiller. Il ne l'aurait pas cru si on le lui avait prédit.

La gymnastique des minimets s'avéra cependant inutile.

— Il y a un problème, s'inquiéta soudain Apolline.

De fait, le vieil homme respirait à peine, et fort mal.

— Il n'est pas bien !... Guillaumet, il n'est pas bien ! Fais quelque chose !

— Mais quoi ?

Le vieillard eut alors un sursaut d'agonie. Il ouvrit une paupière lourde sur un œil trouble et, levant faiblement le bras, murmura des mots indistincts.

Apolline laissa Guillaumet en plan pour approcher de la bouche et du menton. Elle entendit alors le mourant qui répétait :

— La clef... des heures... Dans... les heures... La... clef des... heures.

Et ce fut tout. La poitrine du vieil homme se souleva une dernière fois, puis s'affaissa avec un râle sinistre.

Affolée, Apolline s'exclama :

— Est-il mort ?... Dis-moi, est-il mort ?

Mais Guillaumet lui tournait le dos et regardait la porte. Il venait d'entendre des bruits dans l'escalier, puis dans le couloir. Des bruits de pas. Et qui approchaient.

— Guillaumet…

C'était plus une plainte qu'un appel.

Le minimet fit volte-face pour voir Apolline qui, livide, s'évanouissait. Il se précipita vers elle, l'attrapa avant qu'elle ne tombe.

— Apolline ! Apolline, parle-moi ! Apolline !

Elle ne répondit pas.

Au même instant, la porte grinça en commençant de s'ouvrir. Son aimée dans les bras, Guillaumet ne sut plus que faire. Apolline avait levé le charme qui faisait que les Grands ne remarquaient pas les minimets. Il fallait qu'elle se réveille pour redevenir comme invisible.

— Apolline ! Dieu du ciel, Apolline !

Incapable de l'abandonner, il la secoua. En vain. Elle ne bougeait plus et respirait à peine.

— Apolline !

La porte s'écarta en grand.

Une immense silhouette noire entra.

Terrifié, Guillaumet se recroquevilla en serrant fort celle qu'il s'était promis d'épouser un jour.

*

Le lendemain matin, le père de Guillaumet s'étonna de ne pas le voir à table pour le déjeuner. Croyant son fils malade, il alla frapper à la porte de sa chambre, attendit, frappa plus fort, ouvrit enfin…

Et lâcha une exclamation de stupeur.

4

Depuis qu'elles étaient connues des populations, les trois confréries de magiciens – Cyan, Or et Incarnat – possédaient un siège dans chaque capitale européenne et la plupart des grandes métropoles mondiales. La loge parisienne du Cercle Cyan avait le sien au numéro 1 de la rue Saint-Claude, dans le IIIe arrondissement, c'est-à-dire à l'adresse de l'ancien hôtel de Bouthillier que le célèbre Joseph Balsamo habita en son temps.

Ce lieu était nommé « le Premier Cyan », voire « le Premier », parce qu'il avait été fondé en 1831, lors de la monarchie de Juillet, et fut à ce titre le premier du genre à voir le jour. En fait de siège, il s'agissait surtout d'un club où l'on venait autant travailler et traiter d'affaires sérieuses, que se détendre, déjeuner, dîner ou souper, lire les journaux et converser entre personnes de bonne compagnie dans un cadre raffiné. Les parquets étaient vernis, les murs lambrissés, les boiseries acajou. Le cuir des sièges avait la patine des objets longtemps aimés ; les cuivres rutilaient dans la pénombre des lampes à abat-jour vert. Et s'écoulaient des heures que les pendules marquaient d'un tintement cristallin.

On sacrifiait volontiers au rituel du *five o'clock* dans les salons cossus du *Premier* et en cette fin d'après-midi, Griffont attendait précisément qu'on lui serve une tasse fumante de Kenilworth, la variété de Ceylan qu'il préférait entre toutes. (En connaisseur, il exigeait que l'on jette sur les feuilles une eau frémissante mais non bouillante ; le temps d'infusion, enfin, devait être chronométré.)

Troisville et deux autres entouraient le mage. Ils l'écoutaient parler de la veuve La Vaulx et de ses locataires. Ces événements ne dataient que de la veille.

— Ainsi, s'étonna Maniquet, vous nous dites qu'il subsiste encore à ce jour, au XXe siècle, une communauté clandestine de minimets à Paris ?

Jules Maniquet était un petit vieillard pimpant et rond, qui arborait une spectaculaire paire de bacchantes blanches. Lassé des mystères et des intrigues, il s'était retiré des affaires et vivait de ses rentes.

— Ce doit être la dernière qui reste, confirma Griffont. Elle s'est établie au XVIIIe siècle et ne s'est jamais manifestée depuis.

— Saviez-vous cela ? demanda Maniquet à un autre vieil homme.

Celui-là était grand, légèrement bedonnant, avait une barbe broussailleuse et le haut du crâne dégarni. Il se nommait Patri Delveccio. Cachant un savoir immense et une lucidité rare sous des dehors bonhommes et distraits, il semblait avoir la soixantaine alors qu'il allait bientôt fêter ses huit cent quatre-vingts ans. Cet âge faisait de lui le doyen de la loge parisienne du Cercle Cyan. Il était de ces gens qui en disent moins qu'ils n'en savent, et qui en savent toujours plus qu'on ne croit. Son gilet était souvent mal boutonné.

— Non, je l'ignorais, avoua-t-il. Qui dirige cette communauté ?

— Un certain Septimus, indiqua Troisville.

— Un sage, ajouta Griffont. Avec qui il fut possible de négocier une paix.

— Croyez-vous l'affaire réglée ? s'enquit Delveccio.

— Oui. À la condition que la veuve tienne ses engagements. En outre, j'ai donné mon adresse aux minimets, afin qu'ils puissent me contacter si nécessaire.

Le thé était servi. On le but, et Maniquet fut le premier à poser sa tasse.

— Comment avez-vous eu vent de cette affaire ? fit-il. Est-ce vous, Tréville, qui l'avez amenée ?

— Non, dit le jeune homme. Je n'ai fait qu'assister Griffont. Tout le mérite lui revient.

— Mais c'est votre carte que Mme La Vaulx a gardée, intervint Griffont. Et il me semble que sa fille vous a trouvé charmant…

Troisville était joli garçon, ce dont les autres faisaient volontiers un sujet de gentilles moqueries. Conscient que sa jeunesse l'exposerait encore un temps aux piques de ses aînés, il sourit d'un air entendu et se tut.

— C'est Falissière qui m'a indirectement soumis cette affaire cocasse, expliqua enfin Griffont.

— Va-t-il mieux ? demanda le mage retraité. On m'a dit qu'il avait été très malade…

— Il va mieux, à ce qu'il semble. Il est allé se reposer en Auvergne sur le conseil de ses médecins.

Falissière était connu et apprécié au *Premier*. Il n'était pas membre du Cercle Cyan, ni même magicien, mais la chose n'était pas indispensable pour avoir ses entrées au club. Les femmes, en revanche, qu'elles soient magiciennes ou non, n'étaient pas admises à dépasser le comptoir de l'accueil en vertu d'un règlement intérieur archaïque et immuable.

Comme la santé de Falissière n'était pas un sujet gai, la conversation tomba. Delveccio en profita pour aborder un thème qui le travaillait sans doute depuis longtemps.

— Merlin est à Paris, dit-il.

— Merlin ? s'exclama Troisville.

Embarrassé de s'être abandonné à un élan de surprise, il rougit un peu. Personne ne lui en voulut, cependant. Car Merlin était le mage le plus célèbre de tous les temps et la seule évocation de son nom n'impressionnait pas seulement les novices. Véritable légende vivante, y compris chez ses pairs, il était le dernier représentant de ce que l'on considérait parfois, à tort, comme le premier cercle de magiciens. Un cercle aujourd'hui disparu : les Druides.

— Merlin est à Paris, répéta le doyen. J'ignore depuis combien de temps. Et surtout, j'ignore pourquoi.

Certains croyaient Merlin mort. Mais il s'était en fait exilé après la trahison de Viviane et la fin de l'époque arthurienne. Depuis, il n'avait presque jamais quitté l'OutreMonde. Sa venue était une nouvelle d'importance, et la promesse d'événements majeurs.

— Comment savez-vous qu'il est ici ? interrogea Griffont.

— Il me l'a annoncé. Par politesse.

— En personne ? lâcha Troisville.

— Non, reconnut Delveccio avec un sourire aimable. J'ai simplement reçu la visite de son chat-ailé… Mais je gage qu'il ira vous voir, Louis.

Et ce disant, il se tourna vers Griffont qui, impassible, acquiesça.

— Nous verrons bien… Je vous tiendrai au courant.

Troisville, au jeu de regards qui unit Delveccio et Griffont, comprit que des éléments d'information lui manquaient. Il eut cependant la sagesse de ne poser aucune question. Toutes celles qui lui venaient en tête étaient par trop indiscrètes.

— Bien ! Avec votre permission, il est temps pour moi de vous quitter, messieurs, décréta Maniquet en se levant. J'ai laissé chez moi une décoction à réduire, et je suis très impatient de constater le résultat.

Heureux de la diversion que le vieil homme avait provoquée à bon escient, Griffont demanda :

— Une décoction ?

— Mais oui.

— Toujours votre alchimie absurde ? s'amusa Delveccio.

— Toujours.

Maniquet consacrait ses jours à une science nouvelle qui faisait sa joie et qu'il avait ainsi baptisée. Il s'agissait de transformer les matériaux pour le pire. En rendant l'or oxydable, par exemple. C'était bien sûr parfaitement inutile, et Maniquet était le premier à le reconnaître avec l'éclat d'un plaisir immense et moqueur dans les yeux.

— Et votre grand œuvre ? lança Griffont tout sourire.

— Vous verrez, hommes de peu de foi ! répondit Maniquet en s'éloignant sans se retourner. Vous verrez !... Un jour, je transformerai l'or en plomb !... L'or en plomb !

*

Troisville ayant prévu de dîner sur le pouce avant d'effectuer des recherches savantes dans la bibliothèque secrète du *Premier*, Griffont et Delveccio s'en furent vers 18 heures. Ils marchèrent jusqu'au boulevard Beaumarchais en quête d'un fiacre et tandis qu'ils attendaient sur le trottoir, le doyen demanda :

— Avez-vous croisé Aurélia, récemment ?

Griffont lui adressa un regard intrigué.

Aurélia, *alias* la baronne Isabel de Saint-Gil, *alias* lady Griffins, *alias* Isabel Fornizzi-Cavale (pour ne citer que quelques-unes de ses identités), était d'abord une charmante aventurière, cambrioleuse à ses heures, que le gouvernement français chargeait parfois de délicates missions. En rupture de ban avec Ambremer, elle était ensuite une enchanteresse, c'est-à-dire une fée qui a si longtemps vécu loin de l'OutreMonde qu'elle en a perdu certains de ses pouvoirs innés. Enfin, elle avait été la maîtresse puis l'épouse de Griffont. Ils étaient séparés.

— Pourquoi cette question ?

— Il me semblait que vous aviez renoué, fit Delveccio.

— C'est très exagéré.

Fin juillet, après huit ans d'absence, Isabel de Saint-Gil avait en effet reparu dans la vie de Griffont. Ensemble, ils avaient déjoué un complot d'importance contre la reine Méliane et frôlé la mort à plusieurs reprises. Cela les avait certes rapprochés en attisant des feux qui couvaient sous la cendre. Mais la baronne avait presque aussitôt pris la clef des champs. En jouant, de surcroît, un fort mauvais tour à Griffont.

— Je l'ai perdue de vue depuis plus de deux mois, expliqua-t-il sommairement.

— Ah… Fâchés ? s'enquit le vieux magicien, visiblement déçu.

— Pas plus que d'ordinaire… Que lui voulez-vous ?

Patri Delveccio hésita. Il portait une longue redingote noire qui, avec son fouillis de barbe blanche et son haut-de-forme, lui donnait l'air d'un professeur d'université fantasque. Du pouce, il leva le bord de son chapeau pour se gratter le front.

— Rien ou presque, dit-il. Mais j'ai ouï dire qu'elle voyageait beaucoup entre Paris et Ambremer, récemment… Et je me demandais si cela pouvait avoir un rapport avec le retour de Merlin.

— Aurélia n'est pas au mieux avec la reine Méliane, nota Griffont. Aux dernières nouvelles, elle était encore indésirable à Ambremer.

— Oui, je sais. Ce qui ne rend ses allées et venues que plus intrigantes, ne trouvez-vous pas ?

Griffont trouvait. Il acquiesça sans mot dire et se surprit à pester intérieurement contre Aurélia, partagé entre l'inquiétude et l'agacement. Mais dans quel micmac s'était-elle encore fourrée ?

— Voilà un fiacre ! s'exclama soudain Delveccio. Il est pour vous.

Un pied sur la chaussée, il leva sa canne dont le pommeau de cristal bleu étincela. Aussitôt, les chevaux de l'attelage se dirigèrent vers lui. Le cocher, surpris, trouva le procédé cavalier. Il n'osa cependant rien dire.

— Bonsoir, doyen.

— À bientôt, Louis. Tenez-moi au courant de tout ce que vous pourriez apprendre. Je sens que quelque chose d'important se trame.

Griffont promit et grimpa dans le fiacre.

— Impasse du Vieux-Square, indiqua-t-il.

— Pardon, monsieur ? fit le cocher.

— C'est sur l'île Saint-Louis. Prenez par le pont Sully et remontez le quai d'Anjou. Je vous indiquerai.

Ce n'était pas la première fois que son adresse posait un problème. Griffont arriva pourtant à bon port moins de vingt minutes plus tard, malgré les embarras de la place de la Bastille.

Une surprise, dont il ne sut pas si elle devait le réjouir, l'attendait chez lui.

5

Louis Griffont descendit du fiacre au 17, impasse du Vieux-Square, une ruelle pavée qui, inconnue de la plupart des Parisiens, mène à un rond-point arboré dans le cœur paisible de la capitale. Vous perdriez votre temps à la chercher sur un plan, et plus encore à arpenter le quai d'Anjou pour la trouver. Il y a longtemps que l'impasse et son square ont disparu. Les cadastres municipaux témoignent même qu'ils n'existèrent jamais.

Le soir tombait. Partout s'allongeaient les ombres et les premières fraîcheurs accompagnaient un début de quiétude nocturne. Laissant l'attelage s'éloigner avec force grincements et bruits de sabots ferrés contre la pierre, Griffont poussa le battant découpé à l'intention des piétons dans une double porte cochère. Après le passage voûté, il foula le gravier d'une cour fermée sur les côtés par des murs couverts de lierre et, au fond, par la belle façade de sa maison bourgeoise. Une automobile était garée devant le perron. Il s'agissait d'une décapotable 4-places aussi nerveuse qu'élégante, une Spyker anglaise modifiée dont le mage reconnut entre mille la couleur indigo et les sièges capitonnés de cuir sable. Un gaillard bâti comme un athlète de foire mais vêtu comme un chauffeur de maître en astiquait le capot.

Moins surpris que résigné, Griffont approcha.

— Bonsoir, Auguste.

L'autre se redressa et lâcha son chiffon pour ôter sa casquette à visière rutilante.

— Bonsoir, monsieur.

— On est enfin revenu de Normandie, à ce que je vois.

Auguste Magne, chauffeur et garde du corps dévoué, comprit l'allusion et se laissa gagner par l'embarras.

— Euh, oui… C'est-à-dire que…

— Oubliez ça, Auguste.

Griffont monta les marches du perron et entra chez lui. Étienne l'attendait dans le vestibule pour l'aider à se débarrasser de son pardessus, de son chapeau et de sa canne.

— Madame est ici, Monsieur, indiqua le domestique de son étonnante voix de basse.

— Je sais, Étienne.

— Vous saviez que Madame venait ?

— J'ai vu la voiture, Étienne. Et j'ai croisé Auguste.

— Certainement, Monsieur.

Griffont vérifia sa mise dans le grand miroir mural. Son costume gris taillé sur mesure avec gilet assorti était impeccable et les guêtres ivoire couvrant ses bottines vernies, immaculées. Il ajusta son nœud de cravate en traversant le couloir et, avec la mine de l'homme résolu à affronter dignement une situation délicate, gagna le salon.

Isabel de Saint-Gil bavardait avec Azincourt. Assise de côté dans un fauteuil, le menton sur le poing et le coude sur l'accoudoir, elle laissait voir un profil ravissant, à la fois volontaire et délicat, que découpait la lumière filtrant d'un abat-jour ocre. Cette position mettait en valeur les rondeurs de sa gorge encadrée par le décolleté d'une robe vert sombre, ainsi que le creux d'une nuque où bouclaient les mèches follettes d'une abondante chevelure roux et or remontée en chignon.

Le tableau était parfait, comme pris sur le vif dans la grâce du naturel. Et Griffont eut beau ne pas être dupe d'une mise en scène qui lui était destinée, il ne put s'empêcher d'apprécier les beautés de la composition et, surtout, du modèle.

— Voilà Griffont, fit le chat-ailé avec un enthousiasme pour le moins contenu.

— Louis ! fit l'enchanteresse en feignant de découvrir l'intéressé à contretemps.

Elle se leva pour le rejoindre.

Un sourire radieux l'embellit encore tandis que, dans ses yeux d'ambre fauve, des paillettes émeraude étincelaient. Sa joie n'était pas feinte, et là résidait précisément tout le problème selon Griffont. Il ne savait que croire d'elle, car elle jouait le jeu de la séduction tant pour manipuler son monde que pour exprimer des émotions sincères, parfois naïves, et qui le troublaient, lui, toujours.

Il s'efforça de rester glacial, offrit un baisemain protocolaire.

— Isabel.

La baronne de Saint-Gil recula d'un pas et observa Griffont des pieds à la tête, comme prise d'un soupçon et désireuse de deviner ce qui n'allait pas.

— Vous n'êtes pas content de me voir, diagnostiqua-t-elle enfin.

— Il est encore trop tôt pour le dire.

— Seriez-vous fâché ?

— Serait-ce étonnant ?

Azincourt, qui connaissait bien le couple, bondit souplement sur un guéridon. Ravi d'avance, il ne voulait rien manquer du spectacle.

— Vous n'êtes pas très gentil, fit Isabel avec les accents d'une déception authentique. Je n'ai qu'une soirée à passer à Paris, je décide de vous la consacrer, et vous allez tout gâcher.

— Mon cœur saigne. Me le pardonnerai-je un jour ?

La baronne se détourna. Agacée et regardant ostensiblement ailleurs, elle martela le manteau de cheminée de ses jolis ongles nacrés.

— Si j'avais su, lâcha-t-elle en sourdine. Je serais allée à l'opéra.

— Pourquoi ? On y joue *L'Arlésienne* ?

— Ah !… C'est donc ça.

— Mais oui.

Deux mois plus tôt, au terme de l'aventure rocambolesque qui les avait réunis après des années, Isabel avait invité Griffont en Normandie afin d'y prendre du repos et, peut-être, sceller leurs retrouvailles de délicieuse manière. Ce séjour à Deauville fut idyllique et le mage, qui avait hésité à venir, déchanta brusquement quand il découvrit un matin que la baronne avait rendu sa chambre et disparu dans la nuit avec armes et bagages. Elle ne s'était pas manifestée depuis.

— C'est incroyable ce que vous pouvez être rancunier, Louis ! reprocha-t-elle en adressant un bref regard à Griffont.

— Rancunier ? s'exclama-t-il.

Se retournant avec une lenteur calculée, elle lui fit de nouveau face et, la prunelle rieuse et tendre, dit :

— Vous avez bien d'autres défauts, mais je crois que c'est celui-là que je préfère entre tous… Allons… Allez-vous faire la tête encore longtemps ?… Je vous promets de tout vous expliquer bientôt. Peut-être pas ce soir, mais bientôt… Ce n'est pas de gaieté de cœur que je vous ai laissé en plan, croyez-moi…

Elle était une enchanteresse et, à ce titre, il lui suffisait de le désirer pour exercer sur les hommes une attirance irrésistible. Séduit, Griffont échoua à retenir un sourire, car, pour son malheur, il la connaissait bien et ne l'aimait que plus. S'avouant vaincu et en définitive ravi de l'être, il demanda :

— Avez-vous dîné ?

— Non. Et vous non plus, j'espère.

La porte d'entrée claqua et, depuis le vestibule, quelqu'un lança :

— C'est moi, patronne !

— C'est Lucien, indiqua Isabel.

Et passant près du mage, elle se hissa sur la pointe des pieds pour lui poser un baiser sur la joue.

— Vieux bougon, va !

Arrivèrent une paire de jambes et un chapeau melon derrière une pile de paquets. Le chapeau n'évoluait pas bien haut, car celui qu'il coiffait était un gnome.

— Tu as tout ? s'enquit la baronne.

— Tout, patronne, confirma Lucien Labricole avec l'accent gouailleur de Belleville… Oh ! vous êtes là, m'sieur. Je vous avais pas vu, désolé. Ça biche ?

En termes plus choisis, Griffont confirma que cela bichait.

Petit et fluet comme tous ceux de son peuple, Lucien Labricole mesurait un mètre cinquante à peine, avait de grands yeux en amande pétillants de malice, une bouche sans lèvres, le teint sableux et les pommettes saillantes. Avec Auguste Magne, il formait un duo inséparable et tout dévoué à Isabel de Saint-Gil.

— Je pose ça où ? demanda-t-il.

— En cuisine, j'imagine, dit Griffont.

Il avait reconnu, sur les paquets qui diffusaient déjà d'alléchantes odeurs, les noms des principaux traiteurs de Paris. Isabel, cependant, tint à faire un inventaire immédiat. Elle passa les paquets en revue.

— Le foie gras et les entrées viennent de chez Courtin. Le canard, de chez Brunaud, bien sûr. Les vins et le champagne, de chez Gérard et fils. Les fromages, de chez Marvet. Et le dessert…

Elle marqua un temps et s'étonna :

— De chez Crouzier ?

— Bayer était fermé, patronne, s'excusa le gnome.

— Louis, cela ira, Crouzier ? s'enquit la baronne en maîtresse de maison concernée.

Comme elle était femme du monde, elle n'avait naturellement jamais approché d'un fourneau. Pour elle, cuisiner consistait à consulter un menu, à réquisitionner le *room service*, ou à passer commande chez un fournisseur.

— Cela ira très bien, assura le mage. C'est un baba ?

Il approcha le nez d'un paquet à flot rose qui était l'objet de toutes ses attentions, et reçut une tape sur l'avant-bras.

— Vous verrez bien, gourmand… Lucien, tu aideras Étienne à préparer et à servir. (Elle se tourna vers Griffont.) J'ai demandé à Étienne de dresser la table dans le petit salon.

— Euh, patronne ? intervint discrètement Labricole.

— Oui ?

— Ça m'a coûté des sous, tout ça…

— Bien évidemment. Tu n'allais pas piller les meilleures adresses de la capitale.

— Mais vous m'en aviez pas donné, des sous…

— Ah… Louis, vous seriez un ange si…

Griffont tarda un peu à comprendre.

— Transmettez la note à Étienne, Lucien, dit-il enfin.

Puis, s'adressant à Isabel :

— Vous n'avez rien perdu de l'art d'inviter, très chère…

— Jaloux.

*

Ils dînèrent aux chandelles, en goûtant moins les plats et les vins que le plaisir simple de leur compagnie, sans songer au lendemain ni, surtout, aux jours de leur tumultueux passé commun. Griffont et Isabel se fréquentaient depuis si longtemps qu'il leur semblait se connaître depuis toujours. Une complicité lucide – de celles qui s'enracinent dans l'intimité des corps – les unissait. Ils avaient été amants, et s'étaient séparés puis réconciliés assez souvent pour en perdre le compte. De fait, ils savaient tous leurs secrets et tous leurs visages. Jamais dupes, ils s'employaient encore volontiers à se séduire et prenaient un plaisir presque aussi grand à se disputer qu'à se retrouver. Ils étaient à la fois les acteurs et les spectateurs d'une relation qui ne les ménageait pas, certes, mais ne croiserait jamais vers les eaux calmes de l'ennui. Et lorsqu'ils doutaient parfois d'être aimés, lorsque leur comédie réciproque risquait de les tromper ou qu'une houle trop forte pouvait avoir raison de leurs sentiments tourmentés, il leur suffisait de surprendre un trouble sincère et fragile chez l'autre pour se sentir brusquement investis du devoir impérieux de vivre à ses yeux. Rien ne nous convainc plus d'exister qu'un regard désemparé et amoureux.

Ils en étaient aux fromages et Azincourt dormait roulé en boule sur la table, son poil soyeux caressé par la chaleur ocre des bougies, lorsque Griffont demanda :

— Alors, ce gros secret ?

— Quel secret ?

— Celui qui vous fit quitter Deauville si précipitamment.

Du doigt, l'enchanteresse désigna un brie sur le plateau que lui présentait Étienne. Elle attendit d'être servie et que le domestique s'en soit retourné pour répondre.

— On m'a confié une mission.

— Une mission ?

— D'ambassade.

— Qui ?

— Je n'ai pas le droit de vous le dire.

Et comme le mage attendait en silence, elle ajouta :

— Je vous jure, Louis, que ce n'est pas une coquetterie de ma part. Je suis vraiment tenue au secret.

— Est-ce que, par hasard, cela n'aurait pas à voir avec vos fréquentes visites à Ambremer ? Ou avec le retour de Merlin ?

La baronne ne masqua pas son étonnement.

— Comment savez-vous cela ?

— Delveccio. Il a l'intuition que quelque chose d'important se trame, et j'espérais que vous pourriez nous éclairer…

Elle hésita. Puis, tandis que ses yeux disaient le contraire, elle lâcha :

— Je ne sais rien, Louis… Désolée.

Elle n'avait pas déguisé son mensonge et y serait arrivée sans mal si elle l'avait voulu. Le mage comprit qu'Isabel lui demandait comme une faveur de ne pas insister. Il s'inclina.

On toqua alors faiblement – « tic, tic, tic » – au plus bas carreau de la fenêtre.

Ni Griffont ni la baronne ne comprirent d'abord l'origine de ce bruit. Mais Azincourt, soudain réveillé, tourna vivement la tête dans la bonne direction et feula d'instinct.

Ce réflexe primaire l'embarrassa aussitôt beaucoup.

— Hum, fit-il en s'asseyant avant de se lécher une patte… *Sorry.*

Isabel se leva la première pour gagner la fenêtre ; Griffont la rejoignit en apportant un chandelier.

— Vous avez des visiteurs, Louis.

Dehors, sur le rebord, se trouvait un groupe de petits personnages vêtus comme au XVIIIe siècle. Ils étaient six minimets en tout : deux casqués, en plastron de cuirasse et armés de mousquets miniatures ; deux autres portant une civière ; un digne vieillard, coiffé d'une longue perruque poudrée, en qui Griffont reconnut le Vénérable de la communauté de la rue d'Ulm ; et enfin une jeune demoiselle allongée sur la civière.

— Vous les connaissez ? demanda l'enchanteresse sans manifester plus de surprise que cela.

— Pas de longue date. (Le mage s'empressa d'ouvrir la fenêtre.) Que se passe-t-il, Vénérable ?

— Bonsoir, monsieur Griffont. Pouvons-nous entrer ?

— Je vous en prie.

Le vieux minimet jeta un regard inquiet vers la table et Azincourt.

— Vous avez un chat.

— Ailé, précisa Griffont.

— Mais carnivore.

— En effet. Je vous assure cependant que…

— Laissez, Louis.

De son propre chef, Isabel fit signe à Azincourt de quitter la pièce. Détestant obéir, le chat-ailé obtempéra néanmoins et s'en fut d'un pas hautain, comme quelqu'un que la compagnie présente a lassé.

— Vous permettez ? fit Griffont.

Il posa, près de la fenêtre, un plateau sur lequel la petite délégation grimpa avant d'être transportée sur la table, dans la lumière.

— C'est ma fille, dit gravement le Vénérable. Elle est très malade… Je… Je crois qu'elle est en train de mourir…

*

Toujours allongée sur la civière, Apolline était entourée de son père et des courageux minimets qui l'avaient escortée au long de ce qui leur semblait être un périple inouï dans le Dehors, depuis la rue d'Ulm jusqu'à l'impasse du Vieux-Square. La jeune fille gémissait, inconsciente, le visage exsangue et les lèvres noires.

— On dirait qu'elle a été empoisonnée, fit Griffont en se redressant.

— C'est aussi ce qu'a dit notre médecin, rétorqua le Vénérable, au désespoir.

— Savez-vous ce qui s'est passé ? demanda Isabel.

— Non, madame. Pas exactement.

Au matin, on avait découvert Apolline et Guillaumet dans la chambre de ce dernier. Ils étaient évanouis et recroquevillés sur le parquet, agrippés l'un à l'autre plutôt qu'enlacés. Guillaumet présentait tous les symptômes d'un épuisement total et presque morbide. Considérant cela, l'hypothèse la plus probable était que le jeune homme avait effectué son premier grand transport dans l'espace. L'expérience, qui marquait traditionnellement le passage à l'âge adulte chez les minimets, était éreintante et souvent traumatisante. D'une part, il ne s'agissait plus d'effectuer un saut de puce entre deux points proches, mais de s'affranchir brusquement des distances pour se matérialiser aussi loin que peut se projeter la pensée.

D'autre part, cette extraordinaire capacité se déclenchait en général pour la première fois sans prévenir, sous le coup d'une émotion intense, d'une peur soudaine, d'un stress immense. Le jeune homme avait, en outre, accompli l'exploit de ramener sa bien-aimée avec lui, vers un lieu qu'il ne choisit pas mais qui constituait un refuge naturel : sa chambre. Cela avait eu raison de toutes ses forces.

Il ne fallait cependant que du repos à Guillaumet. L'état d'Apolline, en revanche, s'avéra très tôt alarmant. Consulté, le médecin de la petite communauté diagnostiqua sans mal un empoisonnement que ses remèdes échouèrent à combattre. Comme sa fille allait de mal en pis, Septimus décida qu'un secours extérieur était nécessaire. Mais vers qui se tourner ? Vers la seule personne capable en qui le Vénérable avait toute confiance : Louis Denizart Hippolyte Griffont. Le mage avait donné son adresse. On devait y conduire Apolline malgré tous les risques encourus.

D'un discret mouvement des doigts, Griffont, penché sur la jeune fille, lança une *Détection mineure de l'Art*, un sort qui permettait de deviner la présence de la magie. Comme il s'y attendait, le corps d'Apolline apparut à ses yeux nimbé d'une aura grisâtre.

— Ce n'est pas un poison ordinaire… Cela ressemble plutôt à un envoûtement maléfique…

— Qu'est-ce à dire ? s'inquiéta Septimus.

— Je dois vérifier…

Le mage appela :

— Étienne !

Le domestique passa la porte.

— Monsieur ?

— Mon sacramentaire.

— Bien, Monsieur.

Tandis qu'Étienne allait chercher le précieux grimoire qui était l'œuvre de toute une vie, Griffont se tourna vers la baronne.

— Auriez-vous un petit miroir, Aurélia ?

Il ne l'appelait par son nom de fée que lors des moments intimes et graves.

— Bien sûr, fit-elle. Lucien ! Mon sac à main !

Lucien et Auguste observaient la scène par l'entrebâillement de la porte du salon. Le gnome obéit aussitôt et revint en même temps qu'Étienne. Griffont posa le lourd volume à fermoir sur la table et chercha une page pendant qu'Isabel sortait un mignon poudrier de son sac.

— Ça ira ? demanda-t-elle en ouvrant le couvercle.

Il avait, sur l'envers, un petit miroir rond.

— Parfait, dit Griffont.

Parcourant une page manuscrite d'un œil, il arracha le couvercle du poudrier et brisa le miroir sous son poing. Une incantation aux lèvres, il prit un éclat étincelant qu'il approcha des narines d'Apolline. Au premier souffle, le verre se ternit d'une humeur noire.

Le mage pesta.

— J'avais raison, lâcha-t-il à regret. Vénérable, je crois que votre fille a été empoisonnée par un sorcier.

— Pouvez-vous la sauver ?

— Moi non. Mais je connais quelqu'un qui le peut.

— Qui ? fit l'enchanteresse.

— Népomucène.

— Je vais le chercher.

— Trop long…

Griffont passa dans le salon, où Azincourt exilé avait tout entendu.

— Nous avons besoin de vous, Azincourt.

— Tiens donc ?… Tout soudain ?

— Nous avons besoin de vous, mais pas de vos caprices !

— J'ai compris, j'ai compris…, dit le chat-ailé en bondissant vers la fenêtre ouverte sur le jardin.

— Et dites bien à Népomucène de quoi il retourne ! lança Griffont à Azincourt qui s'envolait dans la nuit.

*

Népomucène Lherbier était un gnome, ami de Griffont. Il était également savant, contrairement à l'immense majorité de ses congénères qui n'avait de goût et de réel talent que pour les travaux manuels. Enfin, il était médecin et pratiquait à Paris. Sa thèse de doctorat portait sur la médecine occidentale appliquée aux peuples de l'OutreMonde.

Il arriva en bicyclette une demi-heure plus tard, l'œil vif et un pan de chemise dépassant d'un pantalon trop vite enfilé. Jetant sa veste et son melon sur une chaise, il s'empressa d'ausculter Apolline avec de minuscules instruments, posa des questions précises, réfléchit durant une minute qui s'étira interminablement, puis dit enfin :

— Vous aviez vu juste, Griffont… Vénérable, votre fille a ingéré un poison magique.

— Connaissez-vous l'antidote, docteur ?

— En bref, il existe deux familles de poisons de cet ordre, dont l'une est de loin plus répandue que l'autre. J'ai dans ma mallette un remède efficace contre les poisons magiques les plus courants. Mais si je l'administre à votre fille et qu'il s'avère qu'elle a absorbé un poison de la seconde catégorie, les conséquences pourraient être catastrophiques…

— Vous voulez dire que…, commença Septimus.

— Votre fille pourrait en mourir.

— Et si nous ne faisons rien ?

— Elle mourra à coup sûr dans la nuit.

La nouvelle était brutale, mais le temps pressait.

— Bien, fit le vieux minimet… Administrez votre potion, docteur.

L'air grave, Lherbier prit dans sa mallette en cuir une fiole qu'il déboucha et dont il préleva, avec une pipette, un peu de liquide pourpre. Avec des précautions d'artificier, il porta l'extrémité de la pipette – où perlait déjà l'antidote – à la bouche d'Apolline. Il retint cependant son geste, hésita, adressa un regard anxieux à la ronde.

— Si je me trompe…, murmura-t-il.

— Il nous faut compter avec la chance, dit Griffont.

Le gnome acquiesça et fit tomber une goutte de remède sur les lèvres de la jeune fille.

— Voilà, fit-il. C'est fait.

On attendit. Tous avaient les yeux rivés sur Apolline qui cessa de gémir et remuer.

— Est-elle sauvée, docteur ? s'enquit Septimus.

— Je ne sais pas.

On attendit encore.

— Mais elle ne gémit plus. Elle semble reposée… C'est bon signe, n'est-ce pas ?

— Nous le saurons bientôt, Vénérable.

Et à ces mots, la malade se cambra brusquement en même temps qu'une bile noire lui jaillissait de la bouche et des narines.

— Grands dieux ! s'exclama le vieil homme en se précipitant sur sa fille. Apolline !

Isabel se saisit nerveusement les mains.

— Qu'ai-je fait ? lâcha un Népomucène Lherbier à la fois ahuri et terrifié.

— Népomucène ! l'appela Griffont. Népomucène !

Mais le gnome ne réagissait pas.

— Je l'ai tuée, répétait-il… Je l'ai tuée…

Apolline se contorsionnait toujours sur la civière, cependant que les flots de bile noire se tarissaient.

Griffont saisit Lherbier par les épaules et le secoua.

— Népomucène !

— Je l'ai tuée, Griffont… Tuée !

— Réagissez, Népomucène… Reste-t-il un espoir ? Réfléchissez !

Le médecin parut sortir soudain d'un cauchemar éveillé.

— L'OutreMonde !… Le temps s'écoule différemment, là-bas. Et la magie maléfique y est moins puissante !

— Préparez Apolline pour le voyage, ordonna Griffont en marchant vers la porte. Je l'emmène avec la *Pétulante* !

Puis il se figea en se souvenant tout d'un coup que sa motocyclette gisait en pièces dans la remise.

— Oh ! non…

— Quoi ? demanda Isabel.

Griffont se retourna.

— La *Pétulante* est hors d'usage.

— Cela aurait pris trop de temps de toute façon, Louis… Auguste, fais démarrer la voiture ! Nous allons ouvrir un passage.

Lherbier, de nouveau maître de lui-même, avait déjà couché Apolline dans une boîte sans couvercle. Septimus et les minimets de l'escorte y prirent place à leur tour.

— Un passage ? s'étonna le mage.

— Mais oui.

Il existait quelques chemins sûrs et permanents entre Paris et l'OutreMonde. L'un d'eux était régulièrement emprunté par un train reliant la porte Maillot à Ambremer ; un autre partait d'une clairière méconnue du bois de Boulogne. De rares fées et une poignée de magiciens avaient en outre le pouvoir d'ouvrir des portes fugitives entre les mondes. Mais parce qu'elle vivait depuis des siècles sur Terre, la fée Aurélia, devenue l'enchanteresse Isabel, avait perdu ce don si elle l'eut jamais.

— Et depuis quand pouvez-vous ouvrir des passages vers l'OutreMonde ? insista Griffont en suivant la baronne sur le perron.

— Seulement vers Ambremer. Et ce n'est pas moi qui le peux, c'est elle.

Elle désigna la Spyker bleue dont le moteur tournait, Auguste au volant.

— Votre automobile ?

— Écoutez, Louis…, commença patiemment Isabel tandis que Labricole l'aidait à passer son manteau. Je pourrais vous expliquer le pourquoi du comment. Mais je n'en ai ni le temps, ni la permission…

Lucien lui tenant la portière, elle s'assit à l'arrière, à côté de Lherbier qui attendait avec la boîte emportant les minimets sur les genoux.

— Mais attendez-moi donc ! fit Griffont.

— Non, répondit la baronne, un sourire désolé aux lèvres. Vous ne venez pas.

— Quoi ?

— Vous n'êtes même pas censé savoir que j'ai désormais mes entrées dans Ambremer. Et j'aurai bien assez de soucis quand on saura que j'ai ouvert un passage en plein milieu de Paris.

— On ? Qui ça, on ?

— Il faut faire vite, les pressa le gnome médecin.

Labricole se glissa à l'avant, près du conducteur.

— N'insistez pas, Louis. (Isabel toucha l'épaule d'Auguste.) En route. Prends au plus court.

Des phares jaillirent deux cônes de lumière bleue qui, en se croisant, plaquèrent un cercle semé de paillettes sur les battants fermés de la porte cochère. La Spyker fonça droit devant, s'engouffra sous le passage voûté…

… et disparut presque aussitôt, comme absorbée par le disque luminescent. Il y eut un bref éclat, puis tout revint à la normale dans la cour sombre et silencieuse où Griffont, les bras ballants, se sentit soudain très seul.

— *Well*, une fameuse soirée, n'est-ce pas ? conclut Azincourt depuis le haut de l'escalier du perron.

6

Quelques jours avaient passé et Griffont restait sans nouvelles de la baronne, des minimets, ni même de Népomucène Lherbier. À deux reprises déjà, il s'était rendu au cabinet puis au domicile du médecin. Il y trouva porte close. Le concierge confirma que le docteur Lherbier n'avait pas reparu depuis le milieu de semaine. Sa clientèle se plaignait ; son courrier s'entassait. Pour tromper l'attente, le mage consacra de longues heures à réparer la *Pétulante*. Il y avait enfin réussi et cela, au moins, lui donnait un motif de satisfaction.

Ce dimanche, en fin de matinée, Griffont lisait dans son salon. Il avait récemment achevé sa vingt-septième lecture des *Trois Mousquetaires*. Comme de juste, il avait enchaîné avec *Vingt Ans après*, qu'il aimait moins cependant. Mais la compagnie des héros de Dumas père lui était trop agréable pour qu'il y renonce malgré quelques longueurs. Il se réjouissait d'ouvrir bientôt l'énorme *Vicomte de Bragelonne*, et savait qu'une mélancolie l'envahirait lorsqu'il devrait abandonner d'Artagnan et son bâton de maréchal au siège de Maastricht.

Il faisait un temps radieux. L'automne inondait la pièce d'une lumière franche et dorée tandis qu'un air tiède, par les fenêtres entrouvertes, entrait en portant le parfum des roses depuis le jardin. Azincourt somnolait sur les journaux. Griffont, allongé, la tête relevée par des coussins, tenait son livre d'une main et fumait de l'autre. Près du divan étaient une petite table berbère et un plateau ciselé où reposait un service à thé. Une tasse fumante attendait sans refroidir. Le bruit des pages tournées répondait dans le silence au « tic-tac » de l'horloge dont le balancier n'oscillait pas. Le vieux miroir de la cheminée reflétait l'une des images qu'il avait, à jamais, capturées naguère.

Athos se désolait sous un échafaud anglais lorsqu'un chat-ailé blanc et noir entra telle une comète par une fenêtre et, battant désespérément des ailes, s'efforça de négocier un atterrissage en catastrophe. Il voulut se poser sur un secrétaire avant de percuter le mur, mais négligea de considérer plusieurs facteurs, dont sa vitesse excessive et le zèle que mettait Étienne à cirer le mobilier. Entraîné par son élan, l'animal poussa un miaulement paniqué et glissa en débarrassant le secrétaire de l'abondante paperasse qui l'encombrait. Puis vint la chute. Le chat-ailé disparut soudain derrière le meuble, et des secondes d'un grand calme s'écoulèrent tandis que divers papiers achevaient de retomber mollement.

Réveillé en sursaut, Azincourt était encore dressé sur ses quatre pattes et ouvrait des yeux effarés. Griffont, lui, n'avait pas esquissé un geste. Il acheva même de lire un paragraphe avant de refermer son roman.

— Bonjour, Trafalgar, dit-il enfin.

— Bonjour, Griffont, répondit l'autre en montrant la tête.

C'était une tête ronde de gros matou placide. Trafalgar, sa paire d'ailes exceptée, ressemblait à un gouttière. Il ne devait pas peser beaucoup moins de dix kilos.

— Hum... Désolé, lâcha-t-il en considérant le désastre qu'il avait provoqué. Je crois avoir renversé quelque chose...

— Ce n'est rien.

Trafalgar se hissa assez malhabilement sur un fauteuil.

— Bonjour, Azincourt. Allez-vous bien ?

— Je vais bien.

— Je ne vous ai pas fait peur, au moins ?

— Du tout, rétorqua, avec froideur, le chat-ailé de Griffont... Vous permettez ? Je lisais.

— Je vous en prie.

Et Azincourt se roula en boule sur ses journaux, avant de faire mine de s'endormir.

— Suis-je en retard ? s'enquit Trafalgar auprès du mage.

— Tout dépend. Êtes-vous convenus de retrouver votre maître chez moi ?

— Précisément.

— Alors vous êtes en avance.

— Parfait. Mon maître m'a prié de vous annoncer sa venue.

— Merlin vient ? s'enthousiasma soudain Azincourt.

*

Merlin vint, ou plutôt il fit sonner par le cocher et attendit d'être rejoint dans son fiacre. Azincourt voulut être du voyage. L'admiration immense qu'il avait pour Merlin expliquait en partie le ressentiment qu'il manifestait à l'égard de Trafalgar. Il y avait bien sûr de la jalousie là-dessous. Mais surtout, Azincourt vivait comme une injustice inconcevable que le grand magicien ait choisi Trafalgar, un chat-ailé aussi maladroit que modeste, gentil et distrait. Azincourt confondait le caractère aimable de Trafalgar avec de la bêtise.

Est-il nécessaire de vous présenter Merlin, l'ancien mentor du roi Arthur et le plus célèbre des mages? Sachez que tous les exploits qu'on lui prête sont véridiques, et que d'autres mériteraient d'être contés. Au physique, il était grand, mince, distingué, semblait avoir la soixantaine et jouissait d'une constitution de jeune homme. Ses cheveux étaient blancs, de même que les poils de sa fine moustache et de son bouc bien taillés. Ce jour-là, dans la pénombre du fiacre dont tous les rideaux étaient étrangement tirés, il était vêtu d'un costume bleu de la meilleure coupe anglaise et coiffé d'un chapeau mou assorti. Griffont, quant à lui, portait un très estival costume beige avec gilet crème et chemise blanche, la tenue idéale pour une élégante promenade dominicale.

Tandis que le cocher lançait les chevaux, les deux magiciens se saluèrent chaleureusement, comme de vieilles connaissances qui ne se retrouvent que trop rarement. Dans le même temps, le joyau vert au pommeau de la canne de Merlin scintilla ; celui de Griffont répondit d'un éclat azuré.

— Nous ne sommes pas les seuls à apprécier ces retrouvailles, nota l'archimage.

Il parlait avec un discret accent *british* qu'Azincourt trouvait d'un raffinement extrême.

— En effet, dit Griffont en caressant d'un regard tendre le cristal bleu façonné qui ornait sa canne-épée.

— C'est donc vrai…

— Quoi donc ?

— Que vous possédez l'Immortelle.

— Un cadeau d'Aurélia.

Naturellement, Merlin – qui n'ignorait pas grand-chose – connaissait Isabel de Saint-Gil sous son nom de fée.

— Un superbe cadeau, souligna-t-il.

— Le fait est que nous nous entendons assez bien.

— Avec Aurélia ?

Louis s'amusa sans imaginer une seconde qu'il avait été mal compris.

— Avec l'Immortelle, dit-il.

— Vous permettez ?

— Je vous en prie.

L'archimage leva la canne de Griffont pour en admirer la pierre par en dessous, d'un œil expert et admiratif, comme un œnologue scrute la robe d'un grand vin à la lumière.

— Magnifique, dit-il avant de la rendre à son propriétaire. Vous devez accomplir des prodiges avec elle.

— Elle est presque aussi célèbre que votre Merveilleuse…

— Elle mériterait de l'être tout autant.

Les cristaux qui ornent les cannes des meilleurs

magiciens ne sont pas des joyaux ordinaires. Ils sont en général tirés d'une pierre rare, la thaumide, que l'on trouve uniquement dans l'OutreMonde et dont l'une des extraordinaires propriétés est de concentrer la *thauma* – c'est-à-dire l'énergie magique – afin d'en faciliter l'emploi. Un mage peut consacrer une vie à chercher une thaumide efficace, sans garantie de succès. Pourquoi ? Parce que toutes les thaumides ne vont pas à tout le monde. Au pire, une thaumide peut s'avérer totalement réfractaire à la magie de tel ou tel. Dans la plupart des cas, elle remplit son office sans éclats. Mais parfois, une harmonie, une résonance intime existe entre elle et son propriétaire. La thaumide se mue alors en un auxiliaire indispensable, un catalyseur qui sublime et décuple les pouvoirs de celui auquel – selon certains – elle était destinée. Quelques alchimistes affirment d'ailleurs que c'est la thaumide qui choisit le mage, et non l'inverse. Seules les plus fameuses ont un nom. Quelques-unes sont légendaires.

Après un moment de silence, Merlin s'excusa d'avoir enlevé Griffont.

— Où allons-nous ?

— Nulle part, indiqua l'archimage. Je souhaitais juste que notre rencontre se déroule loin des regards indiscrets. Si l'on m'avait vu entrer chez vous…

— Qui donc vous aurait vu ?

— Allez savoir, Louis.

— Auriez-vous le sentiment de vous compromettre en me rendant visite ? fit mine de s'offusquer Griffont, un sourire aux lèvres.

— Naturellement non… Pour tout vous dire, c'est

moins notre rencontre que ma présence à Paris qui exige le secret.

— Peine perdue, Merlin. Tout le monde sait que vous êtes à Paris en ce moment.

— Tout le monde ?

— Du moins tout ce que la capitale compte de mages.

— Néanmoins, il n'est pas nécessaire que l'on connaisse le détail de mes allées et venues.

— Soit.

— Et je compte sur votre discrétion, Azincourt.

Assis à côté de son maître, le chat-ailé eut l'air choqué. Il n'en était pas moins un bavard impénitent et reconnu.

— Mais certainement !

— Bien.

Tous ces secrets intriguèrent Louis Griffont, qui fut pris d'une impression étrange. Il chercha, se dit que son Immortelle avait peut-être réagi à autre chose que la Merveilleuse de Merlin, et perçut une forte aura résiduelle dans le carrosse. C'était, à ses sens de mage, comme la persistance d'un lourd parfum, un parfum de puissance…

Un parfum de dragon, et non des moindres.

Le parfum d'un Primordial.

Merlin comprit que son passager avait compris. Coupant court aux faux-semblants, il avoua :

— J'ai rencontré Ker'Ess'Ta ce matin.

La nouvelle laissa Azincourt sans voix, mais Griffont l'accueillit avec calme. Il demanda :

— Que se passe-t-il, Merlin ?

— Sous le sceau du secret ?

— Sous le sceau du secret.

Les dragons avaient de tout temps été dirigés par les plus anciens d'entre eux. On les nommait les Primordiaux. Ils étaient au nombre de sept et, quand l'un venait à disparaître, son héritier direct le remplaçait. Durant la guerre qui opposa les dragons aux fées, les Primordiaux, d'abord unis, se divisèrent lorsque vint la défaite. La plupart rendirent les armes pour partir en Onirie ou prêter allégeance aux fées.

Un seul, le fameux Ker'Ess'Ta, refusa de plier. Avec quelques fidèles, il se réfugia sur Terre. Non pas dans le but d'y poursuivre la lutte, mais afin de ne pas mettre genou à terre devant Méliane. Les dragons étaient vaincus, soit. Néanmoins, l'exil et la clandestinité sur Terre étaient préférables au déshonneur dans l'OutreMonde. Et depuis des générations, Ker'Ess'Ta et ses insoumis vivaient cachés parmi les hommes.

— Des négociations ont lieu en ce moment entre Ambremer et Ker'Ess'Ta, expliqua Merlin. Une réconciliation officielle est enfin possible.

— Voilà pourquoi vous avez quitté votre retraite.

— Si nous réussissons, les dernières blessures d'une guerre qui n'a que trop longtemps divisé l'OutreMonde se refermeront enfin.

— Et que vient faire Aurélia dans cette affaire ?

Merlin adressa à Griffont un regard amusé et admiratif.

— Si vous me posez la question, Louis, c'est que vous avez déjà deviné.

— Ambremer a secrètement chargé Aurélia de tâter le terrain et prendre les premiers contacts avec les Insoumis. Paradoxalement, le fait qu'elle soit en délicatesse avec Ambremer la rendait parfaite pour ce rôle. Car d'une part elle bénéficie à ce titre de la confiance de tous ceux qui rejettent l'autorité de Méliane. Et d'autre part, Sa Majesté aurait eu beau jeu de nier toute implication si Aurélia avait échoué… Mais elle a réussi, non ?

— En effet. Rassurez-moi cependant, et dites-moi que personne d'autre ne sait tout cela.

— Personne.

— Est-ce Aurélia qui se confia à vous ?

— Non, Merlin. Aurélia a gardé le secret. J'ai simplement additionné 2 et 2.

L'archimage acquiesça pour signifier qu'il était convaincu.

D'une main distraite, il gratta la tête de Trafalgar, qui ne tarda pas à ronronner dans les graves, les paupières mi-closes et l'air comblé. Azincourt ne put contenir un mouvement d'agacement. Il trouvait dégradant de manifester autant de plaisir aussi béatement, tel le chat domestique moyen.

— À présent, dit Merlin sur le ton de la conversation, demandez-moi pourquoi j'ai voulu vous rencontrer.

— Pour le plaisir de ma conversation ?

— Pas seulement, mon ami… Je suis là à la demande de Sa Majesté, au sujet d'une petite personne qui vous doit la vie…

— Apolline ?

— La fille de Septimus, oui.

— Comment va-t-elle ?

— Mieux, même si sa santé inquiète encore. Ses jours ne sont plus en danger mais elle n'a toujours pas repris conscience.

— Je suppose que vous connaissez toute l'histoire…

— Dans les grandes lignes.

— Alors vous savez que si Apolline doit la vie à quelqu'un, c'est bien plus à Aurélia et à Népomucène Lherbier qu'à moi. Sans eux…

— Peut-être, Louis, peut-être… Il n'empêche que c'est vers vous que la communauté des minimets s'est tournée dans le malheur, ce que Sa Majesté n'a pas manqué de remarquer… Cependant, je ne suis pas uniquement venu pour vous manifester les remerciements de la reine.

Azincourt dressa l'oreille.

— J'ai également, poursuivit Merlin, une requête à vous soumettre.

7

Griffont s'efforçait de rester discret, de ne bousculer personne, de ne rien renverser. Un sortilège faisait qu'il passait inaperçu, ou plutôt que l'on ne songeait pas à s'interroger sur son identité ni sur les motifs de sa présence. Mais il ne fallait pas exagérer. S'il devait marcher sur les pieds de quelqu'un ou, plus simplement, s'il accrochait trop longtemps un regard, l'intéressé ne manquerait pas de le remarquer. Bien sûr, il n'était pas question d'adresser la parole à quiconque.

La matinée de lundi finissait et l'on venait de mettre Antoine Darvin en terre. Après l'église et le cimetière, la famille et quelques proches avaient été conviés à partager une collation chez Paul Tixier et son épouse Madeleine, le gendre et la fille unique du défunt. Griffont, qui avait assisté aux obsèques, s'était invité.

Il n'était pas là par hasard. La veille, au nom de la reine Méliane, Merlin l'avait prié de faire la lumière sur les étranges circonstances de l'empoisonnement d'Apolline. Grâce au témoignage de Guillaumet, son galant et sauveur, on savait qu'elle rendait visite à

Darvin lorsque cela arriva ; on savait également que la jeune fille avait bu une gorgée de porto dans le verre du vieil homme ; on savait enfin que le poison empruntait sa recette à la pire des magies noires. Le reste, on demandait à Louis de le découvrir discrètement.

Il avait accepté. D'abord parce qu'il s'inquiétait du sort d'Apolline et savait qu'elle serait mieux guérie si l'on connaissait la nature exacte du poison. Ensuite parce que négliger une requête de Méliane n'était jamais judicieux. Enfin, parce qu'il s'étonnait que la Reine des Fées s'adresse à lui, Louis Denizart Hippolyte Griffont, et par l'intermédiaire du grand Merlin de surcroît, pour découvrir le fin mot d'une histoire qui – reconnaissons-le – semblait être de moindre importance.

Certes, Méliane régnait depuis Ambremer sur tous les peuples merveilleux et devait une égale assistance à l'ensemble de ses sujets, jusqu'au plus humble. Néanmoins, n'y avait-il pas une étonnante disproportion entre les enjeux et les moyens mis en œuvre ? Que l'on ne s'y trompe pas cependant. Griffont accordait la même importance à la vie d'Apolline qu'à celle du plus grand des seigneurs d'Outre-Monde. Mais il doutait que la Reine des Fées partage ce généreux point de vue. Sans doute avait-elle des intérêts secrets dans cette affaire. Restait à découvrir quelle anguille se cachait sous quelle roche…

Mis au fait, Azincourt s'était souvenu d'avoir lu l'avis de décès d'Antoine Darvin dans un *Figaro* sur lequel il avait récemment dormi. Pour le mage, l'occasion fit le larron.

Une cinquantaine de personnes étaient réunies

chez Paul et Madeleine Tixier, dans les salons en enfilade d'un appartement bourgeois, au rez-de-chaussée d'un bel immeuble parisien dont, jusqu'à sa mort, Darvin avait conservé l'usufruit d'un étage. Le cadre était luxueux, meublé et décoré avec goût et beaucoup d'argent. Avant de prendre sa retraite, le défunt avait été l'un des grands antiquaires de la capitale. Il avait fait fortune puis, devenu veuf et les années passant, avait transmis l'affaire à son gendre. Elle était toujours florissante.

En rôdant parmi l'assemblée qui, toute vêtue de noir, devisait par petits groupes sous les lambris, Griffont surprit des bribes de conversations. Il apprit que Tixier avait été un modeste employé et qu'il avait gravi les marches une à une avant de plaire au père et de séduire la fille. Les noces furent célébrées à la fin du siècle dernier. Tixier avait alors la trentaine ; Madeleine était plus jeune de dix ans. À ce jour, ils n'avaient pas d'enfants.

Le couple était naturellement très sollicité. Tour à tour, chacun venait présenter ses condoléances et faire des promesses d'amitié et de considération. Madeleine, très blanche, très maigre, maladive, avait les yeux rouges ; elle se tenait assise, était parfois prise de sanglots, ne voulait rien boire ni manger. Debout à ses côtés, son mari était un homme de taille moyenne, empâté, au crâne dégarni. Il semblait très affecté également. Mais les affres qui se lisaient sur son visage étaient trompeuses. Griffont y vit moins de tristesse que d'inquiétude. De la peur, peut-être. Tixier échangeait des poignées de main machinales, peinait à écouter, répondait avec retard, regardait souvent autour de lui.

Puis il se figea en pâlissant.

La cause de cet émoi était un individu qui venait d'entrer. L'homme était grand, gras, massif. Une impression de force brute et mauvaise se dégageait de lui. On le devinait capable de violence et de cruauté ; on l'imaginait volontiers s'abandonner à des colères destructrices. Il boitait légèrement et marchait appuyé sur une canne taillée dans un cep de vigne sombre. Il portait un habit noir qui lui allait mal sans que la coupe du vêtement y soit pour quelque chose. Dans ses petits yeux profondément enfoncés brillait l'éclat d'une intelligence tout entière consacrée à nuire. Son faciès rougeaud luisait à la lumière des lampes à gaz.

Griffont, en reculant prudemment vers un recoin, eut la conviction immédiate d'observer un mage. Il ne le reconnut pas, cependant. Et ne s'en inquiéta pas moins.

Dès qu'il sut que Tixier l'avait vu, l'inconnu quitta la pièce. L'antiquaire parut hésiter, puis il s'excusa auprès de sa femme et s'en fut par la même porte. Griffont les suivit presque aussitôt. Il traversa une antichambre, un couloir de service, entendit des voix, colla son oreille à un trou de serrure. Il ne perçut pas grand-chose, car les autres parlaient à voix basse. La conversation semblait animée, cependant, et prenait des accents menaçants ; Tixier semblait se défendre, plaider sa cause.

Le parquet craqua derrière Griffont.

Le mage se redressa vivement et découvrit une domestique qui le dévisageait. Malgré l'enchantement qui le protégeait, il ne pouvait passer inaperçu dans ce couloir où il n'aurait pas dû être. La bonne, une petite femme maigre au nez pointu, ne disait mot. Immobile, elle le toisait d'un regard dur.

Griffont chuchota des excuses, prétendit s'être perdu, demanda où l'on pouvait se laver les mains. Il n'attendit pas la réponse, s'esquiva juste avant que la porte s'ouvre dans son dos et que Tixier passe la tête.

— Qu'y a-t-il, Simone ?

— Rien, Monsieur. C'est un monsieur qui s'était égaré.

Griffont regagna les salons et hésita à rester plus longtemps, car la domestique, en le surprenant dans le couloir, avait du même coup rompu le sortilège qui garantissait sa discrétion : il suffisait d'être remarqué une fois. Le mage résolut néanmoins d'attendre que Tixier reparaisse, ce qui ne fut pas long. Mais l'antiquaire revint seul et, par une fenêtre, le mage aperçut trop tard son sinistre confrère qui embarquait à bord d'une grosse berline noire.

Après avoir repris sa canne, son manteau et son chapeau, Griffont s'en fut à son tour. Il remontait pensivement la rue lorsqu'un homme en costume noir et chapeau melon l'aborda.

— Monsieur Griffont ?

— Oui.

— Pour vous, monsieur.

L'homme tendit une carte de visite et tourna aussitôt les talons vers un fiacre. Le mage regarda l'attelage s'éloigner, puis sourit en lisant les élégants caractères romains du bristol. Quelques mots d'une belle écriture féminine s'étalaient au dos : on lui donnait rendez-vous.

Par acquit de conscience, Griffont tint la carte

par un angle et la fit claquer dans l'air. Elle lâcha, preuve de son authenticité, comme une poudre scintillante écarlate qui se dispersa très vite.

*

Griffont prit un fiacre jusqu'au palais du Luxembourg et fit une longue promenade méditative dans le parc. Il aimait ce lieu chéri des Parisiens qui, jadis, avait été le domaine du château de Vauvert. À cette lointaine époque, le terrain était sinistre, marécageux ; il passait pour être hanté par des hordes démoniaques que des moines chartreux combattirent héroïquement trois jours durant. Les diables n'étaient sans doute que des feux follets – à savoir des gaz colorés jaillis des boues pestilentielles – et l'on peut gager que les religieux asséchèrent plus qu'ils n'exorcisèrent la terre. L'expression « aller au diable Vauvert » resta néanmoins pour désigner une aventure lointaine et périlleuse.

Paris doit le palais du Luxembourg à Marie de Médicis, qui le fit bâtir d'après un modèle florentin. Aussi lumineux qu'harmonieux, son vaste parc est pour l'essentiel aménagé à la française, avec de grands arbres centenaires, des allées claires et régulières, des massifs bien taillés, des parterres géométriques, des pelouses rases, et un bassin d'où part une perspective que prolonge l'avenue de l'Observatoire, jusqu'à la fontaine de Carpeaux. Griffont, cependant, préféra flâner à l'écart, par des chemins sinuant au milieu d'une végétation plus sauvage et romantique, près de la rue Auguste-Comte et de la rue du Luxembourg (aujourd'hui rue Guynemer).

Tout le parc avait pris les couleurs de l'automne et les feuilles fauves et rouges et jaunes faisaient des tapis que le vent recomposait au pied des troncs, sous les frondaisons incendiées. De jeunes enfants jouaient au cerceau, au ballon ou à la balançoire. Ils couraient en riant, voulaient monter sur les chevaux de bois, édifiaient des châteaux dans les bacs à sable, poussaient avec des baguettes des petits navires qu'il fallait aller rechercher au milieu des pièces d'eau. Mères et nourrices surveillaient les gamins du coin de l'œil en papotant sur les bancs, ne se levaient que pour éviter un accident, consoler un gros chagrin, calmer une querelle. Un homme tournait la manivelle d'un orgue de Barbarie et poussait la chansonnette. Un autre, qu'un comparse désignait comme le « colosse du Luxembourg », montrait les muscles de ses bras nus et, pour un public ravi, tordait des barres en exagérant ses efforts, le visage crispé et la moustache frémissante. Plus loin, une fanfare jouait sous un kiosque. Les loueuses de chaises rôdaient, l'œil mauvais, et prélevaient un modeste tribut sur les derrières assis. Des nurses anglaises corsetées dans des robes à tournure poussaient des landaus ou adressaient, avec un accent charmant, des conseils de prudence et de bonne tenue à des galopins habillés en marins. À l'ombre des platanes, des ouvrières en maison – couturières pour la plupart – profitaient des derniers jours tièdes en pique-niquant à l'heure du déjeuner. Elles essuyaient les regards et parfois les avances d'étudiants, de célibataires entreprenants, de militaires en permission ; tous n'étaient pas immédiatement éconduits.

Mis en appétit par l'odeur que dégageait la baraque d'un confiseur, Griffont s'offrit une gaufre qu'il grignota en flânant vers la région du parc où voletaient les dragonets. Il songeait à l'homme en noir avec qui Paul Tixier s'était entretenu en privé. L'allure et l'impression générale que dégageait ce sinistre particulier semblaient vaguement familières à Louis. Pouvait-il l'avoir déjà rencontré ? Il n'y a pas plus agaçant que ces intuitions de savoir quelque chose qui nous échappe dans l'instant. Cela fait comme une démangeaison à la mémoire et gratter ne sert à rien.

Le spectacle des petits lézards ailés offrit au mage une distraction bienvenue. Graciles et colorés, leurs ailes membraneuses ornées d'un arc-en-ciel de couleurs en dégradé, les dragonets approchèrent dans l'espoir d'obtenir une friandise. Des panneaux interdisaient qu'on leur jette les cristaux de soufre dont ils raffolaient, mais on passait volontiers outre et les gardiens laissaient faire. Pour ne pas trop décevoir les créatures, Louis brisa entre ses doigts ce qui restait de sa gaufre et lança les miettes dorées en l'air. Les dragonets les happèrent toutes en l'air dans un tourbillon gourmand.

Un clocher sonna.

Consultant sa montre de gilet, Griffont vit qu'il était temps. Il mit tranquillement le cap vers le guignol.

*

Les représentations ne commenceraient que plus tard et les abords du théâtre de marionnettes étaient déserts. On entendait, à travers les arbres, des cris et rires d'enfants venus de l'aire de jeux voisine ; des ramures tombaient de fragiles rideaux de lumière. Griffont n'attendit pas longtemps avant d'être rejoint par Cécile de Brescieux, magicienne du Cercle Incarnat.

— Bonjour, Louis. Allez-vous bien ? Je n'ai malheureusement que peu de temps à vous accorder.

— Bonjour, Cécile. À vous entendre, c'est moi qui vous aurais donné ce rendez-vous impromptu…

Elle était grande, belle, mince, manquait peut-être de rondeurs mais non d'allure. Elle portait une robe rouge et noir qui flattait la finesse de sa taille. Une ombrelle et une voilette la protégeaient moins du soleil que des regards. Sur le gant, une chevalière à rubis ornait son auriculaire.

— Vous avez raison, Louis. Pardonnez-moi… Asseyons-nous, voulez-vous ?

Ils prirent place sur un banc ombragé, dans une alcôve de verdure.

— J'étais dans le fiacre à bord duquel l'homme qui vous a remis ma carte a embarqué… Je voulais vous parler, mais je tenais à ce que nous ne soyons pas vus ensemble.

Songeant aux prudences de Merlin, Griffont se dit que, décidément, plus personne ne souhaitait lui parler au grand jour.

— Pourquoi ? demanda-t-il.

— Dites-moi d'abord ce que vous faisiez aux obsèques de Darvin.

— J'y étais par politesse. Tixier, le gendre, est une vague connaissance.

Il ne s'agissait, après tout, que d'un demi-mensonge.

Cécile et Louis étaient des amis de très longue date et ils auraient sans doute été amants si cela n'avait tenu qu'à la magicienne. Néanmoins, ils appartenaient à deux cercles dont les credo différaient et qui, pour le moins, se méfiaient l'un de l'autre.

— Vous étiez donc là presque par hasard…

Elle peinait à le croire mais fit comme si.

— En quelque sorte. Et vous, Cécile ? Je n'ai pas souvenir de vous avoir vue aux obsèques ni chez les Tixier.

— Je n'y étais pas. Enfin pas vraiment… J'observais.

— Qui ?

— Un mage. Giacomo Nero.

— Je crois l'avoir entraperçu.

— Si vous l'avez croisé, vous ne pouvez avoir manqué de le remarquer.

— Une canne en cep de vigne ? Un physique de brute et un regard à faire blêmir le plus cruel des tortionnaires ?

— C'est lui.

— Que lui voulez-vous ?

— Le Cercle Incarnat surveille Nero depuis quelque temps. Jusqu'alors, il se tenait tranquille à Lyon mais il a gagné Paris au printemps.

— Que lui reprochez-vous ?

Cécile de Brescieux haussa les épaules.

Et mentit :

— Rien encore, sinon qu'il est un mage noir. Nous nous méfions, voilà tout.

— Vous vous méfiez, ironisa Griffont. Rien de plus.

— Nero n'est pas le seul mage noir que le Cercle Incarnat a à l'œil.

— Certes. Il faudra d'ailleurs que vous autres Incarnat perdiez cette détestable habitude de fourrer votre nez partout…

— Ne riez pas.

La magicienne parut soudain très sérieuse et reprit :

— Nero est dangereux, Louis. Très dangereux… C'est ce que je tenais à vous dire, au cas où vous vous intéresseriez à lui… Sa présence à Paris n'augure rien de bon. Je vous conjure de vous tenir à l'écart de cet homme.

Griffont réfléchit, attendit, puis lâcha :

— Si quelqu'un d'autre que vous m'avait dit tout cela, j'aurais pris sa démarche pour une tentative d'intimidation et je n'aurais pas aimé du tout…

Il était grave désormais.

Cécile lui adressa un regard où se devinait l'éclat d'une inquiétude amoureuse contenue.

— Suivez mon conseil, Louis. Quoi que vous soyez venu faire à ces obsèques, évitez de vous frotter à Giacomo Nero.

*

Le soir venu, Louis Denizart Hippolyte Griffont rentra seul chez lui et profita du souper qu'Étienne lui avait préparé. Puis, parce que le moment était venu, il s'installa dans le jardin et écouta ses roses *Requiem* chanter. Leur mélopée était douce, harmonieuse, mélancolique. Elle s'élevait vers le ciel étoilé en même temps que des particules écarlates et dorées que les fleurs libéraient, comme laissant échapper leur âme. Cela ne dura guère, une heure à peine sans doute, une heure passée à entendre la plainte mélodieuse et paisible des roses noires qui mouraient et semblaient célébrer les joies et les moments perdus de l'été.

Demain, elles auraient fané.

8

Griffont s'accorda une bonne nuit de sommeil qui le reposa, certes, mais n'apporta pas la lumière : au réveil, il ne s'expliquait toujours pas d'où lui venait l'intuition vague mais obsédante d'avoir déjà croisé le dénommé Giacomo Nero. Il l'avait pourtant rencontré, ou du moins vu, avant les obsèques d'Antoine Darvin. Il y songea en vain la matinée durant, résolut finalement de faire une visite à Paul Tixier, chercha un prétexte, le trouva. Puis il consulta le Bottin, choisit dans sa bibliothèque un livre ancien auquel il ne tenait guère et, en début d'après-midi, se rendit à l'enseigne de « Darvin et Tixier – Antiquités ». Cela le ramena dans le VIe arrondissement, non loin du Luxembourg, à Saint-Germain-des-Prés.

La boutique était propre, spacieuse, lumineuse, agréablement agencée pour que l'on puisse y évoluer sans rien déranger. Elle avait un air de caverne d'Ali Baba bourgeoise et ne proposait que des articles de choix, depuis les tapis persans et les miroirs de Bohême jusqu'aux meubles anciens en passant par les porcelaines chinoises et les lames de Tolède. Une odeur de bois, cire, encaustique et vieux tissu imprégnait l'air.

Dès qu'il entra et fit tinter le carillon, Griffont attira un employé affable.

— Bonjour, monsieur. Que puis-je pour votre service ?

— Bonjour. J'ai ici un livre qui, je le crois, n'est pas sans valeur et que je souhaiterais céder.

L'employé prit une mine contrite.

— Vous m'en voyez désolé, monsieur, mais la maison ne fait pas commerce de livres anciens.

Le mage marqua la surprise.

— Vraiment ? Mais depuis quand ?

— Autant qu'il m'en souvienne, depuis toujours, monsieur.

— On m'aura mal renseigné.

— Sans doute, monsieur. Cependant, je peux vous indiquer plusieurs maisons qui sauront vous donner toute satisfaction.

— Me serait-il possible de rencontrer M. Tixier ?

— M. Tixier n'est pas encore revenu de déjeuner, monsieur.

— Doit-il revenir bientôt ?

— Très certainement.

— Permettez-vous que je l'attende ici ?

— Mais je vous en prie, monsieur.

Griffont rôda un peu dans la boutique avant de s'asseoir sur un canapé que l'on ne pouvait voir depuis la rue. Au bout d'une demi-heure, l'employé vint lui proposer un café qu'il accepta.

L'attente durant, il regretta bientôt de ne pas avoir apporté *Vingt Ans après*.

*

Deux heures s'écoulèrent sans que Tixier reparaisse. L'employé, qui ne se l'expliquait pas et commençait à manifester de l'inquiétude, s'excusa plusieurs fois auprès de Griffont. Il ne savait plus que lui proposer pour patienter et le mage, d'ailleurs, songeait à partir en laissant sa carte quand une jeune fille poussa la porte sans le voir.

Elle n'avait pas vingt ans, était assez jolie, blonde, les yeux noisette. Elle portait des bottines fatiguées, des vêtements de confection, un petit chapeau coquettement rafraîchi par un ruban neuf. À la voir, il ne faisait aucun doute qu'elle était une fille du peuple et vivait très modestement. Comme elle n'avait pas d'alliance, elle devait donc travailler. Griffont l'imagina vendeuse dans un grand magasin, petite main d'un atelier de couture, ou quelque chose dans ce goût-là.

Elle demanda après Tixier. Elle semblait anxieuse, inquiète. Elle dit que l'affaire était urgente, insista en vain et s'en fut précipitamment, à croire qu'elle craignait de rester plus longtemps et regrettait déjà sa démarche. Elle n'avait pas dit qui elle était, ni confié de message. Son désarroi semblait aussi sincère que disproportionné.

Intrigué, Griffont la suivit et la vit qui enfourchait une bicyclette. Un taxi garé contre le trottoir d'en face démarrait. Le mage s'élança et bondit sur le marchepied.

— Êtes-vous libre ?

— Oui. Enfin, non… C'est-à-dire que…, balbutia le gnome au volant.

— Vous ne l'êtes plus ! Suivez cette cycliste.

— Enfin, monsieur !

— Je double votre tarif.

— Mais…

— Je le triple. Mais hâtez-vous, car il sera bientôt trop tard. La voilà déjà qui tourne au coin de la rue.

Contraint de prendre une décision rapide qui, à l'évidence, ne l'enchantait guère, le gnome engagea son taxi pétaradant dans le trafic. Griffont ne remarqua pas qu'il manquait l'auriculaire gauche à son chauffeur. Les choses auraient-elles changé de beaucoup si ce détail lui était apparu ? Rien n'est moins sûr. Car il aurait encore fallu qu'un vieux souvenir lui revienne à la mémoire, une éventualité fort peu probable tant ses pensées étaient accaparées par la mystérieuse jeune femme.

Celle-ci pédalait vite et se faufilait habilement entre les fiacres, les camions de livraison, les charrettes et les tramways attelés.

Elle remonta ainsi le boulevard Saint-Germain et emprunta la rue du Bac qui, malgré les nombreuses années écoulées, évoquait toujours aussi douloureusement à Griffont un ancien ami disparu. Après le pont Royal, la cycliste longea les Tuileries, traversa la place de la Concorde sans un regard pour l'obélisque, prit le boulevard Malesherbes et, rue de Vienne, non loin du square Laborde, s'arrêta dans une pharmacie. Par le pont des Invalides, elle franchit ensuite la Seine une seconde fois, traversa le VIIe arrondissement, descendit l'avenue du Maine et la rue d'Alésia dans le XIVe…

… et enfin passa les grilles du parc Montsouris.

Le taxi avait fait merveille pour la suivre jusque-là, mais il ne put aller plus loin : des bornes et des chaînes protégeaient le parc de la circulation. Griffont pesta, paya une fortune, trouva ce périple bien inutile. Il se reprocha de ne pas avoir abordé la jeune fille quand il le pouvait et, parce que le taxi ne voulait plus entendre parler de lui, il dut se mettre en quête d'un fiacre.

*

Griffont consacra le restant de l'après-midi et la soirée à consulter les archives du *Premier*. Il chercha des renseignements sur Giacomo Nero et n'en trouva aucun, ce qui ne l'étonna guère. D'abord parce que le sorcier pouvait se cacher derrière un pseudonyme. Ensuite parce que le Cercle Cyan, à la différence du Cercle Incarnat, n'établissait pas des fiches et des dossiers sur tous les mages avérés ou supposés.

Griffont rentra tard et, sans dîner, libéra Étienne pour la soirée. Il lut un peu, grilla quelques cigarettes qu'il n'apprécia pas, réfléchit beaucoup. Bientôt convaincu que le sommeil le fuirait, il prit sa canne, sa veste, son chapeau, et sortit à la nuit tombée. Il n'alla pas bien loin. Au rythme du promeneur, il marcha jusqu'au rond-point de son impasse et poussa une petite grille de fer entre deux immeubles. Elle menait, par un étroit passage, à un square oublié de tous, paisible en toute heure et redevenu presque sauvage. Sa fontaine ne donnait plus ; ses massifs débordaient sur le gravier des chemins entrecroisés ; des feuilles mortes s'étalaient partout ; les ramures des arbres, allégées par l'automne, faisaient des marquises que les rayons de lune perçaient sans mal. Le silence nocturne avait ici le charme des grandes quiétudes. On était au cœur de Paris et la ville semblait aussi lointaine que le monde alentour.

— Bonsoir, fit un vieux chêne tandis que Griffont s'asseyait sur le banc vermoulu que coiffaient ses branches.

— Bonsoir, Balthazar.

La voix de l'arbre savant tombait de son feuillage rouge et brun. Grave et lente, elle avait les sonorités mélancoliques d'un violoncelle dont un archet expert aurait caressé les cordes dans une chapelle. À qui savait voir, les irrégularités de l'écorce dessinaient comme l'esquisse d'un visage à mi-hauteur du tronc rugueux et moussu.

— Allez-vous bien, Louis ?

— Assez bien, oui.

Griffont tira une cigarette de son étui d'argent, cassa trois allumettes, s'énerva, fit naître la braise d'un claquement de doigts.

— Vous êtes soucieux.

Louis soupira et dut le reconnaître.

Balthazar et lui étaient de vieux amis. Le chêne savant avait été replanté tout jeune à Paris, peu après le Jour des Fées, à savoir peu après que les fées révélèrent l'existence de l'OutreMonde. L'événement était déjà vieux d'un siècle. Balthazar avait fait sensation à l'époque, puis il avait passé de mode avant d'être oublié. Au registre des merveilles qu'Ambremer offrit à Paris, la tour de M. Eiffel, tout entière bâtie par des gnomes dans un bois blanc magique qui chante à la lune, constituait une attraction d'une envergure incomparable. Le chêne savant du Vieux-

Square n'intéressait désormais plus grand monde. Il ne s'en plaignait pas.

Griffont expliqua de quoi il retournait : l'empoisonnement d'Apolline, la mort de Darvin, la requête de Méliane transmise par Merlin en personne, les étranges fréquentations de Tixier, les mises en garde de Brescieux. À quoi s'ajoutaient la baronne et la possible réconciliation entre Ambremer et les dragons insoumis…

— Nero ? dit Balthazar. Ce nom ne me dit rien.

— Peut-être un pseudonyme de circonstance.

— Cela signifie « noir » en italien, n'est-ce pas ?

— Je crois, oui.

— Je me renseignerai, si vous voulez.

— Volontiers.

Les arbres savants communiquent grâce à une rumeur qui voyage dans les airs et anime leur ramure. Au fil des jours et au gré des vents, tout finit toujours par arriver à leur connaissance.

— Mais pour l'heure, reprit le mage, Cécile m'intrigue plus que Nero…

— Comment ça ?

— Sa démarche m'a paru curieuse.

— Mme de Brescieux s'inquiète pour vous. Quoi de plus normal que cela ?… Vous savez bien quels sentiments elle a pour vous.

Griffont tiqua, hésita à exprimer des intuitions trop vagues.

— Je pense, dit-il enfin, que Cécile ne voulait pas vraiment me mettre en garde contre Nero. Ou pas seulement, comme si Nero n'était qu'un prétexte… J'ai l'impression que, Nero ou pas, le Cercle Incarnat désire que je me tienne à l'écart de cette affaire.

Et faites-moi confiance, les Incarnat se soucient comme d'une guigne de ma sécurité…

— Mme de Brescieux exceptée.

— C'est vrai.

— Qu'allez-vous faire ?

— Il me faut parler à Tixier, quitte à le remuer un peu pour découvrir la nature de ses relations avec Giacomo Nero. Je compte également me rendre demain à la Bibliothèque Royale d'Ambremer. J'y trouverai peut-être des informations sur ce sorcier.

— Et la baronne ?

— Je n'ai aucune nouvelle d'elle depuis cette fameuse nuit. Et je ne peux pas passer ma vie à l'attendre.

Griffont se tut, puis ajouta :

— Ni à la poursuivre, d'ailleurs…

Isabel de Saint-Gil était toujours un sujet délicat à aborder. La conversation tomba.

— Parlez-moi plutôt de vos tourtereaux, lança soudain le mage.

Depuis quelque temps, un jeune couple d'amoureux avait l'habitude de se retrouver sur le banc qu'abritait Balthazar.

— Oh !…, fit le chêne savant d'un ton désolé. Ils ne viennent plus. Ou plutôt, ils ne viennent plus ensemble… Lui vient avec une autre.

— Et elle ?

— Elle vient seule et, parfois, elle pleure… J'ai eu plusieurs fois l'envie de lui parler, mais je crains de l'effrayer…

Griffont se leva, s'étira et, sur le départ, écrasa son mégot sous la semelle.

— Vous êtes une âme tendre, Balthazar.

— Moquez-vous.
— Au revoir, mon ami.
— Au revoir, Louis. À bientôt.

*

Il était minuit passé lorsque Griffont rentra chez lui. Le téléphone sonnait et Azincourt, assis près du poste, semblait monter la garde. Il avait la tête de celui qui, en pleine nuit, vient frapper à la porte d'un voisin bruyant pour réclamer le silence et quelques heures d'un repos particulièrement mérité.

— Cela fait trois fois que le téléphone sonne, dit-il. Et Étienne n'a jamais daigné répondre.

— Il dort.

— D'un sommeil de plomb, alors. J'aimerais bien en faire autant.

Le mage décrocha le cornet qu'il colla à son oreille en approchant le combiné de sa bouche.

— Monsieur Louis Griffont ? fit une voix masculine et anxieuse.

— Lui-même. Qui est à l'appareil ?

— Je… Je m'appelle Paul Tixier… Vous avez cherché à me joindre cet après-midi…

— En effet.

— Nous devons nous rencontrer… Maintenant.

— Maintenant ?

— À la boutique… Passez par-derrière, je vous attends.

On raccrocha.

— Que se passe-t-il ? demanda le chat-ailé tandis que Griffont restait les yeux dans le vague.

— Vous avez tout entendu, n'est-ce pas ?

— *Indeed.* Mais je n'ai pas compris de quoi il s'agissait exactement. Qui est ce Tixier ?

— Plus tard.

Laissant Azincourt en plan, Griffont prit la *Pétulante* et fila jusqu'à Saint-Germain-des-Prés par des rues désertes que jalonnaient les cônes lumineux tombés des réverbères à gaz. À l'approche du magasin d'antiquités, il s'engagea dans une ruelle perpendiculaire, coupa le moteur, rangea sa moto dans un recoin.

« Par-derrière », avait dit l'homme – Tixier ? – au téléphone.

Le mage chercha un peu, finit par trouver l'accès à une arrière-cour humide et enténébrée. Des caisses en bois qui avaient sans doute contenu des meubles l'encombraient. Il contourna l'empilement, foula une paille destinée à protéger le mobilier durant le transport. Elle crissa sous ses pas prudents.

Il vit une porte de service qui, si son sens de l'orientation ne le trompait pas, devait conduire à la boutique. Elle était entrouverte et grinça quand il la poussa. Tout était sombre à l'intérieur. Griffont alluma l'Immortelle à son pommeau de canne, puis entra.

Il découvrit une réserve, vaste pièce pleine d'objets hétéroclites : chaises réunies par paires, tables, buffets anciens, vases et bibelots, miroirs qui créaient des perspectives trompeuses et profondes, statues dont les formes immobiles se découpaient dans la lueur bleutée.

Le mage observa soigneusement le décor. Il appela…

— Tixier ?

… mais n'entendit ni ne vit rien d'anormal.

Pourtant, dans son dos, une haute et maigre silhouette émergea lentement de l'ombre. Elle leva le bras, brandit un pistolet, visa posément, fit feu.

La balle frappa Griffont à l'omoplate. Sous le choc, il pivota. Trois autres détonations claquèrent tandis que le canon du revolver crachait autant de flammèches dans le noir. Ahuri, incrédule, le mage fut touché au ventre et, par deux fois, à la poitrine. Puis vint le coup de grâce : une dernière balle lui traversa la base du cou.

Griffont tomba à genoux d'abord, sur le ventre ensuite. Il ne sentait aucune douleur, mais devinait la vie qui le quittait à mesure qu'une flaque tiède et rouge s'étalait sous lui. La joue collée au plancher, il vit deux bottines qui approchèrent de son visage, respira une odeur de cuir et de cire à chaussure. Après un moment, le meurtrier s'en fut d'un pas vif et prit soin de refermer la porte. Les gonds gémirent ; la serrure cliqueta.

Griffont resta seul et agonisant, éclairé par la lueur du joyau bleu qui faiblissait. Il songea à Aurélia, trouva l'ultime force de tendre la main vers sa canne, l'agrippa dans son poing poisseux de sang. Le cristal façonné émit alors un éclat azuré éblouissant.

Puis tout s'obscurcit.

Et Louis Denizart Hippolyte Griffont, mage du Cercle Cyan, mourut.

9

À l'instant où Griffont agonisait, Isabel de Saint-Gil se réveilla en sursaut dans son lit et poussa un cri d'effroi. Une sueur glacée lui collait au corps tandis que son cœur semblait battre comme un bélier de siège décidé à lui arracher la poitrine. Échevelée, livide, haletante, elle s'était dressée assise et fixait d'un regard absent la pénombre née d'une veilleuse solitaire.

Parce qu'une stupeur terrifiée la privait de ses sens, la baronne n'entendit pas les pas précipités qui approchaient, ne réalisa pas qu'on tambourinait à sa porte, réagit à contretemps quand Lucien Labricole fit irruption dans la chambre.

— Patronne ! Qu'est-ce qui se passe ?

Le gnome était pieds nus, en chemise de nuit, un revolver au poing. Il cherchait autour de lui ce qui pouvait avoir effrayé l'enchanteresse.

— Vous avez crié, patronne.

Il alluma la lumière en grand, marcha jusqu'à la fenêtre, vérifia qu'elle était bien close. Il faisait nuit noire dehors. Tout était calme et immobile dans le jardin.

— Quelque chose est arrivé à Griffont, lâcha Isabel d'une voix blanche.

— Griffont ?... Mais quoi ? Où ça ?...

— Quelque chose de terrible...

Comprenant qu'il n'y avait pas de danger immédiat, Lucien approcha du lit, aussi intrigué qu'inquiet.

— Ça va, patronne ?

La baronne cligna des paupières, dévisagea le gnome comme si elle le découvrait seulement. Puis, redevenue soudain maîtresse d'elle-même, elle ordonna en se levant :

— Va réveiller Auguste et dis-lui de faire démarrer l'auto. Nous partons.

— Maintenant ? Mais...

— Fais ce que je te dis ! Tout de suite !

*

En pantoufles et robe de chambre, Étienne faillit être renversé quand Isabel, après s'être acharnée sur le bouton de sonnette, poussa la porte dès qu'elle fut entrouverte et se précipita à l'intérieur.

— Où est Griffont ?

Encore ensommeillé, le domestique tarda à répondre.

— Où est Griffont ? répéta la baronne.

— Je... Je ne sais pas... Je crois que...

Elle gravit l'escalier quatre à quatre et lança à ses complices :

— Lucien, fouille le rez-de-chaussée ! Auguste, va voir dans l'atelier du jardin !... LOUIS ! LOUIS !

Elle était en cheveux, avait improvisé dans la voiture un chignon désordonné. Étienne la rejoignit à l'étage alors qu'elle s'en revenait déjà de la chambre de Griffont. Elle le bouscula pour redescendre.

— LOUIS ! appela-t-elle à nouveau, le majordome sur les talons.

— Pas là, indiqua le gnome après avoir rapidement fait le tour des pièces du bas.

L'enchanteresse pesta et son inquiétude palpable acheva d'alarmer Étienne.

— Mais qu'y a-t-il, Madame ?

— Savez-vous où est allé Griffont, Étienne ?

Le domestique l'ignorait. Il expliqua que le mage était sorti assez tard, sans avoir dîné.

— Après, conclut-il, je ne sais plus. Je dormais... Mais il m'a semblé entendre le téléphone sonner...

Auguste reparut à son tour dans le vestibule. Azincourt l'accompagnait avec la mine du chat bougon dérangé en plein sommeil.

— La *Pétulante* est plus là, patronne.

À Étienne, Isabel demanda :

— Avez-vous entendu Griffont prendre sa motocyclette ?

— Non, Madame.

— Donc il est sorti une première fois, puis il est revenu avant de repartir avec la *Pétulante* tandis que vous dormiez. C'est cela ?

— Je... Je suppose, Madame.

— C'est exactement ça, intervint Azincourt. Mais de quoi s'agit-il ?

Il s'attira l'attention d'Isabel, qui ne lui répondit pas mais le pressa de questions. Le chat-ailé rapporta que Griffont, de retour d'une courte promenade nocturne, avait reçu un coup de fil qui provoqua son départ précipité.

— De qui, ce coup de fil ? s'enquit la baronne avec anxiété.

— Un certain Tixier, si je me souviens bien. J'ignore qui il est.

— Où devaient-ils se retrouver ?

— À la boutique.

— La boutique ? Quelle boutique ?

— Je ne sais pas.

— Vous ne savez pas grand-chose.

Cette réplique vexa beaucoup Azincourt.

— Réfléchissez donc ! insista Isabel.

Ce qui vexa le chat-ailé encore plus.

— Patronne, glissa Lucien. On devrait peut-être se demander où Griffont s'est rendu la première fois qu'il est sorti. Il était à pied et il est vite revenu. Il a pas pu aller bien loin.

Isabel le dévisagea sans mot dire, puis lâcha :

— Balthazar !

*

Les renseignements fournis par le chêne savant s'avérèrent précieux. Croisés avec ceux d'Étienne et Azincourt, ils permirent à la baronne de savoir non seulement les détails de l'affaire qui occupait Griffont en ce moment, mais surtout où celui-ci pouvait s'être rendu en urgence au beau milieu de la nuit. La boutique qu'avait évoquée le chat-ailé devait être le magasin d'antiquités fondé par feu Antoine Darvin et désormais tenu par son gendre, Paul Tixier, l'auteur du fameux coup de téléphone.

De retour chez Griffont, Isabel pressa Étienne de lui fournir un annuaire et daigna enfin expliquer qu'elle craignait que le mage ne soit tombé dans un guet-apens.

— Madame, ne devrait-on pas avertir les autorités ? s'enquit prudemment le domestique.

— Non, Étienne. Laissons la police en dehors de tout ça tant que nous n'en saurons pas plus… J'y suis ! ajouta-t-elle en trouvant l'adresse de la boutique. Auguste, fais démarrer la voiture ! C'est à Saint-Germain-des-Prés.

— Je viens avec vous, dit Azincourt.

— Non. Je veux que vous alliez prévenir Merlin.

— Merlin ? Mais pourquoi ?

— Parce que c'est lui qui a mêlé Griffont à cette affaire.

— Et où le trouverai-je ?

— Il loge en ce moment à l'ambassade d'Ambremer. Dites-lui bien que c'est une question de vie ou de mort, et retrouvez-nous là-bas tous les deux. Voilà l'adresse.

Elle laissa l'annuaire ouvert à la bonne page et courut rejoindre Auguste et Lucien.

La Spyker indigo traversa le Paris nocturne à vive allure, fonçant dans les lignes droites, dérapant à chaque virage, coupant les carrefours et les ronds-points au plus court. Auguste Magne était un chauffeur expert. Moins d'un quart d'heure plus tard, il arrêtait l'auto devant la boutique dans un crissement de pneus.

La baronne secoua le rideau de fer baissé en vain. On ne voyait ni lumière ni mouvement à l'intérieur. Le quartier semblait désert.

— Par là, patronne, indiqua Labricole en désignant une ruelle.

C'était précisément celle que Griffont avait empruntée un peu plus tôt pour faire le tour. Ils aperçurent d'ailleurs sa moto garée dans un recoin.

— C'est la *Pétulante*, confirma Auguste.

Isabel acquiesça. Ils touchaient au but mais elle craignait déjà ce qu'ils allaient découvrir.

Ils poussèrent plus loin sans mot dire, trouvèrent l'arrière-cour puis la porte de la réserve. Elle était verrouillée. Labricole proposa de crocheter la serrure.

— Pas le temps, dit la baronne. À toi, Auguste.

Le colosse prit un bon appui et, d'un coup de pied, enfonça la porte qui s'ouvrit à la volée sur une obscurité qu'imprégnait, par en dessous, une lueur bleutée. On devinait à peine les formes des caisses, meubles, statues et bibelots qui encombraient la pièce. Au ras du plancher, la faible lumière palpitait lentement. Elle émanait du pommeau de la canne que Griffont, étendu mort, serrait dans son poing.

— LOUIS ! s'exclama Isabel.

Elle se précipita sur le cadavre, s'agenouilla dans la flaque poisseuse qui coagulait, retourna péniblement le corps inerte. La vue des profondes blessures qui trouaient la poitrine et ne saignaient plus lui arracha un soupir douloureux.

— Réponds-moi, Louis… Je t'en supplie, réponds-moi.

Dans ses mains maculées de sang froid, elle prit tendrement la tête de Griffont et la posa sur ses cuisses, tout contre son ventre. Il avait les paupières closes, ne respirait pas. Son visage avait pris le masque paisible et indifférent des gisants des tombeaux.

— S'il te plaît, Louis… S'il te plaît…

Elle lui caressa affectueusement la joue, ajusta sur son front la lourde mèche de cheveux blancs qui ne cessait d'y tomber. C'était un geste tendre qu'elle avait souvent esquissé d'un doigt léger, heureuse et complice, après l'amour, quand ils restaient enlacés à bavarder et s'occupaient l'un de l'autre. Leurs deux corps étaient chauds et doux, alors. Et les rires venaient vite.

Isabel éclata en sanglots.

— S'il te plaît, Louis. Ne me laisse pas, ne me laisse pas…

Échangeant un regard, Auguste et Lucien résolurent d'agir. Sans violence ni faiblesse, le premier obligea la baronne à se relever, à reculer, à s'éloigner d'un mort qu'elle ne voulait plus quitter. Elle résista un peu avant de s'abandonner à sa douleur dans les bras du grand gaillard, qui ne sut que faire pour la réconforter.

Le gnome s'accroupit près du cadavre. Il ouvrit le gilet et la chemise pour regarder les blessures, se pencha dans l'espoir de surprendre un souffle, un infime battement de cœur, un reliquat de vie.

Il hocha bientôt la tête, résigné.

— C'est fini, dit-il… Il… Il est mort.

Lucien se redressa et, en se tournant vers Isabel et Auguste, reconnut derrière eux la silhouette de Merlin qui se découpait dans l'encadrement de la porte.

CHRONIQUE DE CE QU'IL ADVINT TRÈS SECRÈTEMENT DANS LE ROYAUME DE FRANCE, AU MOIS DE NOVEMBRE DE L'AN DE GRÂCE 1720.

Où le lecteur, transporté au début du siècle des Lumières, refait connaissance avec quelques personnages familiers et en croise d'autres dont l'Histoire a parfois retenu le nom. Où il apprend comment la route d'un mystérieux aventurier masqué rencontra celle d'un chevalier magicien en quête de justice.
Où tout commence.

1

Le Lys Pourpre

L'homme était un piètre cavalier. Raide sur la selle, il s'agrippait aux rênes plus qu'il ne les tenait, et serrait exagérément les flancs de sa monture entre ses jambes. Le cheval, calme et docile, allait au pas. Mais celui qui le montait était malgré tout mal à l'aise. Habitué à se déplacer en carrosse ou en chaise à porteurs, il craignait un écart, une ruade, un galop soudain, une chute.

Peut-être aussi craignait-il de s'aventurer seul, par une nuit noire et froide, en des lieux désolés. Il était dans le faubourg Saint-Antoine, à l'est de Paris, au-delà de la rue de la Contrescarpe qui – au XVIIIe siècle – longeait les remparts de la capitale et ses fossés. Près des berges de Seine se trouvaient quelques bâtisses et d'immenses terrains où, derrière des palissades, on entreposait le bois d'œuvre arrivé par trains de flottage au long du fleuve. Les coques et les mâtures des bateaux amarrés non loin grinçaient dans le silence. Les billes superposées en quinconce composaient de grands monticules géométriques que la neige avait recouverts. Personne ne vivait ici.

Quelque peu rassuré par le contact du pistolet à sa ceinture, l'homme tenta de se repérer, avisa une lumière intermittente et dirigea sa monture vers elle. Il portait un épais manteau qui laissait voir ses bas blancs et ses souliers à boucle glissés dans les étriers. Un tricorne noir le coiffait, enfoncé au ras des yeux et touchant presque le col relevé de sa pelisse. Le cavalier se protégeait ainsi autant du froid que des regards. L'endroit était mal choisi pour une promenade nocturne, mais parfait pour un rendez-vous clandestin.

La lumière brillait à la fenêtre, régulièrement occultée par un volet que le vent animait, d'un grand bâtiment en bois. L'homme devina qu'il était arrivé. Il mit pied à terre, observa les alentours et, ne voyant rien d'inquiétant parmi les ombres immobiles, poussa la porte. Prudemment, en passant la tête d'abord, il entra dans un entrepôt où des milliers de planches fraîchement débitées étaient rangées. Il y en avait sur trois étages en mezzanine, l'espace libre jusqu'à la charpente étant dévolu à un complexe système de treuils, de poulies et de cordes que des tambours à bras pouvaient enrouler ou dévider. Près de la fenêtre à carreaux de papier huilé, sur un tonneau posé dans la sciure, une chandelle brillait.

— Avancez, monsieur Marlin, fit une voix mâle et éraillée. Avancez.

Comme l'homme au tricorne hésitait, la voix reprit :

— Vous n'avez rien à craindre ici.

— Alors d'où vient que vous vous cachiez ?

— Mais me voici.

Christian Marlin, notaire véreux et sinistre intrigant de son état, vit alors venir un homme grand et sale, aux cheveux longs, qui portait une épée au fourreau et avait revêtu une veste d'uniforme crasseuse et rapiécée. Un ancien soldat tombé dans la truanderie. Peut-être un déserteur.

— Êtes-vous Flambert ? demanda Marlin.

— C'est moi. Êtes-vous venu seul ?

— Oui. Mais je suis armé.

Le notaire montra le pistolet à sa ceinture, ce qui ne parut guère impressionner le dénommé Flambert.

— Qui pourrait vous reprocher d'être prudent ? ironisa ce dernier.

— Avez-vous le document ?

— Avez-vous la somme convenue ?

— Je l'ai.

— Alors nous allons pouvoir nous entendre. Approchons de la lumière, voulez-vous ?

— Pourquoi ?

Marlin jeta un coup d'œil inquiet par la fenêtre.

— Vous voudrez sans doute lire les papiers, n'est-ce pas ? lâcha Flambert.

Le notaire acquiesça et marcha vers la bougie. Tandis qu'il posait une bourse replète sur le tonneau, les ombres chaudes de la flamme caressèrent par en dessous le menton épais et la bouche lippue de sa face rubiconde.

— Le testament, ordonna-t-il.

Flambert tira de sa chemise un document plié et cacheté. Marlin le prit avec des gestes pressés. Il fit sauter le sceau, lut en diagonale, examina les signatures.

— Alors ? fit l'autre. Authentique ?

— Il semble bien. Comment vous êtes-vous procuré ce testament ?

— Tenez-vous véritablement à le savoir ?

Ils échangèrent un regard, et Marlin fut le premier à baisser les yeux.

— Non, avoua-t-il… Prenez l'argent et disparaissez.

Flambert empocha la bourse mais ne bougea pas.

— Eh bien ? s'agaça le notaire. Qu'attendez-vous ?

— Moi ! fit quelqu'un depuis l'ombre.

Glissant le long d'une corde, un individu se reçut souplement à quelques mètres du duo. Il avait une silhouette de jeune homme et l'épée au côté. Botté, ganté, coiffé d'un tricorne, il était vêtu de rouge sombre sous une longue veste en cuir noir. Un catogan de soie tenait ses cheveux. Un masque de cuir bouilli, couleur acajou, cachait tout son visage et déformait sa voix.

— Le bonsoir, maître.

Avant que Marlin ait pu réagir, Flambert lui subtilisa son pistolet et tira l'épée.

— Que… Que voulez-vous ? balbutia le notaire… Et qui êtes-vous ?

— Oh… Quelle déception ! se moqua l'inconnu… L'ignorez-vous vraiment ?

— Vous êtes le Lys Pourpre !

L'intéressé esquissa une révérence.

— Ravi, fit-il.

— Un brigand ! s'emporta Marlin. Un criminel !

— Venant de vous, c'est presque un compliment… Mais je préfère me considérer comme un justicier. Et un hors-la-loi par nécessité. N'est-ce pas ainsi que nous préférons nous voir, Flambert ?

— Si fait, patron.

— Autant vous le dire maintenant, Marlin, le testament que vous tenez entre vos mains est un faux. Un faux habile, car confectionné par mes soins, mais un faux. L'original que vous avez détruit il y a deux mois, et remplacé pour votre plus grand bénéfice, celui-là était le seul authentique. Il n'a jamais eu de double. C'est un conte que j'ai imaginé pour vous attirer ici et vous obliger à vous découvrir.

— Cela… Cela ne prouve rien.

— Cela ne prouve pas grand-chose, il est vrai… Mais cela suffit à me convaincre, moi, que vous êtes la crapule que je soupçonnais.

— Aucun juge, au tribunal, n'acceptera votre témoignage.

— Mais qui vous parle de tribunal ? Qui vous parle de juge ?… Puisque je suis un criminel, pourquoi n'agirais-je pas comme tel ?

À ces mots, Marlin recula. Levant son pistolet, Flambert le persuada de ne pas bouger plus.

— Qu'allez-vous faire ?… Répondez ! Qu'allez-vous faire ? Me tuer ?… Je suis riche, très riche… Je paierai pour ma vie. Je ferai votre fortune !

Le Lys Pourpre hocha la tête en avançant, comme désolé.

— Votre argent ne m'intéresse pas, maître. Pas plus que vos faux en écriture et vos captations d'héritage…

— Alors quoi ?

— Je veux un nom. Rien qu'un nom.

— Lequel ?

— Celui de votre Aîné.

Tout le sang quitta subitement le visage de Marlin

et de la sueur perla à ses tempes. Le notaire s'efforça de mentir, mais mentit mal.

— Mon… Aîné ?… De… De quoi parlez-vous ?… Je ne comprends goutte à vos dires…

— Soit, parut se résigner l'homme masqué… Flambert, laisse-nous, veux-tu ? Maître Marlin et moi-même avons à parler de l'Éridan…

— Restez, supplia Marlin. Restez ! Si vous partez, il me tuera.

— Mais non, le rassura Flambert. Il ne vous tuera pas.

Le Lys Pourpre lui adressa un regard surpris.

— Il ne vous tuera pas, poursuivit l'ancien soldat, parce que je vais le faire.

Et Marlin tomba mort, le cœur transpercé par l'épée de Flambert.

— Es-tu fou ? s'exclama le Lys Pourpre.

— Non, répliqua l'autre en le menaçant de son pistolet. Loin de là.

— Pourquoi as-tu fait ça ?

— Pour la raison que je vous trahis, et que je compte bien garder l'argent du notaire en plus de la prime promise pour votre capture.

— Ma capture ? Mais tu rêves ?

— Des soldats entourent la bâtisse et le prévôt m'a déjà garanti l'immanu… l'immu…

— L'immunité.

— Oui, c'est ce qu'il a dit… Les soldats entreront au premier cri ou au premier coup de feu. Alors il ne tient qu'à vous d'être pris vivant. Vous me connaissez assez bien pour savoir que je ne vous manquerai pas à cette distance.

— Je crois, à la vérité, que je te connais moins bien, et de très loin, que je ne croyais…

— Surpris ?

— Pas vraiment, non.

Flambert tira au premier geste que fit l'autre. La balle siffla dans l'air et déchira l'épaule du Lys Pourpre, qui s'était rejeté sur le côté. Presque aussitôt, des soldats en uniforme bleu entrèrent par trois portes.

L'aventurier bondit, agrippa d'une main une corde tendue vers les hauteurs. D'un coup d'épée, il la trancha au ras de l'anneau auquel elle était nouée. Soulevant le Lys Pourpre qui la tenait ferme, la corde gémit, et siffla, et fuma dans la poulie devenue folle tandis que le contrepoids fixé à l'autre bout fonçait vers le sol. Cela dura quelques secondes seulement, juste assez pour que Flambert pousse un cri d'effroi en voyant arriver sur lui la masse qui l'écrasa et explosa dans un nuage de sable et de toile ensanglantée.

Un moment désorientés, les soldats tardèrent à remarquer celui qui reprenait son équilibre dans la charpente.

— FEU ! hurla un officier.

Le Lys Pourpre plongea à couvert du troisième étage tandis qu'une mitraille de plomb grêlait la toiture. Recouvrant son souffle et ses esprits, il repéra une ouverture là où une poutre en saillie permettait de hisser des objets par l'extérieur. Il tenta un coup d'œil dehors, rentra la tête à l'instant où d'autres soldats faisaient feu sur lui d'en bas. Il leur fallait recharger et le fugitif mit ce répit à profit.

Par la poutre de levage, il se hissa sur le toit

enneigé, courut le long de l'arête en cherchant une échappatoire. Il n'en vit qu'une, prit son élan, bondit dans le vide, attrapa le filet d'une grue dont l'armature pivota en le balançant en l'air.

— IL EST LÀ ! LÀ ! PAR ICI, VITE !

Des détonations claquèrent. Des balles vrombirent à ses oreilles. Il prit pied sur un toit voisin et se laissa glisser en bas des tuiles neigeuses, vers l'appentis d'une remise contre lequel il rebondit avant de retrouver le sol. Une souple roulade, et il se précipita droit devant lui. Il avait perdu son tricorne. Son catogan, devenu lâche, laissait libres de lourdes mèches rousses et blondes.

À l'angle d'un entrepôt, il tomba nez à nez avec un soldat tout aussi surpris que lui. Le Lys Pourpre le sécha d'un coup de genou vicieux, d'un coup de poing au menton, et saisit son fusil pour tirer en direction d'autres uniformes. Il visa volontairement trop à gauche, sectionna la corde qui maintenait les tonneaux d'une charrette à deux roues. Les fûts libérés roulèrent parmi les soldats et provoquèrent une panique.

Reprenant sa course, le fuyard escalada l'escalier que faisaient des billes de bois empilées. Parvenu au sommet, il courut le long du tronc d'arête et franchit d'un bond la haute palissade qui le séparait de la rue. Il était dans les quartiers habités du faubourg, à présent. Mais des têtes se montraient aux fenêtres, attirées par les cris et la fusillade, et il ne faudrait pas longtemps avant qu'il soit repéré et dénoncé. Sa blessure à l'épaule saignait beaucoup : elle l'épuisait. Il lui fallait trouver une cachette sûre ou, mieux encore, une monture.

Un carrosse arriva alors dans le fracas de ses roues cerclées et des sabots de l'attelage. Le Lys Pourpre voulut l'arrêter, mais la voiture s'immobilisa sans y être obligée. Une portière s'ouvrit.

— Montez ! Vite !

Il reconnut la voix et n'hésita pas.

*

— Nous ne serons pas toujours là pour vous sauver, dit le Grand Chambellan de la reine Méliane tandis que le carrosse s'éloignait sans encombres.

L'autre ôta son masque en poussant un soupir soulagé, dénoua son catogan et, secouant la tête, fit cascader une abondante chevelure rousse où serpentaient des mèches dorées.

— Je m'en sortais très bien, mentit la jeune femme avec aplomb.

Elle retira son manteau de cuir noir et déboutonna son gilet, autant pour inspecter sa blessure que pour libérer sa poitrine du carcan qui, en plus du masque déformant sa voix, lui permettait de passer pour un jeune homme.

— Vous vous amusez beaucoup à ce qu'il semble, Aurélia, glissa le Chambellan.

— Beaucoup plus qu'à la cour d'Ambremer, c'est un fait.

— Vous prenez des risques inconsidérés à jouer ainsi les justiciers masqués… Il n'était pas question de cela lorsque…

— Lorsque quoi ? Lorsque j'ai quitté l'Outre-Monde ?… Mais il n'était alors question que de cela, précisément : que je quitte l'OutreMonde. C'est fait. Point.

Elle se nommait Aurélia, avait bien d'autres noms sur Terre, et deviendrait un jour la baronne de Saint-Gil. Elle était une fée et jouissait à ce titre d'une élégance innée, d'une beauté rare et d'une assurance sans faille. Les lecteurs qui la connaissent déjà savent qu'elle ajoutait à ces qualités un caractère de cochon.

— Mais si vous avez fait tout ce chemin pour me faire la morale, ce dont je doute, autant nous séparer maintenant, reprit-elle. Merci pour tout et au plaisir.

Elle lança plus fort :

— COCHER ?

— Inutile de vous emporter, Aurélia… Je m'inquiétais, voilà tout.

Aurélia planta le regard de ses yeux d'ambre dans celui, gris et sévère, du vieil elfe.

— Ben voyons, fit-elle.

Elle déchira la manche de sa chemise et grimaça en essuyant sa blessure avec le tissu.

— Et donc, Grand Chambellan ? demanda-t-elle sur le ton de la conversation. Qu'est-ce qui vous amène en ces régions vulgaires ?

— Nous avons besoin de vous.

— Nous ?

— Ambremer. Et Sa Majesté la reine Méliane.

— Et c'est moi qu'on vient chercher ?

Aurélia sourit en coin, hocha la tête, et lâcha comme pour elle-même :

— Alors ce doit être grave…

2

Une assemblée de magiciens

À sa mort en 1715, Louis XIV ne laissa pour héritier qu'un enfant de cinq ans et demi, son arrière-petit-fils. Par testament, il avait confié la régence des affaires du royaume à son neveu Philippe d'Orléans, dit le Régent, en l'attente de la majorité de Louis XV. Mais le Régent, à qui le testament n'accordait que des pouvoirs limités, obtint vite que ce dernier soit abrogé par le Parlement. Il ne régnerait certes que par intérim. Il entendait, néanmoins, régner pleinement.

Il fit bien, et révéla de vraies qualités d'homme d'État en dépit d'une nature mélancolique et bienveillante qui confinait parfois à la faiblesse. Esprit curieux, athée et tolérant, le Régent permit au siècle des Lumières de commencer enfin. Les manières dévotes et compassées de l'ancienne cour furent abandonnées. À la libéralisation des idées s'ajouta celle des mœurs. Les libertins triomphèrent. Affranchie des carcans de naguère, la haute société se jeta ouvertement dans les plaisirs et les divertissements. Il était de bon ton d'être cultivé, impertinent, cynique, et de ne plus cacher ses débauches. L'exemple venait d'ailleurs d'en haut : chaque soir, le Régent s'adonnait à ses « petits soupers », réunions galantes et gastronomiques qui – reconnaissons-le – se muaient volontiers en bacchanales avinées.

La mode fut alors aux petites maisons. De quoi s'agissait-il ? Laissons la parole à un observateur averti de l'époque, l'abbé Armand-Pierre Jacquin : « Une petite maison, c'est un endroit retiré du tumulte de la capitale et uniquement consacré aux plaisirs ; c'est là que se font les parties fines et les soupers délicats ; c'est le temple des ris, des grâces et des jeux ; c'est le centre de la liberté et de la volupté. » On ne saurait mieux dire, ni plus élégamment. Précisons cependant que, bâties dans les faubourgs campagnards de Paris, abritées derrière des murs anonymes et d'épaisses frondaisons, les petites maisons n'étaient pas toutes exclusivement dévolues aux abandons polissons. Certaines étaient aussi les havres de loisirs raffinés et érudits. Elles avaient alors des salons de musique, des ateliers d'artiste, des bibliothèques philosophiques, des cabinets scientifiques et, plus rarement, des laboratoires alchimiques. Car les magiciens, qui étaient encore contraints d'exercer leur art en secret, furent des premiers à comprendre tous les avantages qu'ils avaient à tirer de ces refuges où ils pouvaient s'isoler sans susciter de réelle curiosité puisque chacun croyait savoir ce qui s'y déroulait.

Une nuit de novembre 1720, à Saint-Cloud, quelques hommes et femmes se retrouvèrent dans l'une de ces fameuses maisons, qui, toute capitonnée de neige, se fondait joliment dans un décor campagnard blanchi, comme figé, silencieux, et miroitant à la lune. Leur hôte était le *signor* Di Veccio, faux gentilhomme italien mais vrai mage apatride. Sans doute aurez-vous reconnu Patri Delveccio derrière ce pseudonyme transparent. Vous devez cependant l'imaginer sous les traits d'un aristocrate quinquagénaire et portant beau, plutôt que sous ceux d'un vieux druide se souciant peu du paraître. Si les magiciens vieillissent lentement, ils n'en changent pas moins.

Delveccio – nous l'appellerons désormais ainsi, de même que nous désignerons couramment tous nos personnages par l'identité sous laquelle nous les avons d'abord présentés au lecteur dans ce volume ou un autre – avait réuni ce soir-là des confrères et consœurs de confiance. La plupart, si ce n'était déjà fait, marqueraient un jour l'Histoire de leur empreinte.

— Mes amis, dit le maître en proposant de fins cigares aux hommes comme aux femmes, ce n'est pas seulement pour goûter les plaisirs de ma table et de ma cave que je vous ai conviés...

Ils étaient confortablement assis dans un charmant petit salon bleu, aux murs lambrissés jusqu'à mi-hauteur et aux parquets marquetés de bois d'amarante. Des bougies, dont la cire blanche gouttait de chandeliers ciselés, donnaient une lumière mouvante, tiède et orangée que reflétaient les miroirs et les dorures. Un feu de bûches brûlait dans l'âtre en craquant.

— Les huîtres n'en étaient pas moins excellentes, badina un gentilhomme. Qui vous les livre ?

Tout vêtu de blanc et de soie grise, il était élégant, séduisant, semblait avoir la trentaine, portait l'épée et le catogan avec une nonchalance calculée. En plus d'être mage, il était lieutenant aux chevau-légers du roi et pouvait s'enorgueillir d'une authentique ascendance aristocratique. Il aimait les femmes, tirait volontiers le fer en duel, jouait gros jeu, cachait qu'il lisait et étudiait beaucoup. La sagesse lui viendrait avec l'âge, après bien des épreuves qu'il nous faudra raconter un jour. Mais pour l'heure, l'expérience des douleurs sincères manquait encore au chevalier de Castelgriffe, mage libertin, érudit désinvolte… et futur Louis Denizart Hippolyte Griffont.

— Chevalier, laissez donc parler notre hôte, conseilla Diane d'Helmont en lui touchant le bras.

Elle était belle comme le sont, grâce à quelques artifices qui manquent aux autres femmes, toutes les magiciennes qui souhaitent l'être. Mais l'on pourrait presque dire qu'elle faisait son âge, puisqu'on lui donnait quarante à quarante-cinq ans. Elle avait, en réalité, assisté jeune fille au couronnement de François Ier.

Griffont acquiesça et, se tournant vers son aîné, dit :

— Veuillez me pardonner. Je vous en prie, Di Veccio, poursuivez…

— Merci… Je désire vous parler de Gélancourt.

Delveccio fit ensuite durer un silence intrigué, le temps d'allumer un cigare d'un claquement de doigts et de tirer quelques épaisses bouffées.

— Qu'a encore fait cet ambitieux ? demanda un certain Belmonte.

Ce n'était là que l'un des nombreux pseudonymes de ce magicien et aventurier. Né Joseph Balsamo, il accéderait à la célébrité quelques décennies plus tard, après avoir rencontré la belle Laurenza, femme fatale et enchanteresse supposée, qui saurait le convaincre de faire fortune en occupant imprudemment le devant de la scène.

— Gélancourt a fait ce qu'il promettait de faire depuis longtemps, expliqua Delveccio.

— Qu'est-ce à dire ? demanda Griffont.

— Il a fondé un cercle et a convaincu assez de mages de le rejoindre.

— Un cercle ?

— Ou un convent, une fraternité, appelez cela comme vous voudrez. Il l'a officiellement baptisé le « Cercle Incarnat ».

— Ambremer ne laissera pas faire, affirma le comte de Saint-Germain.

Bel homme au regard clair et à la voix posée, lui aussi devait se faire bientôt connaître à la cour de Louis XV. Il insista, convaincu de ce qu'il avançait :

— Que les mages s'organisent est ce que Méliane souhaite le moins, et son Conseil avec elle, le Grand Chambellan en tête… Tout ce petit monde préfère que nous restions divisés afin de ne pas avoir à nous surveiller.

— Souvenez-vous d'Anselme-le-Sage et de son convent, renchérit Mme d'Helmont…

— L'expérience fut sans lendemain, précisa une jeune magicienne. Et l'on n'a plus jamais eu de nouvelles d'Anselme et de ses pairs.

Jolie, potelée, blonde avec de mutins yeux noirs, elle plaisait beaucoup à Griffont qui la connaissait à peine.

— Mlle de Brémille dit juste, fit-il pour lui plaire.

Ce qui n'échappa à personne. Et surtout pas à la principale intéressée, qui sourit.

— Certes, reconnut Delveccio… Ambremer n'a jamais voulu de mages assez étroitement unis pour lui tenir tête… Mais de quel œil Méliane verrait-elle un cercle de magiciens qui lui serait tout dévoué ?

— Je n'ose vous comprendre, dit Mme d'Helmont.

— Voulez-vous dire que… ? commença Balsamo.

— Oui, affirma leur hôte. Je suis convaincu que Gélancourt a fondé le Cercle Incarnat avec non seulement l'accord, mais le soutien d'Ambremer. Et qu'a-t-il pu offrir en retour…

— … sinon toutes les garanties de loyauté, acheva Griffont.

— Un serment d'allégeance, résuma Saint-Germain. C'est grave. C'est même très grave.

— Gélancourt, si puissant soit-il, a outrepassé ses droits ! s'insurgea Balsamo. Nous autres mages…

— Et magiciennes, glissa Françoise-Adélaïde de Brémille.

Elle était une Précieuse et tenait beaucoup à ce que le beau sexe ne compte pas pour rien.

— Oui, euh… Pardonnez-moi, je vous prie… Donc nous autres avons toujours adopté une stricte neutralité vis-à-vis d'Ambremer et de sa politique. Cela ne fut pas toujours sans mal au cours des siècles, mais nous avons tenu le cap… Et maintenant Gélancourt prétend remettre tout cela en question ?

— Il l'a déjà fait, nota Delveccio… Et il n'est plus temps de le regretter puisque nous sommes mis devant le fait accompli. La question est : Qu'allons-nous faire ?

— Si nous laissons tout l'espace au Cercle Incarnat, dit Mme d'Helmont, des mages toujours plus nombreux le rejoindront pour les avantages qu'ils espéreront en tirer, même si leurs vues ne coïncident pas avec celles de Gélancourt ou de Méliane… Très vite, la situation deviendra intenable pour tous ceux qui refuseront d'en faire autant. De francs-tireurs, ce que nous avons toujours été, nous deviendrons des parias…

— Alors ? s'inquiéta la charmante Mlle de Brémille.

— Alors il faut combattre le mal par le mal, décréta Delveccio qui avait déjà réfléchi à la chose. Il faut, sans tarder, fonder un second cercle. Le nôtre.

On se tut, chacun pesant le pour et le contre d'une décision lourde de conséquences. Les arguments favorables semblaient l'emporter dans les esprits. Pourtant, quelqu'un lâcha :

— Non.

Celui qui venait de parler n'avait pas encore ouvert la bouche, et n'en surprit que plus l'assistance. L'homme était un petit vieillard chenu, aux cheveux blancs et rares. Célèbre alchimiste du Moyen Âge qui passait pour avoir découvert le secret de la pierre philosophale, Nicolas Flamel sillonnait discrètement l'Europe sous différentes identités depuis sa prétendue mort en 1418, à l'âge respectable de quatre-vingt-huit ans. Ce soir-là, de passage à Paris, il n'avait pas répondu seul à l'invitation de Delveccio : un très énigmatique et très silencieux disciple l'accompagnait.

— Non ? s'étonna le comte de Saint-Germain. Comment ça, non ?

— Non, répéta calmement Flamel… Deux cercles finiront tôt ou tard par s'affronter.

— C'est un risque, en effet, dit Griffont.

— Et non des moindres, reconnut Delveccio… Mais que proposez-vous sinon, Nicolas? Nous ne pouvons pas rester les bras croisés.

L'alchimiste prit un temps.

— Je propose trois cercles au lieu de deux.

— Et cela devrait arranger nos affaires? ironisa Balsamo.

— On tient mieux sur trois pieds que sur deux, et un tiers parti tend toujours à apaiser les querelles. En outre, je connais bien mes confrères. Il y a longtemps que les alchimistes composent une corporation distincte, et ils refuseront sans doute de rejoindre un cercle de magiciens, quel qu'il soit. Ils pourraient vouloir, en revanche, fonder le leur. Avec votre accord, je parlerai en ce sens…

Il y eut un nouveau silence songeur, et tous acquiescèrent bientôt en échangeant des regards entendus.

— Donc trois cercles, lâcha rêveusement Delveccio, un mince sourire aux lèvres… Voilà qui déplaira fort à Ambremer, n'est-ce pas?…

*

On causa fort tard, et les invités de Delveccio ne rentrèrent chez eux qu'au petit matin.

Griffont ne voyagea pas seul dans son carrosse. Il emmena Raynaud, l'héritier désigné de Flamel, un individu pâle et émacié qui, tout vêtu de noir tel un bedeau d'église, pouvait séduire malgré un air lugubre. Quelque chose en lui intriguait, attirait et inquiétait à la fois. Cela venait de ce qu'il n'était pas un homme, mais un dragon ayant pris apparence humaine. Pour s'en convaincre, il suffisait de toucher sa peau froide – ce que personne ne se serait risqué à faire – ou de surprendre le regard de ses yeux reptiliens, quand il ne les déguisait pas par un sortilège comme en cette heure.

— Vous n'avez pas décroché un mot depuis le repas, lâcha Griffont tandis que le carrosse les secouait bruyamment.

— J'écoutais.

— Et vous réfléchissiez.

— Oui.

Les pieds sur une chaufferette en cuivre, le mage frissonnait malgré le grand manteau doublé qui l'habillait. Raynaud, lui, ne semblait pas souffrir du froid. Dans l'air glacial de la cabine, leur souffle faisait des volutes blanchâtres vite dispersées.

— La partie, bien sûr, est loin d'être gagnée, fit Griffont. Cependant, je crois que pour tous les mages et alchimistes, un grand bien sortira des cercles que nous voulons fonder.

— Sans doute… Mais ce n'est pas à cela que je songeais, Castelgriffe.

— Alors à quoi donc ?

Le dragon ne répondit pas et Griffont devina que son ami était bien plus que soucieux. Ils se connaissaient de longue date, depuis que Raynaud s'était exilé clandestinement sur Terre et que Delveccio les avait présentés l'un à l'autre.

— Je songeais aux raisons qui purent encourager Méliane à favoriser les projets de Gélancourt.

— Nous le savons : elle a choisi de contrôler ce qu'elle ne pouvait empêcher.

— Oui. Mais qu'espère-t-elle tirer de la naissance du Cercle Incarnat ?

— Elle espère y trouver des alliés.

— Et selon vous, à quoi va-t-elle d'abord les employer ?

Depuis des siècles, une guerre opposait les fées aux dragons dans l'OutreMonde. Cette guerre, les dragons ne pouvaient plus l'emporter depuis que la plupart des peuples fabuleux, dont les licornes, s'étaient unis contre eux. Ils la menaient néanmoins. Certains par orgueil. D'autres par noblesse ou désespoir, parce qu'ils avaient déjà tout perdu. Originaires d'Onirie, les dragons avaient longtemps régné sans partage sur l'OutreMonde. Mais leur ère s'achevait sans qu'ils se résolvent à l'admettre. Les exceptions étaient rares.

— Vous savez que je passe pour un traître aux yeux de presque tous les miens, dit Raynaud.

— Vous connaissez mon sentiment à ce sujet. Vous avez trop longtemps combattu dans l'OutreMonde pour que nul puisse jamais mettre votre courage en doute. De plus, il me semble qu'il vous a fallu un courage encore plus grand pour vous écarter d'une guerre qui s'éternise en vain. Certains de vos frères, d'ailleurs, vous ont imité après vous avoir maudit…

— … Et eux aussi, à leur tour, sont voués aux gémonies.

— L'Histoire vous rendra raison.

— Je ne me soucie pas de la postérité. Je ne me soucie que de mon peuple, et je suis convaincu qu'Ambremer s'apprête à lui porter un coup fatal avec l'aide du Cercle Incarnat.

— Comment cela ? Certains mages ont déjà rejoint les armées de Méliane. Quelques-uns de plus ne feront pas une grande différence…

— Mais ces mages combattent dans l'OutreMonde, Castelgriffe. Nous pouvons craindre le pire lorsque l'on apprendra que Méliane dispose désormais d'alliés avérés sur Terre. Les mages ne sont pas soumis aux mêmes interdits que les peuples d'OutreMonde. Si bon leur semble, ils peuvent agir au-delà des frontières entre les mondes.

— Méliane ne permettra pas que la guerre se transporte ici. Pour l'OutreMonde, l'heure n'est pas venue de révéler son existence. Et certainement pas à l'occasion d'une guerre impitoyable entre les fées et les dragons.

Raynaud secoua la tête. Puis il dit d'un ton résigné :

— Cette guerre s'est déjà portée sur Terre. Clandestinement, il est vrai. Mais néanmoins…

— Je ne vous suis pas.

— Tous les dragons exilés ici n'ont pas, comme moi, désarmé. Certains pansent leurs blessures et d'autres intriguent. Hors d'atteinte, ils sont une épine dans le flanc d'Ambremer. Une épine dont Méliane a hâte de se débarrasser.

— Si vous ne vous trompez pas, ces dragons agissent en violation de toutes nos lois.

— Et alors ? Croyez-vous que cela puisse retenir les plus résolus ? ou les plus désespérés ?… Les dragons perdent la guerre, Castelgriffe. Leur défaite sera bientôt consommée si rien n'est fait, et j'en connais qui seront prêts à tout pour l'empêcher.

— Vous en connaissez ? De qui parlez-vous, Raynaud ?

Le dragon se tut. Il était convaincu d'en avoir déjà trop dit, et Griffont comprit qu'il ne lui arracherait pas une confidence supplémentaire. Aussi, comme le silence durait, le mage voulut aborder un sujet de conversation plus léger :

— Elle est vraiment charmante, cette petite Brémille. Elle semble pleine de… promesses, n'est-ce pas ?

— Vous savez, moi, les femmes…

Griffont avait un instant oublié qu'il parlait à un dragon.

— Oui, lâcha-t-il en relevant le col fourré de son manteau, la tête rentrée dans les épaules… Naturellement.

Ils n'échangèrent plus un mot jusqu'à Paris.

*

Griffont laissa Raynaud devant chez lui, rue du Bac. Après un dernier salut et la promesse de se retrouver bientôt, le dragon accompagna le carrosse du regard jusqu'à l'angle de la rue étroite, gagnée par les lueurs roses de l'aube, et encombrée de congères sales.

Il cherchait sa clef lorsqu'une détonation retentit depuis un toit voisin.

Raynaud mourut sur le coup d'une balle en plein cœur. On n'entendit rien, et c'est un mendiant en maraude qui découvrit et dépouilla le cadavre peu après.

Griffont n'apprit la nouvelle qu'au soir.

3

Un rendez-vous impromptu chez M. Collard

Recouverte d'une fine couche de glace, la neige craquait et crissait sous le pas de l'alchimiste Collard. C'était un pas vif et inquiet, car traverser Paris au plus noir de la nuit s'avérait de la dernière imprudence. Et qu'il fasse un froid de gueux ne changeait rien à l'affaire : tous les voleurs et assassins qui rôdaient par les rues dès le jour fini à la recherche d'une proie facile, tous ceux-là n'étaient pas frileux.

Sidonin Collard avait quitté la sécurité et le confort de son domicile à regret, emmitouflé dans un manteau dont le col avait perdu de sa fourrure, un bonnet miteux sur la tête, et des galoches de bois protégeant ses souliers fatigués. Respectant un itinéraire choisi avec soin, il profitait encore du système d'éclairage nocturne imaginé par M. de La Reynie, le célèbre lieutenant de police du roi Louis XIV. Trente ans s'étaient avérés nécessaires à son installation et, désormais, quelques milliers de lanternes régulièrement espacées pendaient à des cordes tendues en travers des rues. Elles étaient massives, en verre et tôle de fer, abritaient chacune une chandelle en suif d'un quart de livre qui brûlait quatre heures durant. Par mesure d'économie, on ne les allumait qu'aux mois d'hiver, vers 8 heures, de sorte qu'elles s'éteignaient peu après minuit sans être remplacées. Et encore n'illuminaient-elles que les principales artères de Paris. Partout ailleurs, c'étaient les ténèbres jusqu'à l'aube.

Afin de se rendre à son rendez-vous, Collard dut s'éloigner des rues éclairées et s'aventurer dans d'autres, étroites et sinueuses, qui étaient autant de coupe-gorge. Il n'en menait pas large et guettait le moindre bruit suspect. Il avait à la main une lanterne sourde dont il gardait le clapet fermé. Il ne tenait pas à ce qu'on puisse le remarquer de loin, trouvait que la neige sale qu'il foulait faisait bien assez de bruit comme ça. Sa lanterne n'était d'ailleurs pas destinée à lui montrer le chemin, ou du moins pas dans le sens où nous pouvons le comprendre *a priori*.

Quelque part dans le misérable et populeux quartier de Saint-Denis, ancien fief d'une cour des miracles démantelée jadis par feu M. de La Reynie, Sidonin Collard s'engagea dans une impasse jonchée d'ordures blanchies et piétinées. Il arriva devant un mur de pierres et briques qui fermait le passage. Il l'éclaira de sa lanterne, attendit anxieusement que l'enchantement se produise, vit bientôt apparaître un passage voûté.

Il l'emprunta.

Le mur redevint un mur derrière lui.

*

— Tu es en retard.

Collard sursauta.

Il attendait à l'angle de deux rues souterraines,

dans un quartier qui était sous Paris sans vraiment y être parce qu'il se situait sur la frontière entre les mondes. Ce lieu clandestin, fréquenté par tous les parias d'Ambremer, avait un nom : Sépulcra.

L'alchimiste se retourna et vit un gnome noir sortir de l'ombre à la lueur des torches qui brûlaient alentour et faisaient monter des fumerolles charbonneuses vers la haute voûte de l'immense caverne. Ils étaient aux abords de Sépulcra, ville troglodyte bâtie et, pour partie, creusée dans la roche. Collard n'avait pas l'intention de s'aventurer plus loin.

— Vous étiez là ? s'étonna-t-il.

— Mais oui. Je tenais à m'assurer que tu viendrais seul.

— C'est le cas.

— J'ai vu…

Les gnomes noirs pâtissaient d'une détestable réputation qui, reconnaissons-le, était souvent méritée. Ils ressemblaient aux gnomes communs, dont ils étaient cousins, à ceci près qu'ils avaient le teint gris sombre. Ils passaient pour être fourbes, cruels, d'une intelligence mauvaise. Ils aimaient nuire.

Celui qui parlait à Collard était plus grand que la moyenne puisqu'il mesurait presque un mètre soixante. Il avait les joues très creuses, des yeux jaunes en amande, le regard vif, une bouche sans lèvres, le menton pointu. Il portait des bottes, des culottes brunes et une chemise, un gilet, une veste longue sous un manteau en cuir. Un pistolet était glissé à sa ceinture ; un vieux tricorne galonné de velours le coiffait.

Il se faisait appeler Crèvecœur.

— Donne, dit-il en tendant la main gauche, celle à laquelle l'auriculaire manquait.

Sidonin Collard lui remit une petite bourse. Le gnome l'ouvrit aussitôt pour en tirer une balle ronde à la lumière. Elle n'était pas en plomb mais en sélénium noir, un métal sombre et luisant qui avait des vertus magiques notoirement néfastes.

— Qu'allez-vous en faire ? demanda l'alchimiste.

— Cela ne te concerne pas.

— Et les autres, celles que j'ai déjà fondues pour vous ? Qu'en avez-vous fait ?

— Tu poses trop de questions, Collard.

— C'est vous qui avez tué Raynaud, n'est-ce pas ?… C'est vous !… Pourquoi ?

Le gnome noir empocha la bourse.

— Il m'en faudra d'autres, dit-il. Très bientôt.

— Non.

Crèvecœur leva sur Collard un regard méprisant et amusé.

— Non ? fit-il.

— Je… Je ne veux plus être le complice de vos crimes. C'est fini… Et d'ailleurs, lâcha l'alchimiste d'un trait, le sélénium noir vient à me manquer.

— Tiens donc ? Et comment cela se fait ?

— Mon contact à Ambremer a cessé de me fournir. En fait, je n'ai plus aucune nouvelle de lui… Je pense qu'il a été arrêté.

— C'est fâcheux.

Collard attendit avec inquiétude que le gnome poursuive. Pour qui était-ce fâcheux ? Le menaçait-il ?

Mais Crèvecœur afficha un sourire rassurant et dit :

— Tu n'y es pour rien si l'on ne te fournit plus…

Je vais voir si je peux faire quelque chose pour y remédier…

L'alchimiste acquiesça en ne sachant trop quoi penser. Il avait obtenu un délai et respirait encore. C'était déjà ça.

— Nous nous reverrons sous peu, Sidonin, dit le gnome noir.

Collard s'en fut sans demander son reste et, dès qu'il eut tourné au coin de la rue, un groupe d'hommes en armes rejoignit Crèvecœur.

— Il va trahir, décréta ce dernier après un moment. Tuez-le.

*

Collard rentra chez lui transi de froid et soulagé. Il habitait une maison d'angle à trois rues de l'ancien Palais-Cardinal, devenu Palais-Royal, où le Régent avait déplacé la cour pour rompre avec les fastes pompeux de Versailles. L'alchimiste avait son laboratoire à l'entresol où il passait l'essentiel de son temps, travaillait beaucoup, dormait parfois. Les pièces des étages étaient à peine meublées.

Sidonin Collard était un authentique alchimiste, à savoir un magicien passionné d'expériences, et non l'un de ces charlatans qui s'amusent à mélanger les couleurs ou cachent derrière le Grand Œuvre des activités d'empoisonneurs. Son laboratoire était vaste, plein d'ombres, d'arcades et de colonnes, avec un four jamais éteint au fond, une bibliothèque en désordre, plusieurs tables de travail couvertes de récipients biscornus en verre ou en métal, des coffres débordant de paperasse, des étagères croulant sous les pots à ingrédients. Un bouquet d'odeurs nées de cuissons étranges flottait dans l'air. Il y faisait bon et Collard n'était nulle part ailleurs mieux qu'ici. Il s'y sentait en sécurité, capable d'immenses découvertes. Le temps s'écoulait là sans une ride.

L'alchimiste ôta son bonnet, ses mitaines et son manteau dont la neige avait encroûté l'ourlet. Il laissa ses galoches de bois au pied des trois marches après la porte et alla se réchauffer près du four, dont il attisa le feu au soufflet. Fatigué et soucieux, il se laissa tomber dans un fauteuil hors d'âge qui avait accueilli, par le passé, bien des cogitations. Collard soupira et, devinant brusquement qu'il n'était pas seul, se releva d'un bond.

— Vous rentrez bien tard, monsieur Collard. Ignorez-vous donc que les rues de Paris ne sont pas aussi sûres que l'on pourrait souhaiter ?

Un élégant gentilhomme se tenait à l'écart, l'épaule droite appuyée contre une colonne. Il tenait son tricorne dans la main gauche et avait l'épée au côté. Sidonin ne le connaissait pas.

— Qui êtes-vous, monsieur ? Et que faites-vous chez moi ?

— Je suis M. de Castelgriffe, lieutenant aux chevau-légers du roi, répondit le futur Louis Denizart Hippolyte Griffont. Le bonsoir, monsieur Collard.

— Bonsoir…

L'alchimiste ignorait tout de son visiteur. Mais si celui-ci était effectivement officier dans un régiment royal, cela lui conférait une autorité qu'il convenait de respecter.

— Où étiez-vous par ces froidures ?

— Une… visite.

— Ah !… Une visite… Un malade, peut-être.

— Oui. Un malade, précisément.

Griffont approcha en faisant mine de s'intéresser au décor.

— Vous m'en voyez désolé, dit-il. Quelqu'un de votre famille ?

— Non. Tout juste une connaissance.

— C'est heureux.

Le mage toisa l'alchimiste et attendit.

— Vous ne me demandez pas pourquoi je vous viens voir ? lâcha-t-il enfin aimablement.

— Si fait, rétorqua Collard en s'efforçant de recouvrer une certaine assurance.

— Eh bien ?

Sidonin Collard comprit qu'il devait formuler la question.

Il s'exécuta :

— Pourquoi me venez-vous voir ?

— L'un de mes plus chers amis est mort.

— Ah ?

— Assassiné.

— Ah. Veuillez accepter mes condoléances.

— M. Raynaud. Le connaissiez-vous ?

— De nom, mentit l'alchimiste en pâlissant un peu.

— Alors vous n'ignorez pas qu'il était un dragon, dit Griffont avec un regard malin.

Interloqué, Collard se figea.

Comment ce gentilhomme pouvait-il savoir cela ? Et d'où venait qu'il en parlait avec un parfait naturel ? En ce XVIIIe siècle, les mages exerçaient encore clandestinement, l'OutreMonde était un secret bien gardé, et quant à l'existence de créatures fabuleuses vivant parmi les hommes…

L'alchimiste joua la surprise :

— Un dragon ?… Mais que me chantez-vous là, monsieur ?

Griffont sourit.

— J'ai oublié de vous dire que je suis mage, monsieur Collard. Tout comme vous, même si je ne m'adonne pas à l'alchimie… Mon maître fut le grand Di Veccio. Ce nom, sans doute, vous est familier.

Collard le fixa d'un œil soupçonneux.

— Vous voudriez une preuve, devina le mage… C'est légitime.

Il prononça une courte incantation – *Niis'Ta* – en effectuant dans l'air une passe magique de la main droite. Aussitôt, les flammes des bougies virèrent au rouge et, par la grille du four, filtra une lumière écarlate.

— Bien sûr, conclut Griffont, il ne s'agit que d'un tour.

Tout revint à la normale dans le laboratoire.

— Soit, concéda l'alchimiste, vous êtes mage. Mais cela ne justifie pas votre présence chez moi à pareille heure de la nuit.

— Raynaud, de son vrai nom Tel'Var'Aak, était le disciple de Nicolas Flamel, savez-vous ?

— Non.

— Vous mentez, mais peu importe…

— Monsieur !

— Ce qui importe est que Tel'Var'Aak mourut assassiné… C'est que ce n'est pas aisé à tuer, un dragon.

— Je vous l'accorde, mais en quoi… ?

— Et pourtant, poursuivit Griffont sans écouter, il mourut d'une balle. Une seule… Tirée en plein cœur, il est vrai. Mais tout de même…

Le mage se tut et, tournant le dos à Collard, tendit les mains vers la chaleur du four.

— Ce que vous m'apprenez me désole, monsieur de Castelgriffe. Cependant, je ne vois pas en quoi cette affaire me concerne.

— Vraiment ?… C'est sans doute parce que vous ignorez encore ce que j'ai découvert, à la nuit tombée, en exhumant la dépouille de mon ami.

— Vous avez… ?

— … commis ce sacrilège, oui… Mais cela ne fut pas inutile, car je pus ainsi découvrir ce qui avait tué mon ami.

Griffont fit face à l'alchimiste et, d'un air lugubre, enchaîna :

— Il s'agissait bien d'une balle. D'une balle en sélénium noir cependant, ce qui explique que Raynaud n'ait pas survécu à sa blessure… Les magiciens détestent ce métal et il est presque aussi insupportable aux fées que le fer. Mais aux dragons, sous sa forme la plus pure, il peut être fatal…

Désormais parfaitement livide, Sidonin Collard recula d'un pas et voulut se défendre :

— Vous n'imaginez tout de même pas que… ?

— Bien sûr que si… Il n'y a, à Paris, que peu d'hommes capables d'obtenir clandestinement du sélénium noir. Et parmi ceux-là, un seul à ma connaissance est assez habile et savant pour le travailler sans le corrompre… Vous êtes cet homme, monsieur Collard.

— Monsieur !… Je vous assure que…

Griffont saisit soudain l'alchimiste par le col. Il lui rendait au moins une tête, savait se battre et n'était pas effrayé par la violence. La colère et la soif de vengeance sculptèrent sur son visage un masque terrible.

— Cessons de jouer, Collard… Je sais que vous avez coulé la balle qui a tué mon ami. Je le sais, m'entendez-vous ?… Alors il n'est plus temps de nier, car je saurai vous le faire avouer…

Effrayé, Collard s'étrangla quand le mage le secoua brusquement.

— Je me moque de savoir quel contrebandier a introduit, pour vous, du sélénium noir sur Terre. Je me moque même de savoir pourquoi vous avez fait ce que vous avez fait… Mais je veux savoir à qui vous avez vendu la balle qui tua Tel'Var'Aak.

Griffont lâcha l'alchimiste en le repoussant. L'homme tomba à la renverse et tarda à reprendre son souffle.

— Réfléchissez, Collard. Et demandez-vous ce que vous êtes prêt à subir pour vos commanditaires.

— Que voulez-vous dire ? demanda l'autre sans se relever.

— Je pourrais vous cuir les pieds dans votre four assez longtemps pour vous rendre bavard.

— Vous n'oseriez pas !

— Non, en effet… En revanche, je pourrais faire savoir à la cour d'Ambremer à quels trafics et travaux interdits vous vous livrez sur Terre. Et je doute que les sbires de la reine Méliane vous ménagent alors.

— Je suis alchimiste… Je suis un mage ! Comme vous !

De toute sa hauteur, Griffont adressa à Collard un regard méprisant.

— N'essayez pas de faire vibrer chez moi la corde confraternelle… Venant de vous, la chose est insultante. Vous n'êtes qu'une crapule.

Le mage se pencha et redressa l'alchimiste apeuré par son gilet.

— Parle. Parle maintenant.

Les lèvres de Collard remuèrent. Comprenant que celui-ci voulait jeter un sort, Griffont le gifla violemment d'un revers de main. Le malheureux vola contre des étagères qu'il brisa par le milieu en s'écroulant. Tout ce qu'elles contenaient lui tomba sur la nuque et les omoplates.

— Et oublie tes tours, lâcha Griffont. Crois-m'en, je suis meilleur que toi à ce jeu-là…

Une voix assurée retentit alors :

— Je n'aime guère vos manières, monsieur. Ce ne sont pas celles d'un gentilhomme.

*

Oubliant Collard, Griffont fit volte-face.

Il vit approcher un personnage botté, ganté, coiffé d'un tricorne, tout vêtu de velours rouge et de cuir noir. Un masque acajou dissimulait son visage. L'épée au côté, il avançait sans crainte d'une démarche souple à laquelle Griffont trouva une troublante élégance féline.

Le lecteur aura bien sûr reconnu le Lys Pourpre, *alias* Aurélia, *alias* la baronne Isabel de Saint-Gil, pseudonyme qu'elle conservera longtemps. Il sait donc que cette démarche était celle d'une enchanteresse aventureuse, d'une acrobate émérite et d'une habile escrimeuse. Griffont, lui, n'en savait pas autant, même si la renommée du mystérieux justicier lui était parvenue. En cette nuit de novembre 1720, leurs chemins se croisèrent pour la première fois. Il est de meilleures façons d'entamer une relation amoureuse, comme vous allez pouvoir en juger.

— Qui êtes-vous, monsieur ? demanda le mage en gardant un œil sur l'alchimiste étendu.

— Mais c'est très vexant, comme question !... L'ignorez-vous vraiment ?

— Seriez-vous le... Lys Pourpre ?

— Ah, vous voyez bien qu'en réfléchissant un peu... Et moi, à qui ai-je l'honneur ?

— Au chevalier de Castelgriffe, lieutenant aux chevau-légers du roi.

— Un officier ! ironisa Isabel. Suis-je en état d'arrestation ?

— C'est une hypothèse à envisager.

— Renoncez-y, monsieur l'officier... Et quittez les lieux, je vous prie.

— Pourquoi ?

— Parce que j'ai à parler avec M. Collard.

— Quand j'en aurai fini. Peut-être.

— Ne m'obligez pas à tirer l'épée.

— Vous seriez le premier à le regretter.

Ils dégainèrent ensemble.

— Je vais devoir vous désarmer, monsieur de Castelgriffe. Cette idée me désole, car vous en concevrez sans doute une certaine humiliation. Voyez-y plutôt le témoignage de ma miséricorde.

— Ne vous inquiétez pas de cela, monsieur. Je vous aurai blessé bien avant. Je vous promets cependant que vous ne souffrirez pas trop… Où voulez-vous que je touche ? À la main ? Quitte à être blessé, c'est encore ce qui peut arriver de moins grave.

— Visez donc au cœur, monsieur l'officier. Si du moins vous souhaitez vivre.

Et ils croisèrent le fer sous les regards effarés de l'alchimiste.

Le duel fut d'abord élégant, savant, presque courtois. Puis, les adversaires devinant qu'ils étaient à peu près de force égale, il gagna en vice et en férocité. Il y eut des feintes, des crocs-en-jambe, des coups d'épaule sournois, des chassés-croisés entre les colonnades, des volte-face éclair. Griffont était plus grand d'une tête, mais Isabel compensait le désavantage d'une allonge moindre par une vivacité étonnante et un talent rare pour l'esquive et les tours de cochon. Le mage manqua plusieurs fois de recevoir des objets au visage et faillit trébucher contre un tabouret poussé dans ses jambes. Il finit néanmoins par prendre l'avantage et, portant une botte que lui avait enseignée un maître italien, il blessa le Lys Pourpre au dos de la main droite.

La surprise et la douleur firent qu'Isabel lâcha son arme.

— Chose promise, chose due, lâcha Griffont. Renoncez, monsieur. Vous n'avez pas démérité.

— Poursuivons, si vous le voulez bien.

— Vous saignez et votre main droite est comme morte, monsieur.

— C'est pour cette raison que je vous dois des excuses par avance…

L'enchanteresse glissa le bout de sa botte sous son épée, la fit bondir en l'air et l'attrapa prestement de la main gauche.

— Je me bats, dit-elle, aussi bien de la senestre que de la dextre. Cependant, comme vous êtes droitier, cela sera un désavantage pour vous. Voilà pourquoi je vous dois des excuses.

Elle attaqua soudain et obligea Griffont à rompre en catastrophe. Mais il retrouva bientôt ses marques, opposa une résistance conséquente, rendit coup pour coup. Après quelques passes, attaques et ripostes qui auraient fait sensation dans la meilleure des salles d'armes, les deux épées se croisèrent et glissèrent l'une contre l'autre. L'acier crissa en jetant des étincelles jusqu'à ce que les gardes des rapières s'entrechoquent. S'engagea alors un concours de force que l'enchanteresse ne pouvait remporter. Elle recula et, du dos, heurta une colonne, écrasée par le corps du mage. Pour son malheur, celui-ci plongea son regard dans celui de son adversaire. Il vit derrière le masque deux yeux d'ambre aussi furieux que ravissants, où luisaient des paillettes émeraude. Et comme il respira un parfum délicat en même temps qu'il sentait contre sa poitrine des rondeurs estompées par la tenue guerrière d'Isabel, il écarquilla les paupières et lâcha :

— Mais vous êtes une…

Il n'acheva pas, foudroyé par le plus cruel des coups de genou qu'un homme reçût jamais. Le souffle coupé, il chancela et dut se retenir à un meuble.

— Pardon, monsieur ? fit l'enchanteresse. Je n'ai pas compris la fin de votre phrase.

Elle aurait volontiers fanfaronné encore si elle n'avait aperçu Collard qui s'approchait aussi discrètement que possible d'une porte basse, celle qui menait à l'escalier et aux étages. Elle s'élança, bondit d'une table sur une autre en renversant tout et, d'un coup de talon, en poussa une troisième qui heurta violemment la porte encore close. *In extremis*, l'alchimiste retira sa main du loquet pour ne pas avoir les doigts broyés.

— Pardonnez-moi, monsieur Collard. Je ne vous veux aucun mal mais je ne puis permettre que vous me faussiez compagnie.

— Que… Que me voulez-vous ?

— Je l'ai déjà dit : je ne veux que vous parler.

— Je ne sais rien !

— Mais si, voyons. Mais si…

— Qui que vous soyez, affirma Griffont dans le dos d'Isabel, je ne vous ai pas dit mon dernier mot.

Elle se retourna et émit un soupir las en voyant le mage qui avançait d'une démarche un peu raide, certes, mais l'épée au poing et la mine résolue.

— Vous êtes têtu, monsieur de Castelgriffe.

— Les idées ne sont jamais trop fixes quand elles sont droites.

— À votre aise.

Ils n'eurent pas l'occasion de reprendre leur duel. Des spadassins enfoncèrent soudain la porte principale et firent irruption à l'autre bout du laboratoire.

— À TERRE ! cria l'enchanteresse.

Griffont plongea tandis que des détonations claquaient. Recroquevillée à l'abri d'un fauteuil couché sur le flanc, Isabel attendit que la grêle de plomb cesse avant de lever le nez. Ni elle ni le mage n'étaient touchés. Mais Collard serrait son épaule ensanglantée. Il paniquait et, grimaçant de douleur, s'exclama :

— Les hommes de Crèvecœur ! Ils viennent pour me tuer !... Protégez-moi ! Protégez-moi !... Ils viennent pour me tuer !... Je dirai tout si vous me sauvez !

Le Lys Pourpre et Griffont observèrent l'alchimiste avec étonnement, puis les truands crasseux qui jetaient les pistolets et tiraient l'épée. Enfin, ils échangèrent un regard entendu. Cela suffit pour qu'ils passent du statut d'ennemis à celui d'alliés de circonstance. Ils se levèrent côte à côte et firent front sous l'assaut.

Griffont transperça une poitrine, évita un coup d'estoc, botta un tibia et conclut par un crochet du droit qui eut raison d'un second adversaire. Isabel feinta à gauche, frappa à droite, enfonça sa lame jusqu'à la garde dans un ventre, la libéra à temps pour parer une pointe et trancher une gorge.

Quatre hommes étaient à terre, morts, blessés ou assommés. Restaient cinq malfrats déterminés à en découdre.

Derrière, Collard poussait la table et ouvrait la porte basse. Le mage et l'enchanteresse le virent qui s'enfuyait par l'escalier. Ils pestèrent, hésitèrent à le poursuivre mais comprirent que si l'un partait, l'autre n'avait aucune chance contre les brutes.

Ils restèrent donc sur place.

— Eh bien, soit ! murmura le Lys Pourpre. Finissons cela d'abord.

— J'aimerais beaucoup connaître votre nom, très chère, lui glissa Griffont en se mettant en garde.

— Vous croyez vraiment que c'est le moment de jouer les jolis cœurs ?

Les spadassins se ruèrent à l'assaut.

4

La baronne, le brigand et le chevalier

Assise parmi quelques dames et gentilshommes qui bavardaient autour d'une tasse de chocolat, l'enchanteresse Aurélia et baronne Isabel de Saint-Gil ne manifesta ni surprise ni déplaisir quand elle vit Griffont qui, à la suite de M. de Béthune, entrait dans son salon de musique. Elle afficha, au contraire, la curiosité ravie due aux nouveaux venus que l'on devine d'agréable compagnie.

M. de Béthune était un habitué des jeudis mondains de la baronne. Il lui présenta galamment ses hommages puis s'excusa d'avoir tant tardé à amener le chevalier de Castelgriffe, lieutenant aux chevau-légers du roi, dont il avait déjà beaucoup parlé et qui était, affirma-t-il, un ami de longue date. Ne se souvenant pas que M. de Béthune ait jamais évoqué le chevalier, l'enchanteresse fit néanmoins bon accueil à ce dernier, sourit, tendit la main pour qu'il l'effleure d'un baiser.

— Je suis heureuse de faire enfin votre connaissance, dit-elle d'une voix douce et courtoise.

— Je suis, madame, votre serviteur, répondit Griffont en s'inclinant. Il me semble pourtant que nous nous sommes déjà rencontrés.

— Vraiment, monsieur ?

— Si fait.

— C'est ma foi bien possible, affirma Aurélia sans se démonter. Paris est si petit, quand on y songe !

— Madame, toutes les villes sont minuscules dès lors qu'on y choisit sa compagnie.

L'œil malin, Griffont garda la main de la baronne de Saint-Gil plus longtemps que ne l'autorisait l'étiquette. Il la garda juste assez, en fait, pour signaler qu'il n'avait pas manqué de remarquer le ruban qu'elle avait noué autour du poignet droit. Un ruban qui, sans doute, dissimulait la blessure d'un coup d'épée expert…

— En ce cas, conclut la baronne, choisissez que Paris se limite désormais à mes salons pour vous. Vous y serez toujours le bienvenu puisque vous êtes un si grand ami de M. de Béthune.

En entendant son nom, l'intéressé leva le nez. Les présentations faites, il s'était senti irrésistiblement attiré par un plateau de confiseries.

— Vous disiez, madame ?

— Je disais que M. de Castelgriffe est l'un de vos grands amis, n'est-ce pas ? Le meilleur, peut-être…

— Mais oui, mais oui, répondit distraitement Béthune… Le meilleur, c'est cela…

L'enchanteresse adressa un sourire entendu à Griffont, qui s'excusa d'un léger mouvement de tête et s'en fut sous le prétexte de saluer quelques personnes de sa connaissance.

Entendu, songea-t-il. *Tu as compris que je ne suis pas là par hasard. Tu sais donc que je sais, ou du moins que je me doute, et cela ne semble pas t'inquiéter particulièrement.*

Griffont pensait avoir un avantage sur la baronne : il savait qu'elle était le Lys Pourpre et avait appris qu'elle était une enchanteresse, tandis qu'elle ignorait qu'il était magicien et donc au fait de l'existence de l'OutreMonde en général et d'Ambremer en particulier. Leur rencontre dans le laboratoire de Sidonin Collard datait d'une petite semaine. On se souvient qu'elle fut mouvementée puisque Griffont et Aurélia, après s'être disputé rapière au poing le privilège de parler à l'alchimiste, durent faire front commun contre les mercenaires venus l'assassiner. Collard profita de ce qu'on lui sauvait la vie pour s'échapper et, dès qu'elle sut la victoire acquise, l'enchanteresse fila à son tour en laissant Griffont seul face aux deux derniers spadassins encore en état de se battre. Le mage eut le dessus mais dut s'esquiver presque aussitôt pour ne pas avoir à répondre à des questions embarrassantes : les soldats du prévôt, aussi véloces que les carabiniers d'Offenbach, arrivaient enfin…

Un verre de vin de Loire à la main, Griffont se mêla à l'aimable compagnie. Une vingtaine d'aristocrates, hommes et femmes, bavardaient par petits groupes. On se voulait libertins. On causait littérature, théâtre et musique ; on se rapportait les derniers potins de la cour ; on courtisait et badinait surtout. La baronne de Saint-Gil recevait ainsi tous les jeudis dans le charmant petit hôtel particulier qu'elle habitait dans le Marais, à deux pas de la place Royale, aujourd'hui place des Vosges. C'était alors le quartier où il fallait vivre quand on avait de la fortune, du goût et de l'intérêt pour les arts. En délaissant Versailles pour le Palais-Royal, le Régent avait remis Paris à la mode.

Même s'il fit mine de converser avec tel ou tel, Griffont ne s'éloigna jamais beaucoup de l'enchanteresse et, lorgnant de son côté, remarqua qu'elle lui adressait quelques regards discrets. Il la trouva belle, gracieuse, élégante, entendit plusieurs fois son rire qui le charma. Déjà séduit, il se demanda d'ailleurs si elle ne riait pas que pour lui.

Le lendemain de leur combat chez Collard, Griffont était revenu pour découvrir que l'accès au domicile de l'alchimiste était réservé. Il aborda les plantons, fit valoir son grade et le prestige de son régiment, voulut entrer, posa des questions. Il n'apprit rien sinon que Collard n'avait pas reparu, et dut rester dehors : les sentinelles semblaient avoir reçu de strictes consignes. Le mage prit néanmoins le temps d'inspecter les environs. Au fond d'une venelle voisine, il trouva et examina les traces d'un cheval – ferré à l'italienne – qui semblait avoir longtemps piétiné. Celui du Lys Pourpre sans doute. Les marques rejoignaient vite une rue très fréquentée, où elles se perdaient dans un bourbier de neige piétinée.

La baronne battit bientôt le rappel, quelques laquais firent le tour de l'étage en agitant des clochettes, et tous les invités se réunirent pour écouter quelques poètes et libellistes lire leurs dernières œuvres. L'un d'eux, un jeune homme maigre de vingt-six ans, s'attira un succès particulier avec un pamphlet plein d'humour et d'intelligence dont le Régent et son goût ridicule pour l'ésotérisme faisaient les frais.

— Qui est-ce ? demanda discrètement Griffont à son voisin.

— Un nommé Voltaire, je crois.
Ce nom ne lui disait rien.

*

Le soir tombant, les salons de l'enchanteresse se vidèrent peu à peu. Griffont songeait à partir quand un valet vint lui dire que Madame désirait le retenir à souper avec quelques intimes. Il accepta bien sûr.

La table avait été dressée dans une salle décorée avec un raffinement rare, salle qu'un grand feu dans la cheminée chauffait et dont les fenêtres ornées de givre donnaient sur un mignon jardin enneigé. Griffont se trouva assis en face de la baronne, parmi cinq autres convives des deux sexes. Le repas fut délicieux ; la conversation, pleine d'esprit. Le chevalier de Castelgriffe, grâce à quelques reparties et réflexions choisies, fit forte impression. Il n'essaya pas, cependant, de briller. Il se montra cultivé sans être cuistre, amusant sans être pitre, galant sans être entreprenant. À plusieurs reprises, il surprit dans l'œil ambré de l'enchanteresse une forme d'assentiment qui le ravit. Il ne commit pas l'erreur d'évoquer, même par légères allusions codées, les secrets qu'ils partageaient. Il voulait lui plaire non pas en la séduisant par tous les artifices qu'un homme peut employer, mais pour celui qu'il était. Il aurait voulu la rencontrer sans arrière-pensées. Insensiblement, il tombait amoureux.

C'est grâce à Patri Delveccio, *alias* le *signor* Di Veccio, que Griffont avait remonté la piste du Lys Pourpre jusqu'à la baronne Isabel de Saint-Gil. Deux jours après la disparition de Sidonin Collard, il était allé trouver son ami et mentor pour lui faire part des progrès de son enquête, lui dire pourquoi il était convaincu que l'alchimiste avait fondu la balle de sélénium noir qui tua Raynaud, et lui relater en quelles étonnantes circonstances le Lys Pourpre avait croisé sa route.

— Le Lys Pourpre, avait dit Delveccio. Tiens, tiens…

— C'est une femme.

— Vous croyez ?

— Elle est belle et audacieuse. Des yeux d'ambre pailleté de vert, des cheveux roux traversés d'or. Très habile escrimeuse. Et ambidextre, de surcroît. Quand je l'ai blessée au poignet droit, elle a ferraillé de la main gauche sans désavantage.

— Ma foi, si vous le dites…

— Cela n'a pas l'air de vous étonner.

— Ce que…

— Vous savez qui elle est, n'est-ce pas ? avait lâché Griffont en comprenant soudain.

— Oui… Elle se nomme Aurélia, *alias* la baronne de Saint-Gil. Elle n'est pas une femme, ou point tout à fait. Elle est une fée, une enchanteresse… De là vient qu'elle est ambidextre, par exemple…

— Elle n'a pas l'air de craindre beaucoup le fer !

— Cela fait un moment qu'elle vit sur Terre.

— Je dois la rencontrer. Je dois savoir ce qu'elle voulait à Collard.

— Je ne peux rien pour vous, Louis.

— Présentez-la-moi, puisque vous la connaissez !

— Mais vous, vous ne la connaissez pas. Elle m'arracherait les yeux si elle savait que j'ai trahi son secret… Croyez-m'en, s'attirer la colère d'Aurélia est la dernière chose à faire. C'est qu'elle peut s'avérer redoutable, savez-vous ?

— En ce cas, je dois trouver un moyen.

Et M. de Béthune, aristocrate désargenté à qui Griffont promit une jument espagnole sellée, fut ce moyen…

Après le repas, la baronne proposa qu'on prenne les liqueurs, un chocolat ou une tasse de lait chaud miellé dans le salon de musique. Elle s'assit au clavecin, joua de jolis airs en regardant beaucoup le chevalier de Castelgriffe, accompagna un gentilhomme qui poussa la chansonnette.

Quand minuit sonna, les invités se levèrent et l'on fit venir les carrosses et les chevaux dans la cour. Griffont s'arrangea pour être le dernier à remercier et donner son salut. Il n'eut pas à le faire. Il resta, partagea la couche d'Aurélia, connut les délices des amours naissantes et des caresses passionnées. C'était une nuit de novembre de l'an 1720 et tout Paris grelottait sous la neige.

*

L'aube était encore lointaine quand on gratta à la porte.

— Madame ! fit une voix étouffée depuis le couloir. Madame !

Aurélia, nue et ses longs cheveux d'or roux caressant sa poitrine ronde, se redressa dans son lit.

On appela de nouveau.

— Madame !… Madame !

Tourné vers la ruelle, Griffont semblait dormir. Sa respiration était régulière. Il ne bougeait pas, n'avait pas réagi à la voix. L'enchanteresse écarta les couvertures, attrapa une robe de chambre, quitta le refuge douillet du lit aux rideaux clos pour traverser, à pas de loup, la pièce glaciale. Le feu dans la cheminée était mort. Des braises rougeoyaient à peine.

Frissonnante, Aurélia entrouvrit la porte sur l'un des rares valets qui partageaient les secrets du Lys Pourpre.

— On a besoin de vous, Madame.

— De moi ?

— Enfin, vous savez bien…

— Oui, oui. J'ai compris.

Elle hésita, dirigea un regard ennuyé vers le lit à baldaquin.

— Est-ce vraiment urgent ?

— Oui, Madame. Ça l'est.

— Bon. J'arrive.

Elle referma la porte, se faufila dans un cabinet voisin, y passa la tenue du Lys Pourpre et sortit par une issue dérobée.

Alors seulement Griffont remua. Il ne dormait pas et n'avait rien manqué de ce qui venait de se passer. Il s'habilla à la hâte, passa le baudrier de son épée et, le tricorne à la main, s'aventura dans le couloir désert. Par une fenêtre, il jeta un œil dans la cour, vit un valet tendre les rênes d'un cheval à l'enchanteresse toute vêtue de noir et de rouge. Elle monta en selle et partit au pas.

Le mage attendit que le valet se soit retiré avant d'ouvrir la fenêtre, de l'enjamber et de sauter dans un massif buissonneux dont les branches gelées craquèrent. À grandes enjambées souples et silencieuses, il se dépêcha de gagner le portail. Il arriva à temps pour voir Aurélia dépasser le coin de la rue.

Il ne vit pas, en revanche, celui qui l'assomma par-derrière.

*

En se réveillant, Griffont eut d'abord conscience d'une affreuse migraine qui acheva de le convaincre qu'il était bien vivant. Puis il comprit qu'il était assis. Et enfin qu'il avait les poignets et les chevilles solidement attachés à sa chaise.

Grimaçant comme au sortir d'un mauvais sommeil d'ivrogne, il ouvrit les yeux. Il se trouvait dans une cave froide et humide, voûtée, au sol de terre battue. Des flambeaux muraux l'éclairaient en léchant la pierre noircie. Devant lui était une table installée dans la longueur de sorte que ceux qui étaient assis lui faisaient face, roides et silencieux. Griffont compta cinq hommes, plus un qui se tenait debout près de lui. Tous étaient vêtus de robes rouges et de cagoules noires.

— Bien le bonjour, dit le mage. Ou le bonsoir… Vous ne m'en voudrez certes pas de manquer aux convenances en ignorant l'heure qu'il est…

— SILENCE ! éructa l'homme le plus proche. Tu comparais devant tes juges !

— D'ailleurs, au sujet des convenances, poursuivit Griffont sur sa lancée, l'un de vous a-t-il remarqué que je suis ligoté ? Sachez que je trouve le procédé fort cavalier.

— SILENCE, AI-JE DIT ! SILENCE !

— Vous n'êtes pas ce que l'on appelle un homme de dialogue, n'est-ce pas ?

— SILENCE OU IL T'EN CUIRA !

— Bon. Je me tais.

Et Griffont fit mine de bouder et de regarder ailleurs.

— Tu ne nous crains pas et tu as tort, chevalier. Car…

— Ah ! vous savez donc qui je suis ! Et moi, à qui ai-je l'honneur ?

— Nous sommes tes juges !

— Cela, vous l'avez déjà dit, je crois. Que me reproche-t-on ?

— La liste de tes fautes et de tes crimes est longue ! Mais ce que tu commis de pire fut de risquer une aventure qui ne pouvait que concourir à ta perte… Tu as désiré percer des secrets qui te dépassent ! Tu as voulu approcher des mystères dont tu n'es pas digne ! Tu as tenté de…

— Donc nous nous tutoyons. C'est un peu tôt pour cela, ne croyez-vous pas ? Attendons de nous connaître mieux.

— Tu…, balbutia l'orateur. Tu…

— Oui ?

— Tu…

— J'aimerais beaucoup vous aider mais j'ignore où vous voulez en venir.

Griffont s'adressa alors à la tablée :

— N'y a-t-il personne ici qui puisse aligner deux phrases ?

Mais aucun des cinq hommes assis n'intervint. Ils se regardèrent l'un l'autre avec désarroi, murmurèrent, hésitèrent beaucoup. Le ballet de leurs cagoules pointues fut assez comique.

— Que tu le veuilles ou non, nous te jugerons ici ce soir, reprit le sixième. Tu pourras te défendre, car nous sommes un tribunal sévère mais équitable. Sache cependant que nous n'accusons pas à la légère et que la preuve de tes crimes est faite. Sache enfin, si tu t'entêtes, que ton châtiment sera terrible. Terrible !

Sur ces mots, Griffont s'esclaffa. Ce n'était pas un rire moqueur, mais le rire ravi de qui apprécie de bon cœur la farce dont il fait les frais.

— MAIS TU RIS, INCONSCIENT ! TU RIS ! fit l'autre en levant les bras comme pour prendre le ciel à témoin.

Les yeux emperlés de larmes joyeuses, le mage demanda :

— Mais allez-vous bientôt finir cette mascarade ! Je n'y résisterai pas longtemps !

Il prit une grosse voix :

— « Mais tu ris, inconscient ! Tu ris ! »… Avez-vous décidé de me faire mourir de rire ?… Soyez raisonnables, voulez-vous ? Détachez-moi avant que les choses ne tournent à l'aigre.

— Et merde ! renonça soudain l'orateur d'un ton agacé et résigné.

Il ôta sa cagoule et dévisagea son prisonnier avec l'air du maître d'école qui désespère de discipliner un cancre. Grand, brun, athlétique, il avait la petite trentaine et si ses talents de comédien étaient médiocres, on sentait en lui le meneur d'hommes courageux.

— J'abandonne, lâcha-t-il en direction d'un coin de cave que Griffont ne pouvait voir.

— C'est bon, fit la voix d'Aurélia depuis l'ombre. Libère le chevalier et rends-lui son épée, Cartouche. Il l'a bien mérité.

*

— Espériez-vous véritablement m'effrayer avec ce carnaval ? demanda Griffont en remerciant d'un signe de tête la servante qui apportait deux gobelets d'étain et un cruchon de vin chaud.

— Cela valait la peine d'être tenté, répondit Aurélia avant de faire le service.

Assise à califourchon sur une chaise retournée, l'épée au côté et le tricorne penché en arrière, elle avait ôté son masque acajou mais portait encore les habits de cuir et velours du Lys Pourpre. Amusé, séduit, le mage la fixa en buvant une prudente gorgée, puis laissa son regard errer alentour. Ils étaient seuls dans l'arrière-salle d'une taverne clandestine dont la cave avait servi de décor au simulacre de jugement. Il n'y faisait pas chaud et par le soupirail pointaient les premières blancheurs de l'aube hivernale.

— Vous vouliez vous assurer que je vous espionnais, reprit Griffont. Et me décourager de continuer.

— Vous en auriez été quitte pour une belle frousse. Je pensais que Louis Dominique saurait se montrer plus… convaincant.

— Louis Dominique ?

— Cartouche.

— Êtes-vous complices ?

L'enchanteresse fit la moue.

— Disons que nous nous rendons de menus services.

Brigand d'honneur populaire et appelé à devenir légendaire, Cartouche défiait l'autorité royale depuis quelques années. En 1720, il régnait sur une forte bande de voleurs, mendiants et informateurs dévoués. Il devait malheureusement périr roué moins d'un an plus tard.

Griffont finit son verre qui tiédissait et se resservit.

— Mais de là, avança-t-il, à m'ouvrir votre lit pour mieux me piéger…

— Un reproche ?

— Non pas. Cela restera un délicieux souvenir.

— Je vous retourne le compliment… Cependant, ne chantez pas victoire trop tôt. Vous savez mon secret et il n'a pas encore été décidé de votre sort. Or comme la ruse n'a pas fonctionné…

Le mage ne prit pas la menace au sérieux. Il sourit en coin, se pencha en avant et dit :

— Est-ce que quelqu'un nous écoute en ce moment ?

— Non.

— En êtes-vous bien sûre ?

— J'en suis certaine.

— En ce cas, jouons cartes sur table… Je sais qui vous êtes, madame. Et quand je dis cela, je veux dire que je sais *vraiment* qui vous êtes…

Authentique enchanteresse et fausse baronne française, Aurélia le dévisagea, intriguée et l'œil déjà mauvais.

— Je ne comprends pas, mentit-elle.

— Vous vous nommez Aurélia et vous êtes née à Ambremer.

Après un moment d'hésitation, elle éclata d'un rire qui avait tous les accents de la sincérité.

— Qu'est-ce que c'est encore que cette invention ?... Que je sois le Lys Pourpre ne vous suffit donc pas ?

C'était si bien joué que l'idée de faire fausse route traversa l'esprit de Griffont. Il en conçut une certaine admiration pour son interlocutrice.

— Je suis moi-même magicien. J'ai été l'élève de Di Veccio. Vous le connaissez, je crois.

— Pas le moins du monde.

— Que dois-je faire pour vous convaincre ?

— Me convaincre de quoi, à la fin ? Que vous divaguez ? Vous y parvenez fort bien.

— Je suis un mage et vous êtes une enchanteresse, à savoir une fée qui a depuis longtemps quitté l'OutreMonde.

— Prouvez-le.

— Quoi donc ?

— Que vous êtes un mage. Prouvez-le... Faites-moi un tour.

— Je ne suis pas un artiste de foire !

— À votre aise.

Le regard de Griffont étincela. Sa rapière posée sur la table jaillit du fourreau et vint se loger dans sa main. L'estoc pointait sans trembler sous le menton de l'enchanteresse.

— Collaborons, dit le mage.

Aurélia n'avait pas esquissé un geste.

— Est-ce ainsi que vous me demandez mon aide ? En me menaçant ?

— Vous vouliez un tour.

— Je l'ai eu... Rengainez, je vous prie.

Griffont obtempéra et dit :

— En gage de bonne volonté, je parlerai le premier.

Il expliqua alors qu'il enquêtait sur l'assassinat d'un dragon et ami abattu d'une balle de sélénium noir en plein cœur.

— Je suis convaincu, conclut-il, que Sidonin Collard a fondu cette balle... Et vous, que lui vouliez-vous ce fameux soir ?

L'enchanteresse hésita, se leva, fit quelques pas.

Que le chevalier de Castelgriffe sache que la baronne de Saint-Gil était le Lys Pourpre posait un grave problème. Mais que ce chevalier soit un mage averti des origines féeriques d'Aurélia et de l'existence de l'OutreMonde était, à la réflexion, une bonne nouvelle. Car ils partageaient un secret d'importance, un secret qui les dépassait, les unissait, et qu'ils ne pouvaient se permettre de divulguer. L'un et l'autre vivaient en clandestins sur Terre.

— Voilà quelques mois, avoua l'enchanteresse, que je traque les membres d'une société secrète néfaste.

— A-t-elle un nom, cette société secrète ? Ou est-elle secrète à ce point ?

— L'Éridan.

Griffont acquiesça.

Parfois associé au Pô, l'Éridan était selon la mythologie gréco-latine un fleuve mystérieux sur lequel aucun humain n'avait jamais posé le regard. Accessoirement, une constellation portait son nom.

— Quel est le but de l'Éridan ?

— La richesse, le pouvoir, les rêves de grandeur ordinaires… Tout cela serait assez grotesque et dérisoire si l'Éridan n'avait un sorcier à sa tête.

— Un sorcier ? Qui ça ?

— Je l'ignore. J'espérais justement que Collard me l'apprendrait.

C'était là un mensonge, mais Aurélia ne connaissait pas assez Griffont pour lui révéler la nature exacte de la mission que la reine Méliane lui avait confiée par l'intermédiaire de son Chambellan, et qui l'avait menée à s'intéresser à l'alchimiste.

— Bien, fit le mage en quittant sa chaise. Je ne sais si les affaires qui nous occupent sont liées, mais je crois que nous aurions intérêt, à l'avenir, à nous épauler. Pour vous comme pour moi, Collard vaut cher.

— Je vais demander à Cartouche de lancer ses hommes à la recherche de notre alchimiste : ils le trouveront tôt ou tard et je vous ferai alors prévenir. Quant à moi, la baronne de Saint-Gil a ses entrées à la cour et je compte bien en profiter… Et vous ?

Le mage passa son baudrier et réfléchit.

— Collard a bien dû acheter le sélénium noir quelque part. J'enquêterai de ce côté.

Le tricorne sur la tête, il marchait vers la porte quand l'enchanteresse le rappela :

— Chevalier !

— Oui ?

— C'est Di Veccio qui vous a tout dit à mon sujet, n'est-ce pas ?

— Non.

— Ce n'est pas beau de mentir.

Ici s'interrompt la chronique de ce qu'il advint très secrètement dans le royaume de France, au mois de novembre de l'an de grâce 1720. Elle reprendra dans ce volume et s'achèvera, révélant la conclusion d'une affaire qui non seulement permit au chevalier de Castelgriffe de rencontrer l'enchanteresse Aurélia, mais devait avoir de lointaines et tragiques répercussions.
Si le lecteur le veut bien, donc, retournons à la Belle Époque. Peut-être vous souvenez-vous que nous avions quitté Isabel de Saint-Gil alors qu'elle découvrait, dans une sinistre arrière-boutique, le cadavre de Griffont. Après cela, quelques jours passèrent…

LIVRE II

L'ATHANOR LUMINEUX

10

La Spyker indigo était garée devant les jardins du ministère de la Guerre, bien en vue des fenêtres de l'immeuble luxueux qui, dans le VIIe arrondissement, se dressait à l'angle de la rue de l'Université et de l'étroite rue de Courty. Le ciel était bas, gris, tourmenté. Un vent d'automne soufflait au long des trottoirs. Il fouettait les jupes, malmenait les pardessus, voulait emporter les chapeaux. La pluie menaçait depuis le matin et l'après-midi passait. Trois jours s'étaient écoulés depuis que Griffont avait été assassiné.

Au volant de l'automobile, Auguste Magne portait l'uniforme traditionnel des chauffeurs de maître : bottes, culottes larges boutonnées au genou, sévère vareuse bleu marine et casquette à visière rutilante. Ses doigts martelaient nerveusement l'arceau de bois noir tandis que Lucien Labricole, assis à côté, trompait l'attente en roulant des cigarettes qu'il alignait sur sa cuisse.

— Tu pourrais arrêter ça, s'il te plaît ? demanda le gnome en contenant son agacement.

Auguste cessa aussitôt de pianoter.

— Désolé, fit-il. Je me rendais pas compte.

— C'est rien… T'en veux une ?

— Non.

— Moi non plus, dit Lucien comme pour lui-même.

Il fourra les cigarettes dans la poche de son veston en tweed marron, rangea le papier et la blague à tabac, épousseta son gilet, son pantalon, ajusta son chapeau melon…

Et se trouva soudain très désœuvré.

— Qu'est-ce qu'elle attend, à ton avis ? demanda Magne.

Il avait les yeux rivés sur Isabel de Saint-Gil qui, tout de noir vêtue sous le vent, se tenait droite et solitaire, quelques mètres en avant de la voiture. Elle fixait du regard le portail de l'immeuble d'en face.

— Quelqu'un, je crois, répondit le gnome.

— Qui ?

— J'en ai pas la moindre idée, Gus. Mais qui que ce soit, je voudrais pas être à sa place pour tout l'or du monde.

— J'aime pas voir la baronne comme ça.

— Et moi, tu crois que ça m'amuse ?

— Te fâche pas, mon Lulu. C'est pas ce que je voulais dire.

— Je sais, je sais…

— Tout ce bazar lui a fichu un méchant coup… L'autre nuit, j'ai bien cru qu'elle allait…

— Ça aurait pu être pire, l'interrompit le gnome.

— N'empêche.

Ils restèrent un moment silencieux dans les courants d'air froids, la Spyker n'ayant pas de portières à l'avant.

— Il se fait quelle heure ? s'enquit enfin Auguste.

Lucien Labricole consulta sa montre de gousset.

— Presque 3 heures.

— Voilà deux plombes qu'on poireaute. Ça suffit peut-être comme ça, non ?... Elle va finir par attraper la mort.

— Je crois pas que les enchanteresses puissent s'enrhumer... Et puis même, qu'est-ce que tu veux que j'y fasse ?

— Ben, va lui parler. Tu sais t'y prendre, toi.

— Tu crois ?

— Qu'est-ce que tu risques ?

— Mouais.

Le gnome pesa le pour et le contre puis, à regret, il rejoignit Isabel sur le trottoir venteux.

— Patronne...

— Encore un moment, Lucien, dit-elle sans lui accorder un regard... Il arrive.

— Qui ça ?

— Lui.

Une imposante automobile noire se gara devant l'immeuble d'en face. Un chauffeur en descendit pour, sa casquette à la main, ouvrir la portière à un gros bourgeois antipathique et musculeux : Giacomo Nero.

— C'est lui qu'on attendait, patronne ?

— Silence.

Les yeux de l'enchanteresse étincelèrent et ce fut soudain comme si le vent ne soufflait plus, comme si le temps s'arrêtait, comme si le décor se vidait de ses couleurs. Les passants et les véhicules devinrent des ombres lentes, tremblées, grisâtres dans un faux silence plein d'échos lointains mélangés. Le ciel disparut au profit d'une immensité floue. L'espace d'un instant, il ne resta plus que deux êtres vivants au monde : Isabel – endeuillée, impassible, terrible – et Nero. Ce dernier, qui ne pouvait que la voir, la vit, la dévisagea en retour. Le sorcier ne marqua ni surprise ni inquiétude. Il n'esquiva pas le regard impitoyable qui le jugeait. Il comprit quel message on lui adressait, accepta avec calme l'augure d'une vengeance prochaine et fit l'esquisse d'un salut en touchant le bord de son chapeau avec le pommeau de sa canne en cep de vigne.

Puis, la baronne brisant le lien intime qui l'unissait à Nero, la vie reprit son cours autour d'eux.

*

Giacomo Nero monta les escaliers de son immeuble à la hâte. Grand, gras, massif, il avait l'air buté, la face rouge et soufflait fort. Au second, un domestique lui ouvrit la porte. Il l'aurait sans doute enfoncée sans cela et entra en trombe chez lui. Il jeta son chapeau et son manteau n'importe où, fit vibrer les parquets, claquer les portes, chargea plus qu'il ne marcha jusqu'à la fenêtre de sa bibliothèque pour voir la Spyker indigo tourner à l'angle de la rue de Bourgogne.

Le regard fixe et le front appuyé au carreau, le sorcier resta un moment à fulminer. Il tremblait sous l'effet d'une colère péniblement contenue, respirait avec bruit par les narines comme un taureau avant l'arène, crispait régulièrement ses deux poings réunis autour du pommeau de sa canne. Il était au naturel un homme violent. En lui bouillonnait toujours une impatience furieuse. Rien n'allait jamais assez vite, assez bien. Le moindre obstacle à sa volonté lui était intolérable et provoquait des emportements disproportionnés. Tout ce qui ne pliait pas devant lui devait rompre à jamais. Cela et cela seul l'apaisait quelque peu : il fallait immanquablement que quelqu'un paie.

N'en pouvant plus, Nero poussa un rugissement et, d'un coup de canne, fit voler une porcelaine de Sèvres en éclats. Il aperçut alors son chauffeur qui attendait ses ordres à distance respectueuse. L'homme se nommait Richard Sangre. Il était grand, maigre, tout en nerfs et en os. Vêtu ainsi que l'exigeait sa fonction, il serrait sa casquette entre ses longs doigts noueux.

— Sais-tu à qui nous avons eu affaire à l'instant ? demanda le sorcier.

— Non, maître.

— À la baronne Isabel de Saint-Gil. Ou plutôt à Aurélia, ancienne dame d'atour de la reine Méliane.

— Une fée ?

— Presque. Une enchanteresse.

Le chauffeur attendit, comprit qu'il devait creuser la question.

— Et que nous veut-elle ?

Nero le dévisagea avec un sourire glacial, et Sangre réalisa que son maître lui avait tendu un piège : il aimait obliger les autres à s'attirer des réponses embarrassantes, pour mieux les humilier.

— Tu ne me demanderais pas ça si tu savais que la baronne est très attachée à Griffont.

— À Griffont ?... Mais comment pourrait-elle savoir que... ?

— QUE TU AS ABATTU SON AMANT ? hurla

soudain le sorcier… VOILÀ TOUT CE QUI TE CHAGRINE DANS CETTE HISTOIRE ?… ELLE SAIT, ET C'EST TOUT CE QUI COMPTE !

— Mais je pouvais pas savoir, moi ! Si Griffont m'avait trouvé dans la boutique, il aurait…

— TAIS-TOI !

Nero était trop loin pour le frapper. Il chercha une victime du regard, et envoya un guéridon valser contre le mur.

Le petit meuble se disloqua sous le choc. Sangre tressaillit en s'efforçant de dissimuler sa peur. Il constata avec soulagement que son maître se calmait, mais resta sur la défensive.

Le sorcier se vautra dans un fauteuil. Essoufflé, le regard concentré, il se tut en battant le parquet de la semelle jusqu'à ce que sa respiration retrouve un rythme normal. Puis il dit :

— Oublions ça, même si tu ne perds rien pour attendre… Le plus urgent est de mettre la main sur Tixier… Par ta faute, il se cache désormais. Mais je le connais. Il a peur et ne supportera pas de rester terré longtemps. Il sait que nous le trouverons tôt ou tard. Donc…

Nero se leva, gagna la fenêtre, tourna le dos à son chauffeur.

— À présent, poursuivit-il d'un ton songeur, Tixier ne peut plus se tourner vers Griffont. Pas plus que vers les autorités, d'ailleurs… Alors qui va-t-il appeler au secours ?…

Les paupières du sorcier se plissèrent quand il sourit.

— Mais bien sûr, lâcha-t-il dans un souffle…

Il fit volte-face, ravi.

— Je me charge de mettre la souricière en place. Quant à toi, dit-il à l'intention de Sangre, cherche à tout hasard du côté de la petite Bonnet.

Le chauffeur acquiesça et à peine avait-il tourné les talons qu'il entendit son maître ajouter :

— Et réunis les Irlandais. Nous allons avoir besoin d'eux.

*

— C'était qui, patronne ? demanda Labricole tandis qu'Auguste Magne conduisait la Spyker vers les quais.

— Un mage noir, répondit Isabel depuis la banquette arrière. Il se nomme Giacomo Nero.

— Il avait pas l'air commode du tout… Qu'est-ce qu'on lui veut ?

— Il est pour quelque chose dans ce qui est arrivé à Louis.

— Vraiment ?

— Vraiment.

— Qui vous l'a dit ? Merlin ?

— Non. Disons que j'en sais assez sur cette histoire pour l'avoir deviné.

— Ah ! fit le gnome avant d'échanger un regard circonspect avec Auguste… Et vous êtes bien sûre qu'aller tirer les moustaches à Nero était une bonne idée ? Toute cette comédie, c'était un peu…

— Je veux qu'il sache que je l'ai à l'œil, décréta la baronne.

— Ça ! Pour savoir, maintenant, il sait.

— Il sait, et tant qu'il me cherchera dans le décor, il ne regardera pas ailleurs.

Auguste acquiesça d'un air entendu.

— Vous lui réservez un chien de votre chienne, pas vrai ?

Et comme l'enchanteresse ne répondait pas, il ajouta :

— Dites, patronne. On va arriver sur les Grands Boulevards…

— Et alors ?

— Et alors je sais toujours pas où on va.

— À la maison, prendre des nouvelles de Louis. Mais avant, nous nous arrêtons au *Grand Journal*. J'ai une petite annonce à faire passer.

— Une petite annonce ?

— Pour M. d'Andrésy.

— Vrai ? se réjouit Labricole. Alors ça, c'est drôlement chouette !

— Les appaires refrennent ! lâcha gaiement Auguste en passant une vitesse.

11

Après avoir déposé son annonce à la rédaction du *Grand Journal*, Isabel de Saint-Gil dit à Auguste de les conduire à la maison. C'était, non loin du parc Monceau, une belle et grande maison à laquelle on accédait par une allée, au milieu d'un vaste jardin arboré. La Spyker indigo se gara sur le gravier au bas du perron tandis qu'un individu descendait d'une De Dion-Bouton encore toute frémissante. La baronne reconnut son visiteur et décida d'être charmante. Lucien et Auguste ne s'attardèrent pas : une vieille habitude faisait qu'ils n'appréciaient guère les policiers.

Jules Farroux avait la trentaine, était grand, brun, athlétique, plutôt bel homme avec une mâchoire volontaire, des yeux verts et une élégante moustache. Vêtu d'un costume de confection en drap brun et coiffé d'un melon noir, il ne se contentait pas d'être policier, si l'on peut dire, puisqu'il avait dernièrement été promu commissaire. Dans le même temps, il avait rejoint les célèbres Brigades mobiles fondées par le tout aussi célèbre Georges Clemenceau, dont le ministère avait chuté en juillet dernier. On ne les nommait pas encore les « Brigades du Tigre » cependant, car Clemenceau ne devait gagner ce surnom guerrier qu'après être revenu au pouvoir, en 1917. Elles n'en composaient pas moins, déjà, ce corps policier d'élite qui marqua tant les esprits et remporta bien des succès contre le crime.

— Bonjour, commissaire ! Comment allez-vous ?

— Bonjour, madame de Saint-Gil.

— C'est très gentil de venir me voir.

— À vrai dire, ce n'est pas vous…

— … que vous êtes venu voir. J'avais compris, mais j'espérais que nous ferions un peu semblant.

— Pardon ?

Le policier se troubla. Il connaissait l'enchanteresse depuis quelques mois maintenant mais il ne savait toujours pas sur quel pied danser avec elle. Il la trouvait imprévisible, fantasque, parfois capricieuse, et diablement séduisante. Une combinaison redoutable quand elle se marie à l'intelligence.

— Mais je vous taquine, commissaire !… Entrons, voulez-vous ?

Ils passèrent le vestibule et gagnèrent un grand salon qui ouvrait sur une véranda blanche. Farroux frissonna. La dernière fois qu'il avait vu cette pièce, elle était sens dessus dessous, tous ses meubles brisés, jonchée de cadavres et pleine de l'odeur du sang et des entrailles qui maculaient le sol et les murs. Une dizaine d'hommes avaient été massacrés ici durant l'été. À l'époque, l'enquête était échue au commissaire Valentin et aux inspecteurs Pujol et Terrasson, dont Farroux était désormais le collègue aux Brigades mobiles.

— Il en reste quelque chose, n'est-ce pas ? s'enquit

gravement la baronne en ôtant son chapeau et son manteau.

Elle avait deviné les pensées du policier.

— Oui. Je suis désolé, je…

— C'est pareil pour moi. Tout a été nettoyé et refait à neuf, et pourtant… Je ne peux pas m'empêcher de penser aux malheureux qui… Enfin vous savez…

— Ces hommes allaient vous tuer.

— N'importe. Personne ne mérite de mourir comme cela.

Farroux acquiesça en balayant la pièce d'un regard vague.

— Mais je dois vous féliciter ! reprit joyeusement Isabel, cédant à l'un de ces brusques retournements d'humeur dont elle avait le secret.

— Me féliciter ?

— Pour votre promotion !… Commissaire, à votre âge. Et aux Brigades mobiles de surcroît… C'est très bien, ça, les Brigades mobiles, n'est-ce pas ?

Le policier sourit, pas dupe de la candeur que jouait l'enchanteresse et néanmoins amusé.

— C'est assez bien, oui… D'ailleurs, si nous pouvions revenir à nos moutons.

— À Griffont, vous voulez dire… C'est vous qui êtes chargé de l'affaire ?

— Oui.

— Ce qui fait, en gros, que vous enquêtez sur un assassinat sans assassiné… Restez là, voulez-vous ? Je vais voir s'il est réveillé.

Se détournant de Farroux, la baronne appela :

— Lucien !

Le gnome entra. Il arborait à présent un gilet

rayé de domestique et la mine de celui qui s'apprête à affronter un destin contraire.

— Lucien, sers donc un verre au commissaire.

— Bien, patr… Bien, Madame.

Et en quittant déjà la pièce, la baronne lança sur le ton de la boutade :

— Le commissaire est mon invité, Lucien. Il est interdit de l'empoisonner.

— C'est vous qui voyez.

Labricole plaisantait à peine.

Isabel gravit l'escalier et, à l'étage, se figea en posant la main sur un bouton de porte. Son visage s'assombrit ; ses épaules se voûtèrent ; son regard s'égara, empli d'images encore douloureuses. Elle hésita, soupira, puis se reprit, perçut des voix à l'intérieur et entra en affichant un beau sourire tout radieux d'insouciance.

La chambre était lumineuse, meublée et décorée avec goût, comme une chambre que l'on se destine et non comme celles, privées des indices de la vie, que l'on réserve aux visiteurs occasionnels. Assis dans le lit, le dos appuyé contre des oreillers énormes, Griffont ne semblait pas être en trop mauvaise santé : on aurait pu le croire au sortir d'une méchante grippe. Il avait néanmoins les traits tirés et le teint pâle, était rasé de frais, discutait de bonne humeur. Merlin était assis à son chevet. Edmond Falissière se tenait près de la fenêtre. Au bout du lit, Azincourt dormait roulé en boule sur un exemplaire ouvert du *Vicomte de Bragelonne*.

*

Griffont, donc, vivait.

Me pardonnerez-vous, chers lecteurs, de vous avoir donné à croire le contraire ? Sachez cependant que je ne vous ai jamais menti. Car notre héros périt bel et bien, assassiné de plusieurs balles de pistolet tirées à bout portant par un mystérieux agresseur. Il se trouve simplement qu'il ressuscita, ou plutôt qu'il revint – comme on le dirait aujourd'hui – d'une mort clinique.

Peut-être vous souvenez-vous que le dernier geste d'un Griffont agonisant et baignant dans son sang fut d'agripper sa canne. Ce geste – qui pouvait passer pour une crispation morbide instinctive – parut n'avoir d'autre résultat, avant que Louis ne sombre dans les limbes, que d'illuminer brièvement le cristal bleu de son pommeau de canne. En réalité, il lui accorda un sursis.

Rappelons si nécessaire que le joyau qui orne la canne de Griffont n'est pas un joyau ordinaire, qu'il est une thaumide, une pierre rare et enchantée, et de surcroît une thaumide d'exception, l'une des rares à avoir mérité d'être baptisées. Précisons ensuite qu'au fil du temps une affinité particulière s'était développée entre elle et lui, si bien qu'elle était devenue partie intégrante de sa psyché. Louis n'utilisait pas l'Immortelle – le nom de sa thaumide – comme un intermédiaire propice à manipuler la magie. Il l'employait de la même manière qu'il mobilisait sa propre mémoire, ses propres instincts, sa propre intelligence. À ce titre, il ressemblait à ces escrimeurs experts dont la rapière, à force de pratique et d'habitude, est devenue le prolongement naturel du bras.

En trépassant, Griffont empoigna donc sa canne et, au prix d'un effort mental aussi violent que désespéré, il parvint à transférer son esprit – son âme, diraient certains – dans le refuge de l'Immortelle. De là l'éclair fulgurant qui embrasa le cristal et la lueur vacillante que celui-ci émettait encore à l'arrivée de la baronne. Le corps était bien mort mais l'intellect était préservé.

Pour un temps.

Car, ainsi que nous l'avons dit, Griffont n'avait gagné qu'un sursis. Tôt ou tard, le cristal céderait, saturé, et laisserait échapper le précieux trésor qu'il abritait. Pour que le mage survive, il fallait d'abord qu'on le découvre vite – ce que fit Isabel. Il fallait ensuite que l'on comprenne de quoi il retournait et que l'on fasse le nécessaire – ce que réussit Merlin sitôt qu'il arriva, averti par Azincourt, sur les lieux du drame.

Le premier souci de l'archimage fut, si l'on peut dire, de soigner la dépouille charnelle de Griffont. Recourant en urgence à des sortilèges guérisseurs oubliés depuis que les druides avaient disparu, il ferma les blessures, rendit un reliquat de vie, fit battre le cœur. Isabel crut que Louis était sauvé, mais Merlin expliqua :

— Le corps de Griffont est sauf. Néanmoins, il faut encore permettre à son âme de le réintégrer. Sans cela, il n'est qu'une coquille vide.

— Pouvez-vous le faire ? demanda l'enchanteresse avec autant d'anxiété que d'espoir.

— Oui, Aurélia, je le puis. Mais pas ici. Pas dans l'arrière-boutique poussiéreuse et sombre d'un magasin d'antiquités.

— Où, alors ?

— Je n'ai besoin que d'un lieu sûr, de calme, et de temps.

— Chez moi, rue de Lisbonne. Là-bas, Louis sera en sécurité. Je ne veux pas le ramener chez lui, ni à l'hôpital, ni nulle part ailleurs.

— Soit… Je dois retourner à l'ambassade d'Ambremer, prendre quelques objets et élixirs qui me seront utiles… Durant le transport, veillez à ce que Griffont ne lâche surtout pas sa canne, car cela briserait le lien avec la thaumide. Au besoin, emmaillotez son poing. Et ne traînez pas.

— Mais vous le sauverez, n'est-ce pas ?

— Oui, Aurélia. Je vous le promets.

Merlin tint parole, et voilà comment Griffont revint parmi les vivants, grâce au dévouement d'une femme amoureuse et aux efforts du plus puissant magicien de tous les temps.

À son réveil, il réclama une tasse de Kenilworth.

*

Mais reprenons le fil de notre récit au moment où la baronne de Saint-Gil entrait sans bruit dans la chambre où Griffont achevait sa convalescence.

— Vous avez eu de la chance, Louis, disait Merlin.

— Beaucoup de chance, enchérit Falissière avec un mélange de satisfaction et de reproche.

— Mais comment avez-vous réussi ce prodige ? insista l'archimage. Un *Transfert d'Âme* ne réussit normalement, quand il réussit, qu'au terme d'une longue et délicate cérémonie.

— Je le sais bien, fit Griffont en ajustant le col de sa robe de chambre en soie à revers de velours. Je le sais…

Il parut réfléchir et ajouta :

— En fait, il m'a suffi de le vouloir… Je crois… Je crois que l'Immortelle a fait l'essentiel…

— Une thaumide n'a jamais aussi bien mérité son nom, dit Merlin. Vous lui devez une fière chandelle… Qui la possédait avant vous ?

— Je l'ignore. Mais pourquoi ne le demandez-vous pas à celle qui me l'a offerte ?

D'un mouvement de menton, Griffont désigna la porte près de laquelle Isabel se tenait en silence. L'archimage se retourna.

— Pardonnez-moi, je ne vous avais pas entendue venir. (Il se leva.) Comment allez-vous, Aur… ?

Il s'interrompit, jeta un coup d'œil inquiet et embarrassé vers Falissière qui approchait.

— Vous pouvez m'appeler Aurélia, Merlin. M. Falissière sait que je suis une enchanteresse, précisa la baronne en acceptant un baisemain des deux hommes. Mais dites-moi, Edmond, vous voilà en pleine forme ! Et Griffont qui me disait que vous étiez très malade !

— Ma foi, les eaux d'Auvergne ont fait merveille.

Comparé au vieillard épuisé que Griffont avait accompagné à la gare une semaine plus tôt, l'ancien diplomate avait subi une bénéfique et stupéfiante métamorphose. Il était redevenu le jovial sexagénaire que tous connaissaient jusqu'alors, et aurait fait figure de miraculé si Louis ne s'était trouvé dans la même pièce. Ses épais favoris en côtelettes d'agneau n'avaient jamais été aussi nourris. Sa bedaine avait le bel arrondi des veilles de carême.

— Et vous, Louis ? s'enquit Isabel.

— Ne m'inscrivez pas encore aux prochains Jeux olympiques du cher baron de Coubertin, mais je me suis levé ce matin pour faire quelques pas dans le jardin.

— C'est un tort.

— Que j'aille mieux ?

— Que vous vous soyez levé, gros malin ! Le docteur Lherbier a bien dit que…

— Ta-ta-ta ! Je vais bien. J'ai d'ailleurs recouvré l'appétit, ce qui est toujours bon signe.

— Aurélia a raison, dit Merlin. Vous devez vous ménager.

— Oui, oui…

— Je suis sérieux, Louis.

— Et moi encore plus, affirma Isabel, la prunelle étincelante et les poings sur les hanches.

— Entendu, entendu, s'inclina Griffont avec un sourire. Mais il faudra me prévoir une chaise roulante, car je péris d'ennui, moi, ici, tout seul, avec personne à qui parler.

— Mais c'est très aimable pour moi, ça, lâcha Azincourt en levant une paupière.

— Ne vous fâchez pas, Azincourt. Je ne disais pas ça pour vous.

— Je vais, par amitié, faire l'effort de le croire…

Considérant l'incident comme clos, et très désireux que l'on parle d'autre chose que de sa santé, Griffont demanda à Merlin :

— Revenez-vous d'Ambremer ?

— Oui.

— Avez-vous des nouvelles d'Apolline ? Comment va-t-elle ?

Pour n'être de retour à Paris que de ce matin, Falissière n'était pas encore au courant de tout.

— Apolline ? s'enquit-il à l'oreille de l'enchanteresse.

— Je vous expliquerai, lui murmura rapidement Isabel.

— Apolline est encore faible, expliqua l'archimage, mais elle a repris conscience. Même si la pauvre petite revient de loin, les médecins de Sa Majesté se montrent désormais très optimistes. Cette histoire ne sera bientôt plus qu'un mauvais souvenir.

— En sait-on plus sur le poison ?

— Le poison ? glissa Falissière à la seule intention de la baronne.

— Plus tard, lui rétorqua-t-elle du coin de la bouche.

— On n'en sait guère plus, dit Merlin. Si ce n'est que seul un mage noir peut l'avoir concocté. La recette en est très ancienne. On la croyait même perdue.

— Giacomo Nero est derrière tout ça, songea Griffont à voix haute.

— Sans doute.

— Nero ? fit l'ancien diplomate à mi-voix.

— Un sorcier, précisa Isabel sur le même ton.

— Derrière l'assassinat de Darvin, poursuivit Louis. Derrière la mystérieuse disparition de Tixier dont personne n'a de nouvelles depuis cette fameuse nuit. Et derrière celui qui m'a abattu… Quant à la jeune personne qui voulait rencontrer Tixier et que j'ai suivie et perdue dans Paris…

— Darvin ? s'étonna Falissière, toujours en retrait. Tixier ? Et qu'est-ce que c'est que cette histoire de filature ?

— Mais à la fin, est-ce que quelqu'un vous a informé de quoi que ce soit ? s'énerva l'enchanteresse plus haut qu'elle ne l'aurait voulu.

Surpris, Griffont et Merlin interrompirent leur conversation en ouvrant des yeux ronds.

— On ne m'a pas dit grand-chose, avoua un Falissière tout penaud.

— Pardonnez-moi, dit Isabel qui regrettait déjà de s'être impatientée. Mais vous étiez très agaçant, Edmond !

— Oui… Je sais…

— Edmond, promit Griffont, nous dînerons ce soir ensemble et je vous expliquerai tout par le menu, est-ce entendu ?

— Avec joie, Louis. Merci.

Et tandis que la baronne s'excusait encore auprès du vieux diplomate, Merlin annonça :

— Je ne sais au juste ce que cela signifie, mais Apolline a rapporté les derniers mots de Darvin.

— Et qu'a-t-il dit ? demanda Griffont.

— Quelque chose comme : « La clef des heures est dans les heures. » Il l'aurait répété plusieurs fois.

— C'est donc que cela avait son importance.

— Ou alors, c'est le délire de l'agonie qui parlait.

— Mais au fait, intervint l'enchanteresse qui avait laissé traîner une oreille, j'ai complètement oublié de dire que le commissaire Farroux est en bas.

— Le commissaire ? s'étonna le mage cyan.

— Farroux est commissaire, maintenant. Aux Brigades mobiles.

— Mazette ! Belle promotion !

— Plus que vous ne le croyez, Louis, dit Merlin. Avant d'être démissionné, Clemenceau a eu le temps de créer une brigade spéciale au sein des Brigades mobiles.

— Spéciale ?

— C'est son nom : la Brigade spéciale. Farroux lui appartient.

— Et qu'a-t-elle de spécial ?

— Elle est chargée des affaires concernant l'Outre-Monde et ses ressortissants.

— Mages y compris ?

— Mages y compris.

— Alors je crois savoir ce que me veut Farroux. C'est sans doute la première fois qu'il a l'occasion d'interroger la victime d'un meurtre.

— D'ailleurs, je me demande si, techniquement…, commença Falissière dans son coin.

*

Lorsque la baronne descendit chercher Farroux, Merlin, qui s'en retournait, l'accompagna.

— Je suis un peu inquiet pour Griffont, dit-il tandis qu'ils s'engageaient dans l'escalier.

— Pourquoi ? Il se remet bien, non ?

— Oui. Mais ce n'est pas sa santé physique qui me cause du souci.

— Comment cela ?

Ils s'arrêtèrent sur une marche et parlèrent bas.

— Par le passé, j'ai connu bien des hommes qui ont bravé la mort, expliqua l'archimage. Tous ne s'en remettent pas.

— Que voulez-vous dire ?

— Certains, après une semblable expérience, se sentent invincibles… Puisqu'ils ont vaincu la mort une fois, qu'est-ce qui peut désormais les menacer ? Et ils deviennent dangereux pour eux-mêmes.

— Louis n'est pas une tête brûlée.

— Certes, certes… Il est même l'un des meilleurs hommes que j'aie connus… Cependant…

— Oui ?

— Je serais rassuré si vous gardiez un œil sur lui. Et puis l'Immortelle ne réitérera pas l'exploit : la quantité d'énergie psychique qu'elle a absorbée l'a grandement affaiblie.

— C'est moi qui suis inquiète, à présent.

— Peut-être inutilement.

— Vous êtes Merlin. Vous êtes l'ancien mentor d'Arthur et conseiller des Chevaliers de la Table Ronde. Vous ne parlez jamais pour ne rien dire… D'ailleurs, au sujet des derniers mots de Darvin, cette histoire de clef des heures dans les heures, vous avez votre petite idée, n'est-ce pas ?

— Et vous ?

L'enchanteresse sourit.

— Je veillerai sur Louis, fit-elle.

En bas de l'escalier, dans l'entrée, Isabel demanda à l'archimage s'il souhaitait être présenté au commissaire Farroux.

— Non, répondit-il. J'ai à faire et suis un peu pressé.

Elle songea qu'elle aussi et résolut d'agir dès la nuit tombée.

12

Les ténèbres d'une nuit pauvrement étoilée avaient envahi le Paris de la Belle Époque. Dans le ciel, poussés par des vents paresseux, des nuages grisâtres s'effilochaient devant une lune amoindrie. Vers l'ouest, la tour Eiffel pointait la flèche de son élégante charpente dont le bois blanc, cadeau de l'OutreMonde, luisait. On devinait également, allant vers la place de l'Étoile, le long ruban d'un poudroiement mordoré, là où les arbres photophores des Champs-Élysées rendaient un peu de la lumière que leur feuillage avait absorbée durant le jour.

Rue Saint-Médard, dans le Ve arrondissement, les lampadaires à gaz étalaient des flaques jaunes sur les trottoirs et la chaussée pavée. Tout paraissait dormir derrière les volets des façades alignées, entre la rue Mouffetard et la rue Gracieuse, non loin de l'imposante caserne de la Garde républicaine. Les bruits étaient rares, lointains, anodins. Un fiacre passait parfois, ou l'on entendait le martèlement régulier et vite disparu que faisait, en heurtant la pierre, la canne d'un noctambule pressé. Rien ne semblait destiné à troubler la quiétude d'un quartier abandonné à l'épais silence nocturne.

Profitant de ce qu'un nuage passait et couchait son ombre immense alentour, une silhouette fine, féminine, toute gainée de noir et fort agréable à l'œil, une silhouette, donc, se laissa tomber d'une gouttière sur un balcon. C'était, vêtue comme un rat d'hôtel, Isabel de Saint-Gil. Des chaussons de gymnaste aux pieds, elle portait une combinaison moulante propice aux acrobaties discrètes mais non à dissimuler ses formes charmantes. Cela aurait heurté sa pudeur en d'autres circonstances, mais elle ne comptait pas plus être vue que, le cas échéant, reconnue. Un loup de velours noir cachait le haut de son visage, cependant qu'un fourreau de tissu gainait son épaisse chevelure nattée. Une sacoche à bandoulière couvrait sa hanche souple.

Immobile, invisible, la baronne attendit quelques instants accroupie avant d'enjamber la balustrade. Le dos collé à la paroi, elle entreprit alors de longer une corniche, tendit le bras, agrippa un tuyau d'écoulement des pluies, le franchit en tournoyant accrochée à lui, se retrouva la joue contre la pierre. Isabel reprit alors son souffle et se fit aussi mince que possible. Sauf erreur d'appréciation, et elle en commettait rarement, car une bonne préparation était la clef du succès, ce numéro de voltige était le plus délicat qu'elle aurait à faire avant de parvenir à destination. Ne restait qu'à dépasser une fenêtre, une autre, une troisième. Elle s'y employa sans bruit ni précipitation, ne traîna pas néanmoins : elle n'était pas à l'abri d'un improbable promeneur qui passerait le nez en l'air, deux étages en dessous. Enfin, elle gagna le refuge d'un balcon si étroit que l'on pouvait tout juste s'y tenir entre la rampe en fer forgé et les volets clos d'une porte-fenêtre.

— Nous y voilà, murmura la baronne en s'agenouillant.

Elle écouta et n'entendit rien à l'intérieur, jeta un œil dans la rue et ne vit personne. De sa sacoche, elle tira une lame métallique qu'elle glissa entre les volets. Elle se guida à l'oreille, força un peu, souleva le loquet. Une surprise l'attendait tandis qu'elle écartait doucement les volets : la porte-fenêtre, derrière, était entrouverte.

Isabel se figea.

Elle croyait à sa bonne étoile, certes, mais songea d'abord à un piège. Tous les sens aux aguets, elle sonda le silence et l'obscurité, se retint de bouger, de respirer. Aérer pendant la nuit n'était plus de saison. L'attendait-on à l'abri de ces épais rideaux qui lui bloquaient la vue ?

Son instinct la rassura d'abord, puis la logique.

Réfléchis, pensa-t-elle. *Si quelqu'un voulait te tendre une embuscade, laisser la fenêtre ouverte était la dernière chose à faire puisque cela augmente ta vigilance. En outre, personne ne sait où tu es ni ce que tu es venue y faire, hormis Lucien et Auguste… N'empêche que cette fenêtre est ouverte et qu'elle ne devrait pas l'être. Un oubli de domestique ? Peut-être… Quoi qu'il en soit, je serais bien bête de bouder ma chance…*

Confiante, l'enchanteresse entra, ramena les volets sans mettre le loquet, se faufila entre les rideaux trop lourds pour que le courant d'air les anime. On n'y voyait goutte mais quelques secondes d'attention suffirent à la convaincre qu'elle était seule. Elle trouva une chandelle et une boîte d'allumettes dans sa sacoche, fit de la lumière et put enfin inspecter les lieux. Si tout allait bien, elle n'aurait pas à chercher loin.

Elle se trouvait dans une pièce confortable, un cabinet de lecture lambrissé, avec un sofa, un bureau et son fauteuil, une cheminée en marbre, une bibliothèque encombrée de livres rares, d'objets d'art anciens et de souvenirs personnels. C'était là qu'une semaine plus tôt environ Antoine Darvin était mort empoisonné en prononçant ces mots : « La clef des heures est dans les heures », ou quelque chose d'approchant.

La baronne avait déjà sa petite idée. Balayant le décor du regard, elle trouva ce qu'elle espérait trouver. À savoir, posée sur le manteau de la cheminée, une très jolie horloge du XVIIIe siècle. Elle la souleva délicatement, l'examina sous tous les angles, vit que l'on pouvait en ouvrir le fond avec une clef miniature.

— Voilà les heures qu'ouvre la fameuse clef, fit Isabel. Reste à la trouver, cette clef. Si j'ai bien compris, elle doit être dans des heures.

Elle reposait la petite horloge quand elle entendit le parquet grincer dans le couloir. Quelqu'un venait en s'efforçant de ne pas faire de bruit. Déjà, de la lumière filtrait sous la porte.

Le cœur battant, l'enchanteresse souffla sa bougie. Le temps lui manquait pour imaginer une cachette astucieuse. Son regard s'arrêta sur les rideaux du balcon.

*

La porte du cabinet de lecture s'ouvrit et, une lampe à pétrole allumée à la main, Simone entra. Petite, maigre et le nez pointu, elle était en robe de chambre et chemise de nuit. Peut-être vous souvenez-vous d'elle, car cette même Simone, domestique de son état, avait dérangé Griffont alors qu'il espionnait, après les obsèques de Darvin, une conversation entre Paul Tixier et Giacomo Nero. Elle avait décidément l'art d'arriver au plus mauvais moment.

Simone frissonna et secoua la tête en s'adressant un reproche silencieux. Elle s'était couchée et attendait le sommeil quand un doute lui était venu : avait-elle bien refermé les fenêtres du cabinet que Madame lui avait demandé d'aérer en début d'après-midi ? Pour s'endormir l'esprit tranquille, il lui fallait réparer son oubli, ou du moins vérifier qu'il n'y avait pas lieu de le faire. Elle sut qu'elle avait eu raison de se relever dès qu'elle poussa la porte : le froid qui régnait déjà dans la pièce était éloquent.

De sa cachette, Isabel entendit Simone qui traversait la pièce en maugréant. La domestique écarta les rideaux et, comme ils ne dissimulaient personne, elle ne s'étonna de rien, ferma la porte-fenêtre. Elle ne remarqua pas que le loquet des volets pendait et s'en retourna, pressée de retrouver son lit.

*

L'enchanteresse compta jusqu'à cinquante avant de sortir de sous le bureau, où elle avait résolu *in extremis* de se dissimuler. En définitive, la porte-fenêtre ouverte à son arrivée était un coup de chance qui avait bien failli se retourner contre elle. Tandis que tout était redevenu calme et silencieux dans l'immeuble, Isabel se dit que sa bonne étoile avait un curieux sens de l'humour.

Convaincue qu'elle ne risquait plus d'être dérangée, la baronne résolut de poursuivre ses investigations et alluma sa bougie une seconde fois.

— Donc la clef des heures est dans les heures…, marmonna-t-elle. Dans les heures…

Elle passa la bibliothèque en revue, trouva le rayonnage des ouvrages religieux, sourit en attrapant un livre d'Heures qui, à ses yeux experts, semblait dater de la fin du XVIIe siècle. Elle ouvrit le recueil de prières en l'air, le referma, l'ouvrit encore, fit ainsi jouer la reliure jusqu'à ce qu'une petite clef en tombe sur le tapis. Elle la ramassa, vérifia qu'elle ouvrait bien le socle de l'horloge, tira d'un étroit compartiment un papier plié.

Il s'agissait d'un télégramme signé « E. B. » et disant :

« Aviez vu juste. Gendre infidèle. Elle : Émilie Bonnet, 12, rue Pagel, Gentilly. Rapport définitif en cours. »

*

Magne et Labricole attendaient dans la Spyker, au fond d'une impasse discrète, quand Isabel les rejoignit. Elle grimpa à l'arrière et lâcha un long soupir de satisfaction.

— Ça s'est bien passé, patronne ? demanda le gnome.

— Oui, Lucien.

— Pas de soucis ?

— Aucun. La clef des heures était bel et bien dans les Heures.

— Et on fait quoi, maintenant ? s'enquit Auguste au volant. On rentre ?

— Non. On va à Gentilly.

— Là maintenant ?

— Là maintenant. 12, rue Pagel. Tu connais ?

— Je trouverai.

— Alors démarre, veux-tu ?

La belle anglaise indigo quitta l'impasse et s'engagea bientôt sur un boulevard Saint-Marcel presque désert, jalonné tout du long par les taches lumineuses des réverbères. Minuit sonnait.

— Je dois me changer à présent, dit la baronne. Soyez aimables de ne pas quitter la route des yeux.

— Mais enfin, patronne ! s'insurgea Lucien. Qu'est-ce que vous allez imaginer ?

— La route, messieurs. La route.

*

— J'ai dans l'idée qu'on arrive à la bourre, patronne, dit Auguste en garant la Spyker à l'écart.

— Pas de beaucoup, notez, souligna Labricole.

Le 12 de la rue Pagel à Gentilly, un modeste pavillon de banlieue avec jardinet dans un quartier populaire, brûlait. Des flammes immenses et tourmentées s'élevaient par sa toiture et ses fenêtres. Des dizaines de curieux rhabillés à la va-vite se pressaient alentour. Prévenus trop tard, les pompiers arrivaient à peine avec leurs citernes attelées. Leur premier soin fut d'écarter les badauds imprudents, puis ils se consacrèrent à l'incendie. Il n'était plus temps de sauver le pavillon, ni ses occupants s'il y en avait. Il fallait, en revanche, veiller à ce que le brasier ne se propage pas. Heureusement, les bâtisses voisines étaient distantes et le vent ne soufflait guère.

— Qui habitait là ? demanda le gnome.

— La maîtresse de Tixier. Une certaine Émilie Bonnet… Je crois que c'est elle que Griffont a suivie depuis le magasin d'antiquités, l'autre jour.

— Et qu'est-ce que vous lui vouliez, à cette Émilie ?

— Je n'en sais trop rien. Mais certainement pas mettre le feu à sa maison.

— Parce que vous croyez que…

— La coïncidence serait un peu grosse sinon, tu ne trouves pas ?… Va donc aux nouvelles.

— Ce sera pas long, promit Labricole en descendant de la Spyker.

Auguste et la baronne attendirent dans la voiture en observant le feu, les pompiers maniant les lances et ceux qui s'activaient aux pompes. Un incendie, pour terrifiant et dramatique qu'il soit, constitue toujours un spectacle fascinant. Il a une beauté, une force meurtrière qui captive tous les sens et excite en nous des émotions primitives.

Insensiblement pourtant, le regard de l'enchanteresse glissa vers la foule, puis vers trois hommes roux qui se tenaient en retrait. Ils étaient trop loin pour qu'elle distingue les traits de leurs visages mais elle les imagina frères, ou au moins cousins. Ils avaient la même taille, la même corpulence, étaient vêtus à l'identique : casquette d'ouvrier, veste de gros drap bleu, pantalons informes, godillots. Ils restaient côte à côte, immobiles. Puis ils tournèrent soudainement les talons de conserve et s'éloignèrent d'un pas synchrone, comme mus par une volonté commune ou un ordre secret.

— Tu les as vus ?

— Qui ça, patronne ?

— Les types, là-bas.

Isabel pointa le doigt en pure perte : les triplés étaient partis.

— Non, fit Auguste. Désolé… Par contre, voilà Lucien.

Revenu en trottant, le gnome attendit d'avoir pris place à l'avant de la Spyker pour dire :

— Z-aviez vu juste, patronne. C'est un incendie criminel. Les pompiers ont trouvé des bidons d'essence.

— Des victimes ?

— Personne n'en sait rien.

— Bon, nous n'en apprendrons pas plus cette nuit.

Brusquement fatiguée, la baronne se renfonça dans le cuir matelassé de la banquette arrière.

— Cette fois, Auguste, nous rentrons à la maison, ajouta-t-elle. Nous avons bien mérité de dormir un peu.

Et tandis que l'automobile démarrait et dépassait la foule des voyeurs attirés par l'incendie, Isabel se surprit à chercher les trois rouquins dans le décor, convaincue qu'elle les retrouverait sur sa route avant longtemps.

13

Deux jours s'écoulèrent durant lesquels Griffont eut le temps de se remettre et râla de plus en plus fort contre les attentions dont il était l'objet. Un matin, prévenue par Lucien, la baronne le surprit habillé pour la ville et marchant vers le portail avec la ferme intention de héler un fiacre. Elle le rattrapa, négocia une longue promenade en sa compagnie dans le parc.

— Asseyons-nous là, proposa l'enchanteresse en désignant un banc près du petit étang.

— Je ne suis pas à l'article de la mort, Aurélia... Je tiens sur mes jambes.

— Il n'y a pas cinq jours que vous avez reçu cinq balles dans le corps.

— Cinq jours, cinq balles, cela fait une balle par jour, si je compte bien...

— Ne plaisantez pas avec ça ! Vous avez bien failli y rester.

— En fait, j'y suis resté. Mais Merlin m'a sauvé puis soigné. Honnêtement, peut-on souhaiter un meilleur médecin que lui ?

— Lherbier dit que...

— Népomucène Lherbier est un médecin compétent,

donc prudent. Il sait que dans son métier, l'optimisme a tôt fait de devenir une faute professionnelle… Je vais bien, vous dis-je. C'est à peine si quelques douleurs me reviennent à l'occasion.

La pétarade d'une automobile qui approche et se gare attira leur attention. Ils se tournèrent vers la maison et virent le commissaire Farroux descendre de sa De Dion-Bouton rutilante. Le policier les aperçut, leur fit signe, marcha vers eux. Ils l'attendirent.

— Ma parole, on ne s'en sépare plus, de celui-là, murmura Isabel de Saint-Gil avant d'afficher le plus courtois des sourires. Quand je vous disais que ce n'était pas une bonne idée de le mêler à nos histoires…

La veille, sur l'insistance de Griffont à qui elle avait tout raconté, la baronne avait rapporté à Farroux comment un télégramme, adressé à Darvin par un certain E. B., l'avait conduite jusqu'au domicile incendié d'Émilie Bonnet, que l'on soupçonnait d'être la maîtresse de Tixier. Cela avait été l'occasion, rue de Greffulhe, d'une visite des locaux des Brigades mobiles dont Magne et Labricole se seraient volontiers passés. En échange de son témoignage, l'enchanteresse avait exigé du commissaire qu'il ne pose aucune question embarrassante. « Mais comment avez-vous obtenu ce télégramme ? », par exemple. Farroux s'était incliné.

Allant d'un pas décidé, le policier rejoignit le couple qu'il salua. Puis il dit :

— Êtes-vous totalement remis, Griffont ?

— Non, fit la baronne.

— Oui, fit le mage.

Choisissant de n'entendre que la réponse qui l'arrangeait, Farroux reprit :

— C'est heureux, car j'ai besoin de vous. J'ai reçu des ordres du ministère et il semble que l'ambassadeur d'Ambremer à Paris ait demandé que vous participiez à mon enquête.

— En ce cas, si la France et Ambremer le veulent..., glissa Griffont pour taquiner Isabel.

— Justement, rétorqua cette dernière, avance-t-elle, votre enquête ?

— Je le crois.

— Mais encore ?

Le commissaire comprit qu'il ne se débarrasserait pas aussi facilement de l'enchanteresse.

— Nous pensons, dit-il, que le « E. B. » du télégramme est Edgar Bataille, un enquêteur privé que Darvin aurait engagé pour prouver les amours adultères de son gendre. Malheureusement, il se trouve que Bataille est mort le même jour que Darvin dans l'incendie de son appartement. Tous ses dossiers ont brûlé avec lui.

— Curieuse coïncidence, nota Griffont.

— Oui... Quant à Émilie Bonnet, née Pasquier, elle vivait bien à l'adresse que vous nous avez indiquée, madame.

— Née Pasquier ? reprit Isabel. Elle était mariée ?

— Rien ne permet de parler d'elle au passé, car on n'a trouvé aucun corps dans les décombres de sa maison. Mais pour répondre à votre question, Émilie n'est pas mariée, mais adoptée. Elle avait déjà deux ans quand Julienne Pasquier, sa mère, épousa Maurice Bonnet en...

Le policier tira un calepin de la poche de son veston et consulta ses notes :

— En 1893.

— Où est la mère ? demanda Griffont. A-t-elle disparu comme sa fille ?

— Julienne Bonnet est morte de maladie en avril dernier.

— Et le père, enfin, le mari ?

— Julienne est morte veuve. Maurice, lui, est décédé en tombant d'un échafaudage en 1905. Il était maçon.

— Des nouvelles de Tixier ?

— Aucune… Cependant, des témoins affirment qu'un homme qui lui ressemble beaucoup rendait visite à Julienne et Émilie Bonnet.

— Plutôt à Émilie…, glissa Isabel de Saint-Gil.

— Tixier assista d'ailleurs aux obsèques de Julienne, poursuivit Farroux. Après ça, ses visites s'espacèrent mais continuèrent. Jusqu'à ce qu'il disparaisse dernièrement, et Émilie avec lui.

— Avec lui ? demanda le mage. On les a vus partir ensemble ?

— Non. Disons qu'ils ont disparu en même temps. Ni l'un ni l'autre n'ont donné signe de vie depuis quatre ou cinq jours… Quoi qu'il en soit, il y a un mystère Tixier que je dois éclaircir. Pour ce faire, j'ai dans ma poche les autorisations nécessaires à une perquisition en règle de son domicile. Mes hommes nous y attendent déjà, Griffont.

— Je viens, décréta la baronne.

— Pardon ?

— Je vais où va Louis. C'est à prendre ou à laisser.

— C'est très irrégulier. Cela pourrait poser des problèmes de procédure que…

— Prenez, conseilla Griffont. Prenez…

Faisant contre mauvaise fortune bon cœur, le commissaire prit.

*

Farroux conduisait, Griffont à ses côtés. Isabel était assise sur la banquette arrière. La De Dion-Bouton bringuebalait beaucoup et n'était pas couverte. Il fallait tenir son chapeau dans les courants d'air frisquets. Mal protégé par le pare-brise vertical, le policier avait son melon vissé sur le crâne. La baronne, emmitouflée dans un manteau, boudait en ne montrant que le nez et les yeux au ras d'un col de fourrure. Griffont, lui, goûtait pleinement le charme vivifiant d'une santé et d'une liberté recouvrées.

Tandis qu'ils remontaient le trafic du quai Voltaire, Farroux annonça d'une voix forte :

— Nous devrons marcher sur des œufs avec Madeleine Tixier… La pauvre femme vient d'enterrer son père assassiné et son mari a disparu sans qu'on sache s'il est vivant.

— Et qui plus est un mari infidèle, fit Louis.

— Elle l'ignore encore sans doute, et il n'est peut-être pas nécessaire de le lui apprendre aujourd'hui. Il suffira bien que des policiers fouillent dans ses armoires et retournent ses tiroirs…

— Entendu.

— D'ailleurs, lança le commissaire à l'intention de l'enchanteresse, vous seriez bien aimable de tenir compagnie à Mme Tixier durant cette épreuve. Je ne doute pas que vous saurez trouver les mots. Vous comprenez, entre femmes…

Griffont grimaça.

— Mais certainement, répondit Isabel d'une voix glaciale. Et quand j'aurai fini de consoler l'éplorée, voulez-vous que je regarde s'il reste un peu de ménage à faire ?

— Ce n'est pas du tout ce que je voulais dire !… Je songeais juste que…

— J'ai très bien compris, monsieur le commissaire de la Brigade mobile spéciale.

Le policier se tut et attendit d'être presque arrivé pour souffler au mage :

— La baronne est décidément d'une humeur exécrable, ce matin…

Griffont réagit trop tard pour éviter ce nouvel impair.

— J'ai entendu ! indiqua l'enchanteresse depuis le refuge de son col de fourrure.

Farroux gara l'automobile rue Saint-Médard, où deux individus attendaient sur le trottoir. L'un portait un costume gris, un melon noir et un manteau élimé. Il était maigre, âgé, avait un regard inquisiteur et un visage émacié dont une moustache blanche et broussailleuse diminuait un peu l'aspect sévère. L'autre, dodu et plus grand qu'il ne semblait l'être à cause de son embonpoint, arborait une moustache pareille à deux coups de crayon gras et des joues glabres, roses et pleines. Il avait apporté un soin coquet à sa toilette : long pardessus brun à carreaux avec ceinture boutonnée dans le dos et finitions surpiquées, veston droit et pochette, pantalon étroit de la meilleure coupe, bottines à bout pointu, chapeau mou marron. Ajoutée à sa bonne mine, sa tenue lui donnait un air dandy et jovial qui contrastait singulièrement avec l'allure ascétique de son collègue.

La De Dion-Bouton arrêtée, Farroux rejoignit ses adjoints et voulut les présenter à Louis et Isabel. Il désigna d'abord le plus âgé des deux.

— Voici l'inspecteur Caribe, dit-il. Et voici l'inspecteur…

— Scylla ? ironisa la baronne.

Griffont leva les yeux au ciel en comprenant la fine allusion au tourbillon de Charybde et au récif de Scylla qui, dans le détroit de Messine, menaçaient les marins antiques. Contourner le premier, c'était à tout coup heurter le second et sombrer. De là l'expression « tomber de Charybde en Scylla », lorsque l'on évite un mal pour en rencontrer un autre bien pire.

— … et Luquet, acheva le commissaire sans se démonter… Avez-vous sonné, messieurs ?

— Non, répondit Luquet derrière sa moustache. Nous vous attendions.

Farroux prit une inspiration.

— Bien, dit-il. Allons-y.

*

Malgré l'hostilité qu'elle avait manifestée à cette idée, Isabel tint compagnie à Madeleine Tixier et tenta de la rassurer sur le sort de son mari pendant que les policiers fouillaient les papiers du gendre et du défunt beau-père. Luquet et Caribe étaient dans les appartements de Darvin. Un étage plus bas, Farroux et Griffont passaient le bureau de Paul

Tixier au peigne fin. Ils ne tardèrent pas à découvrir un coffre-fort à combinaison derrière un rideau. On appela Madeleine qui monta en compagnie d'une baronne ravie d'être enfin admise là où les choses se passaient.

— Madame, demanda le commissaire, connaissez-vous la combinaison du coffre de votre époux ?

— Quel coffre ? Mon mari possède un coffre ?

— Celui-ci, madame.

— Je… Je ne savais pas.

Comme elle semblait sincère, Farroux pesta.

— Nous allons avoir besoin d'un serrurier, dit-il.

— Ou d'un cambrioleur, nota Griffont.

— Puis-je savoir pourquoi vous me regardez, commissaire ? demanda Isabel.

— Pour rien, madame… Pour rien…

— C'est heureux, lâcha l'enchanteresse en croisant les bras.

Tandis que Madeleine se retirait, Louis approcha de la baronne et lui glissa à l'oreille :

— Tu es sûre de ne pouvoir rien faire ? Je ne crois pas que Farroux t'en voudrait de…

— Sûre. C'est Labricole et son oreille exercée qu'il faudrait pour ce travail. Il y a trois molettes crantées de 1 à 20, soit huit mille combinaisons. Les essayer toutes sera long.

— Ma foi, puisque nous n'avons pas le choix…

Venu de l'escalier, l'inspecteur Marcel Luquet interrompit ce conciliabule en lançant à la cantonade, une lettre à en-tête à la main :

— Avez-vous trouvé un coffre ?

— Mais oui, répondit Farroux. Comment le savez-vous ?

— J'ai là la réponse à une lettre que Darvin a dernièrement adressée à la maison mère des « Coffres et armoires fortes Tussard et fils ». Apparemment, Darvin s'est fait passer pour son gendre et a demandé, certificat et numéro de série à l'appui, qu'on lui rappelle la combinaison d'un coffre-fort acheté six mois plus tôt.

— Darvin voulait donc savoir ce que contenait le coffre de Tixier, conclut Griffont.

— Et c'est sans doute Edgar Bataille, son enquêteur privé, qui lui en a fourni le moyen… La combinaison, Caribe ?

— « 4-20-13 », lut l'inspecteur.

Farroux ouvrit le coffre. Il contenait une abondante paperasse que les trois hommes se partagèrent, la baronne lisant par-dessus l'épaule de Louis. Un moment durant, il y eut un silence seulement troublé par le bruit des pages tournées. Comme elle s'ennuyait, Isabel finit par aller jeter un œil dans le coffre où restaient quelques maigres documents épars. Elle s'accroupit avec un grand froufrou de jupe et jupons froissés. Nul ne prit garde à ce qu'elle faisait.

La pêche fut bonne. Caribe trouva une double comptabilité qui méritait d'être étudiée dans le détail mais semblait indiquer, comme le dit l'inspecteur, que Tixier piquait dans la caisse. Griffont mit la main sur un agenda témoignant de nombreux voyages en province. Farroux dégotta des cartes de visite neuves établies au nom de Georges Noizet et les preuves de fréquents rendez-vous avec un certain docteur Anguet.

— Anguet…, murmura le mage. Anguet… Ce nom me dit quelque chose…

Il n'eut pas le loisir de réfléchir plus avant.

On entendit sonner à la porte ; on entendit ouvrir ; on entendit quelqu'un monter l'escalier quatre à quatre. Attiré par le bruit, l'inspecteur Caribe arriva du second étage en même temps qu'un policier en uniforme, essoufflé, arrivait du rez-de-chaussée.

L'agent salua, tendit un papier que le commissaire lut aussitôt.

— Fichtre ! laissa échapper Farroux. Cette fois Griffont, ordre du ministère ou pas, j'ai vraiment besoin de vous.

14

— Où allons-nous ? demanda Isabel de Saint-Gil tandis que l'automobile pétaradait vers le VIe arrondissement.

Farroux, qui avait vainement tenté de n'emmener que Griffont, hésita.

— Eh bien ? insista la baronne.

— Chez Mme de Brescieux, répondit enfin le policier.

Il y eut un silence, ou du moins un blanc dans la conversation, attendu que le silence est une denrée rare à bord d'une De Dion-Bouton découverte qui roule dans Paris. Griffont, assis à la droite du commissaire, fixa la rue devant lui comme si sa vie en dépendait. Il sentait un regard déjà furibard qui lui vrillait la nuque.

Seigneur ! songea-t-il. *Ça va encore être pour ma pomme…*

— Et qu'est-ce qu'elle nous veut, celle-là ? fit Isabel après un moment de grand inconfort.

Entre elle et Cécile de Brescieux, le contentieux était ancien et fort bien entretenu par la jalousie légendaire de la baronne, d'une part, et, d'autre part, les sentiments jamais avoués que la magicienne avait éprouvés (et éprouvait encore, Isabel en était convaincue) pour Griffont. Tandis que Cécile ne manifestait rien d'autre qu'une courtoisie de bon aloi à l'égard de l'enchanteresse, celle-ci peinait à rester maîtresse d'elle-même dès qu'il était question de « la » Brescieux, ce qui l'exaspérait d'autant plus. Par pudeur et fierté, Isabel trouvait à son émotion des causes qui ne convainquaient personne. Elle prétendait que la magicienne était une intrigante hautaine et bien moins belle qu'elle ne se l'imaginait. Tout était faux mais la baronne n'en démordait pas.

— Tixier, expliqua Farroux, vient d'être enlevé sous les fenêtres de Mme de Brescieux.

— Ben voyons… C'est tout ce qu'elle a trouvé pour se faire remarquer ?

On n'avait jamais vu Isabel reculer devant un argument de mauvaise foi.

— Si vous préférez, commença Griffont, je suis sûr que monsieur le commissaire acceptera de vous déposer où vous…

Penchée en avant, l'enchanteresse l'interrompit en lui posant la main sur l'épaule. Elle lui glissa à l'oreille :

— Un conseil, Louis. N'aggravez pas votre cas en achevant cette phrase…

*

Cécile de Brescieux habitait depuis peu un hôtel particulier qui, en fait, appartenait au Cercle Incarnat. Superbe et élégamment vêtue de rouge comme à son habitude, elle reçut Farroux, Griffont et la baronne dans un charmant salon.

— Bonjour, Isabel. Quelle surprise de vous revoir !

— Bonne, la surprise ?

— Bien sûr !

— Jolie robe. Vous sortiez ?

— Mais non.

— Ah.

Et l'enchanteresse gratifia Louis d'un regard qui disait en substance : « Et pour qui ces efforts de toilette, à ton avis ? »

« Arrête avec ça ! » répondit Griffont sur le même mode en fronçant le sourcil.

La magicienne fit servir du thé et des petits gâteaux, puis elle livra un premier témoignage qui couvrait l'essentiel de ce que Farroux savait déjà.

— Ainsi, dit-il, Paul Tixier a été enlevé devant chez vous…

— C'était vers 10 heures. J'attendais mon coiffeur en buvant une tasse de chocolat à ma fenêtre quand…

— Vers 10 heures ? souligna Isabel sans égard pour le regard courroucé que lui adressa Griffont. Vos journées commencent tard…

— Libre à vous de ne pas consacrer le temps nécessaire à votre toilette, répliqua Cécile avec un sourire crispé.

— Je crois surtout que tout dépend de l'ampleur du chantier.

— Bref ! intervint le commissaire. Il est 10 heures environ, vous êtes à votre fenêtre et vous voyez Tixier.

— Exactement. Mais j'ai à peine le temps de le

reconnaître qu'une grosse automobile noire s'arrête à sa hauteur dans un crissement de pneus. Des hommes en surgissent et l'attrapent. Il se débat, appelle en vain. Les hommes l'entraînent à l'intérieur de l'auto qui démarre aussitôt. Le tout n'a pas pris plus d'une minute.

— Pensez-vous que Tixier se rendait chez vous ?

— Il avait presque le doigt sur la sonnette quand l'automobile est arrivée.

— Êtes-vous bien certaine qu'il s'agissait de Paul Tixier ?

— Je suis formelle, commissaire. Et j'ai aussitôt fait appeler la police.

— D'où le connaissez-vous ?

— Il y a quelque temps déjà, je me suis présentée à lui à la demande de mon cercle, le Cercle Incarnat. Nous voulions lui faire savoir que nous nous tenions à sa disposition si besoin était. Visiblement, il s'en est souvenu.

— Pourquoi le Cercle Incarnat s'intéresse-t-il à Tixier ?

— Comme je l'ai dit à Griffont l'autre jour, ce n'est pas à Tixier que nous nous intéressons, mais à Giacomo Nero. Or comme Nero fréquente Tixier depuis qu'il est revenu de Lyon…

— L'autre jour ? murmura la baronne à Griffont.

— Je t'expliquerai…

— J'y compte bien.

— Nero, fit Farroux, est ce sorcier dont Griffont m'a déjà parlé…

— Nous l'avons à l'œil comme nous nous efforçons d'avoir à l'œil tous les mages noirs, confirma la magicienne. Mais nous ignorons ce qu'il trame à Paris et n'avons jamais rien pu prouver contre lui.

— Nous ?

— Le Cercle Incarnat.

— Bien sûr… Que pouvez-vous me dire de Nero ?

— Rien de plus que ce que j'ai déjà révélé à Griffont, commissaire.

— Et je vous ai tout rapporté, indiqua Louis.

— Parce que à lui tu dis tout, glissa Isabel.

— À quoi ressemblaient les agresseurs de Tixier ? s'enquit Farroux. Et combien étaient-ils ?

Cécile réfléchit un instant, les yeux dans le vague.

— Trois, dit-elle… Ils étaient tous habillés comme des hommes du peuple… Je n'ai pas vu leurs visages mais ils étaient roux…

L'enchanteresse tiqua et échangea un regard d'intelligence avec Griffont. Elle n'avait encore parlé qu'à lui du trio de rouquins entraperçu la nuit où la maison d'Émilie Bonnet brûlait.

— Bien ! lâcha Farroux en se levant. (Tous l'imitèrent.) Madame, je ne crois pas avoir d'autres questions à vous poser dans l'immédiat. Vous recevrez bientôt une convocation officielle, histoire de faire votre déposition dans les règles. Mais si des détails vous reviennent d'ici là, voici ma carte.

Cécile de Brescieux prit le bristol que lui tendait le policier et raccompagna ses visiteurs à la porte.

— Je me tiens à votre entière disposition, monsieur le commissaire.

— Dites-moi, fit innocemment la baronne tandis qu'une domestique l'aidait à enfiler son manteau, ils étaient excellents, les petits sablés que vous nous avez offerts…

— Oui. J'en raffole.

— Mais ils font un peu grossir, non ?

Griffont entraîna Isabel à l'extérieur avec autant d'empressement qu'il était possible sans la jeter sur son épaule.

*

— Résumons, dit Farroux dès qu'ils eurent rejoint la De Dion-Bouton. Tixier tente d'abord de vous contacter, Griffont, et l'on sait comment cela a fini. Après ça, il disparaît pendant plusieurs jours. Puis, quand il essaie de rencontrer Mme de Brescieux, on l'enlève… Les deux fois, Tixier s'est donc tourné vers un mage ou une magicienne, mais jamais vers la police. Pourquoi ?

— Peut-être a-t-il quelque chose à se reprocher, devina Isabel.

— Ou peut-être se figure-t-il que seul un mage peut l'aider, proposa Griffont.

— Ou les deux, enchérit le commissaire.

— Tel que je vois les choses, dit l'enchanteresse, Nero soumettait Tixier à un chantage et c'est pour cette raison que Darvin a été empoisonné.

Comme les deux hommes la dévisageaient sans comprendre, elle expliqua :

— D'une part, nous avons Tixier qui pique dans la caisse et entretient une jeune et jolie maîtresse. De l'autre, nous avons Darvin, le beau-père, qui finit par se douter de quelque chose, engage un enquêteur privé et découvre le pot aux roses. Maintenant, imaginons que, d'une manière ou d'une autre, Nero ait eu connaissance des indélicatesses de Tixier bien avant Darvin…

— Nero fait chanter Tixier en menaçant de tout révéler, enchaîna Griffont. Mais le chantage n'a plus lieu d'être si Darvin fait éclater le scandale. Du coup, il devient urgent de le faire taire.

Farroux acquiesça, convaincu.

— De le faire taire lui, dit-il, et l'enquêteur qui s'apprêtait à remettre un rapport définitif, preuves à l'appui, sur les infidélités de Tixier. Darvin attendait sans doute ces preuves pour accuser son gendre.

— Mais après l'assassinat de son beau-père, Tixier prend peur lorsqu'il comprend de quoi Nero est capable, poursuivit la baronne. Tixier se tourne vers Griffont, lui donne un rendez-vous auquel les sbires de Nero se rendent également. Louis est la victime des circonstances mais cela sauve Tixier et le persuade, si besoin était, que sa vie est en danger. Effrayé, il se cache, se souvient de la Brescieux, veut appeler le Cercle Incarnat au secours. Malheureusement pour lui, Nero a un coup d'avance.

— Cela se tient, reconnut le policier. Cependant, cela ne dit pas à quoi Nero employait Tixier.

— Nero se sait surveillé par le Cercle Incarnat, nota Griffont. Il employa donc sans doute Tixier à une tâche qu'il ne pouvait exécuter lui-même sans provoquer le soupçon…

— Mais laquelle ?

— Tixier est antiquaire. C'est une excellente couverture pour qui recherche je ne sais quel objet ou quelle relique. Peut-être devriez-vous chercher du côté des déplacements en province de Tixier dont nous avons trouvé trace dans son coffre. Savoir qui il a contacté, et pourquoi…

— Bonne idée. Je vais également me renseigner sur ce docteur Anguet à qui Tixier a payé des honoraires.

Farroux grimpa à bord de la De Dion-Bouton.

— Je vous dépose quelque part ? demanda-t-il.

— Non merci, répondit Isabel.

— Non plus, fit le mage. Je vais regagner mes pénates au pas du promeneur. Mon *sweet home* me manque, comme dirait Azincourt.

— Alors à bientôt. Restons en contact.

Depuis le trottoir, la baronne et Griffont regardèrent le commissaire s'éloigner au volant de son automobile tressautante.

— Êtes-vous si pressé de rentrer ? demanda l'enchanteresse avec un beau sourire.

— Pourquoi ça ?

— Parce que j'ai l'occasion de vous prouver que je ne suis pas rancunière, en oubliant que vous m'avez caché votre rendez-vous avec la Brescieux et en vous faisant un cadeau.

— Cécile m'a rencontré après les obsèques de Darvin. Elle ne voulait que me mettre en garde contre Nero.

— N'importe. Je vous pardonne et voilà mon cadeau.

De son sac, elle tira un bristol vierge qu'elle tendit au mage.

— Qu'est-ce que c'est ?

— Une carte de visite.

— Elle est blanche.

— Pour l'instant.

— Et où l'avez-vous trouvée ?

— Oubliée au fond du coffre de Tixier.

— Vous l'avez…

— … empruntée. De toute manière, les policiers n'auraient pas su quoi en faire. Et vous-même ne l'aviez pas remarquée… Pour être franche, je m'attendais plutôt à des félicitations, voire à des remerciements.

— Ben voyons…

Griffont fit claquer la carte en l'air. Elle libéra un poudroiement doré et s'orna de caractères d'imprimerie.

— Tiens donc, marmonna Louis. Ce cher Marcangelo…

15

Ilario Marcangelo était un mage du Cercle Or.

Il avait, près de la gare de l'Est, un magasin de farces et attrapes qui le faisait vivre et, à l'étage, jouxtant son appartement, un atelier où il concevait toutes sortes d'objets enchantés. La conception et le commerce d'artefacts magiques étaient strictement réglementés en France. Les seuls autorisés étaient ceux dont les pouvoirs étaient soit anodins, soit bénéfiques. Marcangelo n'en fabriquait pas d'autres et connaissait un certain succès avec son *Miroir qui rend un reflet flatteur*, ses *Fixe-chaussettes invisibles*, son *Appeau à papillons* ou ses *Lunettes qui font voir toujours beau temps*. Mais sa science et ses compétences dépassaient de loin le talent nécessaire à la réalisation de ces gadgets.

En descendant du fiacre qui les avait menés à destination, Isabel et Louis virent Georges Méliès qui, un paquet sous le bras, sortait de la boutique. Mince, distingué, la moustache en guidon de vélo et le crâne déjà largement dégarni à l'approche de la cinquantaine, le « cinémagicien » était, comme Marcangelo, membre du Cercle Or. Griffont le salua chaleureusement et fit les présentations.

— Je suis ravie de vous rencontrer, monsieur Méliès, dit la baronne. J'ai vu dernièrement votre *Vingt Mille Lieues sous les mers*. C'est un pur chef-d'œuvre.

— Merci beaucoup, madame.

— Et comment avancent vos recherches ? demanda Griffont.

— Selon leur caprice, répondit Méliès.

Ses petits films truffés de trucages aussi ingénieux que poétiques valaient au cinéaste d'être célèbre. Mais en qualité d'authentique magicien, il se consacrait à un projet beaucoup plus ambitieux.

— Je suis certain que vous trouverez, dit Louis. Même si j'ignore où cela vous mènera.

— Pour l'heure, avec votre permission, cela me mènera chez moi. J'ai là, ajouta Méliès en tapotant son paquet, un produit qui est soit une poudre de perlimpinpin, soit le révélateur dont j'ai toujours rêvé… Madame, Griffont, au plaisir de vous revoir.

Et le magicien du Cercle Or s'éloigna d'un pas vif.

— De quoi parliez-vous ? s'enquit Isabel.

— Quand il ne réalise pas les films que vous connaissez, Méliès travaille à élaborer une nouvelle forme d'art qui mêlerait magie pure et cinéma. Je ne sais de quoi il s'agit au juste, et je doute que lui le sache mieux… Mais que voulez-vous ? Il n'est pas toujours nécessaire de savoir ce que l'on cherche pour trouver.

— Curieux bonhomme.

Ils entrèrent dans la boutique – un petit capharnaüm plein de poussière et de couleurs – et un jeune homme en blouse grise s'inquiéta de ce qu'ils désiraient. Griffont montra sa carte avant de demander à rencontrer Marcangelo. On les conduisit à l'étage.

Ilario Marcangelo était grand et gros, une force de la nature à qui l'on ne confierait pas sans crainte un objet fragile et précieux. Il avait le poil poivre et sel, une barbe broussailleuse, des cheveux épais, frisottants et emmêlés qui achevaient de le faire ressembler à un ours fait homme. Mais son regard était aimable, vaguement rêveur, paisible. Il avait ce jour-là troqué son veston contre une blouse de laborantin tachée par endroits, décolorée à d'autres, brûlée ailleurs. Il la portait ouverte sur un pantalon noir et un gilet étroit assorti.

Marcangelo accueillit Griffont à bras ouverts et lui infligea l'épreuve d'une rude accolade. Détrompant les craintes de la baronne qui avait contenu un mouvement de recul, il lui baisa la main en apprenant qui elle était.

— Qu'est-ce qui vous amène, Griffont ?

— L'une de vos cartes de visite. Dernièrement, vous avez rencontré un certain Paul Tixier. Nous aimerions savoir pourquoi.

— Tixier ? Ce nom ne me dit rien.

— Et Georges Noizet ? proposa Isabel qui se souvenait des faux bristols trouvés dans le coffre de l'antiquaire.

— Noizet ? Ah ! oui. Lui, je le connais... Mais qu'est-ce que vous avez tous après ce zigue ?

— Comment ça ?

— Il n'y a pas quinze jours qu'un gnome se tenait à votre place et me posait les mêmes questions.

— À quoi ressemblait-il, ce gnome ?

— À un gnome. Je n'ai pas l'œil assez exercé pour les différencier vraiment, expliqua Marcangelo d'un ton désolé.

L'enchanteresse comprenait. Elle acquiesça.

— Revenons à Noizet, proposa Griffont. Son véritable nom est Paul Tixier, et il est mêlé à une sombre affaire que je tente de débrouiller…

— Que *nous* tentons de débrouiller, rectifia Isabel de Saint-Gil.

— En effet, que nous tentons de débrouiller… Bref, l'homme pourrait bien être en danger à l'heure où je… où nous vous parlons.

La baronne apprécia la précision et le manifesta d'un fin sourire.

— Bigre, bigre…, grommela Marcangelo. Noizet, ou plutôt Tixier, est venu me trouver il y a quelque temps. Il m'a dit qu'il était antiquaire.

— Il ne vous a pas menti sur ce point. Que voulait-il ?

— Il ne le savait pas au juste, ou du moins n'avait pas les mots pour le dire. Mais j'ai bientôt compris qu'il désirait que je lui confectionne un *Détecteur d'influence sombre*.

Cet objet, qui pouvait prendre bien des formes, réagissait à l'aura de la magie noire. Il s'agissait parfois de miroirs qui ternissaient, de joyaux qui brillaient, de médaillons qui changeaient de couleur. Mais tous avaient la même fonction : indiquer la proximité d'une source de *thauma* maléfique.

— A-t-il dit pourquoi ? s'enquit la baronne.

— À l'entendre, Tixier voulait se garantir du risque, étant donné sa profession, d'acheter ou vendre sans le savoir un objet ensorcelé qui pourrait nuire à sa clientèle. Cela m'a paru sage et légitime. Aussi lui ai-je donné satisfaction quelques jours plus tard… Ai-je eu tort ?

Griffont fit la moue.

— Nous n'en savons rien… Le fait est qu'un *Détecteur d'influence sombre* peut être très utile à celui qui veut précisément trouver, parmi d'autres, un objet maudit.

— Mais qui voudrait faire ça ? s'insurgea innocemment le grand barbu en levant les bras au ciel.

— C'est bien là tout le problème, murmura la baronne de Saint-Gil.

— Une dernière chose, dit Griffont. À ce gnome qui est venu vous voir au sujet de Tixier, avez-vous fait les mêmes réponses ?

— J'en ai peur, oui.

*

Paul Tixier ne savait pas où il se trouvait, sinon qu'il était ligoté sur une chaise dans une cave poussiéreuse et humide. Il avait eu les yeux bandés sitôt jeté dans l'automobile noire par ses agresseurs. On avait longtemps roulé, assez pour quitter Paris. Puis la route était devenue cahoteuse avant qu'on ne tire le prisonnier hors de la voiture arrêtée, qu'on ne le pousse à l'intérieur d'un bâtiment, qu'on ne l'oblige à descendre un escalier et enfin à s'asseoir. Effrayé et sachant qui l'enlevait, il n'avait pas dit un mot durant le trajet. Dès qu'on l'eut fermement attaché, on lui ôta le bandeau qui l'aveuglait.

Et depuis, Tixier attendait seul en espérant qu'Émilie avait respecté la consigne.

Il ignorait l'heure qu'il était quand Giacomo Nero parut d'un pas lourd et assuré. Le sorcier n'arriva pas seul dans la cave. Deux de ses sinistres sbires, ces rouquins brutaux qui ne parlaient qu'anglais entre eux, l'accompagnaient. Un autre individu resta à l'écart, caché par l'obscurité.

— Les choses, dit Nero, auraient été beaucoup plus simples si tu n'avais pas tenté de jouer au plus fin avec moi... Était-il si important que tu comprennes ?

— Je... Je ne voulais pas être un criminel.

— Il suffisait que tu obéisses sans te poser de questions, imbécile ! s'emporta soudain le sorcier. Qui te demandait de penser ? Hein ? Qui ?

Tixier eut peur d'être frappé. Il se recroquevilla sur sa chaise et grimaça. Nero, cependant, se calma vite.

— Bien, fit-il... Tu sais ce que je veux savoir, n'est-ce pas ?

— Oui.

— Mais tu ne me le diras pas.

— Non.

— C'est très courageux de ta part, mais essayons quand même... C'est Émilie qui a *L'Athanor*, n'est-ce pas ?... Où est-elle ?

— Je ne sais pas.

Cette fois, Nero gifla Tixier, en plein visage, d'un revers de main. La lèvre de l'antiquaire éclata.

— JE NE SAIS PAS ! JE NE SAIS PAS ! hurla Tixier... Je ne sais pas..., répéta-t-il en gémissant.

Le sorcier toisa son prisonnier du haut de toute sa taille, de toute sa masse, de tout son mépris.

— À ta guise... Je vais te laisser en bonne

compagnie. Je te promets que tu ne souffriras pas trop, mais tu n'auras bientôt plus de secret pour moi… À tout à l'heure, Tixier. Tu as fait le mauvais choix…

Nero et ses hommes gravirent l'escalier. Quand la porte fut refermée, celui qui était resté dans l'ombre jusque-là avança. Il portait un costume noir et des guêtres sur ses souliers mais n'était pas un homme. D'une maigreur impossible, il avait la peau grise, des yeux comme deux fentes obliques qui pointaient vers un nez absent, le crâne nu et hypertrophié. Ses longues mains démesurées ne comptaient que quatre doigts.

Il approcha de Tixier qui se débattait vainement, s'accroupit de sorte que leurs visages soient bien en face. Alors la créature sourit, montrant sous des lèvres fines et blanches des gencives édentées.

— Bonsoir, dit-elle d'une voix rauque tandis que ses tempes s'ouvraient telles des ouïes avec un bruit de cartilage torturé.

16

Le lendemain matin, vers 10 heures, Népomucène Lherbier rendit visite à Griffont et exigea de l'ausculter. Le mage y mit beaucoup de mauvaise volonté mais se plia néanmoins à l'examen. Il était donc en chemise, la poitrine découverte et les bretelles aux genoux quand Isabel de Saint-Gil, radieuse et enjouée, parut dans le salon sans avoir sonné.

— Non, non, ironisa Griffont alors qu'elle ne manifestait pas le moindre embarras. Vous ne dérangez pas. Entrez, entrez. Faites comme chez vous… Après tout, vous n'interrompez jamais qu'une consultation privée entre un patient et son médecin…

— Je n'interromps rien du tout, mauvaise tête. Poursuivez, Lherbier. Poursuivez… Étienne, servez du thé, voulez-vous ? Et des toasts, si possible.

— Certainement, Madame.

Le domestique s'en fut avec la même discrétion qu'il avait mise à paraître.

— Alors, enchaîna la baronne. Comment se porte notre grand blessé ?

Le stéthoscope aux oreilles, le gnome répondit d'un ton de reproche :

— Je le saurais si Griffont était assez aimable pour me permettre d'examiner le vrai Griffont…

Louis soupira, et eut soudain un peu plus de ventre et un peu moins de pectoraux. Souriant en coin, l'enchanteresse fit mine de regarder ailleurs. Étienne, qui gardait toujours une bouilloire près du feu, lui en fournit l'occasion en apportant le thé.

— Les toasts chauffent, Madame.

— Merci, Étienne. Je servirai.

*

Isabel acheva son petit déjeuner tandis que Griffont se rhabillait et que Lherbier rangeait son matériel.

— Diagnostic ? demanda-t-elle.

— Griffont se porte comme un charme. C'est à ne pas croire…

— Notez que c'est ce que je me tuais à vous dire, grommela le mage.

— S'il fallait toujours écouter les patients…

— Du thé, docteur ? proposa aimablement l'enchanteresse.

— Volontiers.

La sonnette du perron tinta.

— Vous entendez ? dit Griffont à Isabel. Il y a des gens qui sonnent avant d'entrer chez les autres…

— Ils ont bien raison.

Étienne alla ouvrir et revint avec le commissaire Farroux.

— J'ai des nouvelles concernant notre affaire, annonça le policier après les salutations d'usage.

— Je m'en vais, fit Lherbier qui ne voulait pas être indiscret.

— Pourriez-vous rester un moment, docteur ? Je vais avoir besoin de vos lumières.

— Certainement.

À l'invitation du maître des lieux, tous s'installèrent autour de la table basse, près de la cheminée. Sur le manteau, le grand miroir n'en faisait qu'à sa tête et reflétait le salon désert. C'était assez troublant dès lors qu'on y prenait garde.

— J'ai parlé ce matin au docteur Anguet, annonça Farroux.

Isabel et Louis acquiescèrent. Ils se souvenaient que le nom de ce médecin apparaissait dans les papiers de Paul Tixier.

— Je le connais, intervint Lherbier. Le professeur Anguet est un éminent spécialiste des maladies outre-mondiales. Il dirige un service de l'Hôpital international et donne des cours à la Sorbonne. J'en ai suivi quelques-uns durant mon internat.

— C'est bien lui, confirma le commissaire. Je l'ai interrogé et il se souvient très bien de Tixier qui, en février dernier, lui a amené Julienne Bonnet, la mère d'Émilie, en consultation. Le docteur Anguet a suivi Julienne trois mois durant. Jusqu'à sa mort, en fait.

— Qui payait ? s'enquit la baronne.

— Tixier. Il a assumé tous les frais médicaux, depuis les médicaments jusqu'aux honoraires du professeur, en passant par les deux semaines d'hospitalisation qui s'avérèrent nécessaires à la fin.

— Cela a dû coûter cher.

— Assez. Mais il semble que l'antiquaire n'ait jamais regardé à la dépense. D'après Anguet, Tixier était sincèrement concerné par la santé de Julienne. Sa mort l'a beaucoup peiné.

— De quoi souffrait Julienne ? voulut savoir Griffont.

Farroux consulta le calepin qui ne le quittait jamais.

— De… D'étisie morbide. Une maladie très rare, à ce qui paraît.

On se tourna vers Lherbier, qui expliqua :

— C'est une maladie de l'OutreMonde. Elle y est connue depuis des siècles et les fées l'appellent « la Mort languide ». Elle provoque un épuisement, un vieillissement accéléré dont l'issue peut s'avérer fatale. Lorsqu'elle est diagnostiquée assez tôt, on sait la guérir chez la fée grâce à un remède composé de plantes qui ne poussent que dans l'OutreMonde. Mais chez la femme, le remède ne fait que retarder le trépas de quelques mois. Et l'on n'en connaît pas d'autre.

— La Mort languide ne frappe que les femmes ? s'étonna l'enchanteresse.

— Les femmes exclusivement, oui. On ignore pourquoi… D'ailleurs, on ignore presque tout de ce mal. Il est rare, comme vous l'a dit monsieur le commissaire. Donc méconnu. En un siècle, les annales ne font guère mention que d'une vingtaine de cas d'étisie morbide humaine.

Griffont se leva et fit, en réfléchissant, quelques allers et retours dans le salon. Les autres le regardèrent sans mot dire jusqu'à ce que la baronne s'inquiète.

— À quoi songez-vous, Louis ?

Le mage s'immobilisa.

— Vous nous avez dit, Lherbier, que le seul remède qui permet de combattre la Mort languide est fait de plantes outremondiales, n'est-ce pas ?

— En effet.

— Selon vous, combien de pharmacies, à Paris, vendent les ingrédients nécessaires ?

— Je dirais deux ou trois. Pas plus.

— Il y a, dans le VIIIe arrondissement, une pharmacie toute proche du square Laborde. Est-elle du nombre, à votre connaissance ?

— La pharmacie Grudon ? Cela ne fait aucun doute.

— Parfait… Maintenant, est-il possible qu'Émilie Bonnet souffre du même mal que sa mère ?

— Le docteur Anguet n'a rien dit de tel, glissa le policier.

— Mais il n'a plus vu Émilie après la mort de sa mère, pas vrai ? Soit depuis presque six mois.

— En effet.

— L'étisie morbide est-elle héréditaire, voulez-vous dire ? songea tout haut le gnome médecin. Ma foi, pour ce que l'on en sait, c'est bien possible… Cela n'a jamais été constaté, mais c'est possible.

— Émilie est malade, affirma Griffont à l'assistance. Son mal ne s'est sans doute déclaré que récemment, mais elle en a aussitôt reconnu les symptômes.

Isabel regarda Farroux, qui regarda Lherbier, qui regarda Isabel.

— Quoi ? fit cette dernière.

— Le jour où j'ai suivi Émilie Bonnet en taxi, elle s'est arrêtée à la pharmacie Grudon. Je n'y ai pas pris garde sur le moment mais quand on y songe, cela représente un sacré détour pour quelqu'un qui part de Saint-Germain-des-Prés et se rend à Gentilly en bicyclette… Si Émilie ne voulait qu'acheter un sirop pour la toux, elle aurait pu le faire chemin faisant, en prenant au plus court.

— Soit, accorda l'enchanteresse. Émilie est peut-être malade… Et pourquoi doit-on s'en réjouir ?

Pour une fois, elle tardait à comprendre. Ce n'était pas le cas de Népomucène Lherbier.

— Dès qu'il est préparé, le remède contre la Mort languide dépérit très vite. On ne peut le stocker.

— Pigé ! lâcha Farroux. Il faudra être sur place quand Émilie reviendra chercher son médicament. L'idée est excellente, Griffont. Excellente !…

— À condition qu'Émilie soit malade, temporisa le mage.

— Et qu'elle ait des choses à dire, enchérit Isabel avec un rien de mauvaise foi.

— Nous verrons bien, décréta le policier. Puis-je téléphoner, Griffont ?

— Je vous en prie.

Farroux passa dans l'entrée, où était le téléphone à manivelle. Après s'être assuré que l'on n'avait plus besoin de lui, Lherbier annonça qu'il avait des malades à voir et s'en fut. Il ne put cependant s'empêcher de conseiller à Griffont de se ménager.

— J'y veillerai, le rassura la baronne.

*

Quand ils furent seuls, Isabel versa deux tasses de Kenilworth brûlant d'une théière vide et dit à Griffont :

— Mes félicitations, Louis. Un vrai Sherlock Holmes.

— Moquez-vous.

— Non, non. Je suis sincère…

Cela semblait être le cas, aussi accepta-t-il la tasse qu'elle lui tendit avec un sourire de connivence.

— J'ai prévenu mes adjoints, annonça le commissaire en revenant d'avoir téléphoné. Dans un premier temps, l'inspecteur Luquet va se rendre à la pharmacie Grudon pour s'assurer que vous avez vu juste, Griffont. Nous aviserons ensuite.

— J'espère ne m'être pas trompé, dit le mage.

— Cependant…

— Oui ?

— Votre idée m'en a donné une autre. Il y a, je crois, une piste qui mériterait désormais d'être creusée…

Farroux expliqua alors que, d'après le docteur Anguet, Julienne consultait également une sorte de druide qui prétendait la guérir. Quand il l'apprit, l'éminent professeur s'efforça d'y mettre le holà, mais rien de ce qu'il put dire ne réussit à convaincre sa patiente de renoncer aux potions et aux séances incantatoires que l'autre prodiguait à grands frais.

— Une sorte de druide, dites-vous ? s'intéressa Griffont.

— Un certain Karolus Kerodec.

— Cela sent le pseudonyme de charlatan à plein nez.

— C'est aussi mon avis. Savez-vous de qui il s'agit ?

— Du tout, reconnut Louis en remarquant qu'Isabel se gardait de répondre.

— Je vais mettre l'inspecteur Caribe sur le coup. Après tout, si Émilie Bonnet se croit malade, et comme le docteur Anguet est sans nouvelles d'elle depuis des mois, peut-être a-t-elle choisi de ne consulter que ce Kerodec…

— Je peux également chercher de ce côté-ci, proposa Griffont.

— À vrai dire, j'avais espéré que, dans l'immédiat, vous accepteriez de m'accompagner.

— Où ça ?

— Luquet, que je viens d'avoir au téléphone, a découvert dans les papiers de Tixier que notre homme est inscrit à la Société de Bibliophilie Merveilleuse et Secrète.

— La S.B.M.S. ? Qu'est-ce qu'un antiquaire fait à la S.B.M.S. ?

— C'est ce que je nous propose de découvrir. Y allons-nous ?

— Entendu !

Les deux hommes, pourtant, attendirent et jetèrent des regards indécis vers Isabel de Saint-Gil. L'un comme l'autre prévoyaient qu'elle impose sa venue et s'étonnaient, sans trop y croire, qu'elle ne se manifeste pas.

— Un problème, messieurs ?

— Non, non, s'embarrassa le policier… C'est juste que… Non, rien. Tout va bien…

— J'ai à faire, figurez-vous. Je ne peux pas vous chaperonner à longueur de journée… Cette fois-ci, il faudra vous débrouiller sans moi.

— Mais oui. Sans doute.

La perspective de mener enfin son enquête loin des regards curieux d'une aventurière et cambrioleuse notoire, enchanteresse en rupture de ban avec Ambremer de surcroît, cette perspective-là réjouissait Farroux, même s'il fit tout pour le cacher. Griffont, en revanche, sentit un vague soupçon le taquiner. Il adressa à l'intéressée une œillade méfiante, reçut en retour un sourire plein d'angélique candeur, lâcha un « Mouais… » lourd de sous-entendus, et réclama sa canne, son chapeau et son manteau à Étienne avant de sortir.

N'empêche, en grimpant à bord de la De Dion-Bouton du commissaire, il se demandait encore ce qu'Isabel allait bien pouvoir inventer.

17

Située rue de Richelieu, en face de la Bibliothèque nationale et jouxtant le square Louvois, la Société de Bibliophilie Merveilleuse et Secrète avait pour but de recenser, collectionner, étudier et au besoin restaurer tous les documents français consacrés à la magie, à l'alchimie et à l'OutreMonde. En 1909, elle avait trente ans d'existence. Créée par voie de dons et de legs privés qui continuaient d'assurer son fonctionnement et d'augmenter son fonds, la S.B.M.S. accomplissait un excellent travail unanimement reconnu. Elle finançait des programmes de recherche, distribuait des bourses, subventionnait l'ouverture de départements « Merveilles » dans les bibliothèques municipales, s'enorgueillissait d'avoir établi une chaire d'Histoire outremondiale à la Sorbonne, ne comptait pas s'arrêter là et publiait, chaque trimestre, un bulletin faisant état de ses activités.

À l'accueil, Farroux et Griffont firent savoir que l'un était policier et l'autre mage du Cercle Cyan. C'était l'heure du déjeuner et les grandes salles de lecture n'étaient peuplées que de rares étudiants et vieux bibliophiles passionnés. Un employé empressé mit néanmoins à leur disposition une pièce réservée à la consultation des incunables. Ils y seraient tranquilles et pourraient avoir accès à tous les documents – administratifs et autres – qu'ils voudraient.

Dans un premier temps, les deux hommes s'assurèrent que Paul Tixier était bien inscrit à la S.B.M.S., ce qui lui avait valu d'être abonné au bulletin de la fondation et de recevoir l'annuaire des membres. Apprenant cela, le commissaire de la 1re Brigade mobile spéciale réclama un exemplaire de l'annuaire. Il voulait l'emporter à son bureau, où il le comparerait aux rendez-vous dont l'agenda de Tixier témoignait – à Paris comme en province. Cette piste n'avait pu être creusée jusqu'à présent, car les rendez-vous n'étaient indiqués que par des villes ou arrondissements, des dates et des heures en vis-à-vis de simples initiales.

— Nous tenons pour acquis que Giacomo Nero soumettait Tixier à un chantage, expliqua Farroux. Mais nous nous demandions à quelle fin… Et si Nero employait Tixier pour trouver des livres, des livres que lui-même ne pouvait obtenir sans alerter le Cercle Incarnat qui le surveille ?

— L'idée est bonne, reconnut Louis. Et Tixier, ne connaissant rien au milieu de la bibliophilie merveilleuse, s'inscrit à la S.B.M.S. dans l'espoir d'obtenir les contacts qui lui manquent…

— D'après sa fiche, l'antiquaire s'est inscrit au début du printemps. C'est à peu près dans ces eaux-là que Nero est revenu de Lyon, je crois.

À un bibliothécaire, Griffont demanda si Tixier avait consulté des ouvrages, apprit que oui, réclama les titres et les dates. Une liste lui fut fournie. Il l'étudia et annonça :

— Tixier s'inscrit fin mars mais ne commence à retirer des livres que fin avril.

— Ce qui semble confirmer que, dans un premier temps, il ne s'est inscrit que pour obtenir le fameux annuaire. Quel genre de livres ?

— D'abord des traités alchimiques et des livres consacrés à l'histoire de l'alchimie. Des XVIIe et XVIIIe siècles, essentiellement.

— Et après ?

— Ensuite, ses visites à la bibliothèque se font de plus en plus fréquentes, en même temps que ses recherches se précisent. Il renonce peu à peu au XVIIe siècle, puis se consacre exclusivement au début du XVIIIe. Il écarte également les ouvrages généraux, trie le bon grain de l'ivraie et sélectionne des textes toujours plus… pointus.

— Pointus ?

— Je veux dire qu'il y en a certains que, même moi, je n'ai pas lus…

— Étrange, cette soudaine passion d'un antiquaire pour l'alchimie.

— Imaginons la chose autrement… Un jour, donc, Nero vient trouver Tixier. Il lui dit qu'il sait tout de sa liaison adultère avec Émilie Bonnet, de sa double comptabilité, de ses fraudes pour entretenir sa jeune maîtresse et, sans doute, payer les soins de Julienne. Nero menace de tout révéler. Mais il se taira si Tixier accepte de discrètement rechercher certains ouvrages. Tixier s'exécute. Pourtant, des doutes, des scrupules lui viennent. Il sait que Nero est une crapule et craint d'être associé à une entreprise criminelle. Nero refuse peut-être de s'expliquer. Ou peut-être Tixier a-t-il trop peur de lui pour demander des comptes. Quoi qu'il en soit, il décide de découvrir seul le fin mot de l'histoire. Et voilà pourquoi il commence à se renseigner sur l'alchimie d'abord, puis sur les livres, ou plutôt le livre, que Nero veut.

— *Le* livre ? insista Farroux.

— C'est là que je ne comprends plus… À sa dernière visite à la S.B.M.S., en août, Tixier n'a retiré qu'un ouvrage. Une étude d'un traité alchimique célèbre intitulé *L'Athanor Lumineux*. Si Tixier n'a pas cherché plus loin, c'est sans doute qu'il a trouvé.

— Qu'est-ce que c'est que ça, un athanor ?

— C'est le fourneau des alchimistes. Le lieu de toutes les transformations physiques et, métaphoriquement parlant, spirituelles.

— Soit, fit le policier. Mais que voyez-vous de bizarre à ce que Nero cherche *L'Athanor Lumineux* ? S'il s'agit d'un ouvrage ancien dont il n'existe plus que quelques exemplaires précieux, on peut comprendre que…

— C'est là tout le problème, l'interrompit Griffont. Je n'irai pas jusqu'à dire que l'on trouve *L'Athanor Lumineux* dans toutes les bibliothèques, mais il existe au moins une centaine d'exemplaires de l'édition originale et son texte est connu. J'en ai une copie chez moi, et je ne suis pas le seul dans ce cas.

— Qui l'a écrit ?

— On l'ignore.

— Donc, à la lumière de ce que nous savons, tout indique que Giacomo Nero a eu recours à des menaces, au chantage et au meurtre dans le but d'obtenir un livre qui n'a rien de véritablement exceptionnel… C'est absurde !

Le mage acquiesça, sincèrement désolé.

Parvenus à la conclusion qu'ils n'apprendraient plus rien à la Société de Bibliophilie Merveilleuse et Secrète, Griffont et Farroux quittèrent les lieux en début d'après-midi. Ils étaient soucieux et ne parlèrent presque pas chemin faisant, convaincus qu'une pièce capitale du puzzle leur manquait.

— Je vous dépose quelque part ? proposa enfin le commissaire devant la De Dion-Bouton.

— Non merci. Je vais marcher jusqu'au *Premier*. S'il n'a pas changé ses habitudes, Falissière doit y avoir déjeuné et je voudrais lui poser quelques questions. Comme son nom apparaît en bonne place dans l'annuaire des membres et bienfaiteurs de la S.B.M.S., il y a fort à parier que Tixier l'a rencontré pour le compte de Nero.

— Falissière nous l'aurait déjà dit.

— Pas si Tixier s'est présenté à lui sous le nom de Georges Noizet.

— Tenez-moi au courant, Griffont. Si vous voulez que j'arrête Nero, il nous faut des preuves, et, pour l'heure, nous n'avons que de vagues soupçons contre lui. Ce n'est pas suffisant.

— Je sais, reconnut Louis tandis que l'automobile démarrait.

*

Abandonnons Griffont sur le chemin de son club afin, si vous le voulez bien, de retrouver Isabel de

Saint-Gil et, tout d'abord, M. Isidore Brochard au moment où celui-ci, chez lui, finissait un petit déjeuner extrêmement tardif. La demie de 1 heure sonnait en effet à sa pendule quand il posa, repu, sa serviette sur le plateau et tira le cordon des domestiques. Puis il chassa une miette du revers de son élégante veste d'intérieur, se leva, alla allumer une cigarette à sa fenêtre qui, du premier étage, donnait sur un charmant square.

Isidore Brochard avait la quarantaine, les tempes grisonnantes et un air guindé qui faisait forte impression sur les âmes simples, lesquelles composaient l'essentiel de sa clientèle. Il se prétendait druide, guérisseur, oracle. Il n'était rien de tout cela mais faisait montre d'une étonnante faculté d'écoute, d'un imperturbable aplomb et d'une parfaite maîtrise du jargon mystico-magique. Ajoutez à cela que Brochard était dénué de scrupules et vous comprendrez qu'il possédait toutes les qualités nécessaires à la carrière de charlatan ésotérique.

Cette carrière, il l'avait d'ailleurs choisie assez tôt. Elle l'avait conduit en prison à deux reprises, l'avait contraint à s'exiler en province quelque temps, et faisait à nouveau sa fortune à Paris. Ses cérémonies druidiques nocturnes, dans la forêt de Saint-Germain, étaient très courues : on y venait se régénérer au contact de la Nature et se réconcilier avec les forces primordiales de la Terre et de vieilles divinités païennes dont l'Homme moderne, dans son aveuglement scientiste, s'était trop longtemps détourné. Isidore Brochard aimait beaucoup les initiales en lettres capitales. On les entendait quand il les prononçait avec grandiloquence. Elles donnaient de la majesté et rapportaient plus gros que les minuscules.

Sa cigarette achevée, Brochard l'écrasa en s'étonnant que personne ne soit encore venu chercher le plateau de son petit déjeuner. Il tira le cordon une seconde fois, s'impatienta, gagna l'office par un couloir de service. Comme il ne trouva personne, il appela. En vain. Ni la bonne, ni la cuisinière, ni le majordome ne répondirent. Troublé, fâché, mais pas encore inquiet, il réfléchit. La bonne pouvait être allée faire des courses sans prévenir et la cuisinière avait une fâcheuse tendance à s'attarder dans la loge de la concierge pour y bavarder à l'heure du café. Mais Valentin, le majordome ? D'ordinaire, son service était impeccable.

En se promettant de rappeler tout ce petit monde à l'ordre à la première occasion, Brochard traversa l'appartement jusqu'à son bureau. Agacé, il y entra d'un pas vif et se figea en découvrant ses domestiques ligotés et bâillonnés contre le mur du fond.

— Que… ?

Puis il vit ses visiteurs.

Il y avait d'abord une très belle et très élégante femme du monde aux cheveux roux veinés d'or. Il y avait ensuite un gnome en costume de confection qui, le melon relevé sur le front, crochetait la serrure d'un coffre mural dissimulé derrière un tableau amovible. Il y avait ensuite un colosse, la bouille sympathique mais le muscle imposant, que Brochard remarqua seulement lorsque celui-ci, par-derrière, lui posa une main énorme sur l'épaule. La prise était ferme. Il ne manquait pas grand-chose pour qu'elle devienne douloureuse.

— Qui… Qui êtes-vous ?… Et que faites-vous ici ?

— Bonjour, Brochard, répondit Isabel. Vous ne me reconnaissez pas ?… Faut-il déjà qu'Auguste vous rende la mémoire ?

— C'est moi, Auguste, glissa l'hercule à l'oreille du charlatan. Et mon copain, c'est Lucien.

— Enchanté, lança distraitement le gnome en ouvrant le coffre.

— Vous êtes ici chez moi ! Je vais appeler ! menaça Brochard.

— Ça serait pas une bonne idée, répliqua Auguste Magne sur le ton de la conversation. Pour toi, je veux dire…

— Vous n'avez pas le droit !

— Tu veux une baffe tout de suite, juste pour goûter ?

Cette perspective ramena le faux druide à de meilleures dispositions. On le sentit prêt à négocier. La décontraction et les cent dix kilos d'Auguste avaient ce pouvoir.

— L'important, reprit la baronne, est que je me souvienne de vous, moi, et que je sache que vous êtes un escroc…

— Madame !

— … un escroc, dis-je, qui se fait appeler Karolus Kerodec et prétend être druide pour profiter des gogos… Aux dernières nouvelles, vous vous faisiez oublier à Lyon après cette méchante affaire de bagues porte-bonheur. Depuis quand êtes-vous revenu à Paris ?

— Réponds à la dame, suggéra Auguste.

— Depuis six mois.

— Si peu ? Vous n'avez pas tardé à vous refaire

une clientèle… Dites-moi, parmi cette clientèle, n'y avait-il pas une pauvre femme mourante nommée Julienne Bonnet ?

— Non, dit Brochard avant de recevoir une méchante claque sur la nuque. Si, rectifia-t-il aussitôt en adressant un regard inquiet à Auguste. Si, si. Je me souviens d'elle, maintenant.

— Ce cher Auguste est un remède souverain contre l'amnésie, ironisa l'enchanteresse. Elle est morte, Julienne. Vous ne devez pas être un excellent guérisseur…

— Son cas était malheureusement désespéré et je ne…

— Un cas désespéré que vous n'avez pas hésité à exploiter.

Sur ce, Brochard reçut une seconde baffe à l'arrière du crâne de la part du colosse.

— Hé ! s'insurgea le charlatan. Mais j'ai rien dit !

— C'est pour avoir été un méchant garçon, lui expliqua Auguste. C'est très moche, d'abuser de la faiblesse des gens…

— Patronne, appela Labricole en revenant du coffre. J'ai trouvé ça.

À savoir plusieurs liasses de billets et différents documents officiels.

— Nous prenons l'argent, indiqua Isabel. Pour nos pauvres.

Brochard songea un instant à protester mais l'ombre d'Auguste Magne l'en dissuada. Malgré tout, il ne put s'empêcher de gémir :

— Il y a plus de cent mille francs !…

— Je ne vous ferai pas l'insulte de recompter devant vous, lâcha la baronne en commençant de feuilleter la paperasse. Je vous fais confiance… Au fait, lorsque vous viviez à Lyon, vous avez fréquenté Giacomo Nero, n'est-ce pas ?

— Peut-être.

— Seulement peut-être ? insista Auguste.

— Oui, se résigna le faux druide. J'ai rencontré Nero à Lyon.

— Et vous êtes restés en contact, affirma Isabel de Saint-Gil.

— Non ! J'ai dû le croiser une ou deux fois à peine !… Et depuis que je suis revenu à Paris, je ne l'ai pas…

Brochard se laissa une fois de plus surprendre par la punition d'Auguste. La nuque cinglée, il manqua trébucher en avant et crut que ses yeux allaient jaillir de leurs orbites tandis que des frelons furieux lui colonisaient les oreilles.

— Pas trop fort, Auguste, conseilla l'enchanteresse sur le ton du gentil reproche.

— Désolé, patronne.

— Nero me tuera s'il apprend que…, grimaça le charlatan.

— Que tu nous as parlé ? C'est bien possible, reconnut Isabel… Maintenant, à toi de voir. Soit tu nous fais des difficultés, tu parles quand même et nous t'abandonnons ficelé à la porte de Nero avec un petit mot autour du cou qui explique de quoi il retourne. Soit tu es gentil, tu parles sans recevoir des baffes, et je t'offrirai le billet du prochain train pour la destination que tu voudras…

— C'est du chantage !

La baronne le regarda et dit :

— Oui.

18

Après avoir rencontré Falissière au *Premier*, Griffont prit le métro à la station Saint-Paul. Mollement bercé, il traversa Paris d'est en ouest sur la ligne numéro 1 et descendit au terminus de la porte Maillot. Par un couloir de correspondance, il gagna au pas du promeneur un quai souterrain dont l'accès était gardé, dans une guérite, par un ogre en uniforme de contrôleur. Louis lui montra en passant sa chevalière du Cercle Cyan. Portant deux doigts énormes à sa casquette, l'ogre le salua d'un sourire qui se voulait chaleureux mais restait intimidant. Quel que soit l'air de bonhomie affiché, deux mètres cinquante de muscles compacts, un sourcil telle une épaisse chenille noire velue et une double rangée de dents pointues propices à déchirer la chair produisent immanquablement un sentiment mitigé.

D'abord seul sur le quai, Griffont fut peu à peu rejoint par un groupe de gnomes vêtus comme des ronds-de-cuir, un elfe sanglé dans l'uniforme rouge et noir des officiers d'artillerie français, quelques hommes et femmes de modeste condition, un vieux barbu à monocle portant un haut-de-forme et une redingote, un être filiforme sans âge et pâle comme l'albâtre en habit de ville, puis deux fées majestueuses et hautaines qui, derrière la voilette de leurs chapeaux, donnaient à croire que l'univers n'existait que pour elles.

Le train d'Ambremer arriva enfin, ses quatre wagons étroits et vernissés très semblables à ceux du métropolitain parisien – à ceci près que leurs portières ne s'ornaient pas de la nef emblématique de la capitale, mais des célèbres armoiries ambroméiennes : le sommet d'une tour crénelée émergeant, sous sept étoiles en arc de cercle, d'un arbre feuillu. Les voyageurs embarquèrent. Griffont monta dans le wagon des premières, le second après celui réservé aux fées. Il s'y trouva en compagnie de l'elfe, du vieux monsieur barbu et de l'étrange personnage blanc et maigre. Chacun s'assit à l'écart des autres, si bien que Louis put s'installer à son aise, et poser sa canne et son chapeau près de lui.

Entre la Terre et l'OutreMonde, entre Paris et Ambremer, le trajet dura une vingtaine de minutes et Griffont, seulement troublé par un léger picotement à la nuque quand le train franchit la frontière entre les mondes, l'employa à réfléchir. Comme il l'avait deviné, Paul Tixier – sous la fausse identité de Georges Noizet – avait bien rencontré Edmond Falissière. Cela s'était produit trois semaines plus tôt environ, alors que l'ancien diplomate, déjà malade, peinait à quitter le lit. Tixier voulait acheter un *Athanor Lumineux*. Falissière, qui en avait dernièrement acquis un doublon parmi un lot de livres anciens acheté à Drouot, le lui avait volontiers cédé. Il était sans nouvelles de l'antiquaire depuis et l'avait presque oublié. Bibliophile averti, il avait l'habitude d'être démarché par des particuliers et des professionnels.

Le témoignage de Falissière confirmait que Tixier était en quête de *L'Athanor Lumineux*. Mais il augmentait le mystère des motivations de Tixier, ou plutôt de Nero. Quel prix le sorcier attachait-il à ce livre aisément disponible ? À l'évidence, il ne désirait pas obtenir tous les exemplaires de *L'Athanor Lumineux* puisque l'antiquaire n'avait pas insisté pour acheter le second que Falissière possédait de longue date. Il fallait donc croire que Tixier et Nero cherchaient un exemplaire particulier de l'ouvrage, un exemplaire unique, perdu dans la masse d'un tirage ancien, et dont le sorcier avait compris la valeur.

Mais lequel ?

Et pourquoi ?

C'est dans l'espoir d'avoir les réponses à ces deux questions – et bien d'autres – que Griffont se rendait à Ambremer. Il comptait y rencontrer une vieille connaissance qui, sans doute, pourrait le renseigner.

*

— On dirait bien que c'est là, patronne, lâcha Lucien derrière un buisson passablement éprouvé par l'automne.

— En tout cas, constata Auguste, il y a pas d'autres bicoques à l'horizon.

— Nous serons vite fixés, conclut Isabel de Saint-Gil.

Ils se tenaient tous trois cachés dans un bosquet de la forêt de Saint-Germain, la Spyker garée un peu plus loin, et observaient une maison située à quelques centaines de mètres d'eux, au milieu d'une prairie. Il était impossible d'approcher de la bâtisse sans être vu, et c'était précisément le problème qui causait du souci à la baronne.

Poussé à la confidence par le charisme musculeux d'Auguste Magne et les menaces de l'enchanteresse, Isidore Brochard s'était révélé être une mine de renseignements utiles. Il avait avoué qu'il était le complice occasionnel de Giacomo Nero, qu'il avait extorqué une petite fortune à Julienne Bonnet en prétendant la guérir du mal incurable dont elle souffrait, qu'il avait appris d'elle d'étonnants secrets au sujet de Paul Tixier, et enfin qu'il avait aussitôt rapporté ces secrets au sorcier. Ainsi commença le chantage auquel Nero soumit l'antiquaire. Dans quel but ? Le faux druide n'en savait pas plus et s'en trouvait fort bien jusqu'à ce que Magne s'emploie à lui tirer les vers du nez. Et comme, malgré quelques torgnoles et la promesse d'être livré au sorcier s'il ne parlait pas, Brochard persistait à se taire sur ce chapitre, on finit par le croire. Cela lui fut d'un grand soulagement, et pour ses oreilles qui chauffaient dur aussi. Afin de convaincre Isabel de sa bonne foi, il évoqua la petite résidence où il logeait lorsque ses cérémonies druidiques nocturnes en forêt de Saint-Germain s'éternisaient. La baronne lui expliqua que son patrimoine immobilier ne l'intéressait guère. Il répliqua que Nero s'était approprié la maison sans dire pourquoi ni jusqu'à quand – Brochard, d'ailleurs, n'avait rien demandé. Isabel, Lucien et Auguste s'étaient alors regardés. Voilà qui était nouveau et méritait d'être vérifié.

D'où leur sylvestre et discrète présence, au moment où nous les retrouvons, aux abords du pied-à-terre campagnard du charlatan.

— On dirait qu'il y a personne à l'intérieur, fit Magne en plissant les paupières.

— Tout ce que l'on peut dire, précisa la baronne, c'est qu'il n'y a personne aux fenêtres. Ni qui entre ou sort.

— La cheminée fume pas, nota Labricole dans l'intention louable de soutenir son camarade.

— N'empêche…

— Alors on y va ? demanda le colosse.

— Tu nous vois approcher au milieu de nulle part, tous les trois dans la Spyker ? On pourrait aussi bien sonner la charge au clairon… Non, il faut trouver un moyen.

— Lequel, patronne ? s'enquit Lucien.

Les héroïnes de romans d'aventures ont toujours de la chance, et Isabel regrettait de ne pas en être une lorsqu'elle entendit, puis aperçut, deux élégants cavaliers qui arrivaient au petit trot par un sentier forestier.

Un couple d'aristocrates ou de grands bourgeois, abandonnés à une innocente promenade équestre et qui croyaient sans doute que l'on ne risquait plus – en ces temps de progrès – de se faire détrousser dans les bois par des bandits de grand chemin.

L'enchanteresse sourit.

*

La station souterraine d'Ambremer ressemblait beaucoup à celles du métropolitain parisien, exception faite du lierre verdoyant qui grimpait aux carreaux de faïence et encadrait, de part et d'autre de la voûte, les grandes plaques émaillées bleues où s'étalait « AMBREMER » en majuscules blanches. Après l'escalier, le sentiment d'être en terrain familier se prolongeait puisque l'on gagnait la surface sous la verrière d'une marquise en fer forgé *modern style* telle qu'Hector Guimard en avait dessiné des dizaines pour Paris.

Mais l'illusion ne durait pas et, très vite, la réalité d'un monde autre frappait les sens.

Ambremer était une authentique ville de conte de fées, un rêve de cité médiévale, pittoresque et charmante, à des lieues des taudis insalubres et puants où nos ancêtres s'entassaient et que de réguliers incendies dévastaient. Toute en venelles pavées, en pierre claire et tuile rouge, parsemée de squares, de places et de fontaines, elle épousait harmonieusement le doux relief de quelques collines et sur la plus haute, au centre, le Palais Royal dressait ses élégantes et majestueuses tours blanches. Ambremer, comme étalée autour de son port, bordait un vaste lac. Elle était fortifiée, mais le temps des guerres était révolu et, au-delà des remparts crénelés, l'agglomération s'étirait le long des routes qui filaient vers l'horizon d'une campagne paisible. Dans ses rues animées se côtoyaient toutes les races, tous les peuples, voire toutes les époques de l'OutreMonde et d'ailleurs.

Sous le soleil radieux qui en aveuglait un autre – petit et bleuté – de son éclat, Griffont gagna les faubourgs d'un pas tranquille. Sans demander son chemin, il arriva devant une maison à colombages qui abritait une librairie et les ateliers d'une imprimerie à l'ancienne : on voyait par les fenêtres des ouvriers en tablier qui manœuvraient d'antiques presses à bras parmi les feuillets fraîchement imprimés qui séchaient, pliés sur des cordes tendues.

Louis poussa la porte de la boutique et, avec un sourire, s'emplit les narines de la bonne odeur de papier, d'encre, de cuir et de colle – l'odeur de la connaissance. Un gnome qui rangeait un rayonnage s'empressa de se mettre à son service.

— Je voudrais voir maître Varon, dit Griffont.

*

Isabel de Saint-Gil, chevauchant en amazone une monture qui ne lui appartenait pas, les rênes tenues d'une main et l'autre, en retrait, serrant la cravache, quitta le couvert des arbres et approcha de la petite maison par l'unique chemin de terre qui y menait à travers champs. Son cheval boitait à cause d'une pierre que la baronne, à regret, avait glissée entre fer et sabot en se promettant de ne pas éprouver la pauvre bête plus que nécessaire.

Parvenue à destination sans que rien bouge aux fenêtres, elle mit souplement pied à terre, toqua à la porte et appela :

— Holà ! quelqu'un ?

Elle frappa encore, força la voix :

— Mon cheval est blessé et je crains de m'être perdue ! Répondez, s'il vous plaît !

Pas de réponse.

La porte n'était pas verrouillée. La baronne l'ouvrit, la poussa, avança prudemment le haut du corps, autant pour se garantir d'une embuscade que pour ne pas avoir l'air d'envahir les lieux. Après tout, elle n'était pas chez elle et, quand bien même se tromperait-elle, quand bien même cette maison ne serait pas celle que Brochard avait cédée à Nero, on n'est jamais à l'abri du coup de fusil d'un particulier sourd mais néanmoins inflexible sur le principe de propriété privée.

— Quelqu'un ?... Pourriez-vous m'indiquer le chemin de Saint-Germain, je vous prie ?

Personne.

L'enchanteresse entra.

Au rez-de-chaussée, la maison comptait une pièce sommairement aménagée en salon et une cuisine rustique. Isabel les passa en revue sans y pénétrer, revint dans l'étroit vestibule pour emprunter l'escalier. Toutes les marches firent ce que l'on attendait d'elles dans une bâtisse silencieuse et vaguement inquiétante, c'est-à-dire qu'elles gémirent avec régularité sous le pas pourtant léger de la baronne. À l'étage étaient deux salles inoccupées et une chambre, lit fait et volets clos. L'enchanteresse ouvrit la fenêtre, poussa les persiennes et, convaincue d'être seule, agita le bras à l'intention de Lucien et Auguste. Elle ne pouvait les voir dans la forêt mais savait qu'ils n'avaient d'yeux que pour la maison à cet instant.

De retour au rez-de-chaussée, Isabel comptait aller attendre la Spyker au-dehors quand un bruit attira son attention. Elle se figea, écouta, revint dans la cuisine et trouva une porte basse derrière un rideau – celle de la cave, à n'en pas douter. Tendant l'oreille, il lui sembla entendre comme un gémissement. Elle ouvrit donc et entreprit de descendre, très prudemment, les quelques marches de pierre qui s'enfonçaient dans une pénombre fraîche, emplie d'une odeur de terre battue, d'humidité et de bois pourri. Mal éclairée par les rayons du soleil qui perçaient les carreaux crasseux d'un soupirail, la cave était poussiéreuse, jalonnée d'épais piliers. Il y avait un grabat au fond et, sur ce grabat, un homme étendu.

La baronne se hâta vers le malheureux et s'agenouilla près de lui. Il puait, avec les cheveux emmêlés et raidis de sueur séchée, les yeux cernés, les traits creusés d'un mourant épuisé par la faim. Il était pieds nus, en pantalon et en chemise ; une chaîne à sa cheville était reliée à un anneau rivé dans le mur. Il marmonnait, prisonnier d'un épuisement profond et tourmenté.

Isabel devina qu'elle avait affaire à Paul Tixier. Elle lui parla, tenta en vain de le réveiller, éprouva la solidité de ses fers. Comprenant qu'elle n'arriverait à rien toute seule, elle se redressa, fit demi-tour…

… et se retrouva nez à nez avec un mnémovore.

D'une maigreur aberrante, l'être était vêtu d'un costume noir aux plis impeccables. Il avait la peau grise, le crâne nu et hypertrophié, les pommettes saillantes, de gros yeux globuleux dissimulés derrière des paupières dont la longue fente oblique ne laissait presque rien voir. Sa bouche sans lèvres grimaçait un sourire dévoilant des gencives blanchâtres et édentées. De ses tempes déjà ouvertes telles des ouïes étaient sortis deux tentacules visqueux qui semblaient animés d'une vie propre.

Avant qu'elle ait réagi, le mnémovore sauta à la gorge d'Isabel. Il la renversa et, couché sur elle, l'empêcha de crier en l'étranglant de ses grandes mains décharnées à quatre doigts. Elle se débattit, frappa des poings contre son agresseur, des talons contre le sol, se cambra et tendit le cou pour s'éloigner autant que possible du faciès qui approchait de son visage. Lorsqu'elle put sentir le souffle de la créature, les tentacules fouettèrent l'air et se collèrent sur ses tempes. Ce fut comme si un tison ardent lui traversait le crâne de part en part et le mnémovore – le dévoreur de mémoire – commença de lui fouiller la psyché pour s'en repaître goulûment.

— PATRONNE !

Lancé depuis le rez-de-chaussée, l'appel troubla le monstre. Mobilisant toutes ses forces, l'enchanteresse le repoussa, se libéra de l'emprise des tentacules qui se contorsionnèrent et roula sur le côté.

— ICI ! hurla-t-elle. PAR LA CUISINE !

Un genou à terre, tassé sur lui-même, le mnémovore lâcha un feulement rauque. Hésitant à bondir une nouvelle fois sur sa proie, il lança un regard de bête traquée en direction de l'escalier que Lucien et Auguste, revolver au poing, dévalaient.

— TIREZ ! ordonna la baronne.

Ils n'hésitèrent pas, visèrent à peine, vidèrent chacun leur barillet sur la créature qui se précipitait vers eux afin de les bousculer et s'enfuir. Fauché dans sa course, la poitrine labourée par les balles, le mnémovore s'écroula les bras en croix. Son corps décharné fut un moment animé de spasmes.

— Bon sang ! murmura la baronne en reprenant son souffle. J'ai bien cru que…

Mais elle ne put achever et répéta :

— Bon sang !

19

À Ambremer, maître Varon reçut Griffont dans son bureau, une petite pièce aménagée dans un angle de son atelier d'imprimerie à l'ancienne, derrière des cloisons de bois ajourées dont on pouvait fermer les fenêtres grâce à des volets intérieurs. L'espace manquait. Des livres, des manuscrits en liasses, des gravures et des épreuves annotées ou attendant de l'être couvraient toutes les surfaces, encombraient les étagères, croulaient au long des murs, s'empilaient ailleurs. Il ne devait pas être commode de faire le ménage ici, et pourtant une fraîche odeur d'encaustique se mêlait à celles de l'encre et du papier. Là où il était visible, le parquet rutilait.

La première chose à dire du sieur Varon est qu'il était un ogre ; la seconde est qu'il était un ogre peu ordinaire. Certes, à l'instar de tous les siens, il était totalement chauve, avait le front bas, les yeux petits et renfoncés, une large bouche et des dents pointues : de ce côté-là, rien d'anormal. Mais son regard était à la fois sage et malin, preuve d'une intelligence rarissime chez ses congénères.

Avec l'âge, une barbe blanche et rase lui était

venue. Il avait presque deux cent cinquante ans, ce qui faisait de lui un vieillard d'autant plus remarquable que les ogres, êtres stupides et brutaux dans leur immense majorité, mènent des vies violentes souvent interrompues prématurément. N'allez cependant pas imaginer je ne sais quel personnage cacochyme. Car si les années lui étaient désormais comptées, Varon dépassait toujours les deux mètres, pesait plus de cent cinquante kilos et pouvait encore assommer un cheval d'un coup de poing bien placé, même s'il ne se souvenait pas d'avoir jamais tenté l'expérience.

Assez curieusement habillé comme un maître artisan du XVIIIe siècle (longue veste sans manches, gilet boutonné, chemise blanche bouffante, culottes de velours s'arrêtant au genou, bas blancs et souliers à boucle), Varon salua chaleureusement Griffont et, en le priant d'excuser un désordre qui n'étonnait plus les habitués, l'invita à s'asseoir sur le premier siège venu. Louis choisit un tabouret qu'il débarrassa d'une encombrante paperasse.

— Je range dès le mois prochain, annonça l'ogre avant de surprendre un sourire aux lèvres du mage. Oui, je sais que j'ai promis la même chose il y a un mois…

— Et le mois d'avant, et à l'été, et au printemps, et l'an dernier…

— Et ainsi de suite jusqu'au sacre de Napoléon, soit… N'empêche, c'est décidé.

— J'applaudis des deux mains.

— Une curieuse expression, vous ne trouvez pas ? Car comment applaudir, sinon des deux mains ?

— Je crois qu'il y a, sur Terre, des sages orientaux

qui se demandent quel bruit fait une main qui applaudit.

— Une seule ?

Varon regarda sa main droite, puis sa main gauche, et enfin haussa les épaules en souriant.

Griffont et lui étaient devenus de grands amis au fil du temps, après que le premier avait obtenu au second le pardon et la protection de la reine Méliane. L'ogre avait jadis été un contrebandier prospérant sans scrupules aux dépens des fées lors des Guerres draconiques. Sa carrière criminelle s'était brusquement interrompue dans des circonstances que nous aurons bientôt le loisir de raconter, et Varon – à l'initiative de Louis – s'était vu offrir une chance de commencer une nouvelle vie à Ambremer. Définitivement amendé, il sut mériter la confiance qu'on lui accorda, s'établit en tant qu'imprimeur et prospéra encore, mais dans l'honnêteté. Il continuait de pratiquer son métier selon les techniques du siècle des Lumières, et la qualité des livres et gravures à l'ancienne qui sortaient de ses ateliers était aussi célèbre que son immense savoir au sujet de la littérature ésotérique.

— Alors, demanda-t-il, quoi de neuf ?

— Varon, j'ai besoin de vos lumières. Est-ce que cela vous dit quelque chose, *L'Athanor Lumineux* ?

Un bref instant, le sourire aimable de l'ogre se figea.

— Un traité alchimique de la fin du XVIIe siècle, plusieurs fois réimprimé jusqu'à nos jours. Pourquoi ?

Griffont expliqua succinctement de quoi il retournait.

— Mon idée, conclut-il, est que Nero recherche un exemplaire particulier de *L'Athanor Lumineux* parmi ceux qui furent imprimés au début du XVIIIe siècle. C'est du moins ceux-là que Tixier s'efforçait d'acheter… Voyez-vous une raison à cela ? Existe-t-il, à votre connaissance, un exemplaire de *L'Athanor Lumineux* qui sorte du lot ?

Mal à l'aise, Varon se frotta la barbe. Son regard se perdit un instant dans le vague, puis il dit :

— Il y en a un, oui… D'après la légende, il existe un exemplaire maudit issu d'un petit tirage fait à Paris, en 1721. On l'appelle *L'Athanor Ténébreux*.

— Maudit ? Voulez-vous dire qu'il attire le malheur sur ses propriétaires ? qu'il provoque des accidents, des morts violentes, ou quelque chose de cet ordre ?

— Non. Rien d'aussi spectaculaire… Mais *L'Athanor Ténébreux* passe pour dégager une forte aura d'énergie magique négative, de sorte que le côtoyer aurait des effets néfastes sur la santé. On s'affaiblit, on s'épuise, on vieillit. Cela peut aller jusqu'au décès, si l'exposition se prolonge.

Autant de symptômes qui rappelèrent à Griffont ceux de la Mort languide – la maladie outremondiale dont Julienne Bonnet était morte – mais aussi ceux de l'étrange mal dont Falissière avait subitement guéri, après quelques jours de cure en Auvergne.

— Cependant, dit Louis, une chose m'étonne. Si tout cela est vrai, si *L'Athanor Ténébreux* est à ce point dangereux, comment se fait-il que personne ne s'en soit inquiété en deux siècles ?

— Tout d'abord, Louis, *L'Athanor Ténébreux* n'existe peut-être pas.

— Giacomo Nero croit qu'il existe, lui.

— En effet. Mais si vous décidez d'y croire vous aussi, songez que *L'Athanor Ténébreux* n'est néfaste qu'à ceux qui l'approchent ou, pire encore, qui le manipulent. Oublié dans un coffre ou rangé au fin fond d'un grenier, il est inoffensif. Il peut donc être passé inaperçu des générations durant. Ou alors, il aura changé de mains trop vite pour nuire à ses propriétaires successifs. Sans compter que ses effets peuvent être confondus avec ceux de l'âge.

— Pensez-vous que l'influence néfaste de *L'Athanor Ténébreux* puisse perdurer là où il aurait été conservé un moment ?

— C'est possible. Plus ou moins longtemps selon les cas, mais c'est possible.

L'air grave, le mage acquiesça.

— Je me demande d'où lui vient ce pouvoir maléfique... Le savez-vous ? Qu'est-ce qui fait que *L'Athanor Ténébreux* est ce qu'il est ?

Varon se leva de son siège, peut-être pour masquer un trouble.

— Je l'ignore.

— Mais il n'en existe qu'un, n'est-ce pas ?

— Un seul, oui.

— Un seul, et que Nero recherche... Pour en faire quoi ?

Griffont, soucieux, se leva à son tour. Puis, tandis que l'ogre le raccompagnait, il demanda :

— Savez-vous qui a écrit *L'Athanor Lumineux* ?

— Le nom de l'auteur n'apparaît sur aucune édition. Mais c'est une information que vous trouverez peut-être dans l'*Encyclopedia Alchimia*. Dans l'édition de 1817 uniquement… Malheureusement, il n'en reste plus qu'un exemplaire connu.

— Où puis-je le consulter ?

— Ici. À la Bibliothèque Royale.

*

La Bibliothèque Royale d'Ambremer n'avait rien de commun avec les bibliothèques publiques humaines, qui sont souvent des nécropoles lugubres préservant les trésors sacrés de la connaissance de la proximité sacrilège des foules : le visiteur mal averti s'y sent comme un empêcheur de reposer en paix. Ici, il faisait bon être, lire, réfléchir, rêver. La Bibliothèque Royale était un temple hospitalier et généreux, un palais où tout invitait à la découverte. Lumineuse et aérée, elle était parsemée de cours intérieures, de cloîtres, de terrasses, de jardins verdoyants auxquels on accédait par autant de couloirs et de galeries à claire-voie. Un lierre fleuri grimpait les belles colonnades, encadrait les hautes fenêtres, retombait en guirlandes du faîte des voûtes. Il y avait, çà et là, des fontaines dont le murmure calmait les sens, des statues gracieuses, et même des arbres qui poussaient sous des dômes ajourés, à la rencontre de quelques couloirs. Et partout étaient des livres, des manuscrits reliés, des parchemins, des cartes enroulées dans des étuis de cuir, des volumes anciens parfois oubliés des hommes, précieux pour la plupart, et que l'on voyait alignés sur des rayonnages au creux des alcôves ou contre les murs, jusqu'à frôler les plafonds vertigineux des grandes salles de lecture silencieuses.

Au comptoir de l'accueil, Griffont demanda à consulter l'*Encyclopedia Alchimia*, dans l'édition de 1817. La demande était inhabituelle et on le pria d'attendre, ce qu'il fit. Après une dizaine de minutes, un bibliothécaire l'assura qu'on lui donnerait bientôt satisfaction. Puis, durant la demi-heure qui suivit, d'autres employés, de plus en plus inquiets visiblement, se succédèrent en coup de vent pour répéter la même chose. Devinant sans mal qu'il y avait un problème, Louis voulut savoir de quoi il retournait exactement. Il insista et, enfin, le conservateur de la Bibliothèque Royale d'Ambremer en personne arriva.

Lui et Griffont se connaissaient. Il se nommait Sah'Arkar, était un dragon et, comme la plupart de ses congénères, trouvait plus commode de prendre forme humaine au quotidien – même dans l'OutreMonde, où l'Interdit ne s'appliquait pas. Vêtu d'un costume sombre impeccable, il avait de la distinction, les tempes grisonnantes, la moustache bien noire. On lui aurait volontiers – mais erronément – donné la cinquantaine. Il portait des lunettes à monture d'argent dont les verres ronds soulignaient l'éclat particulier de ses yeux reptiliens. Sa main était froide quand le mage la serra.

— Monsieur Griffont, je suis au regret de vous apprendre que l'ouvrage que vous désirez a disparu.

*

Le soir tombait quand Griffont quitta la Bibliothèque Royale d'un pas vif qui trahissait sa contrariété. Il entendit alors quelqu'un qui l'appelait, leva le nez, vit lord Dunsany qui approchait en souriant. Il sourit à son tour et les deux hommes échangèrent une chaleureuse poignée de main près d'une fontaine monumentale à la gloire de la reine Titania.

Connu du grand public en tant que poète, nouvelliste et romancier, lord Edward John Moreton Drax Plunkett Dunsany, dix-huitième du nom, était un mage attaché à la loge londonienne du Cercle Cyan depuis 1756. Griffont lui avait été présenté par Patri Delveccio quelques mois plus tôt, mais sa réputation l'avait depuis longtemps précédé. Sa connaissance de l'OutreMonde s'avérait sans égale, même parmi ses pairs. Louis avait déjà eu l'occasion de le vérifier.

— Drôle de chance de se retrouver ici, s'enchanta Griffont. Je comptais justement vous envoyer un télégramme.

— La chance n'est pour rien dans notre rencontre, répliqua Dunsany avec un bel accent anglais. M. Falissière m'a joint par téléphone après votre entrevue. Il était désolé de n'avoir pu vous éclairer beaucoup au sujet de *L'Athanor Lumineux* et comptait sur mes lumières. Or comme je possède les réponses à certaines de vos questions et qu'il est plus simple pour un Londonien et un Parisien de se retrouver à Ambremer plutôt que de traverser la Manche…

Il existait en effet un train qui, depuis la gare londonienne de King's Cross, rejoignait l'OutreMonde deux fois par jour. Le trajet durait moins d'une heure.

— N'empêche, ajouta l'Anglais, j'ai bien failli vous manquer. Vous rentriez à Paris ?

— Oui.

— Et savez-vous désormais tout ce que vous désiriez savoir sur *L'Athanor Lumineux* ?

Griffont expliqua ce qu'il avait appris, de la bouche de Varon, concernant *L'Athanor Lumineux* et, surtout, *L'Athanor Ténébreux*.

— J'étais arrivé aux mêmes conclusions, confirma Dunsany. Si un mage malintentionné cherche un exemplaire particulier de *L'Athanor Lumineux*, ce ne peut être que *L'Athanor Ténébreux*.

— Vous croyez donc à son existence.

— Certainement. J'ignore en revanche à quoi ce Giacomo Nero compte l'employer. *L'Athanor Ténébreux* constitue une source d'énergie magique négative mais il en existe d'autres, et bien plus puissantes.

— Sur les conseils de Varon, j'espérais en apprendre plus sur le livre grâce à l'*Encyclopedia Alchimia*.

— Édition de 1817, j'imagine. Et alors ?

— Et alors rien. L'ouvrage a sans doute été volé, peut-être par la dernière personne à l'avoir consulté sur place. Un gnome, à ce qu'il paraît.

Griffont se tut. S'agissait-il du même gnome qui avait interrogé Ilario Marcangelo au sujet de Paul Tixier et du *Détecteur d'influence sombre* que ce dernier avait commandé ?

— Quoi qu'il en soit, dit Dunsany, je doute que l'*Encyclopedia Alchimia* vous aurait été d'un grand secours. Même dans l'édition de 1817.

— Je comptais au moins y lire le nom de l'auteur de *L'Athanor Lumineux*.

— Varon ne vous l'a pas dit ?

— Il l'ignore.

Le mage anglais dévisagea alors Louis avec incrédulité.

— Comment ça, il l'ignore ?… Mais bien sûr qu'il connaît l'auteur de *L'Athanor Lumineux* ! Et lui plus qu'un autre !

*

La nuit tombait sur l'OutreMonde. Dans le ciel où les étoiles commençaient d'apparaître, restait le petit astre bleuté, pâle et immobile que l'on devinait à peine le jour. Le grand soleil jaune s'était couché. À l'horizon, ses derniers feux mouraient en étalant une flaque empourprée.

Absorbé par de sombres pensées, Varon était seul dans le bureau de son imprimerie désormais déserte et pleine d'ombres. Il fixait d'un regard hanté la flamme d'une bougie dont les grésillements, à l'occasion, venaient troubler le silence. Lui-même soupirait souvent, et chaque fois changeait légèrement de position dans son fauteuil. Aucune n'était assez confortable, cependant. Comme s'ils ne l'éprouvaient pas assez, ses tourments intérieurs se manifestaient en outre par un agacement des nerfs qui courait tout au long de ses membres impatients. Il se contenait à grand-peine tandis qu'en lui montait l'envie de tout briser. C'était sa nature d'ogre qui parlait, elle qui ne connaissait qu'une réponse à la large gamme des sentiments de frustration : la violence.

Varon avait menti et ne se le pardonnait pas.

Il avait menti à Griffont, c'est-à-dire à un ami, à l'homme qui non seulement lui avait sauvé la vie jadis, mais lui avait offert la chance d'en commencer une nouvelle. Le mensonge d'aujourd'hui devait en couvrir un autre, très vieux celui-là, et que l'ogre voulait oublier parce que le Varon d'Ambremer n'avait plus rien de commun avec le Varon d'antan. Deux siècles avaient passé depuis l'ultime trahison qui, paradoxalement, avait été le germe secret de sa rédemption. Mais la faute restait, comme une vieille douleur lancinante et soudain ravivée.

On l'avait prévenu, pourtant. On lui avait dit qu'il faudrait mentir, encore, afin que le passé ne vienne pas compromettre le présent. Tel était le prix à payer, et cette dernière exigence semblait bien maigre, comparée à ce que Varon avait réussi et bâti depuis qu'il se croyait arraché à l'emprise de ses anciens maîtres. Un petit mensonge pour solde de tout compte, voilà ce qu'on lui avait offert. Il avait accepté avant de découvrir bien trop tard, piégé, à qui il devrait mentir.

Quelqu'un frappa aux carreaux de la fenêtre d'arrière-cour.

Devinant de qui il s'agissait, l'ogre alla ouvrir et dut se pencher pour toiser le gnome qui, une casquette de titi parisien sur la tête, restait à l'écart de la maigre lueur dispensée par la bougie.

— Que fais-tu là ? demanda Varon d'un ton méprisant. Si quelqu'un te surprend…

— Je sais, je sais…, répondit l'autre en épiant nerveusement les alentours.

— Que veux-tu ?

Le gnome se gratta la tempe de la main gauche, celle à laquelle l'auriculaire manquait. Puis il déclara :

— Louis Griffont est venu te voir, aujourd'hui. Il a sans doute posé des questions au sujet de *L'Athanor Lumineux*.

— Et de *L'Athanor Ténébreux*.

— Que lui as-tu dit ?

— Ce qui était convenu, rien de plus.

— C'est bien sûr ?... Je te demande ça parce que Griffont est allé à la Bibliothèque Royale, juste après t'avoir parlé...

— Tu m'espionnes ?

— ... et là, il a voulu consulter l'*Encyclopedia Alchimia*. Bizarre, non ?

— Griffont n'est pas idiot. Il sait ce qu'il cherche et comment le trouver.

— Mais tu ne lui aurais pas soufflé l'idée, n'est-ce pas ? Vois-tu, le remords de devoir mentir à un ami aidant, tu t'es peut-être dit que...

— Tu ne m'avais pas prévenu, intervint Varon en changeant de sujet. Je ne savais pas que ce serait à Griffont que je devrais mentir.

— Bah ! cela aurait pu être n'importe qui... Nous savions juste que, tôt ou tard, quelqu'un viendrait te poser des questions. L'important était que tu donnes les bonnes réponses... Griffont ou un autre, qu'est-ce que ça change ?

— Cela comptait, pour moi.

— Ce qui est fait est fait... Quoi qu'il en soit, n'aie aucune inquiétude : Griffont n'a pas trouvé les renseignements qu'il voulait. Notre petit secret est bien gardé... De ton côté, continue à jouer le jeu et tout ira pour le mieux. Tu sais ce que tu risques, par vrai ? Adieu.

Portant deux doigts à sa visière, le gnome gratifia l'ogre d'un clin d'œil et fila.

Varon referma la fenêtre pour s'en détourner aussitôt. Un long moment, il contempla son bureau, l'atelier derrière les vitres intérieures, les presses à bras, les feuillets qui séchaient pendus, les établis des relieurs, la table du maître typographe, les livres alignés et empilés – l'œuvre de sa seconde existence et de deux siècles d'honnêteté. Il lui apparut alors que sa résolution était déjà prise et qu'il n'avait plus qu'à l'accepter, quoi qu'il en coûte.

Avec calme, il attrapa son manteau, souffla la bougie, sortit et s'éloigna dans la rue d'un pas vif et décidé, sans un regard en arrière.

*

De retour à Paris vers 8 heures du soir, Griffont prit un taxi à la porte Maillot en indiquant l'adresse d'Edmond Falissière. Il était pressé de retrouver l'ancien diplomate et espérait le convaincre de passer les prochains jours à l'hôtel ou ailleurs. Si Louis ne se trompait pas, il en allait de la santé de son vieil ami bibliophile.

Falissière habitait dans les beaux quartiers du VIIe arrondissement et le taxi était presque arrivé lorsque des véhicules de pompiers le dépassèrent à vive allure, leurs cloches d'alerte sonnant à tout va.

— Où vont-ils, à votre avis ? s'enquit Griffont.

— Vers le ministère de la Guerre, répondit le chauffeur. Tenez, en voilà d'autres. Et des ambulances !... Bigre ! Ça a l'air sérieux.

— Suivez-les ! ordonna le mage sous le coup d'une intuition.

— Hein ?

— Suivez-les, vous dis-je !

Gardant pour lui ses réflexions quant au voyeurisme morbide de certains, le chauffeur obtempéra et, après le palais Bourbon, prit la rue de Bourgogne. Mais Griffont n'était pas guidé par de bas instincts. Il savait que Giacomo Nero logeait dans les environs, tout près du ministère, au coin de la rue de Courty. Était-il possible que… ?

Louis ne s'était pas trompé.

L'immeuble de Nero brûlait. Des fenêtres du premier étage montaient des flammes immenses qui avaient déjà gagné le second et menaçaient tout le bâtiment d'angle. Plusieurs véhicules d'urgence étaient garés alentour, dont une grande échelle et deux camions-citernes, tandis que les pompiers s'efforçaient de combattre l'incendie avec leurs lances. Tous les voisins avaient ouvert les volets pour regarder. On portait des blessés dans des ambulances. Les policiers en uniforme qui n'aidaient pas de leur mieux tenaient les curieux à distance. Il y avait des corps sous des draps, à même le trottoir.

Après avoir payé le taxi, Griffont fendit la foule, montra sa chevalière du Cercle Cyan à un agent qui prétendait le retenir, dit qu'il était mage, qu'il pouvait être utile, fut assez convaincant pour passer. Au-delà du cordon de sécurité, dans la cohue des secouristes affairés et des sinistrés abandonnés à la panique, à l'angoisse ou au désespoir, il reconnut Farroux qui, à proximité d'une ambulance attelée, parlait à ses adjoints. Apercevant Louis, le commissaire marcha vers lui avec la mine grave et inquiète de celui qui se prépare à annoncer une mauvaise nouvelle mais souhaite amoindrir le coup.

— Que s'est-il passé, Farroux ?

Il fallait forcer la voix pour espérer être entendu.

— On s'occupe d'elle, Griffont. On s'occupe d'elle…

Griffont comprit soudain.

— Isabel ? Que lui est-il arrivé, bon sang ? Où est-elle ?

— Elle est entre de bonnes mains. Je vous assure que…

Le mage lança alors un regard effrayé en direction de l'ambulance près de laquelle les inspecteurs Caribe et Luquet étaient restés. À son bord, sur une civière, deux infirmiers embarquaient la baronne, inconsciente, les cheveux défaits, le visage noirci et les vêtements brûlés.

— AURÉLIA !

CHRONIQUE DE CE QU'IL ADVINT TRÈS SECRÈTEMENT DANS LE ROYAUME DE FRANCE, AU MOIS DE NOVEMBRE DE L'AN DE GRÂCE 1720.

Où l'on retrouve le chevalier de Castelgriffe, futur Louis Griffont, et l'enchanteresse Aurélia qui, lorsqu'elle cessait d'être la baronne Isabel de Saint-Gil, passait volontiers les habits du Lys Pourpre.
Où le premier, pour faire justice à un dragon dont il était l'ami, s'aventure dans une ville sinistre aux confins des Trois Mondes.
Où la seconde poursuit une mission secrète confiée à elle par Ambremer.
Où tout semble s'achever.

5

Sépulcra

Être à Sépulcra, c'était n'être ni sur Terre, ni dans l'OutreMonde, ni même en Onirie, mais à la marge commune de ces univers. Par des portes magiques secrètes et gardées, on pouvait y accéder depuis Paris et Ambremer, ainsi que depuis les ruines d'un palais oublié quelque part dans les contrées incertaines du Monde des Rêves et des Cauchemars.

Baignée par les eaux d'un lac noir, Sépulcra était une ville souterraine plongée dans le crépuscule tiède des torches et des lanternes, des lampes énormes qui pendaient à des chaînes rivées au plafond rocheux, des vasques incendiées brûlant sur les terrasses et aux carrefours des rues pavées. Si loin qu'on s'en souvienne, cette Babylone des profondeurs accueillait tous ceux qui ne pouvaient vivre ailleurs, réfugiés et déshérités, clandestins et criminels, parias chassés de chacun des Trois Mondes. En 1720, depuis un siècle selon le décompte des hommes, un dragon régnait sur elle. Il se nommait Yrs'T'Ar et avait fait montre, dans les premiers temps des Guerres draconiques, d'une cruauté et d'une perfidie qui nourrissaient encore sa légende. Comprenant que les dragons ne pourraient l'emporter face aux fées et à l'alliance des peuples de l'OutreMonde, il avait rendu les armes et choisi l'exil à Sépulcra. Il n'avait guère tardé à placer la ville sous sa coupe, lui avait inventé un statut de cité franche que personne – ici ou ailleurs – ne songea à contester, et s'était enfin érigé son Prince-Gouverneur. Le temps passa et, désormais, nul n'était plus dupe des intentions ni de la prétendue neutralité du dragon. Tout en s'enrichissant grâce à mille trafics juteux, Yrs'T'Ar continuait de soutenir les siens contre les fées et entretenait de la sorte un conflit qui déchirait l'OutreMonde mais servait ses intérêts particuliers. On laissait faire, néanmoins. Toutes les guerres ont leurs exploiteurs que les belligérants se promettent de punir un jour et qui, la paix venue, s'avèrent trop puissants pour être inquiétés.

*

Coiffé d'un tricorne noir et revêtu d'un long manteau d'hiver qui s'étalait sur la croupe de sa monture, Griffont, le fourreau de sa rapière lui battant la botte, affronta la nuit glaciale pour, au pas tranquille de son cheval pommelé, gagner le quai des Ormes peu avant minuit. Il neigeait et l'on ne voyait presque rien dans l'obscurité que hantaient des tourbillons floconneux. Des bourrasques soufflaient qui fouettaient les visages. Le tapis blanc et gelé crissait sous les sabots du destrier.

Place aux Veaux, juste après le port au Foin désert, Griffont mit pied à terre et, les rênes en main, marcha jusqu'au quai. Une silhouette immobile attendait là, près des amarres d'une barge à bord de laquelle un carrosse et son attelage avaient déjà embarqué. L'homme avait enfoncé son chapeau de feutre sur un capuchon en laine ; une écharpe enroulée cachait le bas de son visage.

— Je suis le chevalier de Castelgriffe. Je demande le passage.

— Êtes-vous un frère ?

— Je suis le frère des frères secrets, répondit Louis selon la formule rituelle par laquelle un mage se désignait aux initiés. Et je ne connais pas le mensonge.

— Le passage vous est ouvert.

Griffont mena son cheval sur la barge et, presque aussitôt, l'équipage largua les amarres. Lentement, poussée à la perche, l'embarcation quitta le quai puis se laissa entraîner par le courant avant qu'au premier coup de minuit une voile noire monte d'elle-même au gréement et se gonfle d'un vent qui ne soufflait que pour elle.

— Venez donc, monsieur le chevalier, lança une voix féminine depuis l'intérieur du carrosse. Il fait meilleur ici et nous aurons le plaisir d'échanger quelques mots durant le voyage.

— Madame de Brescieux ?

— Elle-même.

Griffont grimpa dans l'habitacle et s'assit en face d'une belle aristocrate, brune, grande et élancée, élégante au naturel et de surcroît richement vêtue à la dernière mode de la cour. Elle affichait un sourire aimable et sincère que le mage rendit.

— Je suis à la joie d'accepter votre invitation, madame. Il fait un froid de gueux, dehors.

— Quittez votre manteau et installez-vous tout à votre aise, monsieur.

Le chevalier de Castelgriffe obéit volontiers. Dans la cabine régnait une chaleur que rien ne pouvait expliquer, sinon la magie.

De fait, Mme de Brescieux était magicienne. Louis avait fait sa connaissance aux obsèques de Raynaud, quand elle lui avait, parmi tant d'autres anonymes, présenté ses condoléances. Tout à sa peine, il n'avait pas vraiment pris garde à elle et c'est Delveccio, un peu plus tard, qui lui avait dit de qui il s'agissait. D'une magicienne, donc, proche de Gélancourt, et qui avait déjà rejoint le jeune Cercle Incarnat.

Suivant le cours de la Seine, la barge passa sous le pont Notre-Dame sans reparaître de l'autre côté. Du point de vue de ceux que l'embarcation emportait, la voûte du pont se mua en une voûte rocheuse, cependant que les eaux du fleuve devenaient celles d'une rivière souterraine éclairée au flambeau. L'averse de neige cessa ; le vent ne souffla plus ; la température monta d'une quinzaine de degrés. Dans le carrosse, un léger picotement à la nuque indiqua aux passagers qu'ils avaient quitté un monde pour entrer dans un autre. Ils y prirent à peine garde et poursuivirent leur conversation.

— Ainsi, chevalier, vous vous rendez à Sépulcra.

— Tout comme vous, madame.

— Puis-je, sans être indiscrète, vous demander ce que vous y allez faire ?

— Les questions ne peuvent être qu'indélicates, madame. Seules les réponses, parfois, sont indiscrètes… Je vais voir Varon.

— Varon ? Je ne vous envie guère…

Ce Varon-là était un ogre qui, contrairement à l'immense majorité de ses congénères, n'était pas une montagne de muscles décérébrée. Intelligent, cultivé et vénal, il était le contrebandier vers qui se tourner quand on cherchait ce que les autres ne pouvaient fournir. Griffont savait que l'alchimiste Collard traitait souvent avec Varon. Il avait donc fait le pari calculé que le premier avait obtenu son sélénium noir auprès du second.

— Il se dit, monsieur, que vous pourchassez l'assassin de M. Raynaud, ce dragon qui était votre ami. Tel'Var'Aak, n'est-ce pas ?…

— C'était en effet son nom premier.

Griffont s'assombrit et reprit :

— Quant à ma volonté de venger sa mort, je n'en fais pas un secret.

— Est-ce cela qui vous amène à vouloir rencontrer Varon ?

— Non, madame. Cela n'a rien à voir, mentit le mage… Et vous, pourquoi venir à Sépulcra ?

— J'ai rendez-vous avec Yrs'T'Ar.

— Et vous disiez ne pas m'envier de retrouver bientôt Varon ! s'amusa Louis.

Cécile de Brescieux laissa échapper un sourire.

— Il est vrai qu'à tout prendre…, concéda-t-elle. Mais ce n'est pas de gaieté de cœur que je fais une visite au Prince-Gouverneur, vous pouvez m'en croire.

— Le Prince-Gouverneur !…

— C'est ainsi qu'il veut être nommé. Et c'est ainsi que je le nommerai, en qualité d'ambassadrice.

Griffont la dévisagea sans comprendre. Elle s'expliqua.

— Je viens lui annoncer officiellement l'existence du Cercle Incarnat, auquel j'appartiens comme vous le savez sans doute. M. Gélancourt, le doyen du Cercle, tient à ce que tout soit fait dans les règles.

— Ah !... Si Gélancourt y tient, alors...

— Mais pourquoi ne nous rejoignez-vous pas ? s'enthousiasma soudain la magicienne. Pourquoi n'entrez-vous pas au Cercle Incarnat ?

— Non merci, madame.

— Les mages seront plus forts s'ils sont unis. Songez qu'un jour viendra où les fées décideront d'annoncer à la Terre l'existence de l'OutreMonde et de ses peuples... S'ils ne veulent pas compter pour rien, les mages se doivent d'être prêts pour cette occasion. Sans cela... En outre, ajouta Cécile après un silence, nous nous verrions souvent...

— Soyez sûre que je partage vos inquiétudes quant au devenir des mages devant les ambitions d'Ambremer... Mais je crois pouvoir dire que grossir les rangs du Cercle Incarnat n'est pas la seule solution qui s'offre à nous. Ou du moins, à moi.

La magicienne marqua un temps, puis lâcha d'une voix douce :

— Vous comptez rejoindre le cercle que M. Di Veccio s'emploie à fonder en ce moment, n'est-ce pas ?

— Tout se sait, donc... Mais oui, si je dois rejoindre un cercle, ce sera celui-là. Et je ne vois vraiment pas en quoi cela devrait nous empêcher de nous revoir aussi souvent que nous pourrions le souhaiter, conclut-il avec un galant sourire.

— Nous arrivons, je crois, dit Cécile de Brescieux.

Après le boyau inondé qu'elle suivait depuis le début, la barge passa sous une herse levée et gagna les eaux d'un lac sombre d'où saillaient de grandes concrétions effilées. Au loin, depuis la berge, Sépulcra étalait ses bâtisses noires et grises en terrasses inégales comme si la ville, sortie du lac, avait peu à peu envahi les régions sèches de l'immense caverne en gravissant sa pente jusqu'à buter au plus haut de ses flancs. Des milliers de fumées montaient des feux qui constellaient la sinistre cité et sous la grande voûte hérissée de stalactites résonnait la rumeur trouble et distante d'une population nombreuse. Il n'y avait ici ni jour ni nuit. Sépulcra ne dormait jamais.

Sa voile affalée, la barge accosta au port. Griffont, tenant les rênes de son cheval, assista avec la magicienne, depuis le quai, au débarquement du carrosse et de son attelage. Une patrouille approcha d'eux durant la manœuvre, et ils durent répondre aux questions d'un officier elfe impeccablement sanglé dans un uniforme gris et pourpre, l'épée au côté et le pistolet à la ceinture. L'elfe avait des yeux turquoise et la peau noire comme l'obsidienne : il appartenait à une race elfique honnie dans l'OutreMonde. Les quatre soldats qui l'accompagnaient fusil à l'épaule étaient des congénères, mais la populace qui hantait le port témoignait d'une plus grande variété. S'y trouvaient des hommes et des femmes en moindre nombre, des ogres, des gnomes et des gnomes noirs, quelques elfes à peau blanche, une ou deux fées déchues, et bien d'autres encore qui avaient parfois pris apparence humaine mais dont un détail, le plus souvent dans le regard, révélait les origines véritables.

Lorsque Cécile de Brescieux put regagner son

carrosse, Griffont lui tint la porte ouverte et, avant de refermer, dit :

— Au grand plaisir de vous revoir, madame.

— En d'autres circonstances et, surtout, en d'autres lieux… Promettez-moi de songer à mon offre, monsieur le chevalier.

Louis promit et, regardant le carrosse s'éloigner, se demanda à quelle offre la magicienne avait fait allusion. Celle de rejoindre le Cercle Incarnat, ou celle de la fréquenter souvent ?

*

Quand ils adoptent forme humaine, la plupart des dragons s'efforcent de contenir l'aura qui émane d'eux. Ils n'y parviennent jamais tout à fait, et la tâche est d'autant plus ardue qu'ils sont vieux et puissants. On sait aussi qu'ils peinent à déguiser leurs yeux reptiliens.

Yrs'T'Ar, lui, ne dissimulait rien.

S'il l'avait pu, il aurait régné sous son apparence draconique. Mais l'Interdit qui, imposé par les Primordiaux, obligeait les dragons à dissimuler leur véritable nature ailleurs que dans l'OutreMonde, cet Interdit, donc, s'étendait jusqu'à Sépulcra et contraignait son Prince-Gouverneur à prendre les traits d'un être humain – ceux d'un homme grand, très brun et musculeux en l'occurrence.

Afin de compenser cet obstacle à la manifestation de sa puissance, Yrs'T'Ar laissait libre cours au déferlement d'énergie mauvaise qu'il générait. Il voulait impressionner, prendre sans effort l'ascendant sur ses vis-à-vis, briser par avance les volontés.

Le côtoyer était comme approcher d'un brasier furieux dont la chaleur repoussait. De fait, l'on n'était jamais à son aise près d'Yrs'T'Ar et l'on se sentait prêt à tout admettre pour s'éloigner au plus vite. Le Prince-Gouverneur de Sépulcra adorait ça. Rien ne flattait mieux son orgueil et ses instincts sadiques que de voir l'un de ses sujets paraître devant lui, déjà pâle, les tempes humides et la lèvre tremblante. Il était advenu que certains, parmi les plus faibles, éclatent en sanglots.

Appuyé à la balustrade du balcon qui, depuis le palais, dominait Sépulcra, Yrs'T'Ar contemplait sa ville d'un œil jaloux. Une haute porte-fenêtre s'ouvrit dans son dos et, conservant ses distances, un gnome noir à qui manquait l'auriculaire gauche attendit.

— Qu'y a-t-il, Crèvecœur ? demanda le dragon sans se retourner.

— Mme de Brescieux vient de débarquer.

— Très bien. Je la recevrai dès qu'elle sera là… Autre chose ?

— Oui, Excellence. Le chevalier de Castelgriffe était également du voyage.

— Que vient-il faire à Sépulcra ?

— Le passeur a laissé traîner ses oreilles pendant que Brescieux et Castelgriffe parlaient. Il semble que le chevalier désire rencontrer Varon.

— Déjà ? Il n'a pas tardé à comprendre, celui-là… C'est presque trop tôt…

— Quels sont vos ordres ?

— Levrat est-il encore à Sépulcra ?

— Oui.

— Alors la chance nous sourit… Tu vas aller chercher Levrat, et voilà ce que j'attends de vous…

*

Pour savoir où trouver Varon, Griffont dut mettre à profit certains contacts, graisser quelques pattes, exiger le paiement d'anciennes dettes de faveur et en contracter de nouvelles. Il finit néanmoins par obtenir une adresse et s'enfonça à cheval dans un dédale de rues étroites, crasseuses et populeuses qui l'exposèrent aux sollicitations pathétiques des mendiants.

Il arriva ainsi à l'entrée d'une impasse au fond de laquelle l'ogre était censé vivre seul, dans une ancienne taverne dont les caves avaient plusieurs issues. Afin d'avoir la paix, Louis jeta une poignée de piécettes loin de lui et, tandis que les malheureux qui le harcelaient se disputaient cette maigre fortune, il mit pied à terre, empoigna les rênes de sa monture et s'engagea dans la sinistre venelle. Il aperçut bientôt un carrosse garé devant la taverne. Intrigué, il trouva un endroit où laisser son cheval et attendit caché. Très vite, deux individus sortirent de chez Varon pour grimper à bord de la voiture attelée. L'un était un gentilhomme blond d'aspect sévère ; l'autre était un crapulard – un gnome noir. Crèvecœur jeta des regards soupçonneux alentour et fit mine de ne rien apercevoir de suspect.

Le carrosse parti à vive allure, Griffont frappa à la porte de la taverne. Comme elle était restée entrouverte, il la poussa, s'annonça, entra prudemment dans ce qui avait été une vaste salle commune. Et là, éclairé par le feu qui brûlait dans l'âtre, là gisait Varon au milieu d'une flaque de sang.

6

La requête

En ce début du siècle des Lumières, Joseph Balsamo ne portait pas encore ce nom – il l'inventerait plus tard, en même temps qu'une nouvelle biographie dont il ne cesserait de nier l'authenticité afin de mieux brouiller les cartes. Mais il était déjà magicien et médecin émérite, ce qui lui valut d'être appelé en urgence par Griffont au chevet d'un malade peu ordinaire.

Pour ce faire, le chevalier de Castelgriffe eut recours à un miroir enchanté d'apparence anodine et cependant capable de projeter la pensée et l'image de son utilisateur dans l'esprit d'un tiers. S'il n'autorisait pas la réponse, le procédé était sûr, discret, efficace, immédiat. Malheureusement, il s'avérait également assez désagréable pour le destinataire, qui se voyait comme frappé d'une hallucination maîtrisée par autrui. Les mages rechignaient donc à l'employer et quand ils s'y résolvaient, cela seul suffisait à signifier la gravité des circonstances. On n'envoyait pas ainsi des invitations à un goûter mondain.

Balsamo – appelons-le ainsi désormais, même s'il n'était encore qu'un certain Belmonte – n'avait pas tardé et, arrivé en même temps que les premières lueurs de l'aube, il s'était aussitôt inquiété de découvrir Griffont mal rasé, vêtu d'un habit élégant mais fripé et, surtout, taché de sang. Louis l'avait rassuré : ce sang n'était pas le sien.

— Le sang de qui, alors ?

— Voyez.

Griffont avait alors ouvert une porte, et, sur le lit d'une chambre plongée dans l'obscurité, le magicien médecin put découvrir un ogre inconscient et blessé à la poitrine.

— Qui est-ce ?

— Varon.

— Est-ce vous qui… ?

— Non. Il a reçu une balle près du cœur. J'ai fait mon possible mais…

— Vous m'expliquerez cela plus tard.

— De quoi avez-vous besoin ?

— D'une bassine, d'eau, de bandages. J'ai apporté mes instruments chirurgicaux.

— Entendu. Autre chose ?

— Vous feriez bien de prévenir Di Veccio, je crois.

— C'est déjà fait.

Sitôt qu'il était rentré de Sépulcra, Griffont avait fait porter un billet chez le vieux mage. Un autre messager était allé frapper à la porte de la baronne de Saint-Gil.

*

Griffont patientant dans l'antichambre, Balsamo opérait toujours Varon quand, en début de matinée, Delveccio arriva. Louis le mit rapidement au fait. Il lui dit pourquoi il s'était rendu à Sépulcra cette nuit et comment il avait trouvé Varon baignant dans son sang.

— Vivra-t-il ?

— Je l'ignore. Belmonte est à côté qui s'efforce de le sauver.

— Alors Varon est dans les meilleures mains qui soient… Comment l'avez-vous transporté jusques ici ?

— Grâce à Cécile de Brescieux. Elle est arrivée en même temps que moi à Sépulcra et j'ai pu la retrouver avant qu'elle ne reparte. Elle a accepté de cacher Varon dans son carrosse pour le retour.

— Au nez et à la barbe d'Yrs'T'Ar ?

— Je le crois. (Griffont soupira.) Je l'espère.

— Pourquoi avez-vous ramené Varon sur Terre ? Il s'agit d'un ogre, bon sang ! Un ogre !… Croyez-vous pouvoir le cacher longtemps ?

— Il n'était pas en sécurité à Sépulcra.

— Il ne l'est guère plus chez vous. Si la cour d'Ambremer apprend que…

— Ambremer saura. Je compte le lui dire. Je compte même que la reine Méliane offrira sa protection à Varon.

— Vous déraisonnez, Louis ! Varon est un criminel dans l'OutreMonde, et je ne parle pas des répercussions politiques et diplomatiques… Vous savez comme moi que Varon est un ressortissant de Sépulcra. Et vous savez aussi combien le Prince-Gouverneur est jaloux de son autorité. Yrs'T'Ar ne permettra pas sans mal qu'Ambremer lui vole l'un de ses sujets. Surtout en ces temps troublés !

— J'ai pourtant bon espoir, car…

Les traits tirés, Balsamo entra en essuyant ses mains rougies dans une serviette.

— Varon vivra, dit-il.

— Merci, Belmonte.

— Ne me remerciez pas, chevalier. Sans les premiers soins que vous lui avez très tôt apportés, je n'aurais rien pu faire. C'est vous qui lui avez sauvé la vie, et il le sait.

— Il est en état de parler ?

— Non. Je lui ai administré une drogue qui l'a plongé dans le sommeil. Cela aidera à sa guérison… Vous permettez ? demanda-t-il en désignant un siège. Je me sens très las.

— Je vous en prie.

Balsamo se laissa tomber dans un fauteuil. Puis il fit un effort pour se pencher en avant et poser quelque chose sur un plateau, entre eux trois.

— C'est, annonça-t-il, la balle que j'ai retirée de la poitrine de Varon. Elle avait manqué le cœur de peu.

— Sélénium noir, observa Delveccio sans la toucher.

— Encore ! lâcha Griffont. Comme Raynaud…

— Pour abattre un dragon, remarqua le médecin, je comprends que l'on emploie du sélénium noir. Mais pour un ogre, cela n'a aucun sens… De mon point de vue, cela ressemble plus à la signature d'un tueur orgueilleux.

— J'ai vu deux individus sortir ensemble de chez Varon cette nuit. Le premier était un gentilhomme blond que je ne connais pas. L'autre était un gnome noir, peut-être un serviteur. L'un de ces deux-là a assassiné Raynaud et tenté de faire subir le même sort à Varon.

— Il faut être un mage noir pour s'attirer les services d'un crapulard, nota Delveccio. Êtes-vous bien sûr de n'avoir jamais rencontré ce gentilhomme ?

— J'en suis certain. Mais je n'oublierai pas son visage de sitôt, conclut Griffont avec un feu ardent dans le regard.

*

Après le départ de Joseph Balsamo, Griffont et Delveccio restèrent en tête à tête. Ils causèrent de la délicate situation dans laquelle Louis s'était mis en recueillant Varon chez lui et le vieux mage voulut savoir comment son ancien disciple espérait obtenir l'aide de Méliane. Mais sur ces entrefaites, un domestique annonça la visite de la baronne de Saint-Gil. Il était environ 10 heures.

— Je dois faire un brin de toilette et me changer, dit Griffont. Accueillez la baronne, voulez-vous ? Elle sait que nous savons l'un et l'autre qui elle est véritablement, mais je vous serais reconnaissant de ne rien lui dire encore de Varon ni de mon aventure nocturne.

— À votre guise.

De nouveau présentable, le mage retrouva donc Delveccio et l'enchanteresse un peu plus tard, dans un salon dont les fenêtres donnaient sur le jardin de la coquette maison qu'il habitait, aux abords de Saint-Germain. Il salua son invitée mais, sans lui dire pourquoi il l'avait priée de venir au plus vite, il annonça tout de go :

— Tombons tous les masques, madame.

— Ne l'avons-nous pas déjà fait, monsieur de Castelgriffe ?

— Je crains que vous n'en ayez gardé au moins un à mon égard, concernant le véritable objet de la mission dont Sa Majesté Méliane vous a chargée sur Terre.

Elle le fixa de ses yeux d'ambre pailleté de vert, ne se départit pas d'un calme parfait et, après quelques secondes, répliqua :

— Expliquez-vous.

C'était un demi-aveu qui semblait dire : « Dites-moi ce que vous avez découvert, de sorte que je ne vous en révèle pas plus. »

— En ce moment, quelqu'un s'emploie à concocter un Élixir d'Oubli, déclara Griffont.

— Qui ?

Le mage sourit.

— Je remarque que vous avez demandé *qui ?* et non pas *comment ?* ni *pourquoi ?* Dois-je en déduire que la chose vous apparaît possible, madame ?

Piégée, l'enchanteresse Aurélia se tut.

L'Élixir d'Oubli était cette potion que les Reines des Fées boivent lorsqu'elles estiment que leur temps s'achève. Cela ne les tue pas, mais les plonge dans un sommeil éternel et provoque l'exil de leur âme vers l'Onirie, le Monde des Rêves et des Cauchemars. L'un des secrets les mieux gardés d'Ambremer, la recette de l'Élixir d'Oubli était inscrite dans le Sacramentaire Royal que les fées gardaient loin des regards profanes.

De sa manche, Griffont tira une feuille de papier

roulée et tachée de sang. Il la tendit à Aurélia qui la survola à peine et la passa à Delveccio.

— C'est une liste d'ingrédients rares, dit le vieux magicien.

— Rares et qui, ensemble, ne peuvent servir qu'à une chose, renchérit Griffont. À produire de l'Élixir d'Oubli… Mais il ne suffit pas de connaître et posséder les ingrédients nécessaires. Encore faut-il connaître le détail de la fabrication et de la cérémonie qui l'accompagne. Or sauf erreur, ces informations n'apparaissent que sur la dernière page du Sacramentaire Royal d'Ambremer…

Il y eut un silence, puis la future baronne de Saint-Gil avoua :

— Elle a été volée. La dernière page du Sacramentaire. Quelqu'un l'a volée.

— Quand ? s'enquit Griffont.

— Il y a peu.

— Et l'on vous a chargée de la retrouver.

— Oui.

— Parce que Ambremer a des raisons de croire que la page est sur Terre. Parce que vous êtes familière de la France et de Paris. Parce que vous êtes habile, d'ordinaire, à débrouiller ce genre de mystères.

— Oui, oui et oui. Mais pas seulement… Qu'attendez-vous de moi, chevalier ?

Les deux mages se regardèrent. Delveccio comprit enfin où Louis voulait en venir et décida de l'épauler.

— Nous détenons celui qui a revendu les ingrédients de l'Élixir d'Oubli, dit-il. Il est en mesure de dire à qui, et sans doute pourquoi. Mais il y met une condition.

— Laquelle ?

— Il exige la protection d'Ambremer, fit Griffont.

— Qui est-ce ?

— L'ogre Varon.

— Varon ?

Aurélia se leva.

— Impossible ! décréta-t-elle. Varon est un contrebandier notoire qui a trop longtemps bafoué les lois d'Ambremer.

— Réfléchissez, madame. L'alchimiste Collard est introuvable. Pour ce que l'on en sait, il peut tout aussi bien être mort à l'heure où nous parlons. Varon est la seule piste qui nous reste. Il propose son aide. Acceptez-la…

L'enchanteresse marcha vers la fenêtre couverte de givre. Elle y resta un moment, songeuse, puis dit :

— Collard est mort. Cartouche a trouvé son cadavre hier au matin.

— Alors Varon est la dernière carte que nous puissions jouer. Il faut lui obtenir ce qu'il demande.

— Cette décision ne m'appartient pas.

— Mais vous soumettrez la question à qui de droit, n'est-ce pas ?

— Oui, promit-elle après un instant d'hésitation.

— Le temps presse, madame. S'il ne le sait déjà, Yrs'T'Ar apprendra bientôt que j'abrite un fugitif de Sépulcra et la nuit prochaine pourrait bien être… mouvementée. Et c'est sans compter ceux qui ont tenté de l'assassiner.

— On a tenté d'assassiner Varon ?

— Après qu'il a fourni les ingrédients de l'Élixir

d'Oubli, oui. C'est pour cette raison qu'il veut se réfugier dans l'OutreMonde.

— Si Varon est aux abois, il peut très bien promettre n'importe quoi. Qui vous dit qu'il a des choses à révéler ?

— Varon n'est pas idiot : il sait que son accord avec Ambremer sera caduc si ses révélations ne sont pas à la hauteur. Croyez-moi, il ne souhaite rien moins que de retourner à Sépulcra après avoir tenté d'échapper à l'emprise d'Yrs'T'Ar.

— Et vous, qu'avez-vous à y gagner ? Vous n'avez pas plus de sympathie pour Varon que moi et je doute que les affaires d'Ambremer vous concernent. Alors pourquoi jouez-vous les intermédiaires ?

— Parce que ceux à qui Varon a vendu les ingrédients sont aussi ceux qui ont assassiné mon ami Raynaud.

Aurélia acquiesça. Elle prit son manteau et, sur le départ, toisa Griffont des pieds à la tête, comme pour mesurer une ultime fois toute la confiance qu'elle pouvait lui porter. Ce qu'elle devina parut la satisfaire, car elle dit :

— Tout à l'heure, vous avez énuméré différentes raisons pour lesquelles la reine Méliane m'a chargée de retrouver la page volée du Sacramentaire. Il y en a une autre… Peu après le vol, l'un de ses auteurs a été pris. Un maigre comparse qui ne savait pas grand-chose mais a néanmoins cité un nom, celui du marquis de Croussel.

— Je l'ai déjà croisé à la cour. Et alors ?

— J'ai toutes les raisons de croire que Croussel est membre de l'Éridan, cette société secrète que je combats depuis quelque temps sous le masque du Lys Pourpre.

— Vous étiez donc tout indiquée pour cette mission… Mais pourquoi me révélez-vous cela maintenant ?

— En gage de loyauté, j'imagine. Et aussi parce que le marquis de Croussel donne bientôt une chasse en l'honneur du Régent. La baronne de Saint-Gil y est invitée. Je pourrais y paraître à votre bras, monsieur le chevalier.

Griffont accepta, sans savoir ce qui le réjouissait le mieux entre la perspective d'en apprendre plus long sur le mystère qui l'occupait, et l'occasion d'aimables retrouvailles avec celle – même s'il l'ignorait encore – qui devait bouleverser sa vie. Il en avait la vague intuition, cependant.

Une intuition délicieuse.

*

L'enchanteresse partie, Griffont raccompagna Delveccio à son carrosse. Laissant la portière ouverte, le vieux mage demanda au cocher d'attendre et dit avec maladresse :

— Les circonstances ne s'y prêtent guère… Et puis j'avais envisagé un décorum plus solennel mais…

Il hésita, pudique, puis déclara d'un trait comme on se jette dans l'eau froide :

— Enfin bref, foin des discours ! Je voudrais que vous soyez le premier à accepter ceci.

De sa poche, il tira un écrin que Louis prit et ouvrit. À l'intérieur était une chevalière ornée d'un saphir. Griffont remercia et la passa à son doigt.

— Voilà, lâcha un Delveccio visiblement soulagé. C'est fait.

— Quoi donc ?

— Nous venons de fonder le Cercle Cyan, mon ami.

7

La chasse du marquis de Croussel

En paraissant ensemble dès le premier soir, la baronne Isabel de Saint-Gil et le chevalier Louis de Castelgriffe furent remarqués. Elle était superbe ; il avait fière allure dans son bel uniforme d'officier des chevau-légers de Sa Majesté. L'assistance n'était cependant pas en reste, car toute la cour avait répondu favorablement à l'invitation du marquis de Croussel, à l'occasion de la chasse qu'il donnait en l'honneur du Régent sur ses terres boisées d'Armainvilliers. Devant le perron du château, le long cortège des carrosses et des équipages arrivant de Paris avait duré l'après-midi. Puis chacun s'était retiré dans les appartements qui lui étaient alloués afin de se préparer pour le souper.

— Réalisez-vous que la plupart de ces messieurs vous envient ? glissa Aurélia à son cavalier.

— Ma foi, j'ai dans l'idée que ces dames regardent aussi.

— Mais elles ne me jalousent pas.

— Vraiment ?

— Vraiment. Si vous connaissiez les femmes aussi bien que vous le croyez, vous sauriez qu'elles

jalousent le couple que nous formons. C'est très différent.

— Tous les regards que je surprends çà et là ne sont pas envieux, cependant.

— Ceux qui les lancent se demandent depuis combien de temps notre histoire dure. Ils sont fâchés de n'avoir rien su avant les autres et, pour donner le change, prévoient déjà la rupture.

— Vous semblez ne rien ignorer de ces affaires.

— C'est l'expérience qui parle... Une dernière chose...

— Oui ?

— Nous allons vers une petite marche. Tâchez de ne pas buter contre.

Agacé, Griffont leva les yeux au ciel mais les baissa bien vite afin de ne pas risquer un faux pas tandis qu'il avançait, la baronne à son bras.

Dames et gentilshommes rivalisaient d'élégance et de distinction sous les plafonds des salons dorés du château, tous brillamment éclairés et chauffés. Les laquais en livrée avaient des perruques et des gants blancs ; un orchestre de chambre jouait. C'était donc le premier soir, celui des retrouvailles, des présentations, des prémices d'intrigues galantes. Tous n'étaient pas venus pour le loup que l'on courrait demain. Il y aurait ensuite un bal, point d'orgue des festivités et des manœuvres libertines.

— Je ne vois pas Croussel, dit Griffont alors que l'enchanteresse et lui distribuaient sourires et propos mondains.

Aurélia lui désigna discrètement un aristocrate assez laid, au teint rougeaud, aux yeux petits, au nez gros, à la bouche lippue et à l'air fat.

— Et n'est-ce pas votre amie que je vois à son bras ? demanda-t-elle d'un ton qui ne laissait rien augurer de bon.

De fait, le marquis se pavanait en compagnie d'une belle femme brune et distinguée, qui le dépassait d'une tête et portait une somptueuse robe écarlate : Cécile de Brescieux.

Louis en resta sans voix.

— Vous seriez aimable de cesser de la dévisager ainsi, monsieur le chevalier…

— Je ne la dévisage pas.

— Mais si.

Griffont se détourna résolument de la magicienne du Cercle Incarnat.

— C'est juste que sa présence ici m'a pris de court, expliqua-t-il.

— Elle ne vous en avait rien dit ?

— Non.

— Je croyais que vous étiez proches.

— Je ne l'avais pas revue depuis…

Comme il hésitait, l'enchanteresse acheva :

— Depuis qu'elle vous a aidé à emmener Varon hors de Sépulcra… Une chose est certaine : la Brescieux choisit bien mal ses fréquentations.

— Je vous remercie.

— Ne vous vexez pas. Je songeais à ce gros fat de Croussel.

— Pour l'heure, vous êtes encore la seule à croire que le marquis ait partie liée avec l'Éridan. Et quand cela serait, rien ne dit que cette société secrète soit pour quelque chose dans le vol de la page du Sacramentaire Royal.

— Vous devez bien le croire un peu vous aussi. Sinon, que feriez-vous là, avec moi ?

L'orchestre s'interrompit subitement pour entamer une marche : aimable et souriant, comme embarrassé par tant de pompe, le Régent venait de paraître. Les courtisans s'écartèrent respectueusement à son approche tandis que Croussel s'empressait de l'accompagner à la place d'honneur de l'immense table magnifiquement dressée. Les hommes saluèrent à son passage ; les femmes firent la révérence.

Le dîner allait pouvoir commencer.

*

Après les desserts, tandis que l'on bavardait, badinait et jouait gros jeu dans les salons au son de l'orchestre infatigable, Griffont profita de la première occasion qui lui fut donnée de s'entretenir avec Cécile de Brescieux en privé, entre deux portes.

— Mes félicitations, se moqua-t-il tandis qu'Aurélia les surveillait du coin de l'œil. Le marquis est un excellent parti…

— Ne riez pas, chevalier. J'exècre cet homme.

— On ne le dirait pas.

— Je suis ici en service commandé. On m'a chargée d'espionner Croussel.

— Et quel meilleur poste d'observation que son lit ?

— Je vous ai connu plus délicat, monsieur le chevalier de Castelgriffe… Ne vous inquiétez pas pour ma vertu, cependant, le marquis n'a pas encore la clef de ma chambre.

— Il finira par se lasser de gratter à la porte.

— Je le sais et, ce jour-là, je filerai avec armes et bagages… (La magicienne s'emporta un peu.) Mais comment diable avez-vous pu imaginer que… ?

— Je suis désolé. Les apparences…

— Coucheriez-vous avec Croussel, vous ?

— Non, bien sûr !

— Alors ?

— Vous marquez un point. Encore une fois, veuillez accepter toutes mes excuses… Mais pourquoi surveiller Croussel ?

Cécile de Brescieux, indécise, regarda alors longuement Griffont.

— Et vous ? rétorqua-t-elle. Que faites-vous ici, en si galante compagnie ?

Et pour bien montrer de qui elle parlait, elle adressa un sourire à Aurélia qui, à l'autre bout du salon, haussa les épaules et tourna les talons.

— La baronne et moi, commença le mage, soupçonnons…

— Vous pouvez l'appeler Aurélia. Je sais quelle enchanteresse elle est.

Le mage tiqua, mais passa outre.

— Aurélia et moi, donc, soupçonnons votre marquis d'être mêlé à une affaire qui nous intéresse tous deux.

— Laquelle ?

— C'est assez délicat. Je ne sais si je puis…

— Le temps presse, chevalier. Est-il question du Sacramentaire d'Ambremer ?

— Peut-être.

— Alors nous faisons cause commune. La reine Méliane a chargé le Cercle Incarnat d'enquêter sur le vol de la formule de l'Élixir d'Oubli. Est-ce bien de cela que nous parlons ?

Griffont jugea que le moment était venu de jouer cartes sur table.

*

Plus tard, tandis que les derniers invités désertaient les salons du rez-de-chaussée, la baronne Isabel de Saint-Gil chercha Louis, ne le trouva pas et, bien moins insouciante qu'elle ne semblait l'être, regagna seule leur chambre. Il s'y trouvait, fort occupé à enfiler ses habits de chasse.

— Je doute que l'on sonne du cor avant le matin, chevalier. Mais vous avez raison : en vous habillant maintenant, vous serez le premier paré demain. Comptez-vous faire le pied de grue sur le balcon ?

— Je dois sortir, dit-il sans relever le sarcasme.

— Maintenant ?

— Oui.

— Il fait nuit noire. Et il gèle à pierre fendre.

— J'ai mis un gilet.

— Mettez-en deux. Où allez-vous ?

— Croussel a rendez-vous ce soir à minuit. J'ignore avec qui, et j'ignore où. Mais je vais le suivre.

— La Brescieux vous l'a dit ?

— Oui. Elle a corrompu un valet d'écurie pour qu'il me prépare un cheval.

— Et pourquoi ne le monte-t-elle pas, ce cheval ?

— Parce qu'elle se croit surveillée. Le marquis se méfie d'elle. En fait, il se méfie de tout le monde.

— Comme je ne crois pas votre amie idiote au

point de trouver le moindre charme à Croussel, j'en déduis qu'elle l'espionne pour le compte du Cercle Incarnat. Savez-vous dans quel but ?

— Cela ne va pas vous plaire.

— J'écoute.

— Méliane a chargé le Cercle Incarnat de la même mission que vous, répondit Griffont du tac au tac.

L'enchanteresse, elle, prit le temps de digérer la nouvelle.

— Vous aviez raison, conclut-elle. Cela ne me plaît pas du tout.

*

Transi de froid, Griffont attendait depuis longtemps sous le couvert des premiers arbres de la forêt avoisinante, lorsqu'il vit quatre cavaliers s'éloigner enfin du château et galoper dans sa direction. Le premier et le dernier portaient des flambeaux ; entre eux deux allaient Croussel et un inconnu en manteau noir et tricorne, le visage dissimulé derrière un loup de velours sombre.

Profitant d'un ciel nocturne dégagé et d'une lune presque ronde, les cavaliers ralentirent à peine l'allure en s'engageant sur le chemin forestier près duquel le mage montait la garde. Aussitôt, Louis se hissa en selle pour les suivre. Il put le faire à distance, sans risquer d'être entendu ni semé, grâce aux lueurs des torches qui le guidaient. Les autres, de plus, lui facilitèrent la tâche en ne quittant jamais un sentier dont le tracé blanchi de neige fraîche se découpait distinctement. Après une vingtaine de minutes de chevauchée, Griffont arriva en vue d'un portail devant lequel les hommes d'escorte – les porteurs de flambeaux – avaient mis pied à terre. Déjà frigorifiés, ils battaient la semelle et se frottaient les épaules.

S'écartant du chemin, le mage attacha son cheval et s'aventura dans les sous-bois ténébreux. Il longea un moment la muraille que perçait le portail. Elle était haute, en bonne pierre, semblait délimiter les contours d'un domaine. Louis grimpa à un arbre pour la franchir et se reçut sans bruit à proximité d'un modeste pavillon de chasse. La cheminée fumait et il y avait de la lumière aux fenêtres du rez-de-chaussée. La main gauche serrant le fourreau de son épée pour qu'il ne batte pas, Griffont approcha à grandes et souples enjambées. Quand il eut rejoint la maison, après quelques mètres à découvert, il attendit un moment, écouta, scruta l'obscurité alentour dans la crainte qu'une sentinelle invisible ne l'ait aperçu. Mais rien ne vint et il se détendit un peu. Il se glissa jusqu'à une fenêtre, jeta prudemment un œil à l'intérieur.

Près d'une cheminée où brûlait un bon feu, Croussel et l'homme au loup conversaient avec un gentilhomme blond, celui-là même que Louis avait vu sortir de chez Varon, à Sépulcra, en compagnie d'un crapulard. Grâce aux informations fournies par l'ogre pour obtenir l'asile à Ambremer, son nom était désormais connu : Levrat. Quant au gnome noir qui le servait, il se faisait appeler Crèvecœur. On n'en savait guère plus sur l'un ni sur l'autre, à ceci près que l'on soupçonnait Levrat d'avoir commandité le vol de la formule de l'Élixir d'Oubli. Mais possédait-il encore la fameuse page du Sacramentaire Royal ? Si oui, que comptait-il en faire ? Et pourquoi avait-on arraché le précieux feuillet au lieu de le recopier, ce dont personne n'aurait pu se douter avant longtemps ? Levrat voulait-il le revendre, le détruire, ou simplement le posséder ?

Griffont n'entendait pas ce que les hommes se disaient. Si l'individu masqué était le seul à avoir gardé son chapeau, aucun des trois n'avait ôté son manteau ni ses gants. Ils ne comptaient donc pas s'éterniser, et Louis prévoyait déjà de suivre Levrat au retour quand un bruit de pas attira son attention. Quelqu'un, dehors, venait par la droite sans souci de discrétion.

Un garde ? Et pourquoi pas Crèvecœur qui, selon Varon, ne quittait jamais son maître et veillait toujours sur sa sécurité ?

Comprenant qu'il serait surpris s'il ne bougeait pas, Griffont battit en retraite vers l'enceinte de la petite propriété. À l'abri derrière les buissons enneigés qui bordaient le mur, il prononça une brève incantation qui eut pour effet de dissimuler ses traces au moment précis où une courte silhouette – en manteau et tricorne – apparaissait à l'angle de la maison. C'était Crèvecœur, le crapulard. Louis se figea : il savait que les gnomes noirs voyaient assez bien dans l'obscurité.

Arrivé près de la fenêtre, là où le mage se tenait une minute plus tôt, Crèvecœur renifla, huma l'air à la ronde, balaya le décor d'un lent regard circulaire qui passa sur Griffont… mais ne s'y arrêta pas. Tendant le bras sans cesser d'épier les ténèbres, le crapulard toqua aux carreaux.

Levrat entrouvrit la fenêtre et demanda :

— Qu'y a-t-il ?

— Il est temps de partir, monsieur.

— Maintenant ?...

— Oui, monsieur. Maintenant.

Depuis sa cachette, le mage ne pouvait voir le carrosse qui approcha puis s'arrêta devant la maison. Il entendit ensuite des bruits de portes, quelques paroles indistinctes échangées sur le perron, des ordres brefs, et enfin l'attelage qui repartait. C'est à cet instant seulement que Crèvecœur abandonna son poste d'observation, probablement pour attraper le carrosse de son maître avant que celui-ci ne quitte les lieux. Griffont aurait bien voulu en faire autant. Cependant, tandis qu'il se redressait derrière les buissons, il distingua Croussel et l'homme au loup qui rejoignaient les porteurs de flambeaux et les montures près du portail. Ceux-là, Louis devinait où ils se rendaient et il renonça à les suivre jusqu'au château. Mais Levrat ? Le carrosse qui l'emmenait semblait s'éloigner par un autre chemin.

Louis escalada le mur d'enceinte à la hâte. Avec un peu de chance, il trouverait sa monture à temps et pourrait se lancer aux trousses de Levrat avant qu'il ne soit trop tard. Tant pis pour le marquis et son mystérieux compagnon masqué.

*

Rapide et souple, Crèvecœur sauta sur le marchepied au passage du carrosse, ouvrit la portière et se glissa à l'intérieur.

— Qui était-ce ? demanda Levrat en regardant ailleurs.

— Le chevalier de Castelgriffe.

— En es-tu sûr ?

— Certain. Il croit que je ne l'ai pas vu mais je l'ai bien reconnu, caché derrière les buissons.

— Il nous a vus, donc… C'est parfait.

— Le chevalier est pugnace. Il va tenter de nous suivre.

— Crois-tu ?

— Au grand galop, il peut réussir.

Levrat était sorcier, et même un peu plus que cela. Il baissa les paupières sur ses yeux verts et froids, se concentra, marmonna quelques paroles magiques. Une brume opaque se créa sous les roues du carrosse et les sabots des chevaux attelés, qui cessèrent aussitôt d'imprimer la neige.

*

Il faisait encore nuit noire quand Griffont rentra au château. Il était trempé, gelé, furieux contre lui-même. Malgré tous ses efforts, il n'avait pas retrouvé le carrosse de Levrat dont les traces cessaient brusquement, peu avant que le sentier qu'il suivait ne fasse une fourche. Louis s'était entêté. Il avait pris une direction au hasard, avait rencontré d'autres intersections, avait chevauché longtemps au risque de se perdre dans la forêt d'Armainvilliers. Puis il avait renoncé, contraint et forcé. Au final, il revenait de son aventure nocturne avec la seule conviction que Levrat et Croussel manigançaient quelque chose ensemble. Quant au troisième larron, celui qui n'avait jamais ôté son masque, il gardait tout son mystère.

Griffont raconta ses déboires tout en se déshabillant devant la cheminée, où Aurélia avait entretenu le feu à son intention. Elle l'écoutait en silence depuis le lit et s'efforçait de ne pas trop sourire. Elle ne l'interrompit que lorsqu'elle le vit tirer un divan près de l'âtre et y étendre des manteaux en guise de couverture.

— Que faites-vous, chevalier ?

— J'ai sommeil, figurez-vous.

— Venez donc dans le lit. Il est chaud et confortable.

— Merci, mais je ne me sens guère d'humeur libertine à cette heure.

— Ne faites pas l'enfant, et écoutez plutôt ce que j'ai à vous dire !

Debout dos au feu, les poings sur les hanches et la moustache frémissante, il la toisa avec toute la dignité qu'un homme en culottes et chemise peut conserver.

— Alors ? fit-il.

— Pendant que vous cavaliez derrière un carrosse invisible, je veillais.

— Vous m'attendiez ?

— J'ai dit que je veillais. Et donc, en veillant, j'ai vu revenir le marquis et son acolyte masqué.

— L'avez-vous reconnu ? Je vous demande cela parce que sa silhouette m'a semblé familière.

— Je l'ai reconnu.

— Qui était-ce ?

— Le Régent.

8

Le Miroir des Âmes

Il était environ 10 heures du soir et Griffont, depuis sa terrasse, observait à la lunette astronomique une conjonction astrale favorable. Cette nuit d'hiver glaciale était une « nuit mage », c'est-à-dire une nuit particulièrement propice à l'exercice de la magie et de l'alchimie. Il s'en produisait deux ou trois par an environ, mais celle-ci méritait particulièrement que le chevalier de Castelgriffe gèle sur pied dans la neige, malgré l'épais manteau doublé de fourrure qui le couvrait. Des nuits mages de cet ordre n'advenaient qu'une fois par siècle, lorsque l'alignement des corps célestes visibles depuis la Terre correspondait idéalement à la position de ceux qui traversaient le ciel d'OutreMonde. C'était donc une nuit mage parfaite, la troisième seulement qu'il était donné à Griffont d'admirer. Il ne s'en privait pas. Transi de froid, il ne se détournait de l'œilleton de la lunette que pour noter ses observations à la lueur d'une lanterne et plonger sa plume dans une encre qui menaçait de geler.

Le magicien avait demandé qu'on ne le dérange

sous aucun prétexte. Son valet vint pourtant lui annoncer un visiteur.

— Qui ?

— Le *signor* Di Veccio, monsieur.

Griffont soupira en songeant que son mentor avait bien mal choisi son moment. Puis il se dit que le vieux mage aurait sans doute préféré, lui aussi, observer tranquillement cette nuit d'exception, et qu'en tout cas il ne pouvait pas ignorer que Louis souhaitait s'y consacrer. Il fallait donc que ce soit important.

— Bien. Je le recevrai.

Les deux hommes se retrouvèrent dans le cabinet scientifique du chevalier, une petite pièce d'angle chaleureuse et encombrée de livres savants, dont une porte et une fenêtre donnaient sur la terrasse. Griffont se débarrassa de son manteau, invita Delveccio à en faire autant, ajouta une bûche au feu et demanda à son valet de servir du vin chaud.

Dès qu'ils furent seuls, le faux gentilhomme italien désigna le saphir au doigt de Louis et dit :

— Je vois que vous portez la chevalière.

— Bien sûr. N'est-ce pas ce que vous attendez d'un membre du Cercle Cyan ?

— Il n'est peut-être pas nécessaire de la porter avec trop d'ostentation. Assurez-vous cependant que tous les mages que vous rencontrerez ne manquent pas de la voir et de la reconnaître.

Delveccio sirota un peu de vin chaud, et changea subitement de sujet :

— On parle beaucoup de vous à la cour.

— De moi ?

— De la baronne de Saint-Gil et vous, je veux

dire. Il semble que vous ayez fait sensation en paraissant au bras l'un de l'autre…

Une semaine s'était écoulée depuis la chasse que le marquis de Croussel avait donnée sur ses terres en l'honneur du Régent. Naturellement, Griffont avait d'ores et déjà averti le vieux mage de tout ce que l'enchanteresse et lui y avaient découvert et appris.

— Vous savez, dit Louis dans un louable élan de modestie, c'était pour la bonne cause. Aurélia et moi avions d'autres chats à fouetter…

— Elle est très belle, tout de même.

— C'est un fait.

— Vraiment, très belle.

— Mais où voulez-vous en venir ? demanda Griffont en manifestant plus d'agacement qu'il ne le souhaitait.

— Nulle part, mon ami !… Nulle part…

Le chevalier se renfrogna.

— Et si vous me disiez ce qui vous amène.

— Varon vient de faire de nouvelles révélations.

— Vient-il vraiment de les faire, ou les fées ont-elles décidé de les annoncer seulement maintenant ?… Car si l'on en croit Méliane et son conseil, Varon n'a pas encore dit grand-chose, et il a néanmoins obtenu l'asile à Ambremer. J'imaginais la Reine des Fées plus dure en affaires… En outre, je trouve surprenant le silence du Prince-Gouverneur de Sépulcra. Yrs'T'Ar n'est pourtant pas du genre à faire le gros dos.

— Je comprends vos soupçons mais, quoi qu'il en soit, Varon prétend qu'il n'a pas seulement fourni à Levrat de quoi concocter l'Élixir d'Oubli. Avant cela, il lui aurait également vendu tout ce qui est nécessaire à la fabrication d'un *Miroir des Âmes*.

Un *Miroir des Âmes* était un miroir magique, réfléchissant des deux côtés, qui permettait à ceux qui s'y miraient ensemble d'échanger leurs corps au terme d'un rituel complexe, dangereux et plutôt aléatoire.

— Qu'est-ce que Levrat peut vouloir faire d'un *Miroir des Âmes* ? s'étonna Griffont.

— La vraie question est : Qu'est-ce que Levrat peut vouloir faire d'un *Miroir des Âmes* ET de l'Élixir d'Oubli ?

Louis comprit, ou plutôt devina, et lut dans les yeux du vieux mage que celui-ci était déjà arrivé à la même conclusion.

Quelqu'un poussa alors la porte de la terrasse. La chose semblait incongrue, car, pour arriver par là sans être sorti par là, il fallait tomber des toits. C'était d'ailleurs le chemin qu'avait emprunté le Lys Pourpre.

Ôtant son masque, toute vêtue de cuir noir et de velours rouge, l'enchanteresse entra. Un long manteau la protégeait du froid. Elle était coiffée d'un tricorne et, bottée pour la monte, avait l'épée au côté. Indéniablement, elle ne manquait pas d'allure.

— Le bonsoir, messieurs.

Ils la saluèrent en retour, un peu surpris tout de même.

— Puis-je savoir ce que..., commença Griffont tandis qu'elle se servait un verre de vin chaud.

Elle l'interrompit en levant l'index, le temps de boire une gorgée qui parut lui faire grand bien.

— Le Régent a disparu, Castelgriffe, annonça-t-elle enfin.

— Disparu ?

— Mais je sais où il est.

— A-t-il disparu, ou non ? insista Delveccio.

— Ce soir, comme à son habitude, le Régent a abandonné les affaires du royaume vers 5 heures et a fait mine de se rendre à l'un de ces « petits soupers » qu'il affectionne. En réalité, son carrosse l'a secrètement mené ailleurs, hors de Paris.

— Comment le savez-vous ? s'enquit Louis. L'avez-vous suivi ?

— Pas moi. Les hommes de Cartouche, à qui j'avais demandé d'épier discrètement les allées et venues du Régent. Ils l'ont donc suivi jusqu'à destination, puis Cartouche est venu me dire où le Régent se trouve pour l'heure.

— À savoir ?

— Dans une certaine petite maison de la forêt d'Armainvilliers, non loin du château de Croussel, en compagnie de ce cher Levrat.

Les deux magiciens échangèrent un regard incrédule.

Le Régent, Levrat, Croussel.

L'Élixir d'Oubli.

Un *Miroir des Âmes*.

Et une nuit mage extraordinaire.

— Bon sang ! lâcha Griffont.

*

Delveccio parti de toute urgence pour l'Outre-Monde et Ambremer, Griffont et le Lys Pourpre chevauchaient à bride abattue dans la nuit, sur la route campagnarde qui menait à la forêt d'Armainvilliers dont les frondaisons enneigées, déjà, s'offraient à leur vue.

— Êtes-vous bien sûr de ne pas vous tromper ? demanda Aurélia, assez fort pour couvrir le bruit du galop des chevaux.

— Non ! répondit le mage, le visage fouetté par le vent glacé.

— Mais je ne comprends pas en quoi Levrat a besoin de l'Élixir d'Oubli.

— L'Élixir d'Oubli chasse l'âme de celui qui le boit vers l'Onirie. Levrat veut que le Régent le boive, puis il utilisera le *Miroir des Âmes* pour que son esprit se transporte dans le corps sans âme du Régent. Sans l'Élixir d'Oubli, l'âme du Régent irait habiter le corps de Levrat… En principe, un *Miroir des Âmes* permet l'échange des âmes. Mais avec l'Élixir d'Oubli, il ne peut y avoir d'échange puisque l'une des deux âmes est bannie.

— Et vous croyez que Levrat peut réussir ?

— Je n'ai pas envie d'attendre pour le découvrir… Cependant, en cas de succès, Levrat habitera le corps du Régent et sera libre d'agir en son nom. Peut-être même prévoit-il, son forfait accompli, de réintégrer son corps d'origine.

— Mais pourquoi ? Pourquoi prendre la place du Régent ?

— Vous voulez dire : pourquoi Levrat veut-il prendre la tête de l'une des grandes puissances européennes ? Cela non plus, je n'ai pas envie de le découvrir… Et n'est-ce pas vous qui m'expliquiez que les membres de l'Éridan étaient avides de pouvoir ?

— Et le Régent ?

— Vous savez comme moi que le Régent est fasciné par les sciences occultes. Je ne sais ce que Levrat lui a fait miroiter, mais il ignore certainement de quoi il retourne. Nous devons le sauver !

Ils s'enfoncèrent au galop dans la forêt silencieuse, ralentirent bientôt l'allure et, à une croisée de chemins, retrouvèrent Cartouche et deux comparses.

— Combien d'hommes as-tu avec toi ? demanda Aurélia.

— Six avec ces deux-là, répondit le brigand.

— Et là-bas, combien de sentinelles ?

— Une dizaine.

— Avec l'effet de surprise, nous avons nos chances.

Ils laissèrent les chevaux sur place et coupèrent à travers bois jusqu'au mur protégeant la petite propriété où, une semaine plus tôt, Griffont avait surpris un rendez-vous secret entre Levrat, Croussel et le Régent.

— Ne tuez que si nécessaire, murmura Louis.

Cartouche interrogea le Lys Pourpre du regard, acquiesça, puis donna des ordres brefs à ses deux compagnons qui se déployèrent en silence et allèrent prévenir le reste de la bande. Après quelques minutes, des ululements annoncèrent que tous étaient en place.

— Méfiez-vous de Crèvecœur si vous le croisez, glissa le mage à Aurélia.

Ils tirèrent l'épée, assurèrent à Cartouche qu'ils étaient prêts eux aussi et, poussant un hurlement de loup, le chef des brigands donna le signal de l'attaque.

L'affaire fut rondement menée. Les sentinelles

écartées furent maîtrisées les premières et Griffont et l'enchanteresse enjambèrent le mur pour courir vers la maison. Un garde voulut s'interposer mais Louis l'assomma d'un crochet du gauche avant qu'il réalise ce qui se passait. Un autre surgit au détour de l'écurie, et fut aussitôt plié en deux par le coup de genou que lui assena le Lys Pourpre avant d'enchaîner avec un coup de pommeau d'épée sur la nuque. Dix mètres plus loin, un troisième garde qui sortait par hasard du pavillon de chasse assista à la scène. Celui-là pouvait donner l'alerte, aussi Aurélia n'hésita pas. Elle tira une dague de sa botte et la lança. L'acier étincela dans la nuit en tourbillonnant. L'homme s'écroula sans pouvoir crier, la gorge transpercée.

Dans la maison, la voix de Croussel s'éleva pour protester. Le cadavre du garde empêchait la porte de se refermer et un courant d'air glacial envahissait déjà la demeure. Griffont et Aurélia s'élancèrent, gagnèrent le seuil en même temps que le marquis arrivait au bout du couloir. Croussel fit aussitôt volte-face et disparut dans une pièce.

— AUX ARMES! cria-t-il. AUX ARMES!

Le mage et l'enchanteresse se ruèrent à l'intérieur pour le faire taire au plus vite. Mais au détour du couloir, ils découvrirent le marquis qui les menaçait avec deux pistolets. Griffont réagit aussitôt. Il plongea, entraîna Aurélia à l'écart tandis que les détonations claquaient et que les balles sifflaient. Dans son élan, le couple percuta une porte qui ne résista pas et ils chutèrent sur les premières marches d'un escalier qui descendait.

— Cela doit se jouer en bas, dit le Lys Pourpre en se relevant. Allez voir. Je m'occupe de Croussel.

Et tandis que l'enchanteresse partait combattre le marquis rapière au poing, Louis descendit dans la cave. Elle était plus vaste que la maison ne le laissait supposer, tiède, voûtée, jalonnée de colonnes, éclairée par des flambeaux. Au centre, au milieu d'un pentacle tracé à la craie sur les dalles, deux chaises étaient placées de part et d'autre d'une table. Un *Miroir des Âmes* y était disposé, de sorte que chaque chaise était en regard de chacune de ses faces qui ne réfléchissaient rien et semblaient ouvrir sur une nuit tourmentée. Un liquide argenté – l'Élixir d'Oubli – emplissait une carafe près d'un verre en cristal.

Alarmés par le bruit mais encore indécis, Levrat et le Régent regardaient Griffont.

— Monsieur ! s'insurgea le Régent. De quel droit... ?

— Je vous prie de vous pousser, sire, dit le mage en tirant son pistolet pour viser Levrat.

Le Régent s'écarta de la ligne de mire, sans se taire pour autant.

— Je vous reconnais, monsieur de Castelgriffe. Vous devrez rendre raison de vos actes.

— Sire, j'ignore ce que Levrat vous a promis, mais il a menti à Votre Majesté. Vous êtes en danger, sire. Et en ce moment, des hommes se battent pour vous sauver.

Parfaitement impassible, Levrat, en robe cérémonielle noire, ne bougeait pas.

— Me sauver ? s'exclama le Régent. Mais me sauver de quoi ? ou de qui ?

— De lui ! répliqua Aurélia en descendant l'escalier, le visage dissimulé derrière le masque du Lys Pourpre.

Une blessure à son bras gauche saignait, mais elle ne semblait pas y prendre garde. À son tour, elle braqua un pistolet sur le sorcier et lui dit :

— Expliquez à Sa Majesté ce que vous comptiez lui faire subir, et pourquoi. Le chevalier de Castelgriffe hésitera peut-être à vous abattre, mais pas moi...

Ainsi finit, sur la victoire d'un duo appelé à s'illustrer encore, la chronique de ce qu'il advint très secrètement dans le royaume de France, au mois de novembre de l'an de grâce 1720.

Le lecteur – qui peut-être reste sur sa faim – apprendra bientôt la conclusion de cette affaire en même temps que le commissaire Farroux, de la bouche d'Isabel et Louis. Nous ne lui demandons qu'un peu de patience et lui promettons d'autres surprises. Il apparaîtra en particulier, à la lumière de développements qui restent à raconter, que ce qui semble achevé ne l'est pas toujours, et que les plus vieilles vengeances, si elles prennent parfois des détours obscurs, sont aussi les plus redoutables.

Il est donc temps de retrouver la Belle Époque et reprendre le fil de notre intrigue principale. Souvenez-vous, nous avions laissé Griffont alors que, de retour d'Ambremer où il en avait appris long sur L'Athanor Lumineux, *il trouvait l'appartement de Giacomo Nero incendié et la baronne de Saint-Gil transportée d'urgence à l'hôpital…*

LIVRE III

LE DRAGON D'ARMAINVILLIERS

20

À l'hôpital Laennec, Griffont resta au chevet d'Isabel toute la nuit. Puis vers 6 heures du matin, il rentra chez lui, fit une grande toilette, se changea, annonça à Étienne et Azincourt de quoi il retournait. Le chat-ailé, aussitôt, s'envola rejoindre la baronne. Louis, lui, resta. Il fallait qu'il grignote quelque chose et donne deux ou trois coups de fil – dont un, peut-être urgent, à Falissière.

Griffont fut de retour à l'hôpital vers 9 heures, alors que commençaient les visites. Dans le couloir, un bouquet de fleurs à la main, il croisa un homme élégant – grand, athlétique, la trentaine, la moustache blonde et l'œil charmeur – qui sortait tout juste de la chambre d'Isabel. L'individu, au passage, adressa un signe de tête aimable au mage. Louis répondit au salut par habitude et, en poussant la porte, suivit d'un regard intrigué l'autre qui s'éloignait, le pas tranquille et assuré.

L'enchanteresse, assise dans son lit, buvait un café au lait et mangeait des tartines beurrées avec un appétit qui faisait plaisir à voir. Auguste et Lucien lui tenaient compagnie. Au moment où Griffont entra,

Azincourt bondit par la fenêtre ouverte et s'éloigna à grands battements d'ailes duveteuses.

— Qui était-ce ? demanda Louis.

— Azincourt, bien sûr, répondit la baronne en haussant les épaules. Vous ne l'avez pas reconnu ? On ne dirait pas que c'est moi qui ai reçu un coup sur la tête…

— Je parlais du particulier qui vous quitte à l'instant.

— Ah ! lui…

Embarrassés, Auguste et Lucien se levèrent et quittèrent la chambre tandis que le gnome disait :

— Ben, on va y aller, nous…

— C'est ça, les garçons. Allez-y. Et pas de bêtises !

— Promis, patronne.

Quand ils furent seuls, Isabel acheva son café au lait en s'efforçant de ne pas croiser le regard inquisiteur du mage. Il y eut un silence, puis Griffont allait parler quand l'enchanteresse le prit de court :

— C'est pour moi, les fleurs ?

Louis parut découvrir le bouquet qu'il tenait.

— Euh… Oui.

— Mais c'est très gentil, ça !… Posez-les là, voulez-vous ? Je demanderai qu'on apporte un vase.

En fait, il y avait un vase sur la petite table que désignait la baronne. Mais il accueillait déjà un bouquet, plus beau que celui acheté par Griffont dans l'urgence chez le premier fleuriste venu, sur le chemin de l'hôpital. Louis en conçut aussitôt une certaine jalousie, et il vit la carte.

— Vous permettez ? fit-il en détachant le bristol.

— Ma foi…

De toute manière, il avait déjà lu ces quelques

mots d'une belle écriture masculine, à la fois précise et désinvolte : « De la part de votre serviteur aimant et dévoué. » Et c'était signé d'une simple initiale : « A. »

« A » pour « Arsène ».

Griffont se rembrunit.

— Ainsi, lâcha-t-il en prenant beaucoup sur lui, vous voyez encore Lupin…

— Nous sommes un peu collègues.

— C'est-à-dire complices.

— Ou concurrents, cela dépend.

— Et comment a-t-il su que…, demanda le mage en englobant d'un geste large la convalescente, le lit, la chambre, et tout l'hôpital au-delà.

— Vous savez bien que Lupin sait toujours tout, Louis.

— Mouais…

Griffont se résolut enfin à poser son bouquet et à prendre une chaise qu'il retourna pour, à califourchon, croiser ses poignets sur le dossier.

— Vous me semblez remise, dit-il avec une compassion sincère.

— Une grosse bosse, une robe fichue, un rendez-vous obligé chez le coiffeur et une jolie frousse, c'est tout ce qu'il y a à déplorer.

— J'ai eu peur, moi aussi.

— Je sais.

Ils échangèrent un regard long et tendre, qui dura trop pour ménager la pudeur de leurs sentiments. Isabel y mit le holà la première.

— Resservez-moi du café, s'il vous plaît, Louis.

Griffont s'exécuta, pas fâché de céder à cette

diversion, car il lui avait semblé voir un début de larmes dans les yeux de l'enchanteresse.

— À présent, proposa-t-il, racontez-moi tout.

— Farroux ne vous a rien dit ?

— Si, mais je veux connaître les détails.

La baronne raconta comment, sachant qu'Isidore Brochard était le Karolus Kerodec que, selon le docteur Anguet, Julienne Bonnet consultait, elle était allée interroger le faux druide. Et comment, grâce aux renseignements aimablement fournis par Brochard, elle avait retrouvé la petite maison où Paul Tixier était abandonné aux appétits d'un mnémovore.

Passant outre sa rixe avec le monstre, Isabel interrompit son récit pour dire :

— Savez-vous que le commissaire Farroux a eu le culot de me reprocher d'avoir tiré les vers du nez à cette crapule de Brochard ? Il appelle ça des aveux extorqués sous la contrainte !

— Et vous, comment appelez-vous ça ?

— Des questions bien posées.

Griffont sourit.

— Un dévoreur de mémoire, souligna-t-il dans l'intention de revenir à l'essentiel. Je croyais qu'ils avaient tous disparu…

— Si celui-là était le dernier, c'est désormais chose faite.

Tixier libéré, la baronne et ses comparses l'avaient conduit en urgence dans un hôpital parisien avant de prévenir Farroux. L'antiquaire, toujours plongé dans un coma tourmenté dont on se demandait s'il sortirait un jour, n'était d'aucune utilité à l'enquête. Cependant, le témoignage d'Isabel parut suffisant au commissaire des Brigades mobiles pour justifier de soumettre enfin Giacomo Nero à un interrogatoire. Un juge d'instruction fut du même avis et délivra l'indispensable commission rogatoire.

Mais il fallait faire vite.

— Pourquoi ? demanda Griffont.

— Il était déjà tard, Louis.

— Et alors ?

L'enchanteresse, qui s'y connaissait, expliqua d'un ton patient que, sauf en cas de flagrant délit, la loi française interdisait aux autorités d'entrer chez les gens, sans y être invitées, de 9 heures du soir à 6 heures du matin.

— Même avec une commission rogatoire en bonne et due forme ?

— Même. Et sans ce papier, c'est interdit quelle que soit l'heure dès lors qu'un flagrant délit n'est pas constaté : la police a tout de même le droit de forcer une porte pour empêcher des particuliers de s'entretuer… Mais c'est le genre de choses qu'il est bon de savoir, au cas où…

— Bref, voilà comment vous, Farroux, ses adjoints et quelques agents, vous vous êtes présentés chez Nero hier soir. Magne et Labricole n'étaient pas de la partie ?

— Non. Toujours cette vieille allergie aux forces de l'ordre…

La suite, Griffont la connaissait.

Comme ils purent le constater après avoir obtenu du concierge qu'il ouvre la porte, l'appartement du sorcier était non seulement désert, mais vidé. Malheureusement, l'enchanteresse avait reconnu trop tard les *Glyphes incendiaires* gravés sur les murs.

Réagissant à l'approche des intrus, les protections magiques s'étaient déclenchées et les lieux s'étaient aussitôt embrasés dans une explosion soudaine. Isabel avait alors eu plus de chance que le malheureux agent placé devant elle, Farroux ayant exigé qu'elle reste en retrait pendant qu'on fouillait l'appartement. Tué sur le coup, l'homme la protégea des flammes mais non du souffle qui la projeta contre un mur. Le choc l'assomma.

— Et voilà, conclut la baronne. Comme je vous le disais tout à l'heure, j'en suis quitte pour pas grand-chose. Tout le monde n'a pas été aussi verni que moi.

Le mage acquiesça.

— Quatre morts et une vingtaine de blessés plus ou moins graves, confirma-t-il. Sans compter l'immeuble détruit. Nero savait ce qu'il faisait en posant ces glyphes. Il savait qu'ils tueraient.

— Il faut le mettre hors d'état de nuire, Louis. Au plus tôt.

— Je sais.

Griffont se leva pour marcher jusqu'à la fenêtre. Dehors, sur la pelouse, des malades et leurs proches se promenaient, certains accompagnés par des infirmières.

— Et Brochard ?

— Je l'ai laissé filer, annonça Isabel de Saint-Gil.

— Pourquoi ?

— Je le lui avais promis s'il parlait. Et ce n'est pas la peine de me faire la leçon, Farroux s'en est déjà chargé.

— Mais c'est bien par l'intermédiaire de Brochard, parce que Julienne Bonnet se confiait à lui, que Nero a appris que Tixier était l'amant d'Émilie.

— Oui mais non.

Louis se détourna de la fenêtre.

— Comment ça, oui mais non ?

La baronne, ravie, afficha un grand sourire.

— Oui, Julienne se confiait imprudemment à Brochard, qui rapportait tout à Nero, qui à son tour en profita pour faire chanter Tixier. Mais non, Émilie n'est pas la maîtresse de Tixier.

Et, ménageant ses effets, elle ajouta :

— Elle est sa fille.

*

Plus tard dans la matinée, Farroux trouva Griffont qui patientait dans le couloir, devant la porte de la chambre de la baronne.

— Un problème ? s'inquiéta le commissaire.

— Aucun, le rassura Louis. Les médecins sont en train d'ausculter Isabel.

— Ah.

— Et si nous sortions fumer une cigarette en attendant ?

— Je ne fume pas.

— Ce n'est pourtant pas très difficile. Allons, accompagnez-moi… J'ai envie de prendre un peu l'air.

Ils gagnèrent un jardin tranquille où Griffont se laissa aller sur un banc, alluma une cigarette et exhala longuement la première bouffée avec un soupir d'aise. Il se sentait fatigué, avait la nuque raide et le dos douloureux. Farroux, qui n'avait pas dormi non plus cette nuit, portait le même costume que la veille. Il était cependant rasé de frais et fleurait l'eau de Cologne.

— Ainsi, dit Louis, la jeune et jolie Émilie Bonnet est la fille de Tixier.

— C'est ce que Brochard semble avoir affirmé à la baronne, oui… Julienne et Tixier se sont connus il y a une petite vingtaine d'années. À l'époque, Tixier travaillait déjà pour Darvin, son futur beau-père, qui l'avait pris sous son aile et voulut bientôt en faire son gendre. Pour le jeune homme sans fortune qu'était Tixier, c'était une chance inespérée.

— Julienne le comprit. Et pour ne pas entraver la carrière de l'homme qu'elle aimait, elle quitta la vie de Tixier alors qu'elle était déjà enceinte de ses œuvres.

— Ce qu'il ignorait… Julienne Pasquier accoucha d'Émilie, épousa sans doute le premier homme qui voulut bien d'elle et de sa fille, devint Julienne Bonnet. Les années passèrent, le mari mourut et Julienne renoua avec la misère. Pour ne rien arranger, elle tomba gravement malade en début d'année.

— Frappée de la Mort languide, nota le mage.

— Précisément. Se voyant condamnée, inquiète pour l'avenir de sa fille, elle se résolut à lui révéler le secret de sa naissance et l'identité de son vrai père. Julienne espérait que, lorsqu'elle ne serait plus là, Tixier accepterait d'aider sa fille.

— Mais Émilie n'attendit pas. Elle alla trouver Tixier, lui dit qui elle était et le supplia d'aider sa mère.

— Tixier se révéla n'être pas le mauvais bougre. Il fit face à ses nouveaux devoirs et, en secret, il obtint que Julienne soit suivie par le docteur Anguet, paya pour les consultations, les soins, les remèdes, installa les deux femmes dans une petite maison, s'assura qu'elles ne manquaient de rien. Cela lui coûta cher et il se retrouva vite dans l'obligation de piquer dans la caisse.

— Bien sûr, par peur du scandale, Tixier ne pouvait révéler l'existence de Julienne et Émilie.

— Si je cerne bien la personnalité de Tixier, remarqua Farroux, je pense qu'il craignait avant tout de nuire à la réputation de Darvin, l'homme à qui il devait tout. Peut-être aussi souhaitait-il ménager son épouse…

— Autant de bons sentiments qui firent de lui une proie facile pour Giacomo Nero et, indirectement, entraînèrent la mort de Darvin. Quand celui-ci découvrit les irrégularités comptables de son gendre, il engagea Edgar Bataille. Le détective privé enquêta et crut mettre au jour une relation adultère entre Tixier et Émilie. Il en informa Darvin qui était sur le point de tout révéler quand, l'apprenant, Nero l'assassina. Car si Darvin parlait, Nero perdait du même coup ses moyens de pression sur Tixier.

La cloche de la chapelle de l'hôpital sonna alors douze coups.

— Midi ! décréta un Griffont ragaillardi en se levant. Commissaire, je vous invite à déjeuner.

— Je vous remercie, mais je souhaiterais d'abord échanger quelques mots avec la baronne…

— Mais c'est dans sa chambre que je vous invite !

Et comme Farroux le regardait sans comprendre, Louis précisa :

— Vous n'imaginiez tout de même pas qu'Isabel de Saint-Gil allait se contenter de la cuisine de l'hôpital Laennec ?

*

Avec une nappe et un élégant service de pique-nique, Auguste avait dressé une table coquette dans la chambre d'Isabel. On ajouta un couvert pour le commissaire, puis Lucien servit un repas acheté chez un traiteur et réchauffé dans les cuisines de l'hôpital. L'enchanteresse était habillée pour la ville, coiffée, maquillée, pimpante, souriante. En un mot : ravissante. Des trois convives, elle était celle – et de loin – qui avait meilleure mine. La magie féerique y était pour quelque chose.

C'était désormais à Griffont de raconter ce qu'il avait découvert la veille. Il parla donc de *L'Athanor Lumineux*, de *L'Athanor Ténébreux* et de sa sinistre légende.

— C'est donc *L'Athanor Ténébreux* que Nero recherche, dit Farroux.

— Sans aucun doute, répliqua le mage. Mais comme il se savait surveillé de près par le Cercle Incarnat…

— … il a fait chanter Tixier pour que celui-ci cherche à sa place, acheva la baronne.

— Et voilà comment je vois les choses, reprit Griffont. Au début, Tixier s'exécute sans poser de questions. Mais à mesure qu'il apprend à connaître Nero, des scrupules lui viennent. Le sorcier ne lui a probablement rien demandé d'autre qu'échanger ou acheter, à n'importe quel prix, tous les exemplaires de *L'Athanor Lumineux* imprimés à Paris en 1721. Légitimement, Tixier s'interroge. Il fait des recherches en bibliothèque, découvre l'existence de *L'Athanor Ténébreux* et arrive à la même conclusion que nous : c'est cet ouvrage unique que Nero veut.

— Un cas de conscience se présente alors à notre antiquaire, enchaîna Isabel, à qui Louis avait déjà tout raconté dans la matinée… Tixier ne peut se révolter contre Nero ni le dénoncer aux autorités, mais il ne peut pas plus se résoudre à participer à une entreprise qu'il devine criminelle. Il ne lui reste donc plus qu'une solution : faire traîner les choses.

— Comment ça ? demanda le policier.

— En gardant *L'Athanor Ténébreux* par-devers lui dès qu'il le trouvera et en faisant mine de continuer à chercher, expliqua Griffont. Tixier devait songer qu'avec un peu de chance Nero finirait par renoncer.

— Un instant, intervint de nouveau Farroux. Comment Tixier espérait-il reconnaître *L'Athanor Ténébreux* ?

— Grâce à un *Détecteur d'influence sombre* qu'un mage du Cercle Or, Ilario Marcangelo, a fabriqué à sa demande.

— D'où tenez-vous cette information ?

Louis et Isabel échangèrent un regard incertain. Il n'était pas question d'avouer qu'ils avaient remonté la piste de Marcangelo grâce à une carte de visite subtilisée par l'enchanteresse dans le coffre de Tixier, au cours de la perquisition que dirigeait Farroux. Le commissaire savait se montrer conciliant, mais peut-être pas à ce point.

— Euh…, fit Griffont avec un rare sens de l'à-propos.

— Griffont l'a appris d'un ami, affirma l'enchanteresse.

— Ah bon ? lâcha l'intéressé.

— Vraiment ? dit Farroux.

— Oui. Par M. Méliès, qui est membre du Cercle Or, qui connaît bien Griffont et Marcangelo, et qui a eu vent de toute cette affaire. Ne me demandez pas comment. Il faudra lui poser la question.

Le commissaire considéra le couple d'un œil plus que soupçonneux tandis qu'Isabel affichait un sourire candide. Elle était très forte à ce jeu-là.

— L'important est que, reprit Louis, Tixier a trouvé *L'Athanor Ténébreux*.

Farroux oublia Marcangelo dans la seconde.

— Où ? Quand ? Comment ? s'étonna-t-il.

— Chez mon ami Edmond Falissière. Il y a quelques semaines à peine. Et grâce au *Détecteur d'influence sombre*… Je crois même que c'est Émilie qui possède le livre, à présent.

— Vous m'aviez caché ça, Louis, nota la baronne avec une pointe d'admiration dans la voix.

— Qu'est-ce qui vous permet de l'affirmer ? insista le policier. Est-ce Falissière qui… ?

À cet instant, on frappa à la porte et un murmure agacé traversa la chambre, comme quand un importun tousse au concert.

Par habitude, Lucien glissa la main dans la poche de son veston et serra la crosse de son revolver. Auguste marcha vers la porte, l'entrouvrit seulement, boucha la vue de toute sa masse.

— Oui ?

— Inspecteur Luquet. Je dois parler au commissaire Farroux.

Farroux se leva en même temps qu'Auguste laissait, à regret, le dandy entrer.

— Que se passe-t-il, Luquet ?

— On a retrouvé Émilie Bonnet, commissaire.

21

Le sorcier et alchimiste Levrat était l'auteur secret de *L'Athanor Lumineux*.

Griffont l'avait appris à Ambremer de la bouche de lord Dunsany, découvrant par là même que Varon lui avait menti. Car l'ogre savait. Mieux, toujours selon Dunsany, il avait rédigé l'article qui levait le voile sur ce mystère dans l'*Encyclopedia Alchimia*.

— Savez-vous qui a écrit *L'Athanor Lumineux*? avait demandé Louis lors de leur dernière rencontre.

— Le nom de l'auteur n'apparaît sur aucune édition, avait habilement répondu Varon. Mais c'est une information que vous trouverez peut-être dans l'*Encyclopedia Alchimia*. Dans l'édition de 1817 uniquement… Malheureusement, il n'en reste plus qu'un exemplaire connu.

— Où puis-je le consulter?

— Ici. À la Bibliothèque Royale.

Griffont ne s'expliquait pas pourquoi l'ogre lui avait dissimulé la vérité. Mais il s'expliquait encore moins pourquoi Varon lui avait fourni le moyen de la découvrir. Savait-il déjà que le précieux volume avait été volé, et donc que Louis ferait chou blanc ? Ou, contraint au mensonge, avait-il tenté d'aiguiller son ami dans la bonne direction ? Griffont voulait croire à cette hypothèse. Il voulait croire à un sursaut de loyauté, à un reliquat d'honnêteté, à une pointe de remords que Varon s'était efforcé d'exprimer de la sorte.

Restait qu'après deux siècles Levrat ou son fantôme croisait de nouveau la route de Louis. Il s'en était d'abord ouvert à Isabel puis, ensemble, ils avaient décidé que Farroux méritait de savoir. L'après-midi n'avait pas été de trop pour raconter ce qui était advenu très secrètement dans le royaume de France, au mois de novembre de l'an de grâce 1720. Cinq heures allaient sonner et Griffont en arrivait à peine à l'épilogue de cette affaire.

— Le Régent fut sauvé, dit-il, et Levrat fut arrêté.

— Croussel ? demanda Farroux.

— Mort, répliqua l'enchanteresse qui se souvenait encore du regard incrédule et implorant du marquis lorsqu'elle lui avait passé son épée à travers le corps.

Ils étaient attablés dans une brasserie depuis laquelle ils pouvaient observer les abords de la pharmacie Grudon où, rue de Vienne, peu avant midi, Émilie Bonnet était venue réclamer le remède contre la Mort languide, le mal qui avait tué sa mère et dont elle croyait souffrir elle aussi. Comme convenu, le pharmacien avait prié la jeune femme de revenir pour la fermeture, le temps qu'il prépare le médicament. Il avait aussitôt prévenu les policiers, et une souricière avait été mise en place.

— La page volée dans le Sacramentaire Royal fut rendue à Ambremer, ajouta Griffont, et il faut mettre au crédit d'Isabel que l'on n'entendit plus jamais parler de l'Éridan... Ni d'ailleurs de Crèvecœur, qui avait disparu sans laisser de traces.

— C'était pourtant bien lui qui avait assassiné votre ami dragon, dit le commissaire.

— Oui, sans aucun doute... Je l'ai cherché un temps, puis je me suis résolu à l'oublier en me disant que Crèvecœur n'était qu'un exécutant, après tout... Le pire est que l'on ne sut jamais pourquoi Raynaud, ou plutôt Tel'Var'Aak, avait été abattu devant chez lui, cette nuit-là, tout juste après mon départ. Peut-être avait-il eu vent des intrigues de Levrat... (Le mage, plongé dans de tristes souvenirs, soupira.) L'époque était difficile pour les dragons réfugiés sur Terre. Certains voulaient y porter la guerre qu'ils perdaient dans l'OutreMonde. Et d'autres, comme Tel'Var'Aak, souhaitaient au contraire la paix dans les deux mondes. Un dragon avait vite fait de passer pour un traître aux yeux de l'autre camp. Cela, aussi, peut avoir tué mon ami...

Griffont tourna ses regards vers le square Laborde. Assis sur un banc, le très élégant inspecteur Luquet y lisait son journal tandis que des employés municipaux démontaient l'estrade qui avait servi, en fin de matinée, à l'inauguration d'une vague plaque commémorative en présence de quelques officiels.

— Qu'advint-il de Levrat ? demanda Farroux. A-t-on finalement su qui il était exactement, et quelles étaient ses intentions ?

Louis étant toujours perdu dans ses pensées, Isabel raconta que, durant son procès, Levrat n'expliqua ni n'avoua rien, même quand il fut soumis à la question. Mais les preuves et les témoignages retenus contre lui suffirent à démontrer qu'il espérait se substituer au Régent en lui volant son corps. Dès lors, il importait peu que les juges – qui ignoraient bien sûr tout de l'OutreMonde et des vrais mages – croient que Levrat pouvait réussir. Il suffisait qu'il ait tenté de « porter atteinte à la personne du roi » et soit reconnu coupable de pratiquer la sorcellerie.

— Levrat, poursuivit la baronne, fut donc jugé par une chambre ardente et…

— Un instant, dit le commissaire. Une chambre ardente ?

— L'expression datait de l'Affaire des poisons. Elle désignait un tribunal spécial, qui avait à la fois la tâche d'instruire et de juger. Il siégeait à huis clos dans une salle tendue de noir et éclairée par des flambeaux, d'où ce nom… Bref, Levrat fut condamné. On détruisit les minutes du procès et, un mois plus tard, Levrat était brûlé en place de Grève sous un faux nom, pour sorcellerie. La vérité sur cette affaire ne fut jamais révélée.

— Brûlé ? s'étonna Farroux. On brûlait encore les sorciers au début du XVIIIe siècle en France ?

— On brûla celui-là, intervint Griffont d'un air sinistre… Je soupçonne Ambremer d'avoir intrigué en secret pour que cela arrive, et ce n'est pas ce que l'on fit de mieux.

— Pourquoi ?

— D'abord parce que j'ai vu assez d'hommes périr de la sorte pour ne souhaiter ce sort à personne, pas même à mon pire ennemi. Ensuite parce que si Levrat n'avait pas été brûlé, il n'y aurait pas d'*Athanor Ténébreux*.

Louis évoqua alors une hypothèse très incertaine

que lui avait rapportée Dunsany : *L'Athanor Ténébreux* aurait été imprimé avec une encre mêlée aux cendres de Levrat. Comme le livre maudit était issu d'un tirage postérieur de quelques mois à la mort du sorcier, la chose était historiquement possible, à défaut d'être avérée.

— Les prétendus pouvoirs maléfiques de *L'Athanor Ténébreux* viendraient donc de là, fit Farroux.

— Ne doutez ni de la véracité ni du danger de ces pouvoirs, conseilla Griffont. D'autres en ont souffert.

— Ah ! oui, Falissière…

Le mage acquiesça. Il avait eu le temps d'exposer sa théorie pendant le trajet en voiture, entre l'hôpital Laennec et la brasserie. Elle était le fruit de ses cogitations et s'appuyait sur quelques faits avérés.

Durant l'été, Falissière avait ainsi acheté un *Athanor Lumineux* de 1721. Il possédait déjà un exemplaire identique, mais le livre était vendu aux enchères avec tout un lot d'autres ouvrages qui, pour certains, l'intéressaient. Peu après, le diplomate retraité tombe malade. Il dépérit et semble vieillir de dix ans en quelques semaines, sans que les médecins y puissent rien. Finalement, profitant d'un léger mieux, Falissière part en cure et revient quatre ou cinq jours plus tard, miraculeusement remis. Or peu avant son départ, il a reçu la visite de Tixier, à qui il céda volontiers son doublon de *L'Athanor Lumineux*. Louis était convaincu qu'il s'agissait en fait de *L'Athanor Ténébreux*. Il affirmait que c'est en s'en séparant, puis en s'éloignant de son domicile, que l'ouvrage maudit avait sans doute imprégné, que son vieil ami avait – sans le savoir – recouvré la santé.

Les eaux d'Auvergne, pour bénéfiques qu'elles soient, n'y étaient pour rien.

— Si vous ne vous trompez pas, nota Farroux, si Tixier a mis la main sur *L'Athanor Ténébreux*, c'est désormais Nero qui le possède.

Louis prétendit que non :

— Si c'était le cas, Nero aurait aussitôt mis fin au chantage auquel il soumettait Tixier et, surtout, il n'aurait pas assassiné Darvin, le beau-père trop curieux.

Selon Griffont, Tixier avait eu très tôt des scrupules à servir le sorcier aveuglément – d'où ses recherches à la Société de Bibliophilie Merveilleuse et Secrète qui lui permirent de découvrir l'existence de *L'Athanor Ténébreux*, puis le *Détecteur d'influence sombre* commandé à Ilario Marcangelo. Par peur de ce qu'un sorcier de la trempe de Nero pourrait en faire, l'antiquaire ne pouvait se résoudre à lui remettre *L'Athanor Ténébreux*.

— Ou alors Tixier craignait que Nero supprime tous les témoins de l'affaire dès qu'il aurait obtenu satisfaction, proposa l'enchanteresse.

— En effet, accorda Louis.

— Soit, fit le commissaire. Grâce au *Détecteur d'influence sombre*, donc, Tixier reconnaît *L'Athanor Ténébreux* chez Falissière. Il l'achète mais, pour une raison ou pour une autre, il le conserve à l'insu du sorcier… Pourquoi ne détruit-il pas le livre ?

— Même moi qui suis mage, je ne m'y risquerais pas… Quoi qu'il en soit, ignorant probablement à quel point il est dangereux, Tixier confie *L'Athanor Ténébreux* à Émilie, qui le cache chez elle. Puis les événements se précipitent. Nero empoisonne Darvin,

Tixier comprend et prend peur. Il veut me parler, mais je tombe sous les balles des hommes que Nero a lancés à ses trousses. À cet instant, Giacomo Nero a sans doute deviné le double jeu de l'antiquaire. Ses sbires ayant échoué à prendre Tixier, il les envoie chez Émilie. Là encore en vain, car Tixier et elle se cachent ailleurs. Enfin, Tixier tente de prendre contact avec Cécile de Brescieux. Malheureusement, le sorcier avait prévu le coup…

— Il y a une faille dans votre raisonnement, Louis, remarqua Isabel.

— Seulement une ?

— Mais elle est de taille… Nous savons que, grâce au mnémovore qui a fouillé la mémoire de Tixier, Nero n'ignore plus rien de ses secrets. Aussi, comment expliquez-vous que Nero n'ait pas déjà retrouvé Émilie ?

— Il faut croire que Tixier, avant d'aller rejoindre Cécile, ordonna à Émilie de déguerpir s'il ne revenait pas dans les délais. De sorte que quand Nero l'a interrogé, Tixier ignorait où était sa fille. Et *L'Athanor Ténébreux.*

— Cela se tient, reconnut l'enchanteresse.

— Cependant, dit Farroux, comment êtes-vous sûr qu'Émilie possède le bouquin tragique ?

— Parce qu'elle est malade. Ou du moins parce qu'elle croit avoir reconnu chez elle les premiers symptômes de la Mort languide dont souffrait sa mère. Or ces symptômes – fatigue, faiblesse, épuisement – sont aussi ceux que *L'Athanor Ténébreux* provoque. Pour que le mal soit apparu si tôt chez un sujet si jeune, je devine qu'Émilie ne se sépare plus du livre depuis quelque temps. Je vous parie qu'elle l'aura en poche quand elle viendra chercher son médicament.

— Ce qui ne saurait tarder, indiqua le commissaire. La pharmacie va bientôt fermer.

*

Les minutes s'égrainaient lentement, Émilie Bonnet n'avait toujours pas reparu et le pharmacien, dans moins d'un quart d'heure, aurait baissé le rideau de fer.

Parce qu'ils n'avaient plus grand-chose à se dire, Griffont, Isabel et Farroux trompaient comme ils pouvaient l'anxiété qui les gagnait. Louis jouait distraitement avec sa chevalière du Cercle Cyan. L'enchanteresse fixait d'un regard absent sa tasse à thé vide. Le commissaire, lui, semblait absorbé par le spectacle de la rue.

Il vit bientôt une Renault deux cylindres se garer plus haut dans la rue de Vienne. Tout vêtu de noir et la mine sévère, l'inspecteur Caribe était au volant. Farroux lui adressa un discret signe de tête puis, lorgnant vers le square Laborde et l'inspecteur Luquet, constata avec satisfaction que le dispositif destiné à mettre le grappin sur Émilie Bonnet était en place.

Il était convenu que l'on attendrait que la jeune femme ressorte de la pharmacie pour agir. Les inspecteurs convergeraient vers elle tandis que le commissaire la rejoindrait en traversant la rue. Trois policiers aguerris, c'était plus qu'il n'en fallait. L'affaire devait se faire en douceur et il n'était d'ailleurs pas question de sauter sur le râble d'Émilie qui, jusqu'à preuve du contraire, n'était coupable de rien.

Dans la brasserie bondée, un serveur circula en exhibant une ardoise sur laquelle, d'une belle écriture pleine de rondes et de déliés, était écrit à la craie : « M. GRIFFON. »

L'intéressé, qui n'était pas à un *t* près, s'étonna.

— Qui sait que je suis là ?

Farroux avoua son ignorance ; l'enchanteresse haussa les épaules. Griffont alla rejoindre le serveur et se présenta. On lui annonça que quelqu'un le demandait au téléphone.

— Vous avez le téléphone ?

La chose, en 1909, était encore rare ailleurs que chez les riches particuliers.

— Mais certainement, monsieur, se rengorgea le serveur. La brasserie Maurisson est fière de proposer à sa clientèle le meilleur service qui soit.

— Qui me demande ?

— Je l'ignore, monsieur. Dois-je dire que vous n'y êtes pas ?

— Non, non. Je vous suis.

Louis se laissa guider jusqu'au fond de la brasserie, tout au bout du grand comptoir, où – dans une petite cabine – était un téléphone mural. De là, le mage ne voyait ni sa table ni la rue. Et Émilie Bonnet qui risquait d'arriver d'un moment à l'autre !

Agacé, Griffont colla l'écouteur à son oreille et approcha la bouche du cornet.

— Griffont, fit-il.

— Êtes-vous monsieur Griffont ? répondit une voix d'homme étouffée.

— Oui.

— Louis Denizart Hippolyte Griffont, mage du Cercle Cyan ?

— Oui !… Qui êtes-vous ?

— J'ai des renseignements susceptibles de vous intéresser.

— Je voudrais savoir à qui je parle.

— Pas de nom !… Voulez-vous mes renseignements ?

— Cela dépend. À quel sujet ?

— Au sujet de l'affaire qui vous occupe.

— J'ignore de quoi vous parlez. Je vais raccrocher.

— C'est au sujet de Giacomo Nero, de *L'Athanor Lumineux* et de Cécile de Brescieux !

— Je vous écoute.

— Le Cercle Incarnat ne vous a pas tout dit.

— Grande nouvelle…

— Il sait des choses que l'on vous cache. Des choses importantes !

— J'avais compris. C'est tout ?

— Non !… Attendez !… Je vais vous passer quelqu'un…

— Qui ?

— Quelqu'un qui vous expliquera mieux que moi.

— Pas question ! J'exige que vous me disiez maintenant ce que…

Comprenant qu'il parlait dans le vide, Griffont n'acheva pas. Il attendit sans que personne se manifeste au bout de la ligne, puis il raccrocha, furieux.

À son retour, Farroux n'avait pas bougé.

Mais la baronne, elle, manquait à l'appel.

*

Parce qu'il s'impose, il convient de faire ici un bref retour en arrière. Il ne nous mènera pas bien loin.

Tandis que Griffont répondait à un coup de fil qui n'avait d'autre but que de l'éloigner, Isabel et Farroux virent un homme approcher respectueusement de leur table. Un homme âgé, blanchi, voûté, avec d'épais favoris et une moustache aussi bien fournie que taillée. Il portait une redingote noire et un haut-de-forme, avait un monocle à l'œil droit et tenait sa canne et ses gants dans la main gauche. Faisant montre d'excellentes manières, il se découvrit, salua, se présenta :

— Duc de Charmerace. Je doute que vous vous souveniez de moi, madame, mais je vous ai été présenté naguère chez le baron de Laureins, par M. d'Andrésy. Je ne vous importunerai pas longtemps. Je tenais juste, en passant, à vous présenter mes hommages les plus respectueux.

— Mais je me souviens très bien de vous, monsieur le duc, répondit l'enchanteresse avec un grand sourire ravi. Voici le commissaire Farroux des Brigades mobiles.

— Monsieur le commissaire.

— Monsieur.

— Avez-vous des nouvelles de M. d'Andrésy ? demanda Isabel sur le ton du badinage mondain. Se porte-t-il bien ?

— Il va à merveille, madame. Savez-vous qu'il est à Paris en ce moment ?

— J'aimerais beaucoup le retrouver, à l'occasion.

— Mais j'ai justement rendez-vous avec lui ! Voulez-vous m'accompagner ?

— Avec joie !

— Maintenant ? s'étonna Farroux.

— Et pourquoi pas ? répliqua la baronne. Avez-vous besoin de moi, monsieur le commissaire ?

— Non, mais…

— Alors c'est dit. Je vous suis, monsieur le duc.

Et elle accepta le bras du vieil aristocrate qui, tandis qu'ils passaient la porte, adressa au policier un regard malin où pointait…

Où pointait de l'ironie.

*

— Partie ? s'exclama Griffont. Comment ça, partie ?

— Comme je vous le dis, répondit Farroux.

— Et vous n'avez pas essayé de la retenir ?

— Que vouliez-vous que je fasse ? Que je menotte la baronne à la table ?

De l'autre côté de la rue, le pharmacien se montra à la porte de son officine pour observer à droite et à gauche. C'était l'heure de la fermeture et, manifestement, il ne savait que faire, car Émilie Bonnet n'avait toujours pas reparu. Viendrait-elle seulement ?

Le commissaire commençait à se le demander.

— Écoutez, ajouta celui-ci à l'intention du mage. J'ai d'autres priorités que surveiller les allées et venues d'Isabel de Saint-Gil… Eh ! où allez-vous ?

Griffont attrapa son manteau et sortit de la brasserie.

— Je reviens ! promit-il en passant la porte à tambour.

Cherchant la baronne du regard, il ne l'aperçut pas du côté du square et partit dans l'autre direction, remonta la rue de Vienne jusqu'à son croisement avec la rue du Rocher. Le carrefour, desservi de surcroît par les rues de la Bienfaisance et de Stockholm, était très fréquenté. Louis arriva alors qu'Isabel et un vieil élégant montaient, hors d'atteinte, à bord d'une belle voiture de maître qui les attendait et s'éloigna aussitôt.

Le mage pesta, la prunelle allumée et la moustache frémissante. Il était fâché contre lui-même d'avoir donné dans le piège du coup de téléphone. Il était fâché contre l'enchanteresse qui lui faussait compagnie pour (sans doute) jouer une carte secrète et (certainement) prendre des risques inconsidérés. Enfin, il était fâché contre celui qu'il soupçonnait d'être le duc de Charmerace dont Farroux avait parlé.

Fâché, et un rien jaloux.

Impuissant, Griffont dut se résoudre à rebrousser chemin, et il tourna les talons à l'instant où, venu de la rue de la Bienfaisance, un taxi conduit par un gnome s'engageait rue de Vienne. Quelques secondes furent nécessaires pour que le doute se mue chez lui en certitude. Mais ce moment d'hésitation passé, le mage acquit la conviction que c'était dans ce même taxi, conduit par ce même gnome, qu'il avait suivi Émilie Bonnet quelques jours plus tôt, depuis la boutique d'antiquités de Tixier jusqu'au parc Montsouris. Avec un détour par la fameuse pharmacie Grudon, où la jeune femme était décidément très attendue.

Lorsqu'elles sont trop grosses, les coïncidences n'en sont plus. Louis songea alors au gnome qui avait posé des questions à Ilario Marcangelo au sujet de Tixier, puis à celui que l'on soupçonnait d'avoir volé l'*Encyclopedia Alchimia* à la Bibliothèque Royale d'Ambremer. Ces gnomes-là n'en faisaient qu'un, qui œuvrait pour le compte de Nero et suivait les mêmes pistes que Griffont. Sans doute surveillait-il le magasin d'antiquités quand le mage était monté d'autorité dans son taxi et lui avait ordonné de suivre Émilie. Et sans doute comptait-il filer la jeune femme de toute manière. Envisageant cette hypothèse, le mage jugea que la situation ne manquait pas de piquant *a posteriori*.

Le faux chauffeur de taxi semblait attendre une course. Il s'était garé à une cinquantaine de mètres de la pharmacie, en retrait de Caribe qui surveillait toujours l'officine et ses abords dans la Renault de la brigade. Le gnome avait-il déjà remarqué l'inspecteur ? Probablement, de même qu'il était idéalement placé pour voir, dans le prolongement de la rue, l'inspecteur Luquet qui levait souvent les yeux de son journal depuis un banc du square Laborde. Mais le gnome savait-il pour autant qu'il avait affaire à des policiers ? Si ce n'était pas le cas, il pouvait le pressentir, averti par ce sixième sens que les malfaiteurs développent.

Griffont décida d'agir.

Il approcha au pas du promeneur, saisit dans sa poche le pistolet dont il ne se séparait plus depuis qu'on l'avait abattu, et grimpa subitement dans le taxi par la portière arrière, côté trottoir.

— Pas libre ! protesta le gnome en se retournant sur son siège.

Il reconnut le mage, écarquilla les paupières, voulut plonger la main dans sa veste. Louis le prit de vitesse et l'assomma d'un coup de crosse sur la nuque. Par chance, la capote du taxi était mise et ce bref pugilat passa inaperçu. Griffont s'en assura en épiant les alentours d'un regard inquiet et cala sa victime de sorte qu'on pouvait la croire endormie. Puis il passa à l'avant.

Une métamorphose, alors, eut lieu sous le regard du mage. Les traits du gnome se troublèrent, s'assombrirent, changèrent. Il devint – ou plutôt redevint – un gnome noir, un crapulard.

Il redevint Crèvecœur.

Éberlué, Griffont oublia Émilie, les policiers en planque, la baronne partie Dieu sait où avec Dieu sait qui. C'était d'abord le spectre de Levrat qui avait resurgi d'un passé lointain, et maintenant Crèvecœur, son âme damnée, en chair et en os. Par acquit de conscience, Louis examina la main gauche du gnome noir et vit que l'auriculaire gauche manquait. Il fouilla ensuite le gnome, trouva un revolver chargé de six balles en sélénium noir qu'il empocha, et enfin un pendentif magique qui maintenait l'apparence illusoire de Crèvecœur tant que celui-ci restait conscient. Il ne s'agissait pas seulement de le rendre méconnaissable. Il fallait surtout que l'on ne sache pas qu'il était un crapulard, à savoir le représentant d'un peuple qui n'avait pas droit de cité à Paris.

Tout à ses pensées, Griffont ne vit pas la grosse

berline noire arriver. Il ne réagit qu'en entendant un crissement de pneus aigu devant la pharmacie, et alors seulement leva le nez.

Très vite, les premiers coups de feu éclatèrent.

22

— Duc de Charmerace, baron de Laureins, monsieur d'Andrésy, énuméra Isabel de Saint-Gil dans la voiture qui les emmenait. Vous avez véritablement battu le rappel de vos pseudonymes ! Craignez-vous à ce point que je ne vous reconnaisse pas ?

— La plupart des gens s'y laissent prendre, expliqua Arsène Lupin. Le commissaire Farroux, lui, n'y a vu que du feu.

— Je ne suis pas la plupart des gens. Et comme Farroux ignore à quoi vous ressemblez au naturel, il n'était pas difficile de le tromper.

— Vrai. Mais c'était beaucoup plus drôle ainsi…

Sans avoir touché à son maquillage, à ses faux favoris, à sa perruque blanche, Lupin paraissait avoir rajeuni de trois décennies, car c'étaient moins des artifices de théâtre que le jeu de sa physionomie et de ses attitudes qui le déguisaient.

Cependant, pour reprendre les mots de la baronne, à quoi ressemblait-il au naturel ? Nous dirons qu'il avait dans les trente-cinq ans, était athlétique, plutôt grand, et jouissait d'un charme qui séduisait les femmes et forçait la sympathie des hommes. Mais nous n'irons pas plus loin de peur d'un impair, attendu que Maurice Leblanc – le confident et historiographe du célèbre cambrioleur – s'avouait impuissant à le décrire : « Son portrait ? écrit-il dans *L'Arrestation d'Arsène Lupin*. Comment pourrais-je le faire ? Vingt fois j'ai vu Arsène Lupin, et vingt fois c'est un être différent qui m'est apparu… ou plutôt, le même être dont vingt miroirs m'auraient renvoyé autant d'images déformées, chacune ayant ses yeux particuliers, sa forme spéciale de figure, son geste propre, sa silhouette et son caractère. » Et Leblanc, toujours parlant de Lupin, de vanter « ses ressources infinies, sa patience, son art du maquillage, sa prodigieuse faculté de transformer jusqu'aux proportions de son visage ». À force de métamorphoses, l'aventurier devait d'ailleurs avouer un jour qu'il ne se reconnaissait plus dans une glace. Derrière cette boutade se cachait sans doute la vérité d'un homme tourmenté dont on ne saura jamais s'il se cherchait ou se fuyait sous les masques.

— Où m'emmenez-vous ? demanda l'enchanteresse.

— Mais où vous le voulez, très chère ! Londres, Venise, Vienne ? Vous n'avez qu'à demander.

Isabel connaissait l'insouciance et le juvénile enthousiasme d'Arsène Lupin. Pourtant, à cet instant, il lui sembla que son attitude était affectée et elle crut discerner dans son regard une immense tristesse, un abattement qu'elle ne s'expliquait pas. Comme tout un chacun, elle avait suivi dans les journaux les principaux rebondissements de l'aventure qui avait occupé Lupin tout l'été et que Maurice Leblanc relaterait par le menu dans *L'Aiguille creuse*. Elle en ignorait encore, cependant, le tragique épilogue.

— Sérieusement, Lupin…

— À l'Hôtel Continental.

Au volant était Achille, serviteur dévoué, complice efficace et chauffeur pour l'occasion.

— Que se passe-t-il au Continental ?

— Je l'ignore au juste, mais je suis certain que cela vous intéressera, s'il n'est pas déjà trop tard. Le temps que l'on me prévienne, puis que je vous retrouve dans cette brasserie…

— À ce sujet, j'aimerais bien savoir comment vous vous y êtes pris.

— Arsène Lupin n'échoue jamais.

— Mais il tarde parfois à répondre.

— Oh ! vous m'en voulez encore ?

— J'hésite.

La baronne, qui comptait sur lui et sa bande pour épier les allées et venues de Nero, avait tenté de contacter Lupin après l'assassinat de Griffont, mais le *gentleman*-cambrioleur ne s'était manifesté que ce matin, à l'hôpital Laennec. Il n'était alors plus temps d'espionner le sorcier. En revanche, profitant qu'Arsène Lupin l'assurait galamment de son dévouement, Isabel lui avait jeté Cécile de Brescieux en pâture.

Dans cette affaire, le rôle que jouait la magicienne du Cercle Incarnat était trouble. En particulier, l'enchanteresse trouvait curieux que Paul Tixier se soit d'abord tourné vers Griffont (qu'il ne connaissait, au mieux, que de réputation), plutôt que vers Cécile qui s'était présentée à lui bien avant et avait, de surcroît, offert l'aide du Cercle Incarnat. Certes,

Tixier avait fini par aller à la rencontre de la magicienne, ce qui lui avait valu d'être enlevé. Mais il l'avait fait alors qu'il était aux abois, acculé, désespéré. Bref, contraint et forcé. L'antiquaire se méfiait-il ?

Par principe, Isabel estimait qu'il avait eu bien raison. On ne se méfiait jamais assez de la Brescieux.

— Il y a un peu plus d'une heure et demie, rapporta Lupin tandis que le fidèle Achille manœuvrait place Vendôme, Cécile de Brescieux a reçu la visite d'un ogre.

— Un ogre ?

Varon, songea la baronne.

— Achille !

— Patron ? répondit le chauffeur.

— À quoi il ressemblait, cet ogre ?

Achille hésita.

— Je saurais pas trop dire, patron... À un ogre en costume.

— Et c'est tout ?

— Il avait un chapeau melon trop petit.

Jugeant l'information pour ce qu'elle valait, Arsène Lupin se tourna vers l'enchanteresse et dit :

— C'était donc un ogre en costume, et qui avait un chapeau melon trop petit... Lui et la magicienne sont ressortis un peu plus tard, visiblement pressés. Ils se sont rendus à l'Hôtel Continental, où ils ont retrouvé d'autres personnes dans un salon privé. Comme ils n'avaient pas l'air de vouloir en bouger, Achille est venu me chercher. Et me voilà.

— Qui sont ces autres personnes ? voulut savoir Isabel.

— Je m'en voudrais de vous gâcher la surprise...

Mais on ne donne pas rendez-vous à son tailleur à l'Hôtel Continental.

Ils étaient arrivés.

Achille gara l'automobile devant le palace et sortit ouvrir la portière de la baronne.

— Voulez-vous que je vous accompagne ? demanda Lupin.

— Non, Arsène. Je saurai bien me débrouiller… Par contre, vous me rendriez encore service en appelant chez moi, rue de Lisbonne. Dites à Auguste et Lucien de me retrouver ici avec la Spyker.

— Entendu. Au fait, êtes-vous contente d'Auguste ?

— Ravie. Une perle. J'espère qu'il ne vous manque pas trop…

Elle allait sortir, mais il la retint.

— Nous n'avons pas parlé de mes émoluments, Isabel.

— Pardon ?

— J'ai fait mes comptes : ils s'élèvent à un baiser.

L'enchanteresse sourit, tendit la joue, n'en voulut pas trop à Lupin de s'égarer vers la commissure des lèvres.

— À bientôt, monsieur le duc de Charmerace.

— À bientôt, madame la baronne de Saint-Gil.

Elle quitta enfin la voiture, Achille referma la portière et le *gentleman*-cambrioleur lança par la vitre baissée :

— Présentez mes excuses à Griffont !

— Au sujet du baiser ?

— Au sujet du coup de téléphone. Mais je le connais : sans ça, il aurait fait des tas d'histoires. C'est qu'il peut se montrer très jaloux, votre magicien…

Isabel se dit que c'était aussi vrai qu'au premier jour, et cette idée la ravit tandis qu'elle passait les portes du palace.

*

Tout était allé très vite lorsque, rue de Vienne, des hommes avaient surgi d'une berline noire et tenté d'enlever Émilie Bonnet devant la pharmacie. À cet instant, la souricière des policiers se refermait sur elle en douceur. Luquet marchait à sa rencontre depuis le square Laborde ; Caribe descendait le trottoir en pressant légèrement le pas pour la rattraper ; Farroux sortait de la brasserie et traversait la rue en diagonale. Arrivé à pleine vitesse, le bolide faillit renverser le commissaire qui, sauvé par ses réflexes, roula dans le caniveau sous les regards ahuris des passants.

Stupéfiés, les inspecteurs tardèrent à prendre la mesure des événements, mais tout s'éclaira quand la berline dérapa à la hauteur d'Émilie et libéra trois rouquins costauds, dont l'un attrapa la jeune femme terrifiée. Luquet s'élança ; Caribe dégaina son revolver ; « Police ! » hurla Farroux en se relevant. Les deux malfrats qui ne s'occupaient pas d'Émilie aussitôt firent feu sur lui, et le commissaire bondit derrière un lampadaire avant de riposter. La fusillade acheva de plonger la rue dans la panique. Les gens criaient, couraient, se cachaient où ils pouvaient. Hystérique, Émilie luttait contre un Irlandais qui, privé du secours de ses frères, peinait à l'entraîner à bord de la berline. Des fenêtres et des vitrines volèrent en éclats ; les coups de feu effrayèrent l'attelage d'un fiacre qui s'emballa ; un cheval abattu s'effondra entre les brancards de sa charrette. Un petit vendeur de journaux heurta Caribe et s'agrippa à ses jambes comme au mât d'un navire qui sombre. Aussi impassible, raide et sinistre que la statue du Commandeur, l'inspecteur attrapa le gamin par le col, le fit passer derrière lui sans le lâcher, leva son arme et profita des deux premières opportunités de tir qui s'offrirent à lui dans la cohue. Il n'était pas médaillé d'or de la Préfecture pour rien : les deux truands qui mitraillaient Farroux et le décor s'effondrèrent, morts. Leur comparse et le chauffeur resté au volant comprirent que tout était perdu. D'une ultime ruade, la jeune femme se libéra, abandonna un large pan de son manteau déchiré dans les mains de son agresseur, s'enfuit, tomba presque aussitôt dans les bras de Luquet. Celui-ci la poussa de force sous un porche et la protégea de son corps alors qu'elle se débattait de plus belle et que le dernier rouquin bondissait dans la berline qui redémarrait. Mais Farroux, accouru, en extirpa le kidnappeur au dernier moment. Pendant que les deux hommes luttaient, la puissante auto fila vers le square Laborde dont les abords étaient bouchés par un désordre de véhicules. Elle fit demi-tour en dérapant, prit la rue de Vienne dans l'autre sens et, sous le feu de Caribe, fonça vers le commissaire et son adversaire. Farroux s'écarta à temps. L'autre eut moins de chance : percuté de plein fouet, il vola en l'air et ce fut un cadavre désarticulé qui atterrit plus loin sur le pavé.

Poursuivant sa course folle, la berline arriva sur Griffont qui avait laissé Crèvecœur dans son taxi et accourait. Louis lâcha trois balles dans le pare-brise avant de sauter sur le côté pour éviter la puissante berline qui, toutes portières ouvertes, le frôla et disparut à l'angle de la rue du Rocher.

*

Dans le hall de l'Hôtel Continental, Isabel avisa un concierge qu'elle reconnut aux clefs d'or croisées qui ornaient les revers de son habit, et lui dit :

— Bonjour. Je suis la baronne de Saint-Gil. Pouvez-vous m'indiquer le salon où Mme de Brescieux m'attend ?

Le concierge, poliment, fit mine de ne pas comprendre.

— Cécile aurait-elle oublié de vous prévenir ? s'étonna Isabel. Allons, ne perdons pas de temps, je suis déjà assez en retard comme ça... Vous ne pouvez pas avoir manqué de la voir entrer : elle était accompagnée d'un ogre. Cela se voit, un ogre, non ?

— Certainement, madame. Cependant, je suis au regret de vous dire que...

Comprenant qu'elle n'arriverait à rien par les voies normales, la baronne n'écouta pas le reste de la tirade et se fit charmante, ce qui n'est pas un vain mot chez une enchanteresse. Deux doigts de magie féerique suffirent. Envoûté, le concierge afficha un sourire béat. Il n'avait jamais vu une rousseur blonde si soyeuse, des yeux d'ambre si lumineux, un sourire si complice, aimable et tendre. C'était, pour l'homme aux clefs d'or, comme retrouver un premier amour et le souvenir d'un bonheur inégalé. Il balbutia un peu, mais dit tout ce qu'Isabel voulait entendre.

Après un couloir, elle trouva un elfe en uniforme

devant une porte. Il s'agissait du sieur Layron, le capitaine de la Garde Royale d'Ambremer, dont le lecteur se souvient peut-être qu'il a fait une apparition dans le prologue de notre histoire. L'enchanteresse et lui ne s'aimaient guère. Il se raidit en la voyant et masqua mal son étonnement.

— Vous n'entrerez pas, Aurélia, promit-il avec morgue. Je ne le permettrai pas, quoi que vous puissiez dire.

— Je sais.

— Et vos charmes féeriques ne m'affectent pas.

— Cela aussi, je le sais. Et pourtant…

Dans le salon, les conversations cessèrent quand la porte s'ouvrit brusquement, et le silence gagna une qualité supplémentaire lorsqu'on vit paraître Isabel de Saint-Gil. Derrière elle, grimaçant et s'empoignant l'entrejambe, Layron tentait en vain de la retenir.

— Laissez, Layron, dit le Grand Chambellan de la reine Méliane.

Le capitaine acquiesça et, humilié, la prunelle furieuse, il referma la porte sur lui.

L'enchanteresse passa tranquillement l'assistance en revue. Outre le Grand Chambellan déjà cité, outre Cécile de Brescieux et l'ogre Varon dont la présence était acquise, Merlin en personne tenait compagnie au doyen Gélancourt et à Ker'Ess'Ta, le chef des dragons insoumis dont Isabel, ces dernières semaines, avait facilité le rapprochement avec Ambremer dans l'espoir d'une réconciliation historique. Élégamment posé sur un guéridon, Lépante, le chat-ailé blanc et messager de la reine Méliane, était également du nombre.

Du très beau monde, donc.

Amusé, Merlin invita la baronne à prendre un fauteuil, ce qu'elle fit.

— Maintenant, dit-elle, j'exige de savoir exactement de quoi il retourne.

23

À Paris, les services de la 1re Brigade mobile – il en existait onze autres en province – étaient situés rue de Greffulhe, dans des bâtiments blancs et fonctionnels cernant une grande cour inégalement pavée. Créée sur le tard pour enquêter sur les affaires criminelles impliquant l'OutreMonde et ses ressortissants, l'équipe Farroux avait été installée, faute de mieux, au second étage d'une annexe abritant le garage et ses ateliers, là où subsistaient encore quelques pièces inemployées parce qu'elles étaient à la fois mal chauffées (ce que le jeune commissaire et ses inspecteurs découvriraient dès les premiers grands froids), mal éclairées (ce qu'ils savaient déjà), exposées plein nord avec vue sur une cour grisâtre surnommée l'Oubliette, et enfin difficiles d'accès puisqu'il fallait entrer par le bâtiment principal, puis emprunter deux escaliers différents et des couloirs aveugles longtemps connus des seules femmes de ménage.

Meublés de bric et de broc et peints dans ces tons déprimants dont l'administration a le secret, ces locaux offraient cependant l'avantage d'une tranquillité exclusivement perturbée par les sonneries du téléphone et les visites du patron, le très énergique et non moins irritable commissaire Claude-Ferréol Faivre. Farroux avait fait son bureau d'un ancien débarras, lequel communiquait avec une pièce immense et presque vide que Luquet et Caribe disputaient aux souris. Quand ils n'étaient pas sur le terrain, les policiers de la Brigade spéciale avaient l'habitude de tenir là des réunions informelles mais fructueuses : chacun s'y exprimait librement, donnait son avis, proposait des stratégies d'enquête aussitôt soumises à l'appréciation générale. Ce soir-là, après la fusillade de la rue de Vienne, l'heure était au bilan.

Un bilan contrasté et disputé puisque l'on avait évité la catastrophe de peu selon Farroux, alors qu'il ne faisait aucun doute qu'elle s'était produite selon Griffont. Force est de reconnaître que leurs deux points de vue se défendaient.

— Moi aussi, argumentait le commissaire, j'aurais préféré que les choses se passent mieux. Et croyez-moi, je ne suis pas pressé de faire mon rapport au patron… Mais tout de même ! Nous avons empêché un enlèvement, Mlle Bonnet sera bientôt remise de ses émotions, trois malfrats sont désormais hors d'état de nuire et surtout, aucune victime innocente n'est à déplorer… Ce n'est pas rien, que diable !

— Et nous tenons Crèvecœur, ajouta Caribe.

Assis à l'écart sur un rebord de fenêtre, aussi gai et disert qu'un calvaire breton, il n'avait pratiquement pas ouvert la bouche depuis leur retour, ce qui le mettait presque à égalité avec un Luquet plutôt bavard en général mais physiquement absent en l'occurrence. Ce dernier venait tout juste de téléphoner de l'hôpital, où il avait accompagné Émilie Bonnet pour un examen de routine. Choquée, tremblante et en proie à une crise de larmes nerveuse, la jeune fille était alors bien incapable de prononcer une phrase cohérente. Une piqûre l'avait finalement calmée avant de l'endormir et, dans l'intervalle, Luquet avait obtenu d'elle un témoignage qui, pour être succinct et quelque peu confus, n'en était pas moins alarmant à en croire Griffont.

— Sauf erreur, objecta le mage, Crèvecœur ne vous a pas encore lâché un mot…

— Interroger un suspect peut prendre du temps, dit Farroux en dirigeant le regard vers la porte de son bureau où, menottes aux poignets, le crapulard attendait.

— Du temps ? Mais nous en manquons, justement !… Nero a désormais *L'Athanor Ténébreux* et…

— Nous n'en savons rien, Griffont.

— Regardez les choses en face !… Émilie Bonnet affirme qu'elle avait le livre sur elle, cousu dans la doublure de son manteau. Et vous savez comme moi que la moitié de son manteau lui a été arrachée par l'homme qui a failli fuir et que vous avez extirpé de l'automobile *in extremis*… Avait-il encore le manteau déchiré dans les mains quand il vous affrontait ? Non. A-t-on retrouvé le manteau ou le livre sur les lieux ? Pas plus, et ce n'est pas faute d'avoir passé la rue au peigne fin…

Louis, découragé, se laissa tomber sur une chaise.

— Une seule conclusion s'impose, reprit-il. Au moment où vous vous êtes saisi de lui, le dernier rouquin a lâché dans la berline le pan de manteau qu'il avait arraché à Émilie. Avec *L'Athanor Ténébreux* cousu à l'intérieur.

— Il a raison, conclut Caribe.

Soucieux, Farroux acquiesça à contrecœur.

— Bon sang ! s'exclama Griffont en se relevant soudain. Nous l'avions presque !... Mais pourquoi n'ai-je pas touché le chauffeur quand il fonçait sur moi ?

— Vous l'avez blessé, indiqua l'inspecteur. À l'instant où il passait à ma hauteur... Mais l'homme a tenu bon.

— S'il est blessé, dit Farroux, il n'ira pas bien loin. J'ai déjà fait prévenir les hôpitaux et les commissariats de Paris. Mort ou vivant, nous finirons bien par retrouver sa trace.

— La belle affaire ! rétorqua le mage. *L'Athanor Ténébreux* nous a échappé, et c'est tout ce qui compte.

Les trois hommes restèrent un moment silencieux puis, se tournant vers le commissaire, Griffont affirma :

— Vous devez me laisser parler à Crèvecœur.

— Seul à seul ?

— Oui.

— Hors de question.

— À moi, il parlera.

— Non, vous dis-je.

— Mais pourquoi, à la fin ?

— Parce que je suis un policier. Cela signifie qu'il ne suffit pas que j'arrête les malfaiteurs, il faut aussi que je fasse en sorte qu'ils puissent être traînés devant les tribunaux... Le ministère a souhaité que vous soyez mêlé à l'enquête, c'est entendu. Mais vous n'êtes pas habilité à recevoir des aveux. Grâce à la baronne, trop d'irrégularités émaillent déjà cette enquête. Et en l'état, il suffirait d'un juge un peu sourcilleux pour que tout tombe à l'eau. Inutile d'en rajouter.

— Et si je parvenais à convaincre Crèvecœur de tout vous avouer ? Une demi-heure, c'est tout ce que je demande.

Farroux n'eut pas l'occasion de répondre.

La porte s'ouvrit à la volée, et le commissaire Faivre fit son entrée au pas de charge. La cinquantaine et la mine revêche, il était mince et sec, portait un costume noir sévère et arborait une rosette de la Légion d'honneur au revers de son veston. Dans ses bons jours, le patron de la 1re Brigade mobile n'était pas d'un naturel facile : juste mais irascible, il était moins avare de reproches que de compliments et, tenant ses troupes d'une main de fer, il ne se souciait guère de ménager les susceptibilités. Faivre, pourtant, était aimé de ses hommes qui l'avaient surnommé « le Dompteur ». On le savait compétent, zélé, efficace, capable de monter au front pour défendre ses policiers méritants. Ses colères, légendaires, étaient autant le fruit d'un caractère sanguin que d'une exigence professionnelle qu'il appliquait à tous, lui y compris.

Sitôt entré, le Dompteur se lança dans un long monologue furibard tout en arpentant la salle de long en large.

— Eh bien, Farroux ! Auriez-vous oublié le chemin de mon bureau ? Ce doit être cela, car, sinon, rien n'explique que j'attende encore votre rapport.

— Monsieur, je…

Mais Faivre, la prunelle allumée, n'écoutait pas et poursuivit :

— Ou alors, vous avez jugé en votre âme et conscience que vos exploits de la journée ne méritaient pas qu'on s'y arrête !... Je rends hommage à votre modestie, Farroux. Mais permettez-moi d'attirer votre attention sur un fait qui semble vous échapper. VOUS N'ÊTES PLUS AU QUAI DES ORFÈVRES ! VOUS AVEZ REJOINT LES BRIGADES MOBILES ET, PLUS IMPORTANT ENCORE, VOUS TRAVAILLEZ SOUS MES ORDRES ! MES ORDRES !... Rigueur et conscience. Voilà ce que j'attends de mes hommes ! Et certainement pas qu'ils provoquent une fusillade en plein après-midi au cœur de Paris !...

— Quand je vous aurai expliqué, vous comprendrez que...

— RIEN DU TOUT ! JE NE COMPRENDRAI RIEN DU TOUT !... Mais à quoi songiez-vous, Farroux ? Des dizaines de coups de feu tirés ! Des passants paniqués ! Une rue sens dessus dessous ! Et pour faire bonne mesure, trois morts !... Sans compter les dégâts matériels...

Faivre parut alors se calmer un peu, du moins cessa-t-il ses allées et venues. Farroux crut pouvoir être enfin entendu.

— Monsieur, commença-t-il, les malfaiteurs ont tiré les premiers et ils menaçaient d'enlever une innocente. Je puis vous assurer que mon rapport établira clairement que...

— Cela ne vous autorisait pas à mettre la capitale à feu et à sang !

— Certes, mais...

— Vous filez un mauvais coton, Farroux. Cette affaire est la première affaire d'importance que votre équipe a à mener, et vous voilà déjà sur la sellette. Un échec n'est pas la meilleure façon d'entamer une carrière aux Brigades mobiles, alors soyons clairs… Je veux… Que dis-je, je veux ?… J'exige des résultats rapides, commissaire Farroux. DES RÉSULTATS !

Et d'un air presque compatissant, Faivre ajouta dans un souffle :

— Vous jouez votre tête, bon sang de bois !

— C'est entendu, monsieur.

— Je l'espère.

Sur le départ, le patron de la 1re Brigade mobile parut alors s'apercevoir de la présence de Louis.

— Et vous ? lui demanda-t-il. Qui êtes-vous ?

— Louis Denizart Hippolyte Griffont.

— Ah ! le magicien… Très bien, continuez.

Sur ce, Claude-Ferréol Faivre sortit en claquant la porte. Curieusement, Griffont se sentit soulagé de ne pas avoir été envoyé au piquet.

— Bigre ! lâcha-t-il. Il n'est pas commode, votre patron.

— Cela aurait pu être pire, commenta Farroux.

— Vraiment ?

Le commissaire ne se donna pas la peine d'énoncer une évidence confirmée par l'expérience. Sans mot dire, abattu, il marcha jusqu'à la fenêtre et, après un moment, entendit Griffont qui disait :

— Au point où nous en sommes, êtes-vous bien sûr de ne pas vouloir m'accorder un tête-à-tête avec Crèvecœur ?

*

À l'Hôtel Continental, Isabel de Saint-Gil écouta longuement Merlin. Il lui raconta tout, interrompu à l'occasion par Varon et Cécile de Brescieux – qui ajoutaient un détail – ou par Gélancourt et le Grand Chambellan de Méliane quand ceux-ci jugeaient que l'archimage en disait trop. Mais Merlin ne cacha rien de l'essentiel tandis que Ker'Ess'Ta acquiesçait parfois, l'air grave. Sur son guéridon, Lépante se tenait aussi immobile, gracieux et silencieux qu'une statuette abyssine.

À mesure que Merlin parlait, Isabel voyait revenir à sa mémoire des souvenirs anciens : Levrat, le marquis de Croussel, le vol de la page du Sacramentaire Royal, l'Élixir d'Oubli, l'Éridan, le complot contre le Régent, Sépulcra et son sinistre Prince-Gouverneur – autant de lieux, de faits, d'ambitions ou de personnages que les confidences de l'archimage éclairaient d'un jour nouveau et surprenant. Une à une, l'archimage posa les pièces d'un puzzle en trompe-l'œil que l'enchanteresse considéra avec un étonnement croissant et souvent incrédule. Pourtant, rien n'expliquait encore le motif de la réunion qu'elle avait interrompue, ni la présence de Ker'Ess'Ta.

Puis vint une révélation qui eut raison de la patience d'Isabel.

— Un dragon ? s'exclama-t-elle. Levrat était un dragon ?

— Oui, confirma Ker'Ess'Ta d'une voix de basse.

Le chef des dragons insoumis avait pris l'apparence d'un homme grand, mince et ténébreux dont les yeux reptiliens posaient sur tout être et toute chose un regard égal, à la fois tranquille et terrible. Il émanait de sa personne une aura de puissance fabuleuse dont on ressentait les effets au gré de ses émotions pourtant contrôlées.

— Mais j'ai vu Levrat mourir brûlé ! protesta la baronne de Saint-Gil. Sur le bûcher ! Je l'ai vu de mes yeux !... Ou alors, songea-t-elle tout haut... Ou alors ce n'était pas lui.

— C'était lui, confirma Ker'Ess'Ta.

Isabel le fixa sans oser le contredire, eu égard à son rang. Car même sans évoquer son rôle historique à la tête d'une faction qui, si elle avait cessé le combat, n'avait jamais renoué avec Ambremer, Ker'Ess'Ta n'était pas un dragon ordinaire. Il était l'un des sept Primordiaux, à savoir l'un des dragons légendaires qui régnaient sur la race draconique. Certains avaient péri au fil des siècles, pour être remplacés par un héritier direct. Mais lui, Ker'Ess'Ta, appartenait aux Sept des origines, à ceux qui avaient conduit leur peuple hors d'Onirie, à ceux qui avaient établi leur empire sur l'OutreMonde jusqu'à la venue des fées, à ceux qui – pour ne pas bouleverser l'ordonnance des Trois Mondes – avaient imposé l'Interdit en vertu duquel les dragons ne pouvaient prendre leur apparence véritable sur Terre.

— Levrat était un dragon, répéta Merlin. Il était même le frère d'Yrs'T'Ar.

Yrs'T'Ar. Le Prince-Gouverneur et tyran de Sépulcra qui avait disparu depuis la ruine de sa cité crépusculaire.

— Mais c'est impossible ! s'entêta la baronne qui se sentait gagnée par un rire nerveux. Impossible !... Les dragons ne meurent pas sur le bûcher ! Qu'ils aient forme humaine ou non, s'il y a bien une chose que les dragons ne craignent pas, c'est le feu, bon sang !

Tous la regardèrent sans mot dire, jusqu'à ce que Cécile de Brescieux déclare :

— En fréquentant le marquis de Croussel, j'avais appris qu'il était entré en contact, grâce à un intermédiaire mandaté par l'Éridan, avec le bourreau de Paris.

— Pardonnez-moi, mais je ne vois vraiment pas ce que cela a…

— Laissez-moi finir, Isabel… Renseignements pris, il s'est avéré que le bourreau avait été payé pour administrer un poison à un condamné à mort qui lui serait désigné au dernier moment. Vous savez comme moi que c'était à l'époque, avec le garrot, une manière d'abréger les souffrances des suppliciés.

— Ce condamné, c'était Levrat ?

— Sans doute.

— Vous n'en êtes pas sûre ?

— Nous ne *pouvions pas* en être sûrs, dit le doyen Gélancourt d'un ton suffisant. Car à la date où le bourreau a été corrompu, Levrat n'avait pas même été arrêté par vous et par…

— Par Griffont, laissa tomber l'enchanteresse. (Le mépris que Gélancourt manifestait pour les mérites de Louis l'exaspéra.) Vous savez ? Louis Denizart Hippolyte Griffont. C'est le mage qui réussit là où vous échouez d'ordinaire…

— Mademoiselle…

— Madame.

— Madame, s'agaça le doyen du Cercle Incarnat, rien ne vous permet de…

— C'est madame la baronne, pour vous, Gélancourt.

— Allons, allons…, intervint Merlin en levant les mains en signe d'apaisement. Pour l'heure, seul compte ce que le Cercle Incarnat, à l'époque, a découvert presque trop tard.

— À savoir ?

Ker'Ess'Ta prit alors la parole :

— À savoir que Levrat et ses complices voulaient qu'il soit arrêté, jugé, condamné. Voilà pourquoi Levrat a volé, dans le Sacramentaire Royal, une page qu'il pouvait recopier sans que personne ne le soupçonne jamais. Voilà pourquoi, quels que fussent vos mérites et ceux du chevalier de Castelgriffe, on put découvrir et empêcher si vite ce que l'Éridan tramait – ou semblait tramer – contre le Régent.

— Levrat n'a jamais voulu prendre la place du Régent ?

— Non. Il voulait qu'on le croie, et qu'on le condamne pour cela… Il semble même qu'il ait soigneusement choisi la nuit de son grand final. Une nuit mage d'exception, propice à toutes les magies et qui faisait craindre le pire. Force est de reconnaître que le plan de Levrat était particulièrement bien conçu…

— Pas si bien que ça, opposa Isabel. Si Varon n'avait pas survécu à ses blessures et obtenu l'asile à Ambremer, il n'aurait pas fait les révélations qui nous ont permis, à Griffont et moi, de sauver le Régent au dernier moment.

Ce fut alors à l'ogre de parler. Il le fit d'une voix tremblante où pointaient la honte et le regret :

— Mon assassinat était une mise en scène destinée

à tromper Griffont, dit-il. Crèvecœur avait visé à côté du cœur afin que je ne meure pas et que Louis puisse me sauver. Comme convenu, j'ai ensuite demandé et obtenu la protection de la reine Méliane. Dès lors, tout ce que j'ai dit n'avait qu'un but : accréditer la thèse du complot contre le Régent. Et ce n'est pas un hasard si j'ai parlé du *Miroir des Âmes* la nuit même où Levrat était censé mettre son plan à exécution. Levrat savait que vous et Louis connaissiez la petite maison de la forêt d'Armainvilliers. Il savait que vous devineriez tout et que vous agiriez aussitôt… Ce que vous avez fait.

Varon prit une inspiration et, les yeux dans les yeux, dit à la baronne :

— Je suis désolé, Aurélia.

Elle le dévisagea sans compassion.

— Pourquoi parlez-vous maintenant, Varon ?

— Parce que je me suis amendé au cours des années et que j'ai changé… Mais surtout, parce que Louis est devenu mon ami et que je ne veux pas le trahir encore.

— Vous serez jugé pour cela, dit Lépante qui parlait au nom de la Reine des Fées.

— Je sais.

Isabel se leva, fit quelques pas dans le salon, s'arrêta devant un tableau qu'elle fixa d'un regard absent.

— Soit, fit-elle en se retournant vers l'assistance silencieuse. Levrat voulait être condamné au bûcher. Mais pourquoi ?

*

Crèvecœur attendait dans le bureau de Farroux. Menottes aux poignets, il était assis le dos bien droit et tête nue, sa large casquette de chauffeur de taxi posée sur ses genoux. Il grimaça un sourire quand Griffont entra et referma la porte en s'appuyant des épaules contre elle.

Un long moment, Louis resta à considérer l'assassin impuni de son ami dragon Tel'Var'Aak, *alias* l'alchimiste Raynaud, retrouvé un matin de l'hiver 1720 à sa porte, le corps livide et gelé, une balle en sélénium noir dans le cœur. À l'époque, le mage aurait volontiers étranglé Crèvecœur de ses mains nues. Mais deux siècles s'étaient écoulés et la colère comme la peine avaient passé. Griffont, depuis longtemps, ne ressentait plus cette douleur ignoble qui abat tous les murs et libère les chiens des vengeances aveugles.

— Tu peux te vanter de m'avoir fait une belle bosse, lâcha le gnome noir sans préambule. Mais je doute que tu sois venu me présenter des excuses…

— Je suis venu pour t'écouter.

— Je n'ai rien à dire.

— Pourquoi as-tu tué Tel'Var'Aak ?

— Tel'Var'Aak ? s'étonna Crèvecœur.

— Tu sais très bien de qui je parle.

Le crapulard parut fouiller sincèrement sa mémoire.

— Ah ! oui, lâcha-t-il enfin. Le dragon alchimiste… Je l'avais presque oublié.

— Oublié ?

— C'est vieux, tout ça. Il s'est passé bien des choses depuis.

— Aurais-tu assassiné beaucoup d'autres dragons ?

— Non.

— Alors pourquoi celui-là ?

Crèvecœur haussa les épaules et dit :

— Je suis un assassin, Griffont. On me dit qui doit mourir, je m'en charge et on me paie. Je ne pose pas de questions… Tu peux me croire quand je te dis que j'ignore pourquoi j'ai tué Tel'Var'Aak. Peut-être en savait-il trop, peut-être menaçait-il les plans de certains, peut-être…

— Les plans de qui ? De Levrat ?… Tu n'étais pas à ses côtés la nuit où nous avons sauvé le Régent. À l'époque, j'ai pensé que tu avais eu de la chance, ou que tu avais pressenti que les choses allaient mal tourner. Mais aujourd'hui, je crois que tu servais déjà un autre maître, un maître auquel Levrat obéissait lui aussi, un maître auquel tu obéis toujours.

— Si tu le dis…

— Qui est exactement Nero ? Que compte-t-il faire de *L'Athanor Ténébreux* ? Et où se cache-t-il en ce moment ?

— Pourquoi te le dirais-je ? Qu'as-tu à m'offrir en échange ?

— Rien.

— Mais si. Réfléchis.

Griffont regarda le crapulard sans comprendre.

— Fais-moi évader, Griffont. Fais-moi évader, et je te dirai tout ce que je sais.

*

Il se faisait tard et, dans le luxueux salon de l'Hôtel Continental, un domestique était venu demander la permission d'allumer toutes les lampes. On la lui avait accordée.

Isabel s'était rassise et fumait nerveusement une cigarette offerte par Merlin. Impatiente et inquiète, elle écoutait Cécile de Brescieux qui disait :

— Bien avant l'arrestation de Levrat, donc, l'Éridan avait corrompu le bourreau de Paris pour qu'il lui administre un poison sur le bûcher. C'est cette bizarre chronologie dans les événements qui me mit la puce à l'oreille. Comment l'Éridan pouvait-il avoir prévu que son chef échouerait ? Et si la capture de Levrat semblait à ce point inéluctable, pourquoi n'avait-il pas renoncé dès le début à un plan suicidaire ?

— Pour la simple et bonne raison, conclut l'enchanteresse, que la condamnation de Levrat au bûcher ne constituait pas un échec mais l'aboutissement d'une stratégie soigneusement élaborée… Griffont et moi avons été manipulés…

— *Tout le monde* a été manipulé, tempéra Merlin.

— Il n'empêche que je ne comprends pas le but que l'Éridan poursuivait… D'une part, Levrat vole la formule de l'Élixir d'Oubli dans le Sacramentaire Royal, ce qui constitue un sacrilège et attire sur lui la vindicte d'Ambremer. De l'autre, il s'en prend à la personne même du Régent et s'assure d'être pris et convaincu de sorcellerie, ce qui revient à signer son arrêt de mort. Tout cela pourrait passer pour une manière originale de se suicider, mais Levrat est un dragon. Il sait qu'il ne craint rien sur le bûcher et doit donc faire en sorte d'être empoisonné pour mourir… C'est absurde !

— C'est également ce que nous avons pensé, dit

Cécile. Du moins jusqu'à ce que nous comprenions que ce n'était pas un poison que Levrat devait boire sur le bûcher, mais une dose d'Élixir d'Oubli.

— Le vol de la précieuse formule, expliqua Merlin, n'était pas seulement destiné à alerter Ambremer et à faire croire à un complot contre le Régent. Jal'D'Ar…

— Jal'D'Ar ? l'interrompit la baronne.

— C'est le nom draconique de Levrat… Jal'D'Ar, donc, avait véritablement besoin de l'Élixir d'Oubli pour réussir.

— Mais réussir à quoi ?

— À s'affranchir de l'Interdit.

La révélation laissa Isabel sans voix, ce qui, reconnaissons-le, arrivait rarement. Elle n'était pas encore remise de sa surprise quand Ker'Ess'Ta prit la parole :

— Si Jal'D'Ar avait bu l'Élixir d'Oubli sur le bûcher, son âme aurait aussitôt gagné l'Onirie. Libéré de l'Interdit, son corps serait alors revenu à sa nature première et c'est un dragon que la foule aurait vu surgir des flammes en place de Grève. Un dragon sans intelligence ni conscience, de surcroît. Un dragon abandonné à ses instincts sauvages de destruction…

L'enchanteresse comprit.

En cet hiver 1720, alors que les dragons perdaient la guerre dans l'OutreMonde, Yrs'T'Ar et son frère avaient décidé de la porter sur Terre. Cependant comment faire ? Aucun dragon, même parmi les plus acharnés à combattre les fées, n'était assez fou pour soutenir ce projet. Et ceux qui avaient trouvé refuge parmi les hommes n'aspiraient qu'à vivre à l'écart des batailles, quand ils n'œuvraient pas à conclure une paix infamante. Il fallait donc forcer le destin. Il fallait commettre l'irrémédiable, obliger Ambremer à révéler son existence et contraindre l'humanité à prendre les armes. L'Europe se serait alors muée en champ de bataille.

Or quoi de plus spectaculaire, quoi de plus violent, quoi de plus propice à frapper les imaginations et à faire naître la terreur qu'un dragon dressé en plein Paris et ravageant la capitale de son feu ? Pour ce faire, il suffisait qu'un dragon déterminé trouve le moyen de contourner l'Interdit qui, voulu par les Primordiaux, obligeait – et oblige encore – les dragons à conserver forme humaine sur Terre.

— Jal'D'Ar et l'Éridan voulaient changer le cours de l'Histoire, conclut le Primordial.

Un cours qui avait finalement conduit les dragons à la défaite et l'avait poussé, lui, Ker'Ess'Ta, à prendre la tête de réfugiés qui ne prêtèrent jamais allégeance aux fées. C'était, là encore, une page qui s'apprêtait à être tournée. En effet, par la personne de leur chef, les fameux dragons insoumis devaient bientôt quitter la clandestinité et accepter publiquement une réconciliation honorable avec Ambremer. Isabel de Saint-Gil était bien placée pour le savoir : elle était du nombre des émissaires secrets qui, sous la houlette de Merlin, avaient travaillé à ce résultat.

— Qu'avez-vous fait pour déjouer les plans de Jal'D'Ar ? demanda-t-elle. Qu'avez-vous fait pour qu'il meure sur le bûcher ?

— Il était déjà presque trop tard, répondit le dragon avec un air grave et coupable.

— Mais encore ?

— Il aurait été inutile d'empêcher Jal'D'Ar de boire l'Élixir d'Oubli, car il aurait survécu aux flammes de toute façon… Imaginez-vous cela, dans le Paris du siècle des Lumières, un sorcier qui, une fois ses liens carbonisés, descend de son bûcher ardent et défie la foule ?… Non, dans le temps qui nous était imparti, il ne restait qu'une solution…

— Laquelle ?

— Nous avons, *in extremis*, banni Jal'D'Ar.

L'enchanteresse savait ce que cela signifiait et contint un frisson. Les fées, elles aussi, pratiquaient le châtiment ultime du Bannissement.

— Et voilà toute l'affaire…, lâcha-t-elle.

— Oui, confirma Ker'Ess'Ta. Le secret a été bien gardé et, pour la galerie, le sorcier Levrat mourut sur le bûcher comme tant d'autres avant lui… Nous avions frôlé la catastrophe de très peu, Aurélia. À l'époque, nous pensions nous en être tirés à bon compte.

— Mais la donne, après deux siècles, a subitement changé ces derniers jours…

Une nouvelle fois, la baronne de Saint-Gil se leva pour toiser l'assistance d'un regard peu amène. Seul Merlin, en qui elle avait toute confiance, échappa au long reproche silencieux.

— Quand avez-vous deviné ce à quoi Giacomo Nero compte employer *L'Athanor Ténébreux* ?

— Mais nous ne sommes encore sûrs de rien, répliqua le doyen Gélancourt d'un ton agacé. Le but de cette réunion improvisée, avant que vous ne l'interrompiez, était précisément de…

— Ne vous fatiguez pas. J'ai compris, moi.

24

Griffont fit évader Crèvecœur.

Grâce à beaucoup d'audace et un peu de magie, il se joua des serrures et des curiosités pour conduire le crapulard par la porte du bureau de Farroux qui donnait sur le couloir, puis par un escalier de secours menant au garage et aux ateliers. Il se faisait déjà tard et les lieux étaient presque déserts. Moins d'une minute après, le taxi de Crèvecœur empruntait la rue de Greffulhe et disparaissait dans Paris. Au passage, Griffont qui conduisait adressa au planton un petit signe qui paraissait amical mais n'avait d'autre but que de plonger le malheureux dans un fugitif état de torpeur éveillée.

Un peu plus loin, le mage surprit du coin de l'œil un mauvais sourire sur les lèvres de Crèvecœur au moment où celui-ci se redressait sur son siège, menottes aux poignets, alors que tout danger d'être reconnu et repris semblait écarté.

— Ne te réjouis pas trop vite, Crèvecœur. Tu n'es pas encore libre.

— Je tiendrai parole. Je parlerai, puisque tu m'as libéré.

— Non. Ce n'est pas la liberté que je t'offre : c'est le choix du tribunal qui te jugera… Que préfères-tu, la justice féerique ou la justice française ? Réfléchis vite. Nous roulons vers l'ambassade d'Ambremer…

— Tu… Tu n'oseras pas !…

— Bien sûr que si.

— C'est me vouer à une mort certaine ! Tu pourrais tout aussi bien tresser la corde qui me pendra !

— En te voyant dans le bureau du commissaire, j'ai compris une chose. J'ai compris que je ne te haïssais pas, que je ne te haïssais plus, mais que je devais à la mémoire de Tel'Var'Aak que tu sois jugé. Or il ne m'appartient pas de le faire. C'est devant la justice des hommes ou celles des fées que tu devras rendre compte de tes crimes. Je n'ai pas, en conscience, la liberté de t'offrir un autre choix que celui-là. Si tu parles, je te rends à Farroux. Sinon…

— Ambremer m'a déjà condamné à mort par contumace.

— C'est vrai. Alors profite de la chance qui t'est offerte d'un second procès équitable.

— Si je refuse, si je me tais, Nero triomphe. Tu ne te doutes pas de ce qui est en jeu.

— Accroche-toi à cette idée. Elle te consolera peut-être sur l'échafaud.

*

Au moment où Griffont prononçait ces mots sinistres, le téléphone sonna dans la salle des inspecteurs et Farroux, qui patientait en compagnie de Caribe, décrocha.

— Commissaire Farroux.

— Isabel de Saint-Gil à l'appareil, annonça la baronne qui appelait du standard du Grand Hôtel. Griffont est avec vous ?

— À côté.

— Enfin je le trouve !

— Il interroge Crèvecœur.

— Crèvecœur ?

— Nous l'avons arrêté alors que les sbires de Nero tentaient d'enlever Émilie Bonnet. Il…

— Plus tard, les détails. Est-elle sauve ?

— Oui.

— Et *L'Athanor Ténébreux* ?

— Nous pensons que Nero l'a.

— Bon sang ! Je dois absolument parler à Griffont. Tout de suite !

Bien sûr, vous et moi savons qu'il était déjà trop tard pour cela.

*

Il faisait désormais nuit et, à la lueur des phares, Griffont conduisait le taxi de Crèvecœur au plus profond de la forêt d'Armainvilliers, par un sentier cahoteux que l'on aurait peiné à reconnaître en plein jour et qui menait vers un lieu oublié où, semblait-il, devait se jouer l'épilogue d'une affaire commencée deux siècles plus tôt. Assis à l'avant à la droite de Louis, furieux et impuissant, Crèvecœur ne pipait mot et indiquait les directions en levant ses poignets entravés pour pointer le doigt. Il avait tout dit sous la menace d'être livré à l'impitoyable justice d'Ambremer et ne pardonnait pas au mage de l'y avoir contraint.

— On arrive, lâcha-t-il enfin.

Griffont gara la voiture, coupa le moteur.

— Tu restes ici, dit-il.

— Il n'était pas question une seconde que je t'accompagne. Même pour te voir mourir.

Louis fit le tour de l'auto. Il ouvrit la portière arrière, puis celle du gnome noir.

— Descends.

Comme l'autre traînait, il l'agrippa par le col et le tira dehors.

— Qu'est-ce qui te prend ? protesta Crèvecœur.

Du pommeau de sa canne, Griffont heurta le front du crapulard. Il y eut un éclat bleuté et le gnome s'affaissa, le corps mol, évanoui. Louis le coucha sur la banquette et le ligota.

— Fais de beaux rêves, dit-il avant de s'éloigner à pas de loup.

Cinq cents mètres plus loin, le sentier aboutissait à une vague clairière que délimitait un vieux mur en pierre partiellement éboulé et gagné par la végétation. Au-delà, on devinait les formes austères de ruines anciennes et la silhouette d'un petit pavillon du XVIIIe siècle laissé à l'abandon. La toiture, les portes, les fenêtres manquaient. Des buissons avaient poussé à l'intérieur ; des lierres et des ronces grimpaient la façade ; des oiseaux nichaient dans la charpente.

Un bref instant, Griffont vit l'endroit tel qu'il l'avait découvert jadis, quand il avait suivi, dans les ténèbres glaciales d'une nuit de l'hiver 1720, le marquis de Croussel qui menait secrètement le Régent auprès de Levrat. Et c'était encore là que le Lys Pourpre et le chevalier de Castelgriffe, aidés par

Cartouche et sa bande, avaient vaincu les spadassins de l'Éridan pour, croyaient-ils, sauver Philippe d'Orléans et la France…

Une berline noire au pare-brise fracassé était garée près de la maison. Il ne paraissait y avoir âme qui vive alentour.

*

Richard Sangre, le chauffeur et exécuteur des basses œuvres de Nero, scrutait les ténèbres à la lueur de la lune et des étoiles.

Armé d'un fusil de chasse, il était posté à l'écart, dans un recoin de décombres qui le cachait et lui permettait d'observer les abords de la vieille maison désaffectée. Grand et osseux, son arme posée près de lui, il effleurait de temps en temps la balafre fraîche qu'une balle avait creusée sur sa joue. Cette balle, Griffont l'avait tirée alors que Sangre fuyait la rue de Vienne au volant de la berline. Le chauffeur croyait alors que la tentative d'enlèvement d'Émilie Bonnet s'était soldée par un fiasco complet, et c'est en tremblant qu'il avait retrouvé Nero ici même, comme convenu. Le sorcier l'avait écouté en fulminant, les poings serrés, tous les muscles de son corps massif tendus à rompre, le regard étincelant. Mais quelque chose l'avait peu à peu distrait de sa colère. Semblable à un chien flairant une proie, il s'était approché de l'auto pour trouver le manteau déchiré d'Émilie que l'un des Irlandais avait abandonné sur la banquette arrière. Il avait alors arraché la doublure et, avec un grand sourire de triomphe, découvert *L'Athanor Ténébreux* dont l'aura maléfique imprégnait déjà l'atmosphère.

— Fais le guet, avait ordonné le sorcier. Abats quiconque pourrait se montrer. Je ne dois pas être dérangé.

Et deux longues heures s'étaient écoulées depuis que Nero avait disparu seul dans la maison…

Un craquement alerta Sangre. Il tendit le cou, plissa les yeux, aperçut un homme en costume qui, approchant discrètement de la maison, s'était figé en posant le pied sur une branche morte.

C'était Griffont.

Ici ? Déjà ? songea Sangre. *Mais comment ?*

Tandis que le mage reprenait sa prudente progression, le chauffeur quitta sa cachette, fit le tour à grandes enjambées silencieuses et vint se placer quelques mètres en arrière de sa cible.

Il leva le canon de son fusil à l'horizontale et, fermement campé sur ses jambes écartées, dit :

— Vous êtes très difficile à tuer, monsieur Griffont. (Louis s'immobilisa.) Mais cette fois-ci est la bonne.

Sur ces mots, Sangre fit feu.

À cette distance, la décharge de chevrotines aurait dû traverser le corps de part en part et faire jaillir tripes et sang par le devant. Pourtant, rien de tout cela n'advint. La détonation claqua et, entre le canon fumant et le mur lointain contre lequel crépitèrent les projectiles mortels, l'image de Louis Denizart Hippolyte Griffont s'évanouit.

Incrédule, Sangre entendit la voix du mage résonner dans son dos :

— Tel est pris qui croyait prendre.

Comprenant qu'il avait été le jouet d'une illusion, le chauffeur fit volte-face dans l'intention évidente de tirer sa seconde cartouche.

— Ne fais pas ça ! hurla Louis qui le visait avec son revolver.

Trop tard.

Griffont réagit avant que l'autre ait pu achever son geste suicidaire. Tandis que le coup de fusil tonnait, il plongea au sol et pressa plusieurs fois la détente par réflexe, vidant son barillet dans un vacarme qui le laissa assourdi. La poitrine grêlée de plomb, Sangre partit en arrière et s'effondra, mort, les bras en croix.

Le mage se releva après un moment de silence effaré.

— Pourquoi as-tu fait cela ? demanda-t-il au cadavre dans un souffle. Ou plutôt, pour qui ?

Puis il tourna un regard résolu vers la maison abandonnée. Il se souvenait qu'elle avait jadis une cave, une cave immense, et qui devait encore exister.

*

Giacomo Nero – appelons-le ainsi jusqu'à plus ample informé – n'entendit pas les coups de feu. Dans la cave dont des alignements de colonnes soutenaient les larges voûtes en croisée d'ogives, il se livrait aux derniers préparatifs d'un rituel et, concentré, des incantations murmurées aux lèvres, il achevait d'allumer les braseros placés aux cinq pointes d'une étoile tracée sur le sol dallé. L'étoile s'inscrivait dans un vaste cercle rouge entouré de deux cercles concentriques entre lesquels des signes kabbalistiques étaient dessinés avec un pigment doré qui tranchait sur la pierre sombre. Au-delà du pentacle, un autel était dressé. *L'Athanor Ténébreux* trônait dessus, encadré par des bougies noires qui brûlaient.

Tout à sa tâche, donc, Giacomo Nero n'entendit pas les coups de feu. En revanche, des sens qui n'avaient rien d'humain l'avertirent de la venue d'un mage. Aussi prit-il d'autres dispositions dans l'urgence. Il était prêt quand Griffont descendit lentement l'escalier.

Son poing gauche serrant sa canne-épée au pommeau de laquelle l'Immortelle palpitait d'un éclat bleuté, Louis approcha. Il ne commit pas l'imprudence de fouler le pentacle et s'immobilisa sans cesser de dévisager Nero.

— C'est fini, dit-il.

— Fini ? s'amusa l'autre. Mais cela ne fait que commencer !

— Non, Nero. Tes hommes sont morts, Crèvecœur t'a trahi et je suis venu te reprendre *L'Athanor Ténébreux*.

— Tout seul ?

— D'autres arrivent.

— Tu mens mal… Comment m'as-tu retrouvé ici ?

— Je te l'ai dit : Crèvecœur a trahi.

— Mouais, c'est crédible… Mais j'ai peur qu'il t'ait joué un vilain tour en te menant jusqu'à moi. Tu aurais moins de courage si tu savais qui je suis.

— Détrompe-toi. Je sais qui tu es et je sais ce que tu comptes faire.

— En ce cas… Tu permets ?

À la lueur des cierges et des braises, le visage du sorcier changea. Puis sa silhouette grandit, s'amincit et Yrs'T'Ar, ancien Prince-Gouverneur de Sépulcra, retrouva l'apparence humaine qu'il affectionnait du temps de sa gloire. Quand la métamorphose fut achevée, le dragon poussa un soupir de soulagement et libéra toute la puissance de son aura maléfique. Elle gifla Griffont comme une bourrasque chargée d'embruns glacés.

— Comme on se retrouve, monsieur Griffont, fit Yrs'T'Ar d'une voix grave et sinistre. Je régnais encore, la dernière fois que nous nous sommes trouvés face à face.

— C'était il y a longtemps.

— Oui… Les choses ont bien changé, depuis.

— Je ne suis pas venu feuilleter l'album de nos souvenirs communs, dragon. Je suis venu récupérer le livre et t'offrir une chance de te rendre.

Yrs'T'Ar croisa les bras et dit :

— Ils ont tué Jal'D'Ar, sais-tu ?

— Jal'D'Ar ?… Était-ce le nom véritable de ton frère ?

Le dragon acquiesça.

— Les Primordiaux l'ont condamné à mort et ils l'ont regardé mourir, reprit Yrs'T'Ar comme si cela expliquait tout. Ils l'ont tué.

— Non. Ce sont tes intrigues qui l'ont tué… Les Primordiaux ne pouvaient permettre que ton plan aboutisse. Ils ont compris trop tard et ils ont fait la seule chose qu'ils pouvaient encore faire…

— ILS L'ONT BANNI ! s'emporta le dragon sorcier. BANNI !… Sais-tu ce que cela signifie ?

— Je ne peux que l'imaginer.

Chez les fées et les dragons, le Bannissement n'était pas un exil obligé en des terres lointaines et isolées. Ce châtiment suprême consistait en un « exil » hors de sa race d'origine. Celui qui le subissait se trouvait irrémédiablement ravalé à la condition humaine : il devenait un homme, une femme, un mortel. Griffont ignorait le déchirement et le dégoût, la haine de soi que le Bannissement engendrait. Il pouvait seulement l'entrevoir en considérant ce que serait sa vie si, subitement, il cessait d'être magicien.

Les dragons ne condamnaient pas les leurs à mort. En dernier recours, les sept Primordiaux se réunissaient et eux seuls pouvaient, d'une seule voix, décréter un Bannissement.

— Ils l'ont banni, répéta Yrs'T'Ar tandis que des perles de sueur lui venaient au front. Puis ils ont regardé brûler le petit homme que mon frère était devenu…

— Qui a eu l'idée de l'Élixir d'Oubli pour contourner l'Interdit ? demanda Griffont. Toi, ou ton frère ?

— Moi.

— Et pourquoi avoir déchiré la page du Sacramentaire Royal ? Pourquoi ne pas avoir recopié la formule, tout simplement ?

— Pour le plaisir du sacrilège, d'abord. Et pour être sûr d'attirer l'attention d'Ambremer, ensuite. Je voulais que les fées se sentent volées, violées, trahies. Je voulais que Méliane prenne l'affaire à cœur et que, trop occupée à vouloir réparer l'honneur des fées en punissant le coupable, elle ne voie pas plus loin… Cela a marché, d'ailleurs. Jusqu'au dernier moment, tout le monde a cru que la formule de l'Élixir d'Oubli avait été volée par un mage fou d'ambition qui désirait devenir le Régent. Et personne n'a vu qu'il devait servir à libérer un dragon sur Terre.

— Qui a compris ? Qui a prévenu les Primordiaux ?

— Crèvecœur ne te l'a pas dit ?... C'est Cécile de Brescieux, Griffont. Le marquis de Croussel, vois-tu, avait corrompu le bourreau de Paris pour qu'il administre l'Élixir d'Oubli à mon frère sur le bûcher. D'une manière ou d'une autre, Cécile l'a découvert avant de deviner le reste. J'imagine que le Cercle Incarnat s'est ensuite empressé d'avertir Ambremer...

Tu parles, songea le mage. *Pour Gélancourt, l'occasion était trop belle de manifester à Méliane sa parfaite loyauté.*

— Pourquoi as-tu fait assassiner Tel'Var'Aak ?

Haussant les épaules, Yrs'T'Ar répondit :

— Est-ce si important ?

— Pour moi, ça l'est.

— Ton ami l'alchimiste s'intéressait de trop près à mes affaires. Il avait également Varon à l'œil.

— Varon ?

— Si tu vis, tu comprendras plus tard.

— Et maintenant ? Qu'espères-tu faire ici ?

— Mon frère a bu l'Élixir d'Oubli avant de mourir. Son âme erre encore quelque part en Onirie... Grâce à ses cendres contenues dans l'encre de *L'Athanor Ténébreux*, je peux rappeler son esprit, son spectre. Et il témoignera de ce qu'il a subi.

— Il devra surtout témoigner de ses crimes.

— Quels crimes ? Nous étions en guerre ! Jal'-D'Ar est un héros que les Primordiaux, Ker'Ess'Ta en tête, ont sacrifié à leurs intérêts.

— À l'intérêt commun, Yrs'T'Ar.

— Foutaises ! éructa le dragon. Quand je pense que Ker'Ess'Ta passe pour un héros parce qu'il a renoncé à prêter allégeance à Ambremer après la victoire des fées. Tout ça pour une poignée de dragons qu'il a réunis et qui se disent insoumis… Insoumis ! Il était bien temps de choisir l'exil plutôt que le déshonneur de la défaite. Cette défaite, mon frère et moi pouvions l'éviter, mais les Primordiaux ne l'ont pas voulu.

— Rien ne dit que mettre la Terre à feu et à sang aurait permis à ton peuple de triompher…

— Qui sait ? Laissons les dragons en décider, veux-tu ? Et attendons de voir comment les Insoumis réagiront quand ils sauront ce à quoi leur chef vénéré a participé jadis… Crois-tu qu'ils voudront encore de la réconciliation que Ker'Ess'Ta prépare en leur nom avec Méliane ? Tous sont des déçus de la guerre, Griffont. Que penseront-ils quand ils comprendront qu'ils pouvaient peut-être la gagner ?

— Je ne te laisserai pas faire. Je ne te laisserai pas invoquer le spectre de ton frère. Je ne te laisserai pas compromettre les négociations de paix entre les Insoumis et Ambremer.

— Et comment comptes-tu t'y prendre ? se moqua Yrs'T'Ar avec assurance.

Griffont se tut.

En prétendant savoir qui se cachait derrière Giacomo Nero, il avait menti, car Crèvecœur s'était bien gardé de lui dire la vérité sur ce sujet. Louis s'était préparé à affronter un sorcier d'égal à égal, et voilà qu'il se retrouvait confronté à un dragon dont la puissance l'écrasait. L'aura maléfique d'Yrs'T'Ar imprégnait l'atmosphère, parasitait les sens du mage, troublait sa concentration, diminuait ses capacités. Même l'Immortelle brillait d'un éclat moindre.

— Ta magie ne peut rien contre moi, renchérit le dragon. Tu n'es pas Merlin.

Non, Griffont n'était que Griffont, c'est-à-dire un mage conscient que le pouvoir n'est rien sans le courage, l'intelligence…

… et la ruse.

D'un geste brusque, Louis brandit le pommeau de sa canne en direction de son adversaire. Un rayon azuré en jaillit et Yrs'T'Ar, convaincu qu'il lui était destiné, dressa aussitôt un bouclier magique devant lui. Mais le rayon ne fit que le frôler et atteignit sa cible véritable : *L'Athanor Ténébreux*, sur l'autel.

— NON ! hurla le dragon.

Le livre explosa dans un nuage de feuilles embrasées d'un feu bleu et libéra une énergie négative accumulée au fil des siècles. La déferlante noire projeta Yrs'T'Ar à l'écart, souffla tout alentour et fouetta Griffont qui se protégea le visage du coude et faillit partir à la renverse. De *L'Athanor Ténébreux*, il ne resta plus que des cendres tourbillonnantes, soulevées par des courants furieux au cœur desquels une silhouette spectrale et tourmentée se contorsionnait, comme soumise à une torture insupportable : le dernier lien qui rattachait l'âme du dragon Jal'D'Ar au monde des vivants disparaissait.

Puis le calme et le silence revinrent avec une violence égale à celle du délire soudain que la destruction du volume maudit avait provoqué.

Confus, sonné, Yrs'T'Ar tarda à reprendre ses esprits.

— Qu'as… Qu'as-tu fait ? murmura-t-il, un genou à terre, en levant le regard vers Griffont qui s'était approché.

Lentement, Louis tira un revolver de la poche intérieure de sa veste et visa son adversaire.

— Ne m'oblige pas à te tuer, dit-il.

L'œil vague, le dragon se leva sur des jambes flageolantes. Il avait perdu de sa superbe, sans paraître cependant décidé à renoncer. Certes, *L'Athanor Ténébreux* n'était plus ; certes, l'âme de son frère était désormais condamnée à errer à jamais en Onirie ; certes, tous ses plans s'étaient subitement écroulés par l'irrépressible volonté d'un seul homme. Mais il lui restait encore une alternative : la vengeance, et la dérisoire menace du mage le fit sourire. Même sous forme humaine, un dragon ne meurt pas sous les balles.

— Pathétique…, lâcha-t-il. Tu n'espères tout de même pas m'abattre avec… avec ce jouet ?

— Ce n'est pas mon revolver, expliqua un Griffont impassible. C'est celui de Crèvecœur.

Le dragon comprit et, en un moins d'une seconde, plusieurs émotions se succédèrent sur son visage : la surprise, la peur, puis la détermination. Il voulut tendre le bras pour lancer un sortilège mortel mais Louis le prit de vitesse et pressa la détente.

Yrs'T'Ar mourut sur le coup, le crâne traversé par une balle en sélénium noir.

25

En sortant du petit pavillon de chasse abandonné, Griffont eut la surprise de découvrir Auguste qui, accroupi, examinait le cadavre de Sangre à la lumière d'une lanterne sourde. Debout à ses côtés, Isabel guettait les ténèbres alentour. Elle était armée d'un fusil qu'elle braqua par réflexe sur le magicien qui avançait.

— Pas de blague ! lança-t-il. Ce n'est que moi.

Soulagée à plus d'un titre, l'enchanteresse baissa son arme tandis qu'Auguste se redressait. Elle lui passa le fusil.

— Vous n'avez pas pu vous en empêcher, reprocha-t-elle.

— De quoi ? s'étonna Louis.

— De jouer les héros solitaires.

— Euh…

— Il n'y a que dans les chansons de geste que le chevalier part seul et triomphe du dragon.

— Il faut croire que les clichés ont la vie dure. Mais je vais bien, merci de vous en inquiéter. Et Yrs'T'Ar est mort.

— Quand je pense que vous avez parfois le culot de me taxer d'imprudence !

— Pour être tout à fait franc, le chevalier du jour ignorait qu'il avait affaire à un dragon. Je croyais que Nero n'était qu'un sorcier : cette crapule de Crèvecœur ne m'avait pas tout dit.

— À ce sujet, Farroux n'a que très modérément apprécié le tour de cochon que vous lui avez joué.

— Crèvecœur sera de nouveau sous les verrous avant demain matin.

— Où est-il ?

— Je l'ai laissé pieds et poings liés dans son taxi, pas très loin d'ici.

La baronne tiqua.

— Je crains qu'il n'y soit plus.

— Pardon ?

— Nous nous sommes garés près du taxi. Il était vide avec des cordes sur la banquette arrière. Pour bien faire, il aurait fallu que vous laissiez les clefs à Crèvecœur.

— Merde !

— Comme vous dites.

Épuisé, débraillé, poussiéreux, Griffont remonta d'une main lasse une épaisse mèche de cheveux gris argent sur son front.

— Vous faites peine à voir, Louis..., lâcha Isabel d'un air désolé.

— C'est que ma journée n'a pas été de tout repos.

— Comment avez-vous vaincu Yrs'T'Ar ?

— Avec satisfaction et soulagement... Il voulait faire échouer la réconciliation entre Ambremer et les dragons insoumis, savez-vous ?

— Oui, je sais.

— Depuis quand ?

— Un instant... (L'enchanteresse se tourna vers Auguste.) Va trouver Lucien et revenez avec la Spyker.

Le chauffeur acquiesça et s'en fut à petites foulées.

— Alors ? insista Louis dès qu'ils furent seuls.

En quelques phrases, Isabel résuma la teneur de la réunion qu'elle avait surprise à l'Hôtel Continental. Elle expliqua également comment, grâce à des renseignements imprudemment fournis par Crèvecœur à Varon, elle avait deviné où Nero se cachait.

— Si je comprends bien, conclut Griffont, tout ce petit monde savait de quoi il retournait...

— Pas vraiment, non. Chacun, de son côté, connaissait une part de la vérité, mais personne n'avait le fin mot de l'histoire.

— Je reste convaincu que Méliane en savait déjà long quand elle m'a demandé d'élucider le mystère de l'empoisonnement d'Apolline. Et ce n'est pas un hasard si Ambremer a recommandé aux autorités françaises que je sois associé à l'enquête de Farroux.

— Bah ! fit la baronne en haussant les épaules. Nous ne nous en sommes pas trop mal tirés, non ?

— Si on veut...

Il y eut un silence, puis Griffont fut frappé par une idée soudaine.

— Mais au fait, dit-il du ton de l'homme outragé, vous m'avez reproché d'avoir affronté Yrs'T'Ar seul, mais vous n'avez guère tardé à arriver et je ne vois pas votre armée...

Bien sûr, il n'était pas question que l'enchanteresse avoue qu'elle avait été terrifiée à l'idée du danger que courait le mage et qu'elle n'avait pas réfléchi plus loin. Aussi répliqua-t-elle :

— D'abord, je ne suis pas venue seule.

— Ah bon ?

— J'ai Auguste et Lucien.

— Qui sont l'un et l'autre experts dans l'art de tuer les dragons !... J'ignorais ce qui m'attendait, moi. Quelle est votre excuse ?

— Je ne crois pas que ce soit le lieu ni le moment de parler de ça.

Elle ne regardait plus Griffont mais, impassible et immobile, avait levé les yeux vers une forme qui, lentement, se dessinait dans la nuit.

— Ben voyons ! fit Louis. Ce n'est jamais le lieu ni le moment quand vous ne trouvez rien à répondre !

— Non. Cela n'a rien à voir. Je vous répondrais si je le pouvais.

— Et qu'est-ce qui vous en empêche ?

— Vous devriez peut-être regarder derrière vous...

À la fois agacé et déçu par cette ruse misérable destinée à le distraire, Griffont jeta un bref coup d'œil par-dessus son épaule.

Puis il se figea.

Se retourna lentement.

Et enfin rejoignit l'enchanteresse à reculons sans détourner le regard de la silhouette spectrale, grisâtre, immense, qui se découpait désormais sur fond de ciel étoilé.

C'était la silhouette d'un dragon.

*

— Qu'est-ce que c'est que ça ? murmura Isabel entre ses dents. Yrs'T'Ar ?

— Je… Je pencherais plutôt pour son frère.

— Jal'D'Ar ?

— Voui.

Côte à côte, la baronne et le mage n'osaient pas plus bouger l'un que l'autre. Devant eux, dominant les ruines du pavillon de chasse, le dragon battait l'air de ses ailes déployées. On voyait la nuit à travers lui, tandis qu'un liseré argenté soulignait la moindre écaille de son corps fantomatique. Ses yeux brûlaient d'un feu blanc hypnotique.

— Je le croyais banni, ajouta l'enchanteresse.

— Son âme avait déjà rejoint l'Onirie lorsque c'est arrivé.

— Et l'Interdit ? A-t-il cessé d'être sans que je le sache ?

— Je crains qu'il ne s'applique pas aux dragons spectraux.

— C'est un tort.

— N'est-ce pas ?

D'un commun accord, Isabel et Griffont entreprirent de reculer avec un minimum de gestes. Le dragon les toisait.

— Donc nous avons le fantôme d'un dragon sur les bras, dit Isabel du coin de la bouche.

— C'est à peu près ça.

— Dangereux ?

— Ma foi…

— Ce n'est pas d'une importance capitale, mais d'où sort-il, à votre avis ?

Louis hésita.

— Il se peut, je dis bien « il se peut », que je l'aie libéré en détruisant *L'Athanor Ténébreux*…

— Vous avez fait quoi ?!?

— Ça ressemblait à une bonne idée, tout à l'heure…

Le dragon se cambra soudain et cracha.

— ATTENTION ! hurla Griffont.

Du bras gauche, il enlaça Isabel qui se recroquevillait et, du droit, il brandit sa canne. Illuminée, l'Immortelle généra un dôme magique qui protégea le couple du feu spectral mais non de la puissance du souffle. Ils furent projetés plusieurs mètres en arrière sans trop de dommages.

Le spectre de Jal'D'Ar hurla de dépit. Alors que l'enchanteresse se relevait, Louis, un genou à terre, dégaina le pistolet de Crèvecœur et tira deux balles. Les projectiles en sélénium noir firent mouche, traversèrent l'ectoplasme en y traçant d'éphémères sillons dorés, ne provoquèrent malheureusement qu'une vive douleur chez le dragon qui s'éleva hors d'atteinte.

Labricole au volant, la Spyker surgit dans la clairière et dérapa près d'Isabel et Griffont. Ils embarquèrent en hâte, aidés par Auguste.

— FONCE ! ordonna l'enchanteresse avant même d'être assise.

Le gnome écrasa la pédale de l'accélérateur et la décapotable bondit alors que Jal'D'Ar piquait sur eux. Le dragon cracha encore. Son feu laboura la terre au ras du pare-chocs arrière à la seconde où la Spyker s'engageait sous le couvert des arbres du chemin forestier. Le monstre prit de l'altitude sans abandonner la poursuite.

— ON NE LE SÈMERA JAMAIS ! lança Louis depuis la banquette.

La baronne se retourna sur son siège.

— VOUS PRÉFÉREZ DESCENDRE ?

— TRÈS DRÔLE ! CE QUE JE DIS, C'EST QU'À LA PREMIÈRE OCCASION...

Il ne put achever, car l'occasion qu'il évoquait s'offrit aussitôt au dragon. Profitant d'une trouée dans les ramures, il projeta une boule de feu blanchâtre qui frappa la Spyker et arracha la capote embrasée. Lucien faillit perdre le contrôle du bolide. Auguste hurla de douleur et s'effondra à côté de Griffont, le côté droit brûlé.

— AUGUSTE ! s'exclama l'enchanteresse.

— Ça va, patronne, grimaça le colosse.

— Laissez-moi voir, fit Griffont… La brûlure est superficielle. Vous pouvez bouger le bras ?

— Non.

— L'épaule ?

— Non plus.

— Alors évitez d'essayer et restez à couvert.

— Où ça ?

— Très bonne question, nota Louis en constatant que son revolver ne contenait plus que trois cartouches.

Sans capote, ils roulaient cheveux au vent dans la Spyker qui fonçait. Le feuillage des arbres bordant le sentier les protégeait encore, mais pour combien de temps ?

— ON VA SORTIR DU BOIS ! avertit Isabel.

— NE RALENTISSEZ SURTOUT PAS, LUCIEN !

Le chemin devint une route à travers champs.

Griffont, qui scrutait le ciel sans voir le dragon, se pencha vers la baronne et demanda :

— Où est-il ?... Je ne le vois pas.

Elle pointa le doigt en avant.

— LÀ-BAS !

En effet, la Spyker filait à la rencontre de Jal'-D'Ar qui les attendait plus loin en volant sur place.

Louis se dressa debout. Il visa le dragon et fit feu par trois fois au moment où celui-ci ouvrait la gueule. Cela, sans doute, les sauva. Car la boule d'énergie nébuleuse destinée à frapper la calandre de plein fouet s'écrasa devant les roues. L'explosion creusa un cratère au-dessus duquel la Spyker s'éleva dans un nuage de débris crépitant contre la carrosserie. La décapotable atterrit sur la route mais le choc fut rude et chacun dut s'accrocher pour ne pas être éjecté. Lucien, le plus léger, sauta le plus haut. Il s'assomma lorsque sa tête heurta le tableau bord.

— LOUIS ! appela Isabel en agrippant le volant.

Le mage comprit. Aidé par Auguste, il extirpa le gnome de son siège en même temps que l'enchanteresse se contorsionnait pour le remplacer. Le dragon, que les balles en sélénium noir avaient repoussé vers les hauteurs, rattrapait la Spyker.

Abandonnant la banquette à un Auguste blessé et un Labricole inconscient, Louis se glissa sur le siège passager.

— Mon revolver est vide, indiqua-t-il à la baronne. Et nous n'allons pas assez vite.

— Je sais... Êtes-vous encore en état d'utiliser la magie ?

— Non, désolé. J'ai épuisé mes dernières forces

en nous protégeant du souffle de Jal'D'Ar dans les ruines.

Ils approchaient d'un pont sous lequel passait un train de marchandises.

— Et l'Immortelle ? s'inquiéta Isabel.

— Elle n'est guère vaillante depuis qu'elle m'a sauvé la vie.

— Alors il va falloir improviser !

Le dragon fut sur eux quand ils prirent le pont. Il cracha, mais l'enchanteresse donna *in extremis* un violent coup de volant à gauche.

La Spyker traversa le parapet, partit dans le vide…

— QU'EST-CE QUE TU FAIS ? hurla Louis.

— DE LA PHYSIQUE APPLIQUÉE !

… et se reçut sur le toit du dernier wagon de marchandises.

L'impact eut raison des amortisseurs et soumit les essieux à rude épreuve. Pourtant, Isabel compensa les écarts que voulut faire le bolide. Elle réussit à mettre la Spyker dans l'axe du train et accéléra pour voler sur le fourgon suivant. L'audace de la manœuvre surprit le dragon autant que les vitesses additionnées du convoi et de la décapotable. Il poussa un hurlement rageur en voyant ses proies s'éloigner…

Mais il ne renonça pas.

— Tu es devenue folle ! s'exclama Griffont tandis que, de bond en bond, la Spyker remontait le train.

— Nous sommes encore en vie, non ?

— Plus pour très longtemps !

Louis montra ce vers quoi ils roulaient à tombeau ouvert sur l'alignement des wagons étroits. Non seulement la locomotive approchait, mais en outre un second pont se profilait.

— Et le dragon ? s'inquiéta Isabel.

Griffont jeta un regard en arrière.

— Il n'a pas désarmé. Il arrive.

— Avons-nous assez d'avance ?

— Pour faire quoi ?

— ÇA !

La Spyker avait presque atteint la tête du train quand elle bondit sur le bas-côté, monta à pleine vitesse à hauteur de la locomotive, la dépassa sous les regards ahuris des machinistes, s'engagea sous le pont et put, de l'autre côté, s'écarter de la voie à temps pour ne pas être percutée par la motrice.

Jouant des freins et du volant, la baronne réalisa un tête-à-queue contrôlé en même temps que le convoi poursuivait sur sa lancée dans un vacarme de boggies, de sifflements, de crissements métalliques.

— On s'arrête ? s'étonna Griffont.

Isabel passa une vitesse, engagea à nouveau l'auto sur la voie et se gara à la sortie du pont. Droit devant, battant des ailes au ras des rails, le grand dragon fonçait dans leur direction. On distinguait mal sa silhouette fantomatique au-delà de la voûte, dans la lumière jaune des phares.

— Patronne, intervint Auguste. Vous êtes sûre de ce que vous faites ?

— Oui, répondit l'enchanteresse d'un air déterminé.

— Aurélia..., fit Louis. Dis-moi à quoi tu penses...

— Adieu, murmura-t-elle, le regard fixe.

Griffont suivit son regard.

Il vit le dragon qui plongeait sous le pont à leur rencontre. Il vit les faisceaux lumineux des phares virer au bleu et se croiser. Il vit se dessiner un cercle irisé, comme le soir où Isabel, en plein Paris, avait ouvert un passage afin de conduire Apolline dans l'OutreMonde en toute urgence.

Il vit, enfin, Jal'D'Ar se précipiter dans ce passage et disparaître.

Et ce fut fini.

Le calme et le silence nocturne s'abattirent soudain sur la Spyker et laissèrent ses occupants pantois, aussi surpris que ravis d'être en vie.

— Pas bête, reconnut Louis après un moment.

L'enchanteresse sourit.

*

Dans le ciel nocturne d'OutreMonde, un dragon spectral apparut.

Jal'D'Ar eut à peine le temps de comprendre où la ruse d'Isabel l'avait transporté. Il n'avait pas sa place ici, où la magie comptait plus que les lois de la nature.

Baigné par la lueur du petit soleil bleu qui ne déclinait jamais, l'ectoplasme s'embrasa d'un feu azuré, poussa un cri caverneux de colère et de douleur mêlées…

… Et retourna aux limbes pour l'éternité.

ÉPILOGUE

La paix entre les dragons insoumis et les fées, représentés par Ker'Ess'Ta et la reine Méliane, fut signée le jour du solstice d'hiver 1909 dans les grands salons d'honneur de l'ambassade d'Ambremer à Paris. Cet événement historique, qui concluait le trop long et trop douloureux épilogue d'une guerre ancienne, fut l'occasion d'une cérémonie pompeuse et d'un buffet dînatoire qui réunirent le gratin mondain et politique de la capitale. Comme d'ordinaire, on s'ennuya aux discours avant de se venger sur les petits fours.

À l'écart des habits noirs et des grandes toilettes, un verre de champagne à la main, Griffont observait distraitement les jardins par une fenêtre quand Merlin vint le rejoindre.

— On se demandait si vous viendriez, dit l'archimage en glissant son monocle dans la poche de son gilet blanc.

Louis, d'humeur maussade, haussa les épaules. Il était sans nouvelles d'Isabel depuis des semaines et avait espéré, en vain, la croiser ici.

— Sa Majesté, reprit Merlin, tient à ce que vous

ne doutiez pas de sa reconnaissance. Pour des motifs que vous comprenez sans doute, elle a manqué de vous évoquer dans son discours. Mais vos mérites et ceux d'Aurélia sont connus et appréciés à leur juste valeur.

— Vous savez que je ne cours pas après les honneurs, Merlin.

— C'est vrai... Il n'empêche que les autorités judiciaires françaises ne vous tiendront pas rigueur d'avoir favorisé l'évasion d'un criminel notoire. Le dossier est définitivement clos.

Griffont soupira au souvenir de Crèvecœur, qu'il s'était promis de retrouver un jour. Il posa son verre sur le plateau d'un serveur de passage et, pour changer de sujet, dit :

— Paul Tixier a complètement recouvré la mémoire, Émilie Bonnet se porte comme un charme depuis que les effets néfastes de *L'Athanor Ténébreux* se sont dissipés chez elle, et la communauté de minimets de la rue d'Ulm est très occupée à préparer le mariage de la jeune Apolline et de son galant Guillaumet...

— Tout s'achève donc pour le mieux.

— Oui, en quelque sorte...

— Je vous trouve bien sombre, Louis.

Griffont contint un mouvement de dépit.

— Des innocents ont souffert et certains sont morts, Merlin. La plupart ne voulaient que mener des vies paisibles et honnêtes, et rien ne les préparait aux épreuves qu'ils ont dû endurer... Je suis mage. Quant à Aurélia, elle a depuis longtemps fait le choix d'une existence aventureuse. Mais les autres ? Qu'ont-ils fait pour mériter ce qui leur est arrivé ?

— Ils furent les victimes d'une guerre secrète qui, sans vous et Aurélia, durerait encore.

— Cette idée ne me console guère. Et vous ?

— On ne se console jamais vraiment de rien. On supporte, on pardonne ou on oublie, c'est tout.

*

Il pleuvait à verse quand Griffont quitta l'ambassade d'Ambremer et remonta le trottoir à la recherche d'un fiacre ou d'un taxi. L'eau glacée dégoulinait du rebord de son haut-de-forme tandis que ses souliers martelaient des flaques étales, miroitantes, jaunes à la lumière des réverbères.

Tout à ses pensées, il ne remarqua pas la voiture qui ralentissait à sa hauteur.

— On vous dépose quelque part, monsieur le chevalier de Castelgriffe ?

Louis se tourna, reconnut la Spyker indigo, vit Isabel de Saint-Gil qui lui souriait, l'œil mutin, par la vitre baissée de la portière arrière.

Il fit soudain beaucoup moins gris dans le cœur du mage.

À l'horizon, les rayons du soleil poignaient derrière les nuages bas.

DU MÊME AUTEUR

Aux Éditions Bragelonne

LES LAMES DU CARDINAL

LES LAMES DU CARDINAL (Folio Science-Fiction nº 444)

L'ALCHIMISTE DES OMBRES (Folio Science-Fiction nº 460)

LE DRAGON DES ARCANES (Folio Science-Fiction nº 473)

HAUT-ROYAUME

LE CHEVALIER

L'HÉRITIER

HAUT-ROYAUME – LES SEPT CITÉS

LE JOYAU DES VALORIS

LE SERMENT DU SKANDE

LA BASILIQUE D'OMBRE

LE PARIS DES MERVEILLES

LES ENCHANTEMENTS D'AMBREMER (Folio Science-Fiction nº 571)

L'ÉLIXIR D'OUBLI (Folio Science-Fiction nº 575)

LE ROYAUME IMMOBILE

Aux Éditions Pocket

LA TRILOGIE DE WIELSTADT

Aux Éditions Imaginaires sans frontières

VIKTORIA 91

Dans la même collection

362.	Robert Charles Wilson	*Spin*
363.	Gene Wolfe	*La citadelle de l'Autarque* (Le livre du Nouveau Soleil, IV)
364.	Francis Berthelot	*Khanaor*
365.	Mélanie Fazi	*Serpentine*
366.	Ellen Kushner	*À la pointe de l'épée*
367.	K. J. Parker	*Les couleurs de l'acier* (La trilogie Loredan, I)
368.	K. J. Parker	*Le ventre de l'arc* (La trilogie Loredan, II)
369.	K. J. Parker	*La forge des épreuves* (La trilogie Loredan, III)
370.	Thomas Day	*Le trône d'ébène*
371.	Daniel F. Galouye	*Simulacron 3*
372.	Adam Roberts	*Gradisil*
373.	Georges Foveau	*L'Enfant Sorcier de Ssinahan* (INÉDIT)
374.	Mathieu Gaborit	*Bohème*
375.	Kurt Vonnegut Jr	*Le pianiste déchaîné*
376.	Olivier Bleys	*Canisse* (INÉDIT)
377.	Mélanie Fazi	*Arlis des forains*
378.	Mike Resnick	*Ivoire*
379.	Catherine L. Moore	*Les aventures de Northwest Smith*
380.	Catherine L. Moore	*Jirel de Joiry*
381.	Maïa Mazaurette	*Dehors les chiens, les infidèles*
382.	Hal Duncan	*Évadés de l'Enfer !* (INÉDIT)
383.	Daniel F. Galouye	*Le monde aveugle*
384.	Philip K. Dick	*Le roi des elfes*
385.	Poppy Z. Brite	*Contes de la fée verte*
386.	Mélanie Fazi	*Notre-Dame-aux-Écailles*

387.	J. G. Ballard	*Le monde englouti*
388.	Jean-Philippe Jaworski	*Gagner la guerre*
389.	Mary Gentle	*L'énigme du cadran solaire*
390.	Stéphane Beauverger	*Le Déchronologue*
391.	Robert Charles Wilson	*La cabane de l'aiguilleur*
392.	Christopher Priest	*L'Archipel du Rêve*
393.	McSweeney's	*Anthologie d'histoires effroyables*
394.	Robert Heinlein	*Marionnettes humaines*
395.	Norbert Merjagnan	*Les tours de Samarante*
396.	Jean-Philippe Depotte	*Les démons de Paris*
397.	Stephen Fry	*Le faiseur d'histoire*
398.	Kelly Link	*La jeune détective et autres histoires étranges*
399.	J.G. Ballard	*Sécheresse*
400.	Fabrice Colin	*Comme des fantômes*
401.	Ray Bradbury	*Les pommes d'or du soleil*
402.	Laurent Genefort	*Mémoria*
403.	Maïa Mazaurette	*Rien ne nous survivra*
404.	Eoin Colfer	*Encore une chose…* (H2G2, VI)
405.	Robert Charles Wilson	*Mysterium*
406.	Serge Lehman	*Le Haut-Lieu et autres espaces inhabitables*
407.	Isaac Asimov	*L'homme bicentenaire*
408.	Catherine Dufour	*L'accroissement mathématique du plaisir*
409.	Ian McDonald	*Brasyl*
410.	James Patrick Kelly	*Regarde le soleil*
411.	Alfred Bester	*L'homme démoli*
412.	Jack Vance	*Les chroniques de Durdane*
413.	Alfred Bester	*Terminus les étoiles*
414.	Isaac Asimov	*Cher Jupiter*
415.	Carol Berg	*L'Esclave* (Les livres des rai-kirah, I)

416. Ugo Bellagamba *Tancrède*
417. Christopher Priest *Le Glamour*
418. Catherine Dufour *Outrage et rébellion*
419. Robert Charles Wilson *Axis*
420. Nick DiChario *La vie secrète et remarquable de Tink Puddah*
421. Thomas Day *Du sel sous les paupières* (INÉDIT)
422. Pierre Pelot *La guerre olympique*
423. Jeanne-A Debats *La vieille Anglaise et le continent*
424. Karl Edward Wagner *Kane* (L'intégrale, I)
425. Karl Edward Wagner *Kane* (L'intégrale, II)
426. Karl Edward Wagner *Kane* (L'intégrale, III)
427. Jean-Claude Dunyach *Le jeu des sabliers*
428. Jean-Michel Truong *Le Successeur de pierre*
429. Ray Bradbury *Un remède à la mélancolie*
430. Roger Zelazny *Seigneur de Lumière*
431. Clifford D. Simak *Voisins d'ailleurs*
432. Ian McDonald *Roi du Matin, Reine du Jour*
433. Thomas Day *Sympathies for the devil*
434. Hal Duncan *Velum* (Le Livre de Toutes les Heures, I)
435. Hal Duncan *Encre* (Le Livre de Toutes les Heures, II)
436. Steven Amsterdam *Ces choses que nous n'avons pas vues venir*
437. Serge Lehman présente *Retour sur l'horizon*
438. Carol Berg *L'insoumis* (Les livres des rai-kirah, II)
439. Henri Courtade *Loup, y es-tu ?*
440. Lord Dunsany *La fille du roi des Elfes*
441. Maurice Leblanc *Le formidable événement*
442. John Varley *Le système Valentine*
443. Philip K. Dick *Le dernier des maîtres*

444.	Pierre Pevel	*Les Lames du Cardinal* (Les Lames du Cardinal, I)
445.	George R. R. Martin, Gardner Dozois & Daniel Abraham	*Le chasseur et son ombre*
446.	Loïc Henry	*Loar*
447.	Ray Bradbury	*Léviathan 99*
448.	Clive Barker	*Hellraiser*
449.	Robert Charles Wilson	*À travers temps*
450.	Serge Brussolo	*Frontière barbare* (INÉDIT)
451.	L. L. Kloetzer	*CLEER*
452.	Cédric Ferrand	*Wastburg*
453.	Jean-Claude Marguerite	*Le Vaisseau ardent*
454.	Jean-Philippe Depotte	*Les jours étranges de Nostradamus*
455.	Walter M. Miller Jr.	*L'héritage de saint Leibowitz*
456.	Carol Berg	*Le vengeur* (Les livres des rai-kirah, III)
457.	Philip K. Dick	*Question de méthode*
458.	Leandro Ávalos Blacha	*Berazachussetts*
459.	Alden Bell	*Les faucheurs sont les anges*
460.	Pierre Pevel	*L'Alchimiste des Ombres* (Les Lames du Cardinal, II)
461.	Xavier Mauméjean	*Rosée de feu*
462.	Arkadi et Boris Strougatski	*Stalker*
463.	Ian McDonald	*Le fleuve des dieux*
464.	Barry Hughart	*La magnificence des oiseaux* (Une aventure de Maître Li et Bœuf Numéro Dix)

465. Serge Brussolo — *Trajets et itinéraires de la mémoire*
466. Barry Hughart — *La légende de la Pierre* (Une aventure de Maître Li et Bœuf Numéro Dix)
467. Jack McDevitt — *Seeker*
468. Glen Duncan — *Moi, Lucifer*
469. Barry Hughart — *Huit honorables magiciens* (Une aventure de Maître Li et Bœuf Numéro Dix)
470. Daniel Polansky — *Le baiser du rasoir*
471. Thomas Geha — *Le sabre de sang*, 1
472. Thomas Geha — *Le sabre de sang*, 2
473. Pierre Pevel — *Le dragon des Arcanes* (Les Lames du Cardinal, III)
474. Alain Damasio — *Aucun souvenir assez solide*
475. Laurent Genefort — *Les opéras de l'espace*
476. Roger Zelazny — *Dilvish le Damné*
477. Thomas Day — *Dæmone*
478. Philip K. Dick — *Ne pas se fier à la couverture*
479. Léo Henry — *Le casse du continuum* (INÉDIT)
480. Frank M. Robinson — *Destination ténèbres*
481. Joël Houssin — *Le Temps du Twist*
482. Jean-Marc Ligny — *La mort peut danser*
483. George R. R. Martin — *Armageddon Rag*
484. Lewis Shiner — *Fugues*
485. Collectif — *Alternative Rock*
486. Arnaud Duval — *Les Pousse-pierres*
487. Christian Léourier — *Le cycle de Lanmeur*, I
488. Lisa Tuttle — *Ainsi naissent les fantômes*
489. Pablo de Santis — *La soif primordiale*
490. Norbert Merjagnan — *Treis, altitude zéro*
491. Robert Charles Wilson — *Julian*
492. Patrick Ness — *La voix du Couteau* (Le Chaos en marche, I)

493.	Patrick Ness	*Le Cercle et la Flèche* (Le Chaos en marche, II)
494.	Patrick Ness	*La guerre du Bruit* (Le Chaos en marche, III)
495.	S.G. Browne	*Comment j'ai cuisiné mon père, ma mère... et retrouvé l'amour*
496.	Glen Duncan	*Le dernier loup-garou*
497.	Christian Léourier	*Le cycle de Lanmeur*, II
498.	Mira Grant	*Feed* (Feed, I)
499.	Richard Matheson	*Par-delà la légende*
500.	Dan Simmons	*L'échiquier du mal*
501.	Mira Grant	*Deadline* (Feed, II)
502.	Robert Holdstock	*Avilion*
503.	Graham Joyce	*Lignes de vie*
504.	Mira Grant	*Red Flag* (Feed, III)
505.	Jean-Philippe Jaworski	*Même pas mort* (Rois du monde, I)
506.	Arkadi et Boris Strougatski	*Il est difficile d'être un dieu*
507.	Laurent Genefort	*Omale*, 1
508.	Laurent Genefort	*Omale*, 2
509.	Laurent Whale	*Les étoiles s'en balancent*
510.	Robert Charles Wilson	*Vortex*
511.	Anna Starobinets	*Je suis la reine*
512.	Roland C. Wagner	*Rêves de Gloire*
513.	Roland C. Wagner	*Le train de la réalité*
514.	Jean-Philippe Depotte	*Le chemin des dieux*
515.	Ian McDonald	*La maison des derviches*
516.	Jean-Michel Truong	*Reproduction interdite*
517.	Serge Brussolo	*Anges de fer, paradis d'acier* (INÉDIT)
518.	Christian Léourier	*Le Cycle de Lanmeur*, III
519.	Bernard Simonay	*Le secret interdit*
520.	Jean-Philippe Jaworski	*Récits du Vieux Royaume*

521.	Roger Zelazny	*Les princes d'Ambre* (Cycle 1)
522.	Christopher Priest	*Les insulaires*
523.	Jane Rogers	*Le testament de Jessie Lamb*
524.	Jack Womack	*Journal de nuit*
525.	Ray Bradbury	*L'Arbre d'Halloween*
526.	Jean-Marc Ligny	*Aqua™*
527.	Bernard Simonay	*Le prince déchu* (Les enfants de l'Atlantide, I)
528.	Isaac Asimov	*Fondation 1*
529.	Isaac Asimov	*Fondation 2*
530.	J. G. Ballard	*La forêt de cristal*
531.	Glen Duncan	*Talulla*
532.	Graham Joyce	*Les limites de l'enchantement*
533.	Mary Shelley	*Frankenstein*
534.	Isaac Asimov	*Les vents du changement*
535.	Joël Houssin	*Argentine*
536.	Martin Millar	*Les petites fées de New York*
537.	Mélanie Fazi	*Le jardin des silences*
538.	Graham Joyce	*Au cœur du silence*
539.	Bernard Simonay	*L'Archipel du Soleil* (Les enfants de l'Atlantide, II)
540.	Christopher Priest	*Notre île sombre*
541.	Bernard Simonay	*Le crépuscule des Géants* (Les enfants de l'Atlantide, III)
542.	Jack Vance	*Le dernier château*
543.	Hervé Jubert	*Magies secrètes* (Une enquête de Georges Hercule Bélisaire Beauregard)
544.	Hervé Jubert	*Le tournoi des ombres* (Une enquête de Georges Hercule Bélisaire Beauregard)

545.	Hervé Jubert	*La nuit des égrégores* (Une enquête de Georges Hercule Bélisaire Beauregard, INÉDIT)
546.	L. L. Kloetzer	*Anamnèse de Lady Star*
547.	Paul Carta	*La quête du prince boiteux* (Chroniques d'au-delà du Seuil, I)
548.	Bernard Simonay	*La Terre des Morts* (Les enfants de l'Atlantide, IV)
549.	Jo Walton	*Morwenna*
550.	Paul Carta	*Le Siège des dieux* (Chroniques d'au-delà du Seuil, II)
551.	Arnaud Duval	*Les ombres de Torino*
552.	Robert Charles Wilson	*La trilogie Spin*
553.	Isaac Asimov	*Période d'essai*
554.	Thomas Day	*Sept secondes pour devenir un aigle*
555.	Glen Duncan	*Rites de sang*
556.	Robert Charles Wilson	*Les derniers jours du paradis*
557.	Laurent Genefort	*Les vaisseaux d'Omale*
558.	Jean-Marc Ligny	*Exodes*
559.	Ian McDonald	*La petite déesse*
560.	Roger Zelazny	*Les princes d'Ambre* (Cycle 2)
561.	Jean-Luc Bizien	*Vent rouge* (Katana, I)
562.	Jean-Luc Bizien	*Dragon noir* (Katana, II)
563.	Isaac Asimov	*Cher Jupiter*
564.	Estelle Faye	*Thya* (La voie des Oracles, I)
565.	Laurent Whale	*Les damnés de l'asphalte*
566.	Serge Brussolo	*Les Geôliers* (INÉDIT)

567. Estelle Faye — *Enoch* (La voie des Oracles, II)
568. Marie Pavlenko — *La Fille-Sortilège*
569. Léo Henry — *La Panse* (INÉDIT)
570. Graham Joyce — *Comme un conte*
571. Pierre Pevel — *Les enchantements d'Ambremer* (Le Paris des Merveilles, I)
572. Jo Walton — *Le cercle de Farthing*
573. Isaac Asimov — *Quand les ténèbres viendront*
574. Grégoire Courtois — *Suréquipée*
575. Pierre Pevel — *L'Élixir d'Oubli* (Le Paris des Merveilles, II)
576. Fabien Cerutti — *L'ombre du pouvoir* (Le Bâtard de Kosigan, I)
577. Lionel Davoust — *Port d'âmes*
578. Pierre Pevel — *Le Royaume Immobile* (Le Paris des Merveilles, III)
579. Jean-Pierre Boudine — *Le paradoxe de Fermi*
580. Fabrice Colin — *Big Fan*
581. Fabien Cerutti — *Le fou prend le roi* (Le Bâtard de Kosigan, II)
582. Jo Walton — *Hamlet au paradis*
583. Robert Charles Wilson — *Les Perséides*
584. Charles Yu — *Guide de survie pour le voyageur du temps amateur*
585. Estelle Faye — *Un éclat de givre*
586. Ken Liu — *La ménagerie de papier*
587. Chuck Palahniuk et Cameron Stewart — *Fight Club 2*
588. Laurence Suhner — *Vestiges* (QuanTika, I)
589. Jack Finney — *Le voyage de Simon Morley*
590. Christopher Priest — *L'adjacent*
591. Franck Ferric — *Trois oboles pour Charon*

Composition : IGS-CP à L'Isle-d'Espagnac (16)
Achevé d'imprimer par Novoprint
à Barcelone le 14 mars 2018
Dépôt légal : mars 2018
1er dépôt légal dans la collection : mars 2017

ISBN 978-2-07-079326-6./ Imprimé en Espagne.

333402